dtv

Auf Gut Meinberg macht sich Dr. Wilhelm Löhring, ehemals Insasse der Nervenklinik St. Ägidius, fit für den nächsten Finanzcoup. Doch inmitten einsamer Fechtübungen gerät er in eine akute Sinnkrise. Sein Personal Coach Hi Lang empfiehlt ihm das »Brillenwechsel«-Programm, und alsbald ist Löhring dem Häftling Kellermann bei dessen BWL-Studien behilflich. Bei einem Freigang entführt Kellermann seinen Mentor und fordert ein stattliches Lösegeld. Doch niemand will Löhring zurückhaben, und er selbst ist nicht liquide. Jetzt kann nur noch Vermögensverwalter Kesch helfen. Der aber liegt ermordet in seinem Büro. Kellermanns frappierende Ähnlichkeit mit Kesch verspricht eine rasche Behebung des Lösegeld-Problems. Der frisch Verwandelte muss sich auch gleich bewähren bei einem Termin mit Keith Winter, einem Ex-Investmentbanker, der Skarabäen mit gold- und silberfarbenen Panzern erforschen lässt. Dies bringt alle Beteiligten auf eine grandiose Geschäftsidee. Es fehlt nur noch eine solide Privatbank mit solventer Großaktionärin …
Herrliche Fortsetzung der Wirtschaftssatire ›Die Insassen‹

Katharina Münk, 1963 geboren, hat ihren Chefsekretärinnenberuf an den Nagel gehängt und ist heute neben ihrer Autorentätigkeit Personal Coach für Fach- und Führungskräfte. Ihr Sachbuch ›Und morgen bringe ich ihn um. Als Chefsekretärin im Top-Management‹ (2006) und ihr erster Roman ›Die Insassen‹ (2009) wurden Bestseller. Katharina Münk lebt mit ihrem Mann in Hamburg. Ihr Name ist ein Pseudonym.

Katharina Münk

GLÄNZ€NDE G€SCHÄFTE

Roman

Deutscher Taschenbuch Verlag

Von Katharina Münk
sind im Deutschen Taschenbuch Verlag erschienen:
Die Insassen (21299)
Die Eisläuferin (21415)
Denn sie wissen nicht, was wir tun (34697)

Ausführliche Informationen über
unsere Autoren und Bücher
finden Sie auf unserer Website
www.dtv.de

FSC
www.fsc.org
MIX
Papier aus verantwortungsvollen Quellen
FSC® C019821

Ungekürzte Ausgabe 2015

Umschlagkonzept: Balk & Brumshagen
Umschlagbild: Gerhard Glück
Satz: Greiner & Reichel, Köln
Druck und Bindung: Druckerei C.H.Beck, Nördlingen
Gedruckt auf säurefreiem, chlorfrei gebleichtem Papier
Printed in Germany · ISBN 978-3-423-21572-5

»Well, it's the same room, but everything's different
you can fight the sleep, but not the dream.«

Crowded House:
Always take the weather with you

DIE TRAINIERTE SEELE

Wenn Massagen nichts für ihn seien, dann solle er eben fechten, hatte man ihm gesagt. Ganz, wie er wolle. So könne er sich schon mal ein wenig die Perspektiven freischlagen, locker werden. Löhring streifte also die Maske über. Er zog aus der Grundstellung heraus seine Waffe, führte sie zum imaginären Gegner und dann zurück mit der Klingenspitze nach oben. Kein Kampf ohne Begrüßung des Gegners. Also dann. Er begann zu tänzeln, flink und überlegt, wie er nun einmal war, im richtigen Abstand, auf Zeitpunkt und Tempo bedacht und vor allem lautlos. Dann Kurzpräsentation der Florettpositionen, ohne hektisches Gerassel. Und noch einmal, schneller dieses Mal und in alle Richtungen. Löhring drehte sich um die eigene Achse, schnitt die Luft in Einzelteile, als wolle er um sich herum ein Vakuum erkämpfen. Niemand hätte ihm jetzt vor die Klinge kommen dürfen.

Ihm wurde bald heiß unter dem Kopfschutz. Kleine Schweißperlen bahnten sich ihren Weg nach unten, durch die kleinsten Ritzen und schneller da, wo der Kopf keinen direkten Kontakt zur Maske hatte, bis sie an der dünnen Haut am Hals entlangtropften und kitzelten. Es fühlte sich nach Verausgabung an, aber auf eine sehr elegante Weise. Der Gesichtsschutz mit den feinen Gitterchen verbarg jeden unsouveränen Anflug in der Mimik, gab ihm etwas Geheimnisvolles, etwas Insektenhaftes, fand er. Er stach weiter zu. Er hatte alle Zeit der Welt. Luxus. Das Gespräch mit seinem Coach würde erst in zwei Stunden beginnen.

Der Trainingsraum ging nach Südosten hinaus, und die Morgensonne schien nur ganz dezent durch die feinen hölzernen Lamellen. Man sah kein einziges Staubpartikelchen auf dem Wengeholz-Parkett, hörte nur das schrille Quietschen von Löhrings Hallenschuhen, die ihn mehr ausbremsten, als ihm lieb war. Doch wer kämpfte schon auf Socken? Der Raum war um diese Uhrzeit in einem fast jungfräulichen Zustand, wenn man einmal von seiner Person absah. Und um hundertprozentig sicherzustellen, dass er allein und ungestört blieb, hatte er auf den Hotelbriefbogen, der auf jedem Zimmer lag, »Parkettversiegelung« geschrieben und ihn außen an die Tür geklebt.

Löhring war klar, dass sein Training normalerweise durch geschultes Personal beaufsichtigt werden musste, durch Fachkräfte, die sich in der Fechtkunst und beim Menschen per se auskannten und gegebenenfalls verhindern sollten, dass sich Geburnoutete in die Klinge fallen ließen oder aufeinander losgingen. Doch Löhring war sich selbst genug, stand hier und jetzt in vollem Lebenssaft. Und nie und nimmer hätte er die Beinarbeit ohne Waffe geübt – was nützte die raffinierteste Strategie, der exakteste Angriffspunkt, wenn am Ende die Klinge fehlte? Das wäre nur der halbe Spaß und so, als würde er ohne Visitenkarte ins Akquisegespräch gehen. Nein, schließlich hatte er bereits auf die weiße Weste verzichten müssen, bestritt das Training in anthrazitfarbenem Sportanzug mit Streifen.

Löhring ging erst einmal so geschmeidig wie möglich auf die Stoßpuppe los – ein weiß bespanntes Kautschukkonstrukt in Körpergröße mit kleinen Stummelchen für Arme und Beine. Sie ließ es gleichmütig über sich ergehen, knautschte nur dann und wann ein wenig zusammen. Sie war ihm nicht unähnlich, fand er, ein probater Gegner, stabil und doch flexibel, unverwundbar nach außen hin, allerdings mehr defensiv als aggressiv. Also drauf, immer drauf. Und noch einmal die Armpositionen. Löhring fühlte sich ein in die Puppe, so gut es ging, nahm sie als Gegner an, begann zu spielen, forderte sein Angriffsrecht: Sixt, Quart, Oktav – er stach stärker zu. Nix mit locker. Doch selbst beim Katapultangriff nach vorne, Klinge in Linie, aus einem kurzen Ausfallschritt heraus, verzog die Puppe keine Miene.

Löhring ließ von ihr ab und strich mit dem Daumen über die Blutrinne seiner Waffe, holte tief Luft und begann von vorn. Er pustete durch die Maske, atmete dabei die eigene heiße Luft wieder ein, und es pocherte tierisch in den Schläfen. Nicht aufgeben, jetzt nur nicht aufgeben. Löhring sprang wieder nach vorn und versetzte dem Gestell den finalen Stoß. Die Klinge bog sich gegen den Kautschuk, und er versuchte weiterzubohren. Wer hatte sich bloß diese Scheißpuppen ausgedacht? Es könnte ja wenigstens ein weißes Fähnchen aus einem der Ärmchen kommen oder etwas rote Farbe aus den Gummiporen. Da hatten es die Typen auf den kühlen, nebligen Lichtungen morgens um fünf leichter – mit einem Gegner aus Fleisch und Blut und vor allem freier Wahl der Waffen.

Nach weiteren zehn Minuten riss er sich die Maske vom Kopf, ging zu einem der Elemente der durchgehenden Fensterfront, zog die Jalousie hoch und öffnete das Fenster. Eine frische Brise wehte herein, die Luft war feucht und roch nach Kräutern, und Löhring pumpte seine Lungen voll damit. Durchzug. Auch innerlich. Irgendwo bimmelte eine Schafherde. Er hob den Blick und betrachtete die Gipfelkette, die man hier praktisch aus jedem Fenster sah: schroffe Felsstrukturen mit Schneeresten in den Spalten, Wolken dazwischen, dann weiter unten dunkle Fichtenwälder, über denen Nebelschleier lagen. Die reinste Chippendale-Landschaft. Von seiner Suite aus hatte er sie stets durch große Panoramafenster vor Augen, und schon beim ersten Augenaufschlag brannte sich einem der Berg durch die Vorhänge hindurch ins Hirn wie die DAX-Eröffnungskurve.

Gut Meinberg lag auf einer kleinen Anhöhe, ein gründerzeitlicher Hauptbau aus ochsenblutrotem Fachwerk in der Mitte und einigen modernen Anbauten, deren Ausstattung dem Hotel den fünften Stern eingebracht hatte. Man warb damit, ein »Cultural Hideaway« zu sein – eine recht mutige Umschreibung der Tatsache, dass der nächste kleine Ort etwa einen Zweistundenmarsch querfeldein entfernt war. Keine Bahnstrecke führte hier hoch, nur eine schmale, mautpflichtige Privatstraße. Es war weniger wahrscheinlich, dem Dorfbäcker über den Weg zu laufen als dem mit etwas Pech ebenfalls vor Ort urlaubenden Aufsichtsratsmitglied. So konnten einhundert Quadratmeter Hotellobby tatsächlich zum Hideaway werden, je nachdem, wen man da gerade beim Einchecken erspähte. Es ließ sich andererseits recht gut aus dem Wege gehen, denn es gab mehrere Restaurants, verschiedene Bibliotheken, im Notfall eiskalte Tauchbecken im Außensaunabereich, in die sich sonst niemand traute.

Löhring persönlich war das hier alles ein bisschen zu viel Wellness: Raumaromen, die den Geist umnebelten und einem noch nachts in der Nase hingen, an jeder Ecke überflüssige Deko, Windlichter, bestimmt Hunderte von unrentabel vor sich hin flackernde Kerzen, blubbernde Getränkespender, eine Armee herumhockender Buddhas vor deutscher Hochgebirgskulisse und kleine Kärtchen auf dem Kopfkissen, auf denen Dinge standen wie: »Sleep is the best meditation«. Aber kein einziger Feuerlöscher weit und breit. Man riskierte mitunter, gar nicht mehr aufzuwachen. Unten auf der Kiesauffahrt hielten Geländewagen und entließen junge Familien mit lärmenden Kindern oder einfach nur langweilige Menschen mit dünnen Steppjacken und Hornbrillen. So veränderte man nicht die Welt. So nicht. Ja, hier hätte man einiges auf Vordermann bringen können, fand Löhring. Doch deswegen war er nicht hier. Dieses Mal nicht.

Eigentlich hatte er sich dieses Wochenende auch gar nicht ausgesucht, und dass die Wahl gerade auf eine solche Luxushütte gefallen war, um ein paar Gespräche mit ihm zu führen, sah eher nach Ablenkungsmanöver aus. Es war überhaupt ein Affront gewesen, ihm, Löhring, eine solche Maßnahme anzubieten. Nicht nur Massagen, Gummimatte und Qui Gong, sondern nun auch noch Coaching. Ein verdammter Affront. Geistige Magenspiegelung sozusagen. Unverschämtheit. Alles Angsthasen. Risikovermeider, Weicheier. Aber es gehörte wohl zum Anforderungsprofil seines Jobs, so etwas souverän und ohne die geringste emotionale Verstrickung wegzustecken.

Miranda Beck hatte es getan. Um 16.10 Uhr laut Digitalanzeige auf dem Telefon. Nach all den Jahren war es letztendlich doch recht spontan über sie gekommen. Es war auch höchste Zeit für eine Veränderung gewesen, denn die Arthritis hatte sich bereits auf die Knochen, Knorpel und Bänder gelegt, besonders an der linken Hand, die, so wurde ärztlich befunden, mit fünfundfünfzig Prozent aller PC-Anschläge stärker belastet war als die rechte. Allein der linke Mittelfinger hatte zwanzig Prozent aller jemals getätigten Tastendrucke hinter sich. Mit den Zeichen, die allein er in all den Jahren in die Welt getippt hatte, hätte man Schloss Sanssouci mit Papier auslegen können. Diagnose: Burnout der Fingergelenke. Ja, auch Finger besaßen ein Gedächtnis. Sie hatte es nicht nur aus gesundheitlichen Gründen getan, sondern vor allem aus Wut und aus der Befürchtung heraus, irgendwann in zwanzig Jahren zurückzublicken und sagen zu müssen, nichts gewagt zu haben, nichts unternommen zu haben außer einer Busreise durch den Kaukasus während des Urlaubs. Jetzt also Kündigung statt Kaukasus.

Am Ende hatte es an einem Glas Marmelade gelegen. Orangenmarmelade. Aus England. Duty free. »Ich weiß doch, dass Sie so gerne Marmelade essen«, hatte er gesagt, und man hätte das nett finden können – ein Chef, der seiner daheimgebliebenen Sekretärin ein Mitbringsel hinstellt, zuletzt die Lucky Cat mit dem blöden winkenden Ärmchen aus Taipeh. Sah sie so aus, als könne man ihr so etwas schenken? Sie hatte dieses Mal nicht »Gute Reise« auf den Umschlag mit den Devisen geschrieben, auf die Geldscheine lediglich mit letzter Kraft ein Post-it geklebt: »Do not return the coins please«. DO NOT RETURN in Großbuchstaben. Wenn es Winter gewesen wäre in England, hätte sie ihm ein Auto ohne Winterreifen gebucht. So weit war es gekommen. Und jetzt Marmelade als Dankeschön. Nichts weiter als ein in Geliermittel verpacktes Ablenkungsmanöver von den eigentlichen Führungsschwächen, fand sie. Sie hatte das Glas genommen und es in den Papierkorb gedonnert.

Ihr Chef hatte sich als »frischen Wind« gesehen, und tatsächlich hatte sie ihn eher als Luftzug erlebt, da er selten fünf Minuten an einer Stelle geblieben war. Gefolgschaft war wahrlich eine hohe Kunst, aber mit ihm hatte sie an Selbstverleugnung gegrenzt. Am Ende war sie auch nicht mehr nahe dran gewesen an seinen Wutanfällen, spontanen Ideen und Service-Attacken. Sie hatte sich irgendwann räumlich emanzipiert, mit drei Kolleginnen im Großraumbüro, im »Open Space«.

Als sie ihm den Umschlag mit der Kündigung auf den Tisch gelegt hatte, war sie unsicher geworden, hatte keinerlei Vorstellung davon gehabt, was in einer solchen Situation von ihm zu erwarten war. Verwunderung, gar das Bemühen, sie umzustimmen? Trauer oder nur ein leises, versöhnendes Bereuen? Sie war ihm in den zwei Jahren seit seiner Ankunft nahegekommen – räumlich, organisatorisch, in beruflichen wie privaten Belangen, mitdenkend, als rechte Hand.

Er hatte dann das Kuvert geöffnet und gesagt: »Och. Wie schade. Ich werde Sie vermissen und wünsche Ihnen viel Glück auf Ihrem weiteren beruflichen und privaten Lebensweg. Schauen Sie mal wieder auf einen Kaffee vorbei, wenn Sie in der Nähe sind.«

Da war es 16.15 Uhr gewesen auf der Digitalanzeige.

Raum »Camus« war schlecht ausgeschildert. Löhring hasste es, so zu wirken, als sei er auf der Suche, als stolpere er orientierungslos vor sich hin, wie auf diesen neuen Bahnhöfen in den neuen Bundesländern. Die Sonne stand mittlerweile auch verdammt tief, sie blendete in all diesen Räumen, und als er schließlich »Camus« gefunden und betreten hatte, kippte er erst einmal die Jalousien. Nix mehr mit Gipfelblick. Und es fehlte noch, dass einem vor lauter Blinzelei irgendwann das Wasser in die Augen schoss.

Zu diesem ersten Anamnesegespräch mit seinem Personal Coach hatte er sich für ein klassisches dunkelblaues Jackett entschieden, darunter offenes weißes Hemd zu Jeans, also casual mit einem Hauch stringenter Eleganz. Der Coach war schließlich der

Grund seines Aufenthalts hier, hatte angeblich beste Referenzen in der Szene. Wenigstens das. Löhring ging zum Fenster, zog eine der Jalousien ganz hoch und versuchte statt des Berges sich selbst in der Glasscheibe zu betrachten. Er sah sich nicht. Also bückte er sich und bewegte den Kopf vor dem Glas hin und her – da, wo die Kiefernwälder anfingen, wo es dunkler wurde, weiter unten, ging es dann recht gut: Er fasste sich ins Haar, überprüfte den Seitenscheitel, den Sitz der dezenten Brille, weiter unten den Hemdkragen, groß und mit Wäschestärke gebügelt, wie die Tragflächen eines abflugbereiten Jumbos, dazu Einstecktuch, gold schimmernde Knöpfe am Sakkoärmel. Er sah so aus wie seine private Anlagenstrategie: konservativ und ohne Risiken.

Sollte sich sein Gesprächspartner vorher ein Bild von ihm gemacht haben, so war es mit Sicherheit genau das, was er gerade abgab, dachte Löhring. Sein Wiedererkennungswert war enorm, musste es auch sein. Es war ein hartes Stück Arbeit gewesen, das aus sich zu machen, was er jetzt war: selfmade bis hin zum letzten gezupften Augenbrauenhärchen, ein Typ – »Big L« eben. Give the people what they want – es war ein Opfer, das er ihnen brachte. Ein verdammtes Opfer. Löhring ließ die Jalousie wieder herunterrattern.

Die Tür öffnete sich, und ein Asiate trat ein, näherte sich Löhring mit schnellen, geschmeidigen Bewegungen, als hätte er kleine Rollen unter den Schuhen oder ein Aufziehschlüsselchen im Rückgrat. Er war von drahtiger, kleiner Gestalt, trug schwarze Hose zu schwarzem T-Shirt und streckte seinem Gegenüber lächelnd die Hand entgegen. Alles an ihm glänzte eigenartig: die Haare, die Haut, die Augen.

Löhring guckte. Ausländer. Jetzt hatte man ihm einen mit Migrationshintergrund zugeteilt. Wie aus dem Prospekt gehüpft. Diversity trotz Hideaway. Hätte er sich ja denken können. Er selbst war ja auch global.

»Hi Lang.«

Löhring verstand nicht ganz: »Entschuldigung. Wie bitte? Ich habe keinen Sprachkurs gebucht.«

Es wurde weitergelächelt. »Ich heiße Hi Lang und bin Ihr Personal Coach. Ich vermute, Sie sind Herr Dr. Löhring? Grüß Gott!«

»Na, wir wollen doch mal die Kirche im Dorf lassen.«

»Wie bitte?« Lang ging zum Fenster und öffnete die Jalousien. »Es ist ein wenig dunkel hier drin, finden Sie nicht?«

»Wo ich bin, ist es niemals dunkel. Wo haben Sie so gut Deutsch gelernt?« Löhring wusste, dass er jetzt erst einmal Zeit gewinnen musste, um sich aufzustellen.

»Nun, bei meinen Eltern und meiner Grundschullehrerin, vermute ich. Und seit wann sprechen Sie?«

Unverschämtheit. Löhring stand auf und ging im Raum umher. »Hören Sie, so kommen wir nicht weiter. Ich sage Ihnen jetzt erst mal, was ich nicht brauche: Ich habe bereits drei Physio-Relax-Massagen gehabt, zwei Floating-Behandlungen, bis ich schrumpelig wurde, und eine Einheit Nordic Walking, Gehen am Stock sozusagen. Das ist doch wohl alles nicht Ihr Ernst. Ich will auch keine fernöstliche Akupunktur, die Nadeln müssen raus statt rein, wenn Sie mich verstehen. Und sehe ich aus wie Tai-Chi?« Ihm war wahrlich nicht nach Spaß zumute.

Doch der Asiate schien sich immer noch zu amüsieren: »Sehe ICH denn aus wie Tai-Chi?«

»Ja. Genau so. Ich würde sagen, fleischgewordene Wellness.«

Löhring ließ seinen Gegner nicht aus den Augen.

Dieser nahm sich einen Freischwinger und ließ sich langsam darauf nieder. Das Timing seiner Bewegungen und seiner Worte war präzise, präziser als Löhrings eigene und daher zu präzise, fand Löhring. Und lauter Sonnengrüße. Fürchterlich. Er hasste diese asiatische Zugewandtheit, die einen wie einen verstockten Autisten aussehen ließ, und diese verdammte Sanftmut in der Sprache, als Lang sagte: »Sie haben Humor. Sehr gut. Aber Sie lassen sich nicht gern überraschen, nicht wahr?«

Löhrings Antwort kam schneller, als er erwartet hatte: »Ich rechne immer mit dem Schlimmsten. In allen Bereichen.« Schluss mit Sonnengruß.

»Und ich bin also das Schlimmste?«, fragte Lang.

»Wollen wir hier über Sie oder über mich sprechen?« Löhring bereute es in der Sekunde, in der er es gesagt hatte. Doch es war zu spät. Lang lehnte sich offenbar sadistisch befriedigt zurück. Seine Freundlichkeit musste Teil einer perfiden Tarnung sein, dachte Löhring.

»Richtig. Also Sie.«

Jetzt bloß keine Pause machen, sagte sich Löhring, nicht groß nachdenken, kein Zögern. Er reagierte sofort: »Ja, also ich. Bin eigentlich jetzt in London. Aber wissen Sie, ich habe ja Haus und Familie hier. Selbstverständlich ist Deutschland noch mein Lebensmittelpunkt, wenn man das so sagen mag.« Er setzte sich wieder hin, lehnte sich zurück. Entspannte Körperhaltung, man konnte sicher sein, dass der Asiate auf Nonverbales achten würde. Gerade weil er vielleicht sprachlich doch nicht so versiert war. Löhring fuhr fort: »Tja, und ansonsten geht es mir hervorragend, bin enorm erleichtert. Wissen Sie, die öffentliche Wahrnehmung hat mir zuletzt so zugesetzt, dass ich der Meinung war, es wäre richtig, aus meinen letzten Unternehmungen in Deutschland auszuscheiden. Ich hatte mich eindeutig verschlissen. Aber jetzt, jetzt gehört mein Leben wieder mir selbst. Sicher, da sind noch ein paar Aufsichtsratmandate, aber sonst bin ich wieder ganz Unternehmer. Unternehmerischer Investor, um genau zu sein. Auf der Insel. Die juristischen Auseinandersetzungen in Deutschland werden sich ja noch ein wenig hinziehen. Daneben möchte ich einfach wieder ein paar Dinge bewegen. Alles ist – wie soll ich sagen? – sehr lebendig. Und man hat ja viel mehr Möglichkeiten in London. Da läuft die Zeit schneller als hier, und die Investoren dort sind in gewissen Feldern einfach viel besser bewandert als auf dem Festland. Mehr money-driven eben.« Löhring wischte sich kurz über die Stirn: »Und ich bin noch lange nicht fertig.«

Der Asiate blickte ins Hochgebirge, schwieg eine Weile und sagte dann: »Ich weiß nicht, auf welche Frage Sie antworten.«

Als er das sagte, schien die Sonne nur ihm ins Gesicht. Er mochte jünger aussehen, als er tatsächlich war, hatte diese weiche Alterslosigkeit, die sich über alles zu erheben schien und sich durchaus als Waffe einsetzen ließ, wenn man die vierzig einmal überschritten hatte. Löhring dagegen war rein genetisch nicht so ausgestattet, war zwar von schlanker, stattlicher Statur, hatte einen hohen, aber noch vollen Haaransatz und ein symmetrisch geschnittenes Gesicht mit einer wenig markanten, doch wohlproportionierten Nase darin sowie einem durchaus schönen, vollen Mund. Auch er konnte sein Alter mit spitzbübischem Charme und geschmeidigen, schwungvollen Bewegungen wettmachen, wenn er wollte, achtete zudem auf eine gesunde, konstante Bräunung. Doch es war nicht dasselbe.

Lang wandte sich ihm wieder zu: »Nun, Herr Dr. Löhring, wie auch immer, ich denke, das war jedenfalls gerade eine gute Dezentrierung.«

Löhring glaubte, nicht recht zu hören: »Wie bitte?«

Lang nickte verständnisvoll, was Löhring als Affront empfand. Verständnis war das Letzte, was er brauchte. Doch Lang hielt sich nicht länger mit Erklärungen auf: »Wir sollten erst einmal Ihr Anliegen genau klären. Ihre Partner in London haben mich schon ein wenig gebrieft.«

Löhring war immer noch beim Dezentrieren und unterbrach: »Ich bin mir nicht sicher, ob ich mich dezentrieren lassen möchte, mit Verlaub. Ich bin hier ja schon am Ende der Welt, verdammt. Dezentraler geht's wohl kaum.«

Der Asiate schien sich nicht aus dem Konzept bringen zu lassen und fuhr fort, ohne mit der Wimper zu zucken: »Sie sollten auf sich und auf die Dinge mit ein wenig mehr Abstand blicken. Deshalb werden wir erst einmal zwei Tage miteinander verbringen, heute und morgen, und den Sonntag können Sie dann frei gestalten. Da können Sie reflektieren und gleich ein paar optionierte Wahrnehmungs- und Verhaltensweisen ausprobieren.«

Löhring verzog keine Miene: »Optionierte Verhaltensweisen? Diese Phase habe ich längst hinter mir, das können Sie mir glauben. Und damit hier eines klar ist: Ich habe Sie nicht beauftragt. Ich schlage daher vor, dass wir erst einmal klären, inwieweit überhaupt irgendein Synergieeffekt zwischen meinem Niveau und Ihrer Arbeit herstellbar ist.« Nein, so einfach würde er es dem Typen nicht machen. Er, Löhring, wusste doch längst Bescheid, und es reichte, wenn andere unter verzerrten Wahrnehmungen litten. Schwächen bei der Teamarbeit, beim Konfliktmanagement und beim Fremdbild-Selbstbild-Abgleich, er solle mal mit sich ins Reine kommen, Entwicklung zulassen, hatte man ihm gesagt. Und dann würde womöglich noch ein Bericht an seine Partner gehen. Wie kleinkariert war das denn? Nix mit Optimierung, wohl eher eine perfide Denunzierung, dachte Löhring.

Lang beugte sich zu Löhring vor und sah ihm aus gefühlten fünf Zentimetern in die Augen: »Kennen Sie das innere Team?«

»Wenn Sie meinen, dass ich Stimmen höre, muss ich Sie enttäuschen. Dann hätte man mich gleich anderswo eingeliefert. Und nicht nur übers Wochenende.« Löhring spürte wieder, wie es rot und eng wurde unter seinem Hemdkragen und die Haut spannte. Er kannte das. Es war stärker als er, und der Kraftakt, es zu überspielen, war enorm. Bisher hatte das niemand in den Griff bekommen, schon gar kein Asiate. Es musste anders gehen. »Hören Sie, das haben vor Ihnen schon ganz andere versucht. Ich bin kein Team. Ich hasse Teams. Vergessen Sie's. Ich will hier keine Therapie machen. Ich weise alle Unterstellungen zurück. Dürfen Sie das überhaupt? Haben Sie überhaupt eine Zulassung dafür? Da kann ja jeder kommen. Und morgen steht das wieder in den Zeitungen. Fuck.«

Lang schien nun doch ein wenig verunsichert zu sein, und sein Lächeln verkürzte sich um wenige Millimeter, als er sagte: »Dieser anale Sprachgebrauch kommt tief aus Ihrem Wurzelchakra. Haben Sie Magen-/Darm- und/oder Verdauungsprobleme?«

Löhring schwieg. Sollte sein Gesprächspartner doch sehen, wie er aus diesem Schlamassel wieder herauskam, denn die Frage war eine einzige Unverschämtheit, fand er.

Lang ließ das Thema tatsächlich auf sich beruhen: »Nun, wie Sie wollen. Sie machen die Vorgaben. Und ich frage Sie: Weswegen sitzen wir dann hier? Was ist Ihr Ziel? Was macht das mit Ihnen, wenn Sie daran denken?«

Löhring blickte seinerseits dem Asiaten in die schmalen Augen, soweit das ging: »Was das mit mir macht? Nix macht das mit mir. *Sie* sollen was mit *mir* machen. Dann machen Sie mal.«

Lang sagte: »Sie machen die Vorgaben.«

Es war ein Missverständnis. Ein einziges gigantisches Missverständnis, fast schon zum Lachen. Also gut, dachte Löhring, man musste es dem angeblichen Fachmann wohl ein bisschen einfacher erklären: »Wollten Sie früher auch immer auf den Tiger?«

»Wie bitte?«, fragte nun Lang.

»Na, auf dem Rummel, auf diesen Kinderkarussells mit den Tieren. Giraffen, Elefanten und eben Tiger. Oder gab's bei Ihnen nur Drachenboote? Wissen Sie, ich sitze vorne auf dem Tiger, und es fährt rund, immer rund, unaufhörlich.« Löhring ruderte raumgreifend mit den Armen. »Und ich kann einfach nicht mehr abspringen. Das ist ein hochkomplexes Gefährt, wissen Sie? Und alle stehen da unten am Rand und gucken, versuchen zu rufen, arbeiten sich an mir ab. Nur ich, ich sitze auf dem verdammten Viech und kann nicht absteigen.«

»Warum nicht?«

»Herrje, weil ich Löhring bin. Die Karussells, auf denen ich sitze, sind verdammt schnell, und wer den Tiger reitet, darf nicht einfach so abspringen. Ich sitze vorne, muss das Teil am Laufen halten.«

»Aber ein Karussell ist doch rund?«

»Erzählen Sie mir nicht, wo vorne und wo hinten ist!«

Lang rückte ein wenig ab von Löhring und sagte: »Aber Sie haben sich doch ganz gut entwickelt da vorne auf dem Tiger, nicht wahr?«

»Ich brauche keine Entwicklung. Ich bin bereits fertig. Fix und fertig.« Es begann zu sprudeln in Löhring, ja, er war nun endlich in seinem Element: »Wissen Sie, ab einer gewissen Position muss man sich als Marke verstehen. Die Leute wollen Typen, Leader, einen hohen Wiedererkennungswert, den Vintage-Löhring eben. Keinen glatten Mainstream, kein Team. Forget it. Man muss eben damit leben, nicht von allen geliebt zu werden, es sozusagen als Zugeständnis an systemische Notwendigkeiten begreifen.«

»Sehr schön.« Lang lächelte, als er es sagte.

Sehr schön? Jetzt sagte der einfach so »Sehr schön«! Also gut, dachte Löhring, Lang schien harte Kost zu brauchen. Konnte er haben. »Nun, vor nicht allzu langer Zeit habe ich versucht, eine psychiatrische Klinik an die Börse zu bringen.«

»Schön.«

»Ja, durchaus erfolgreich zunächst.«

»Wo lag das Problem?«

»Ich war einer der Insassen.«

»Oh.«

Miranda hatte in der Eingangshalle an zwei dunkelblau gekleideten Herren des »Wachpersonals« vorbeigemusst, die wissen wollten, ob sie spitze Gegenstände dabeihabe. Nein, hatte sie geantwortet, sie sei ziemlich abgestumpft. Und jetzt hatte sie die Türklinke in der Hand. Eigentlich fehlte nur noch ein Schild an der Tür, auf dem stand: »Ihr, die Ihr hier eintretet, lasset alle Hoffnung fahren.« Oder etwas Ähnliches. Wollte sie da wirklich rein, in diese andere Welt?

Es half nichts. Sie drückte die Klinke herunter und trat in den klimatisierten Wartebereich »Anmeldung und Formularwesen« der Arbeitsagentur, setzte sich auf den einzigen freien Platz und installierte sich so unauffällig es ging. Ihre Finger schmerzten, als sie den Mantel über ihrem Hosenanzug aufknöpfte und den nassen bordeauxroten Regenschirm neben sich aufspannte, ihre Dokumententasche auf den Knien. Bis dato hatte sie immer alles getan, was möglich und erwünscht war. Jetzt musste sie warten, dass man etwas für sie tat. Sie war innerhalb von zwei Wochen aus der Firma weggewesen, husch, denn die kurze gesetzliche

Kündigungsfrist war nur einer der Vertragsinhalte, die man in all den Jahren nie geändert hatte. So schnell konnte es gehen …

Auf dem kleinen schwarzen Tisch in der Mitte der Sitzgruppe lag »Zukunft gemeinsam gestalten«, und sie blickte in die Gesichter derer, die mit ihr warteten. Man konnte dies ausführlich und länger tun, denn sie merkten es nicht, starrten vor sich hin ins Leere und schienen weder mit sich selbst noch mit irgendjemand anderem beschäftigt. Auf Beschäftigungssuche eben. Es war nichts Überraschendes an ihnen, ein bemerkenswerter Menschenquerschnitt, mehr oder weniger routiniert im Dasitzen, wie an einem ganz normalen Tag im Linienbus. Alles deutete darauf hin, dass sie es war, die aus einer Art Nebenwelt kam. Ein Kind in der Kinderecke steckte sich einen Legostein in jedes Nasenloch und noch zwei hinterher.

Sie wurde aufgerufen. Mit Namen. Die Zeit der Nummern war vorbei, und die Wege waren kürzer geworden. Die Bildschirmarbeitsplätze der Sachbearbeiter befanden sich im selben Raum, mit jeweils einer Trennwand und einem Stuhl davor, der noch warm war. Open Space auch hier. Und doch schaute der Sachbearbeiter mittleren Alters nicht einmal auf, als er mit ihr sprach, zog ihre Unterlagen wie durch den Schlitz einer unsichtbaren Glasscheibe hindurch zu sich herüber. Sie hatte sich perfekt vorbereitet: Pass, Steuernummer, Versicherungsnummer, Krankenversicherungsnachweis, Lohnsteuerkarte, Arbeitsbescheinigung, Kündigung, Lebenslauf, letzte Stationen, berufliche Fertigkeiten, bewertet auf einer Skala zwischen 1 und 5. Er war zufrieden, wollte nur noch wissen, was als Kündigungsgrund einzutragen sei. »Ich habe gekündigt.« Sie legte die Betonung auf »ich« und neigte den Oberkörper so lange seitwärts, bis sie glaubte, in die Blickrichtung des Herrn zu gelangen. »Brauchen Sie da auch einen Grund? Ich leide an Polyarthr…«

Nein, den brauche man an dieser Stelle noch nicht, sagte er, während seine beiden Zeigefinger abwechselnd in die Tasten schlugen, was nicht schön aussah, wenn man zehn Finger hatte. Die Frage nach der Kündigung sei auf dem »Fragebogen zur

Beendigung des Beschäftigungsverhältnisses durch den Arbeitnehmer« zu beantworten. Und natürlich mit der Agentin zu besprechen.

»Mit der was?«

Na, mit der Jobagentin, die man ihr zur Seite zu stellen gedenke, um die Zukunft gemeinsam zu gestalten. Es klang wie demonstrativ vorgelesen.

Was für ein Luxus, dachte Miranda. Bisher war sie immer allein gewesen mit ihrer Zukunft.

Aber sie sei da ja reichlich spät dran, sagte der Herr.

»Mit der Zukunft?«, fragte Miranda.

»Nein, mit der Meldung«, sagte der Herr. Es sei die »Anhörung zum Eintritt einer Sperrzeit bei verspäteter Arbeitsuchendmeldung« auszufüllen, fuhr er fort. Und dann schob er die Dokumente über den Tisch wieder zu ihr herüber wie ein Skatspieler, blickte in die nähere Umgebung, nach rechts, nach links und dann ihr in die Augen: »Auch die Nase voll gehabt, was?«

Und ihr war fast so, als sei auch er irgendwann aus der Nebenwelt gekommen. Er war gnädig mit ihr, ließ ihr keine Zeit zu antworten und händigte ihr das ID-Kärtchen aus, mit Kundennummer und Hotline, falls Fragen auftauchten.

»Ich bin Kundin bei Ihnen?«, fragte Miranda

Ja, das sei doch das Mindeste, was man jetzt für sie tun könne.

Ungefähr zur selben Zeit versuchte Löhring immer noch, dem Asiaten zu erklären, wie er seinen Job zu machen habe. Er hätte das in Rechnung stellen können, fand Löhring. »Sie müssen da ganz anders ansetzen. Sie müssen mir auch gar nichts erklären. Die Leute denken immer, ich würde mir keine Gedanken machen. Aber ich bin ja nicht doof, sonst wäre ich nicht da, wo ich jetzt bin. Ich meine, die meisten von uns, so am Arbeitsplatz, haben doch Angst davor, etwas leisten zu müssen, wozu sie nicht fähig sind. Bei Leuten wie mir ist es genau andersherum. Wir haben Angst vor der Leistung, zu der wir fähig sind. Sicher, das ist nicht schön, aber nur so bringen wir Dinge voran. Sollten Sie mal darüber nachdenken.«

Lang guckte jetzt so, wie man einen nassen Hund betrachtet, kurz bevor dieser sich schüttelt, fand Löhring. Doch der Asiate schien hartnäckig zu bleiben und sagte: »Kognitive Dissonanz.«

Das reichte. »Hören Sie, Sie werfen hier immer nur so knappe, komische Wörter in den Raum, so neutral irgendwie. Aber so einfach kriegen Sie mich nicht neutralisiert. Sie nicht!«

Lang schien ruhig zu bleiben: »Wo sollen wir Ihrer Meinung nach ansetzen?«

Löhring rückte näher an Lang heran. Es war mehr ein Sprung. »Also, noch einmal für Sie: Ich kann Ihnen nur sagen, dass mein Körper definitiv in Bestform ist, gut im Training. Und ich denke, das müsste auch für den Rest funktionieren. Dafür werden Sie doch bezahlt.«

»Für den Rest?«

»Nun, das, was man so in sich hat.«

»Wie meinen Sie das?«

»Na, so eine Art Kern. Für die Fachterminologie sind ja wohl Sie zuständig, oder?«

Lang legte den Kopf schräg: »Die Seele?«

Eigenartiger Begriff, dachte Löhring. Doch alles war besser als »innere« oder »äußere Teams«. Dann lieber Seele. »Nehmen Sie das jetzt bitte nicht persönlich, aber für so puffige Dinge wie die Seele fehlt einem wie mir ein wenig die Naivität. Doch ich bin kein Spielverderber. Wenn Sie es so ausdrücken wollen, meinetwegen.«

Der Asiate kam schließlich aus einem anderen Kulturkreis, und man mochte es ihm nachsehen, als er fragte: »Verstehe ich Sie richtig? Sie wollen Ihre Seele trainieren?«

»Ja, die Muskeln im Kopf sozusagen. Und es wäre schön, wenn Sie auf meine Fragen auch einmal mit einer Antwort reagieren würden und nicht ständig mit Gegenfragen.« Mein Gott, das konnte doch nicht so schwierig sein, dachte Löhring, aber manche Leute mussten eben an die Hand genommen werden, wenn sie die Vorgaben nicht sofort verstanden. Da musste man ruhig bleiben, sich das aber gleichwohl merken. Es piepte in Löhrings Jacketttasche. Er nahm sein Smartphone und betrachtete das Display. Es war seine Trink-App. »Entschuldigen Sie. Ich denke, ich sollte etwas Kaffee trinken. Oder zur Not Wasser.« Er nahm die Glasflasche vom Tisch und schenkte sich ein.

Der Asiate schien ihn genau zu beobachten: »Sie trinken, wenn es bei Ihnen piept? Glauben Sie nicht, dass das eine Missachtung des körpergesteuerten Trinkverlangens ist, sozusagen die Entfremdung vom eigenen Körper?«

»Nun werden Sie mir hier mal nicht kompliziert. Wir waren bei meiner Seele.« Löhring trank das Wasserglas in einem Zug leer und stellte es stumm wieder ab.

Lang schwieg.

»Hallo? Können Sie mir folgen?« Löhring hatte sich nach vorn gebeugt, die Ellbogen auf den Oberschenkeln. »Sie müssen da schon ein wenig mitdenken, sich meinem Tempo anpassen.«

»Sind Sie sicher, dass Sie überhaupt eine Seele zum Trainieren haben?«

Schon wieder eine Frage. Löhring atmete schwerer, und Lang lenkte ein: »Entschuldigung, war nicht so gemeint. Ich würde vorschlagen, Sie sagen mir noch einmal, welche Muskelpartien wir da genau trainieren sollen. So eine Seele ist ja recht unübersichtlich. Vielleicht haben Sie sogar zwei davon, sodass wir verschiedene Trainingspläne ausarbeiten müssen.«

Na also, geht doch, dachte Löhring. Er stand auf und ging wieder durch den Raum, verschränkte die Hände hinter dem Rücken, als er die Fensterfront abschritt. »Manchmal befürchte ich, dass einige meiner Synapsen etwas, nun ja, schlapp geworden sind mit der Zeit. Sicher kennen Sie das.« Er blickte zum Asiaten hinüber. Der saß lächelnd, sehnig und hellwach auf seinem Stuhl. Keine Spur von Schlappheit. Nein, er schien das nicht zu kennen.

»Können Sie mir ein Beispiel nennen?«, fragte Lang.

Löhring fuhr fort: »Sie hören plötzlich Wörter und fragen sich, wann Sie die eigentlich zuletzt ausgesprochen haben. Die haben Sie zwar einsatzbereit im Kopf, benutzen sie aber nicht. Wie vernachlässigte Muskelpartien.«

»Ein Beispiel?«

Der Asiate fing an zu nerven. Man schien ihm alles erklären zu müssen. »Herrje, Sie mit Ihren Beispielen. Wie soll ich sagen? Ich krieg einfach meinen Mund immer schlechter auf, so im kleinen Kreis. Ich maile lieber.«

»Ein Beispiel?«

Scheiße, dachte Löhring und sagte: »›Danke‹, manchmal auch nur ›Guten Morgen, wie geht es dir?‹ Klappt einfach nicht. Und überhaupt die Fragen. Ich weiß gar nicht mehr, wie man Fragen stellt.«

Lang schien jetzt in seinem Element zu sein: »Wunderbar. Sie sind bereits in der Selbstreflexion, kurz vor der Meta-Ebene. Wir nähern uns der Seele, wenn ich das einmal so sagen darf.«

»Ach.«

»O ja, durchaus. Und hier können wir gleich mit den ersten Muskelpartien beginnen.« Er richtete sich auf. »Das Wort ›Danke‹ ist doch nicht so schwer auszusprechen als Wort.«

Der hat gut reden, dachte Löhring, kam aus dem Land der aufgehenden Sonne. Man konnte sich das Leben auch zu einfach machen: »Arbeiten Sie erst einmal da, wo ich arbeite. Kontext, ich sage ja, es ist alles kontextgesteuert. Da vergeht einem schnell das Danke.«

Lang spitzte den Mund und hob das Kinn in Löhrings Richtung. »Nun, vielleicht hilft es, wenn Sie jedem Buchstaben ein Artikulationsgebiet in Ihrem Mund zuordnen. Schauen Sie, das D findet an der Rückseite Ihrer Schneidezähne statt, im Übergangsbereich zum Oberkieferdamm. Da haftet sich die Zungenspitze ganz leicht und etwas länger als gewöhnlich an und löst sich dann mit einem Plopp. Da haben Sie dann schon das D. Das sind immerhin zwanzig Prozent des ganzen Wortes. Und es lässt sich trainieren!« Lang machte den Mund wieder zu.

Der ist ja lustig, dachte Löhring. Doch das war noch nicht alles.

»Die große Kunst dabei ist das Embodiment.«

»Wie bitte?«

»Es ist die Verkörperung«, fuhr Lang fort, »die Verkörperung der Worte. Denn auch mit den Augen wird gesprochen, das müssen Sie mittrainieren. Sie müssen Ihrem Wort durch die synchrone Augenbewegung Nachdruck verleihen. Wissen Sie, die Bedeutung eines Wortes ist nichts Abstraktes, sondern ein Körperzustand. So«, und jetzt blickte er Löhring direkt an, dass diesem ganz anders wurde.

Ein durchaus interessanter Ansatz, fand Löhring. Psycholinguistik. Der Typ schien seine gute Reputation in der Community zu Recht zu haben, auch wenn man deswegen nicht gleich von einem Durchbruch sprechen mochte.

Lang ging noch weiter: »Eine noch mutigere Übung mit noch größerem Trainingseffekt basiert auf der These, dass Sie auch eine andere Umgebung brauchen, sozusagen einen anderen Trainingsraum. Wir sollten Sie in einen gänzlich neuen Kontext setzen. Das wirkt antidepressiv, denn es liefert Ihnen neue, kreative Assoziationsketten. Change Management nennt man das bei Ihnen, nicht wahr?«

Löhring mochte es nicht, wenn Leute glaubten, Sie müssten seine Sprache sprechen, obwohl sie keinen blassen Schimmer von den Dingen hatten. »Schwachsinn. Wenn Sie so wie ich in der Welt vorankommen möchten, dann suchen Sie sich Ihren Kontext selbst, und wenn Sie den nicht finden, dann schaffen Sie sich die verdammten Verhältnisse oder krempeln sie so lange um, bis sie passen und es Ihnen gefällt. Das ist nicht Pippi Langstrumpf, mein Lieber. Das, genau das ist Change Management!«

Lang schien das alles nicht gehört zu haben und verkörperte seine Worte abermals, während er sagte: »Wir sollten Sie noch mehr in die Meta-Ebene bringen, den Abstand zu den Dingen vergrößern.«

»Ich bin schon ziemlich meta da oben.«

»Und? Werden die Probleme kleiner?«

»Nein. Ich würde sagen, größer. Gute Leute brauchen große Herausforderungen.«

»Sie müssen aber kleiner werden, die Probleme. Sonst haben Sie meta-technisch etwas falsch gemacht. Sie müssen nur die Perspektive wechseln! Sehen Sie«, und jetzt zeigte Lang auf das Panoramafenster, »dieser Berg da, der sieht von hier aus doch gar nicht so groß aus. Genauso ist es, wenn man sich ein wenig entfernt von den Dingen. Dann werden die Probleme kleiner, und man sieht plötzlich auch mehr davon.«

»Mehr? Und Sie wollen mir erzählen, dass das gut ist?«

Lang lächelte nachsichtig: »Mehr fremde Probleme, Herr Dr. Löhring, andere Probleme, nicht die eigenen Probleme.«

»Also, mir reichen meine.«

»Aber dafür sind die ihrigen dann, wie gesagt, kleiner im Vergleich zu den anderen, so mit Abstand betrachtet. Und mit etwas Glück sehen Sie plötzlich, wo Ihre Probleme überhaupt herkommen und wohin sie gehen.«

Es reichte. »Hören Sie, ich glaube nicht, dass Sie die Größe oder die Fortbewegungsrichtung meiner Probleme erfassen, geschweige denn beeinflussen können. Das ist ja lächerlich.«

Lang lehnte sich zurück. »Waren Sie schon mal im Knast?«

Und dann begann er zu erzählen, und Löhring empfand alles, was jetzt folgte, endgültig als Unverschämtheit.

Winter Berry Group

Die Erdbeerfarm befinde sich im Grünen vor den Toren der Stadt, hatte die Arbeitsagentur gesagt, man sei in zwanzig Minuten vor Ort, schneller also als einmal quer durch die City. Das Stellenangebot sei kurzfristig eingegangen, nicht unspannend, ein seltenes Teilzeitmodell, somit finanziell eine gute Überbrückung und eben einmal »etwas ganz anderes«. Sie könne es sich ja mal anschauen. Und Miranda hatte sofort angerufen und einen Termin gemacht. Ob sie in der Gärtnerei selbst Hand anlegen müsse, hatte sie noch gefragt, denn sie sei ja mehr der administrative Typ. Nein, hatte man ihr versichert, der Inhaber denke da in ganz anderen Dimensionen.

Also »Winter Berry Group«. Es gab Orte, die Miranda gerade deswegen gefielen, weil sie so völlig anders waren, als sie sie sich vorgestellt hatte. Dieser war anders und gefiel ihr trotzdem nicht. Sie wusste zugegebenermaßen auch nicht, was sie erwartet hatte, vielleicht etwas Bodenständiges, Solides, Gummistiefel statt englischem Leder, nichts Cooles, nichts Hektisches. Aber als sie um 15.10 Uhr in die Hofeinfahrt eingebogen war, sah sie, dass die Parkplätze gekachelt und kameraüberwacht waren und das Verwaltungsgebäude vollverglast in der Sonne blendete.

Sie saß im Foyer, wartete auf ihr Gespräch und starrte auf das einzige Bild, das dort hing: eine riesige Makro-Aufnahme, das Motiv purpurrot, glänzend und doch pelzig, mit kleinen Härchen über regelmäßigen, wulstigen Ausbuchtungen, die jeweils einen kleinen gelben Kern freigaben. Man konnte es praktisch mit den Augen erfühlen, es sah eher nach einer immens vergrößerten Darstellung eines Geschwürs oder eines Bakteriums aus, jedenfalls nicht so, als könne man es verzehren, sondern eher, als wolle es einen verzehren. Man fühlte sich abgestoßen und angezogen zugleich. Sie ging zu dem Bild und beugte sich leicht zur unteren Kante hin, um das zu entziffern, was darunterstand. Mieze Schindler. Was immer es sein mochte, es hieß Mieze Schindler. Oder es war von Mieze Schindler.

Sie blickte auf ihre Armbanduhr und sah sich dann diskret weiter um. Doch nur einen Augenblick später steuerte eine dunkelhaarige Dame mittleren Alters in schwarzem Blazer und Jeans mit ausgestreckter Hand auf sie zu. Sie hatte eine kleine Zahnlücke, als sie lächelte, und zarte, knochige Frauenhände, die sich Miranda selbst immer gewünscht hatte. Sie war schnell, wirkte distinguiert oder zumindest wie aus gutem Hause. Eine solche Ausstrahlung konnte dafür sorgen, dass sich Miranda in Sekundenschnelle irgendwie minderbemittelt vorkam, ja fast plump. Aber für solche Gedanken blieb jetzt keine Zeit.

Schlick. Ihr Name sei Schlick. Sie sei die Produktmanagerin hier im Hause. Wie schön, dass Miranda Zeit habe finden können. Schlicks Blick ging zu dem Bild, vor dem die beiden nun standen, und sie schien froh zu sein, gleich ein Einstiegsthema zu finden: Ja, hier sehe man gleich eine über einhundert Jahre alte Spezies, Winters Lieblingssorte, die Praline unter den Erdbeeren: Mieze Schindler. Sie sei etwas kleinwüchsiger und zarter, jedoch sehr aromatisch, mit ausschließlich weiblichen Blüten. Die optimale Befruchtungssorte liefere man selbstverständlich gleich mit, meistens die Senga Sengana, weitere seien im Entwicklungsstadium.

Also doch eine Erdbeere. Miranda strich im Vorbeigehen reflexartig über das Bild, musste an diese Briefmarken mit den Obstmotiven denken, die einen Duft freigaben, wenn man mit dem Finger darüberrubbelte. Was mochte ihr erst aus diesem Bild entgegenströmen?

»Nicht anfassen, bitte. Es ist ein echter Mapplethorpe«, warnte Schlick. Sie hatte sich schon wieder abgewandt und ging raschen

Schrittes auf eine große Freitreppe zu. »Kommen Sie, ich würde vorschlagen, dass wir schon einmal ein kurzes Vorgespräch miteinander führen.«

Miranda folgte ihr die Treppe hinauf und dann ein kurzes Stück den Gang entlang in einen Besprechungsraum mit einem Glastisch in der Mitte und sechs darum herum gruppierten schwarzen Freischwingern. Glastisch. Seine Oberfläche war so makellos, als sei gerade erst die Schutzfolie abgezogen worden. Man würde jeden verdammten Fingerabdruck darauf sehen, dachte Miranda, nach den Besprechungen würde sie mit Sprühreiniger und Ledertuch arbeiten müssen. Die Aussicht war allerdings selbst im ersten Stock atemberaubend: Es glitzerte und funkelte im Sonnenlicht, dass die Augen schmerzten, wenn man zu lange hinschaute. Bis zum Horizont breitete sich eine unüberschaubare Anzahl von verglasten Tunnelröhren aus, die eher an Jules Vernes »Nautilus« als an profane Gewächshäuser erinnerten. Die einzelnen Röhren waren zwar verglast, aber von innen mit einer dicken hellen Folie bezogen. Das alles sah irgendwie nicht nach Erdbeere aus. Es roch noch nicht einmal danach.

Als Schlick zwei Tassen unter eine Espressomaschine stellte, trat Miranda näher ans Fenster. Ihr Blick streifte dabei ein Objekt auf der Fensterbank, das so gar nicht in die ansonsten nüchterne helle Umgebung des Raumes passte.

Löhring fuhr ungefähr zur selben Zeit mit zweihundertvierzig Stundenkilometern auf einen Kombi zu. Gut Meinberg war jetzt schon Lichtjahre entfernt. Er fuhr schnell, und er dachte schnell. Die Geschwindigkeit legte sich aufs Denken. Oder umgekehrt. Und nein, er ärgerte sich nicht. Ganz bestimmt nicht. Keine Spur. So mit Abstand betrachtet. Es war vielmehr ein gehöriger Anflug von Unverständnis, was diesen Asiaten anging, der ihn da am Wochenende in die Zange genommen hatte. Er sah ihn immer noch lächelnd vor seinem geistigen Auge, wie eine dieser kleinen Jadefiguren, die seine Frau immer in ihrer Handtasche mit sich herumtrug.

»Brillenwechsel – eine Weiterbildung in Sachen Menschen« also. Ihm, Löhring, mit diesen Worten eine bezuschusste Fortbildungsmaßnahme auf »neuem Terrain« anzubieten kam einem persönlichen Angriff gleich. Wie genau er denn »neues Terrain« definiere, hatte er den Asiaten gefragt. Das könne beispielsweise eine soziale Einrichtung sein, die Auswahl sei groß, hatte dieser geantwortet. Ob Löhring denn Präferenzen habe? Man hatte schließlich eine Justizvollzugsanstalt in die engere Wahl genommen. Irgendwie das einzig Passende. Er persönlich hätte sich eher mit Kalkutta als mit einer stinknormalen Justizvollzugsanstalt im komfortablen Deutschland anfreunden können. Wenn schon, denn schon. Weit weg. Global. Entschlossen. Mutig. Total meta. Aber er konnte sich immer noch nicht so richtig vorstellen, was das eigentlich mit ihm zu tun haben sollte. Ein Unternehmen mit funktionierender Corporate Social Responsibility, ordentlicher Gehaltsstruktur und Abfindungsvereinbarung war ja schließlich auch eine soziale Einrichtung und für ihn beileibe kein neues Terrain. Etwas Gutes ließ sich schließlich wohl auch irgendwo in jedem aufstöbern, wenn man nur tief genug guckte.

Es waren jetzt ungefähr noch eineinhalb Meter zwischen der Stoßstange seines Wagens und dem Kombi vor ihm. Dass solche Leute mit hundertachtzig auf der linken Spur vor sich hin kriechen mussten! Lichthupe. Doch er war schon zu nah dran. Endlich zog der Kombi nach rechts, und Löhring rauschte an ihm vorbei, guckte. Verdammt langes Teil, man konnte längs in Fahrtrichtung darin liegen, dachte er im Vorbeifahren, und, oh Gott, auch noch pechschwarz getönte Scheiben mit kleinen Gardinen davor, eine einzige geschmackliche Entgleisung. Er blickte in den Rückspiegel, als er den Kombi hinter sich gelassen hatte, und bemerkte einen Priester auf der Beifahrerseite, der sich schnell bekreuzigte. Wie aufmerksam und nett. Ein wenig Segen konnte man immer gebrauchen, fand Löhring.

»Sich mit anderen Menschen umgeben«, hatte der Asiate vorgeschlagen, Menschen, die so ziemlich das Gegenteil von einem selbst waren. Löhring überlegte. Dafür hätte es bereits gereicht, wieder einmal ein Wochenende mit seiner Frau zu verbringen. Auch sie erforderte ein hohes Maß an Akzeptanz von Andersartigkeit, dafür musste man wahrhaftig nicht nach Kalkutta reisen. Er wählte im Display die Nummer von Hartwig, Personalvorstand in seinem Exunternehmen, mit dem er bisher eigentlich on non-speaking terms gewesen war.

»Hallo, Gerhard, alter Junge. Wie geht's dir so in deiner kleinen Stadt?«

Am anderen Ende der Leitung schien man ins Grübeln zu kommen: »Wilhelm? Bist du es?«

»Klar bin ich's. London ist ja nicht aus der Welt. Na, quälst du dich immer noch mit der First Lady in eurem Laden herum?« Löhring bemühte sich, ein Grinsen in seine Stimme zu legen.

»Ach, geh mir weg mit diesem Clan. Du weißt ja, wie das in der Verwaltungsgesellschaft zugeht. Dabei wäre sie nun wirklich alt genug, sich auf ihre Stiftungen zurückzuziehen. Und du?«

»Ach, schlag die Zeitungen auf, und du weißt Bescheid. Das ist kein Sonntagsspaziergang, kann ich dir sagen. Aber Hauptsache, die drucken überhaupt noch etwas über mich.«

»Wunderbar. Immer noch der alte Big L. Wie heißt deine Bude noch gleich?«

Bude. Es war schon eine Unverschämtheit, fand Löhring und lächelte unterm Headset: »Invest Busters. London. Bahrain. New York.«

»Ach ja. Gebe ich gleich ans Sekretariat weiter. Und sonst?«

Hartwig schien immer noch derselbe zu sein. Es war typisch für ihn, den Ball sofort zurückzuspielen, ohne sich selbst anzustrengen. Doch da kannte er Löhring schlecht: »Was willst du wissen?«

»Na, wie lebt es sich denn so auf der Insel? Da kriegst du ja eine nette Pendlerpauschale, oder?«

Löhring grinste: »Herrlich! Gute Frage. Nächste Frage.«

Hartwig schien einen Moment seinen nächsten Spielzug zu überlegen und flötete dann nonchalant in den Hörer: »Und, altes Haus, hast du immer noch eine Neigung zur Dominanz und lebst nach einem übertriebenen Leistungsprinzip in fast allen Bereichen?«

Das war kein Ball mehr, das war ein Pfeil. Löhring spürte, wie sich seine Finger um das Lenkrad legten wie um Hartwigs Hals. Zumindest konnte er sich festhalten daran. Beim Telefonieren hatte man sonst ja nur noch ein winziges, dünnes Etwas in der Hand, das man mit zwei Fingern hielt wie eine Gewebeprobe, es gab nichts mehr zum Zugreifen.

»Na, stand doch damals in deiner Personalakte, altes Haus,« fuhr Hartwig munter fort. »Ich war doch schon vor dir da, wenn ich dich daran erinnern darf!«

Löhring verstand, brüllte los und versuchte ein Lachen darüberzulegen. »Herrlich. Ja. Guter Witz! Ihr habt Humor. Aber sag mal, da wir schon mal dabei sind, kennst du als Personaler so eine Art Sozialdienst für Mitarbeiter? Heißt ›Brillenwechsel‹ oder so.«

Hartwig gähnte in den Hörer. »Klar. Brillenwechsel. CSR-Maßnahme. Gute Sache. Machen wir regelmäßig mit unseren Leuten, damit die mal etwas breiter aufgestellt sind, raus aus dem Kreislauf kommen und merken, wie gut es ihnen eigentlich bei uns geht.«

Löhring schwieg in der Hoffnung, Hartwig würde noch ein wenig weiterreden. Tat er aber nicht. »Ach was. Und was macht ihr dann so mit denen?« Es war verdammt schwer, seinen doch recht unsouveränen Wissensdrang hinter einer Frage zu verbergen, die so beiläufig wie ein Sommerlüftchen daherkommen sollte. Er konnte sich für gewöhnlich gut verstellen, aber er hasste Fragen.

Hartwig schien nichts zu merken: »Die können sich dann aussuchen, ob sie ihr Büro für eine Woche tauschen gegen eins in der Psychiatrie, Sucht- und Drogenhilfe, das volle Programm, Kinder- und Jugendhilfe oder Strafvollzug. Sozial-Hopping sozusagen. Läuft gut. Wieso fragst du mich das?«

»Hat der Russfeld das auch schon gemacht?«

Schallendes Lachen am anderen Ende der Leitung, und Löhring fuhr mit hundertdreißig an der Baustelle vorbei.

»Russfeld in der Psychiatrie. Wunderbar. Den würden sie gar nicht mehr … Oh. Wilhelm, Entschuldigung. Tut mir leid.«

Löhrings Knöchel kamen weiß durch die Haut, und er sagte zum Lenkrad: »Nein, nein, ist schon gut. Seh ich locker, ganz locker. Erzähl ruhig weiter.«

Hartwig war nun etwas gehemmter, was Löhring wiederum kein schlechtes Gefühl gab. »Nein, Wilhelm, im Ernst, dieses Programm bieten wir nur Leuten aus dem mittleren Management an. Kein Topmann oder Vorstand würde bei so etwas noch mitmachen. Obwohl, bei denen sollte man gleich ein ganzes soziales Jahr … Bist du eigentlich allein im Auto, Wilhelm?«

Löhring nahm die Verfolgung eines Wagens auf, der einen Raketenantrieb zu haben schien, und ging nicht weiter auf Hartwigs letzte Frage ein. Sollte dieser doch ruhig im Ungewissen bleiben. Stattdessen sagte er: »Weißt du, ich plane so etwas für unsere Leute in London. Die sollte man vielleicht mal ein wenig dezentralisieren.«

»Wunderbar. Wunderbar, Wilhelm, wenn ich dir behilflich sein konnte. Und: no bad feelings, okay? So, nun ruft die Arbeit. Wem sage ich das. Zu allem Überfluss hat meine Sekretärin gerade gekündigt. Tja, so sind die Frauen. Flattern von einem Blütenkelch zum nächsten. Wir hören. Komm doch mal auf eine Tasse Kaffee vorbei, wenn du in der Nähe bist.« Dass Hartwig ohne Umschweife aufgelegt hatte, nahm er erst am Freizeichen war.

Arschloch. Löhring hasste es, abgewürgt zu werden. Das Thema war Hartwig offenbar nicht wichtig genug. Und er, Löhring, war wohl kein guter Umgang mehr, spätestens seit den letzten Berichten in der Presse gehörte er nicht mehr zum Club. Ein beruflicher Wechsel nach London wollte gar nichts heißen. London war nichts weiter als Hochglanzexil für so manchen Gescheiterten in der Community. Löhring starrte auf den Asphalt, überlegte lang, gefühlte zwei Minuten. Also gut, er würde es ihnen allen zeigen, den Asiaten nochmals anrufen und sich die Koordinaten dieses »Brillenwechsel«-Programms geben lassen. Lichthupe an. Volles Risiko. Das Positive an der Sache war, dass er sich dabei nicht unbedingt näher mit sich selbst beschäftigen musste, sondern eben mit anderen.

Schlick ließ dröhnend den Kaffee in die Tassen schießen. »Nun, wie Sie vielleicht wissen, gehört die Winter Berry Group zur Von-Dangast-Gartencenter AG, einem alteingesessenen Familienunternehmen. Genau genommen existiert es seit 1922, als Gustav von Dangast einen Großhandel für Kartoffelsaat ins Handelsregister eintragen ließ. Für die wachsende Bevölkerung in den Städten hat er das Unternehmen lange als Versandhaus für Pflanzensamen und Setzlinge, Zierpflanzen und Gartengerätschaften geführt, und mit der Zeit und nach diversen Umstellungen des Warensortiments ist aus seinem grünen Daumen ein goldenes Händchen geworden. Das Unternehmen ist sehr erfolgreich, sogar noch nach der letzten großen Fusion. Wir sind stolz dazuzugehören.« Schlick stellte die Tassen auf ein Tablett. »Nehmen Sie Milch und Zucker?«

Miranda fühlte sich langsam etwas wohler. Nein, sie trinke ihren Kaffee schwarz, ohne alles, nur keine Umstände.

Schlick lächelte ihr aufmunternd zu: »Was hat Sie zu uns geführt? Und warum haben Sie da aufgehört, wo Sie waren?«

Miranda zögerte einen Moment zu lang. Sie hasste diese Art beiläufiger Fragen, die man unter Verwendung möglichst wohlklingender Begriffe lächelnd so zu beantworten hatte, dass keine Rückfragen aufkamen. »Unterlastung, ich war einfach ein wenig unterlastet. Oder überlastet mit der Unterlastung, wie man es nimmt.« Sie wollte es ein wenig ausführen, es nachvollziehbarer machen, aber sie konnte sich nicht mehr konzentrieren. Denn ihr Blick hatte sich auf diesen Gegenstand auf der Fensterbank geheftet: Er sah aus wie ein kleiner Korb unter einer Plexiglasabdeckung, recht grob und etwas ungeschickt geflochten aus gelb-bräunlicher Weide, ausgestellt wie ein Museumsstück.

Sie beugte sich hinunter, um den Korb genauer zu betrachten. Er hatte vielleicht rund werden sollen, war es aber nicht. Dafür trug er auf einem kleinen weißen Schild an der äußersten Kante der Abdeckung den Namen »Logo Work«, und darunter: Jeff Koons.

Jeff Koons. In diesem Fall konnte man auf Rundungen verzichten. Sie trat einen Schritt zurück, ließ sich den Namen auf der Zunge zergehen. Damit hatte sie nicht gerechnet, nein, das konnte nicht sein. Das war unbezahlbar, selbst für ein paar schief zusammengeflochtene Weiden. Es war verrückt, passte nicht an diesen Ort. Oder gerade doch? Jedenfalls erklärte es vor allem eines: Hier schien jemand Geld zu haben oder es im großen Stil zu machen. Und eines war dies hier mit Sicherheit nicht: eine profane Erdbeerfarm.

Sie blickte wieder nach draußen, und es arbeitete in ihrem Kopf. Langsam ordneten sich die Gedanken: Bei genauerer Betrachtung sahen die Tunnelröhren aus wie ein einziges High-Tech-Laboratorium. Aber wofür genau? Bioinformatik? Gentechnologie? Schräge Fantasie eines durchgeknallten Investors, vielleicht irgendwas mit Reproduktionsmedizin, Samenbanken, riesige sterile Samenbanken in freier Natur, getarnt als Erdbeerzuchtbetrieb? Mieze Schindler samt optimaler Befruchtungssorte? Vielleicht, dachte Miranda, waren das alles nur ihre spontanen Assoziationen, die reinsten Hirngespinste, Fantasien einer geistig unterforderten Sekretärin. Aber wer konnte schon sicher sein, dass es nicht so war? Man bewarb sich ahnungslos und leichtgläubig irgendwo, um anschließend vom Glauben abzufallen. Sie hätte es nicht zum ersten Mal erlebt. Und dann dieser Korb. Sie fand jetzt, dass er zweifelsohne aussah wie eine Kinderwiege. Nichts mit Erdbeerkörbchen. Sie hatte Mühe, Fassung zu bewahren, beruhigte sich schließlich damit, dass die Arbeitsagentur vielleicht einfach nur die Bewerberdaten und Angebotsprofile vertauscht hatte. Dazu hätte ein einziger falscher Tastendruck gereicht.

»Sehr fantasievoll, nicht wahr?« Schlick war offenbar Mirandas Blick zum Korb gefolgt, stellte Tassen, Milch und Zucker auf den Tisch und bot ihr einen Platz an. »Lassen Sie sich nicht von unserem kleinen Kunstwerk da auf der Fensterbank beeindrucken. Es ist nicht von Jeff Koons. Es steht nur sein Name darunter. Das ist ein Unterschied.«

»Entschuldigung, ich verstehe nicht recht.« Miranda wusste nicht, ob es vielleicht die Neugierde war, die sie dazu bewogen hatte, sich zu setzen, kurz nachdem sie entschieden hatte, sich auf gar keinen Fall zu setzen.

Schlick setzte das Tablett ab. »Es ist nichts weiter als ein Stück aufgehobene Vergangenheit, ein kleiner Scherz oder, wenn Sie so wollen, ein Beweisstück dafür, wie schnell sich Menschen täuschen lassen. Das ist eine lange Geschichte, und vielleicht erzähle ich Ihnen irgendwann einmal, was es mit dem Korb auf sich hat.«

Die Neugierde war stärker als das Entsetzen: Miranda blieb und ließ sich den Kaffee servieren. Schließlich gab es Situationen im Leben, die durchlebt werden mussten – selbst wenn man diese im Nachhinein als fatal und durchaus verzichtbar einstufen würde, so waren sie doch meist für irgendetwas gut. Und schließlich hatte sie ja noch alles im Griff, hatte noch nichts unterschrieben, konnte nach der berühmten darüber geschlafenen Nacht immer noch dankend und mit großem Bedauern absagen.

Schlicks Blick schien Miranda zu durchdringen: »Ich kann mir vorstellen, was Sie jetzt denken. Wissen Sie, ich habe auch jahrelang als Sekretärin gearbeitet, bevor ich Herrn Winter kennenlernte. Da war ich wohl zur richtigen Zeit am richtigen Ort, auch wenn andere das vielleicht nicht unbedingt so sehen. Doch seitdem habe ich viel dazugelernt und den Absprung geschafft, und das habe ich auch Herrn Winter zu verdanken. Es ist nicht immer einfach mit ihm, aber eigentlich ist er ein wundervoller Mensch.«

Miranda konnte sich des Eindrucks nicht erwehren, dass etwas sehr Nachdenkliches in Schlicks Blick gekommen war, während sie redete, und dass zu ihrer Geschichte noch erheblich mehr gehörte, als sie jetzt bereit war zu sagen. Was stimmte nicht an diesem »eigentlich wundervollen Menschen«? Wenn die Bemerkung, dass jemand »nicht einfach« sei, bereits beim Vorstellungsgespräch fiel, so war davon auszugehen, dass es sich bei der betreffenden Person um einen charakterlichen Risikopatienten handelte. Miranda mochte diesen Gedanken gar nicht vertiefen, und Schlick schien auch keine Reaktion darauf zu erwarten.

Sie legte den Kopf schräg, lächelte, überlegte offenbar kurz und fragte dann: »Mögen Sie Zahlen?«

Diese Frage war nun wirklich enttäuschend, fand Miranda, und Schlick schien zu merken, was sie dachte: »Ich frage das nur, um sicherzugehen. Man hat Ihnen gesagt, worum es hier geht?«

»Ja, sicher. Ich nehme an, Herr Winter braucht ein wenig buchhalterische Unterstützung. Vielleicht ist er ja auch viel auf dem, nun ja, Feld. Nicht jede Führungskraft hat heute noch Sinn und Muße für Soll und Haben.« Sie bereute es in dem Moment, in dem sie es gesagt hatte, aber sie würde diesen Job sowieso nicht haben wollen.

»Nun, mit Herrn Winter verhält es sich da ein wenig anders. Um die Zahlen kümmert er sich selbst ganz gern.« Schlick fing an, ein Fadenende an einem Blazerknopf am Ärmel zu drehen. »Die Zahlen. Ja. Ich würde sogar sagen, er braucht sie, also die Zahlen. Sie ordnen seine Welt. Man darf sie ihm auf gar keinen Fall wegnehmen. Sie sollten sie lediglich mögen, um auch ihn zu mögen.«

Miranda versuchte, ihren Blick von Schlicks Gesicht abzuwenden, aber es gelang ihr nicht.

Schlick fuhr fort: »Sie werden verstehen, was ich meine, wenn Sie ihn erst einmal kennengelernt haben. Glauben Sie mir, es ist viel Liebenswürdigkeit in ihm, man muss nur ein wenig danach suchen, und dabei sollte man sehr fachkompetent, sensibel, flexibel, nervenstark und auf eine äußerst selektive Art und Weise kontaktfreudig sein. Teilzeit selbstverständlich. Länger würde er es gar nicht aushalten.«

»Er?« Miranda erhob sich, wollte gehen, doch Schlick fuhr fort: »Wissen Sie, wir hatten Bewerberinnen hier, die einfach nur ihren Job machen wollten, Erdbeergeschäft und so. Aber in diesem Fall ist das der völllig falsche Ansatz.«

Also doch. Miranda setzte sich wieder: »Es ist mehr, nicht wahr? Hier geht es nicht nur um Erdbeeren?«

»Nein, nicht nur. Hat man es Ihnen denn nicht gesagt?

»Was passiert da draußen in diesen Treibhausschläuchen?«

Schlick musterte sie lange, zögerte und sagte dann: »Erdbeeren. Wir züchten Erdbeeren. Und noch ein paar andere Dinge.«

BRILLENWECHSEL

Acht Tage später, am Montagvormittag Punkt halb zehn betrat Löhring die Justizvollzugsanstalt durch eine schwere Stahltür. Er lief durch eine Art Schleuse, links und rechts schätzungsweise fünf Meter hohe, zementfarbene Mauern mit aufgerollten Stacheldrahtkronen auf der obersten Kante, die von unten aussahen wie gigantische Lockenwickler. Es war laut, als die Stahlhälften des Tors hinter ihm wieder aufeinandertrafen. Irgendwann auf halber Strecke ins Innere wurde er aufgefordert, stehen zu bleiben und Arme und Beine auszubreiten. Man befragte ihn nach spitzen Dingen, und er wurde dezent durchsucht. Es war mehr ein zartes Abklopfen, trotzdem konnte Löring sich des Eindrucks nicht erwehren, etwas Schlimmes getan zu haben. Mein Gott, dachte er, es sah von innen nicht weniger bedrohlich aus als von außen.

Jetzt würde es losgehen. Ein einhundert Jahre altes Gefängnis mit über achthundert männlichen Insassen, Schwerpunkt Gewalt- und Sexualstraftaten sowie organisiertes Verbrechen, siebzig Prozent mit ehemaliger Drogen- und Alkoholabhängigkeit, viele Häftlinge mit Anschluss-Sicherungsverwahrung, einige auch Endstrafenverbüßer, ohne Bewährung, durchschnittliche Verweildauer selten unter zwei Jahren. Beachtlich. Ganz beachtlich. Natürlich wollte er da nicht rein.

Doch bloß nicht blenden lassen, dachte Löhring. Es wurde überall nur mit Wasser gekocht, und außerdem hatte er sich selbst dafür entschieden. Er wurde von einem Beamten zum nächsten geschoben, immer weiter in den Bau. Es war schließlich nichts weiter als die Verlängerung eines verlängerten Wochenendes, man wähnte ihn im Haus seiner Familie, und er konnte jederzeit abbrechen. London und der Rest der Welt würden davon überhaupt nichts mitbekommen, außer vielleicht später durch einen rundum erneuerten Löhring, der ganzheitlich exzellent aufgestellt sein würde, sozial potent, wieder fit für die Community durch den Dienst am Menschen. Schon als junger Mann, so erinnerte er sich, hätte er viel lieber Zivildienst geleistet, als den Hauptfeldwebel im »Iltis« durchs ostbayerische Grenzgebiet zu chauffieren. Löhring näherte sich dem Innersten der Festung. Ja, wenn er es sich recht überlegte, war dies eine Art von Konzerndienstverweigerung im Namen der Menschlichkeit.

Die Dame vom »Brillenwechsel«-Programm hatte ihn beim Einführungsgespräch nochmals gefragt, ob er sich nicht eher einen Einsatz in der städtischen Suppenküche oder bei der Bahnhofsmission vorstellen könne. Was für ein Vorschlag! Nein, hatte Löhring geantwortet, wo andere aufhörten, da fange er erst richtig an, und um wirklich gut zu sein, müsse man konsequent die ganze Schlechtigkeit integrieren. Er wolle zu den harten Jungs, hatte er versichert und lächelnd hinzugefügt, er sei ja selbst einer. Sie hatte etwas schief zurückgelächelt und noch bemerkt, dass die Teilnehmer während der Maßnahme die Mitte finden müssten zwischen Empathie und Abgrenzung, um nicht verletzt zu werden und auch selbst nicht zu verletzen. Sie hatte gut reden, urteilte Löhring. Sozialpädagogin. Noch nie eine Firma von innen gesehen, die sollte ihm bloß nichts von notwendiger professioneller Distanz erzählen.

Die Schleuse führte auf eine Art Pförtnerhäuschen zu, in dem zwei Beamte in Zivil saßen. Sie machten einen ausnehmend netten Eindruck, doch Löhring wollte jetzt endlich hinter Gitter und nicht wieder befragt oder befummelt werden. Dieses Mal verlangte man nach seinen Papieren. Nachdem er sich vorgestellt und seinen Personalausweis durch den Glasschlitz geschoben hatte, begann auf der anderen Seite ein Suchen in den Unterlagen. Man finde gar keine Strafakte. Und es könne doch nicht sein, dass er völlig unbegleitet sei. Seine Akte liege auch ganz woanders, erklärte Löhring. Unter normalen Bedingungen hätte er sich jetzt köstlich amüsiert. Doch er fand es nicht lustig und der Beamte hinter der Glasscheibe auch nicht.

Der zweite Bedienstete, ein noch recht junger Mann in Jeanshemd und mit einem dieser neumodischen Schlüsselbänder um den Hals, sprang zu Hilfe: »Entschuldigung, Herr Dr. Löhring? Sie sind der Brillenwechsler, nicht wahr?« Er kam um das Häuschen herumgelaufen, noch bevor Löhring antworten konnte, und gab ihm die Hand. »Herzlich willkommen bei uns. Haben Sie gut hergefunden? Ist alles okay? Der Schritt über unsere Schwelle ist ja ein wenig gewöhnungsbedürftig für jeden Besucher.«

»Mir geht es hervorragend. Aber Sie müssen Ihren Kollegen am Empfang mal etwas trainieren. Kennt man mich denn nicht?«

Der Mann im Jeanshemd fuchtelte ein wenig hilflos mit den Händen durch die Luft. »Doch, schon. Ich weiß auch nicht. Entschuldigen Sie bitte, dass Sie da aufgehalten wurden. Wir müssen eben ein wenig vorsichtig sein. Auch zu Ihrem eigenen Schutz.«

»Ich bitte darum.« Löhring wollte das Thema nun nicht weiter vertiefen. »So, Sie haben also die Schlüsselkompetenz hier?« Er musterte sein Gegenüber.

»Wenn Sie so wollen.« Mit diesen Worten reichte der Beamte Löhring ein kleines Ansteckschild, auf dem »Besucher« stand.

Löhring nahm es, las auch das Kleingedruckte – »Dr. Wilhelm Löhring, Teilnehmer Brillenwechsel-Programm« – und heftete es sich gleich ans Hemd.

Sein Name stehe auf dem Kopf, bemerkte der Beamte. Doch Löhring meinte, das würde ihn nicht weiter stören. Der Beamte fuhr fort: »Wie auch immer, ich würde vorschlagen, dass wir zunächst einen kurzen Rundgang machen und Sie anschließend Herrn Kellermann kennenlernen, Ihren Bezugshäftling.« Der schlaksige junge Mann schritt forsch voran, weiter ins Innere, und Löhring folgte.

»Sagen Sie, hier sitzen nur Männer ein, nicht wahr?«

»Ja. Dies ist kein Frauengefängnis. Von denen gibt's auch nicht so viele.«

»Frauen?«

»Nein, weibliche Häftlinge. Es sind durchschnittlich etwa dreißig Mal mehr Männer inhaftiert als Frauen.«

»Eine sehr ordentliche Quote trotzdem. Immerhin.«

Löhring blickte nach oben, als sie in eine Art Foyer kamen, von dem sternförmig die Gänge mit den Zellentüren abzweigten, das Ganze über eine Höhe von fünf Etagen. Über dem Foyer, auf Höhe der ersten Etage, hing ein Netz, was der Halle etwas seltsam Dynamisches gab. »Ist das eine Art Installation?« Es klang ein wenig kehlig, denn er hielt seinen Kopf immer noch im Nacken, versuchte das zu überblicken, was sich da über ihm auftat.

»Nein, das ist eine Selbstmordsicherung. Schon ziemlich alt, bisschen porös geworden mit der Zeit. Ob die heute einen unserer schweren Jungs noch abfedern könnte, wissen wir nicht. Wir haben es auch noch nicht ausprobieren müssen. Und Sie wollen es sicherlich auch nicht, oder?«

»Mir geht es hervorragend. Danke.« Löhring schritt weiter. Ihm fiel auf, dass sein Begleiter noch nicht einmal eine Waffe trug. Sehr zivil. Es hatte Zeiten gegeben, da war sogar sein Fahrer im Besitz eines Waffenscheins gewesen. Und hier? An diesem Ort hätte man doch wohl eine Waffe für angemessen gehalten, und sie wäre nicht weiter aufgefallen. Man hätte einfach auch mal schießen können.

Überall schepperte es eigenartig, und die Stimmen verhallten so langsam im Raum, dass sie ineinander übergingen und sich zu einem einzigen nahen und fernen Stimmengewirr um ihn herum vereinten. Man hatte Schwierigkeiten, überhaupt noch etwas zu verstehen und die Orientierung zu behalten.

Plötzlich setzte über ihm ein ohrenbetäubender Lärm ein. Löhrings Kopf lag sofort im Nacken Richtung Selbstmordsicherung, denn jetzt kamen aus allen diesen Türen die Häftlinge, behäbig wie die Löwen, bewegten sich in lockeren Gruppen in ein und dieselbe Richtung. Überall hallten Türen, und das klirrende Geräusch von Schlüsselbunden war allgegenwärtig. Was war hier los?

Die Stimme des Beamten wurde lauter: »Nicht erschrecken. Das ist die erste Freistundenschicht. Alle Häftlinge haben außerhalb der Arbeitszeiten das Recht auf täglich mindestens eine Stunde Aufenthalt und Bewegung im Freien.«

Löhring versuchte derweil die Gesichter zu erkennen, als suche er Bekannte. Es waren Männer aller Altersklassen da über ihm – keinesfalls finstere Individuen, die meisten in Jeans und Sweatshirt, einige tätowiert, andere mit einem fast biederen Aussehen wie Schrebergärtner oder Wohnwagenurlauber. Sie waren ihm fast sympathisch, so auf den ersten Blick. Er mochte dieses Unangepasste, dieses Unnahbare und Außerordentliche im wahrsten Sinne des Wortes, das von ihnen auszugehen schien. Die hatten es wahrscheinlich nicht mehr nötig, freundlich zu sein, wenn ihnen nicht danach war. Löhring blickte immer noch fast bewundernd nach oben.

Sein Begleiter drängte weiter: »Ich sehe schon, Sie interessieren sich für die Menschen hier. Ein Mädchenpensionat sind wir zwar nicht gerade, aber eigentlich sind das oft ganz nette Jungs. Und Herr Kellermann ist ein ganz besonderes Exemplar. Sie werden sehen.«

Löhring stutzte: »Wie meinen Sie das? Gute Führung?«

Der Beamte lief weiter und sagte mit nach oben gerichtetem Blick: »Für gute Führung gibt es keine Vergünstigungen. Wir sehen sie als notwendige Voraussetzung für ein geordnetes Zusammenleben. Im Gegenteil, schlechte Führung hat Konsequenzen, wird sanktioniert. Gute Führung wird vorausgesetzt.« Er winkte einigen Häftlingen zu.

Kein schlechter Ansatz, fand Löhring. Es schien auch so zu gehen. Diesen ganzen Zinnober rund um den Begriff Leadership Performance fand er sowieso reichlich ausgereizt. Er war geradezu überrascht von dem informellen und freundlichen Miteinander – vielleicht der einzige Luxus, den man sich leistete an diesem Ort.

Der Beamte fuhr fort: »Nein, Kellermann ist einer unserer Resos. Er ist auf Resozialisierung bedacht und möchte wieder zurück in die Gesellschaft.«

»Ja, wer möchte das nicht«, bemerkte Löhring.

Kellermann gehe übernächste Woche in den offenen Vollzug und parallel in die berufliche Entlassungsvorbereitung, erklärte der Beamte weiter. Er habe nur noch sechs Monate abzusitzen und sei keiner jener Schauspieler, die es hier auch gebe. Man müsse wissen, und das sage er nur ihm, Löhring, dass bei den Profis unter den Insassen der Wille zur Veränderung oft nichts weiter als ein Lippenbekenntnis sei, die verkauften ihre Seelen für den kleinsten Mehrkomfort. Kellermann sei da anders, und im Schulungsraum, wo man sich treffe, gebe es für alle Fälle Kameras. Löhring könne auch ein Personennotrufgerät haben, falls er das wünsche.

»Für meine Nöte reicht kein Notrufgerät der Welt, guter Mann«, scherzte Löhring. »Ich bin froh, mich hier mal mit anderen Dingen zu umgeben, mich ein wenig zu dezentrieren.« Verkaufte Seelen. Kameras. Interessant.

Bis zum Mittag hatte er fast alles gesehen: eine Gefangenenzelle mit Bademantel, Topfblumen und Transistorradio, die Küche, die Gärtnerei, die Gebäudereinigung, den Kabelhof, den arbeitstherapeutischen Betrieb, die Alphabetisierungs-Schule, die Sporthalle und die PC-Schulungsräume. Löhring kam sich vor wie der Kanzlergatte, dem man als Begleitprogramm und im Rahmen diverser Wohltätigkeitsverpflichtungen die Besichtigung des Lebens außerhalb des eigenen ermöglichte. Sehr schön. Aber ein wenig mehr Nervenkitzel hatte er sich schon vorgestellt.

Was sein Bezugshäftling Kellermann überhaupt angestellt habe, wollte er wissen, als ihn der mittlerweile fünfte Vollzugsbeamte in die Schulungsräume begleitete. Kellermann sitze ein wegen schweren Raubüberfalls mit Waffenbesitz, neuneinhalb Jahre. Das sei aber verhältnismäßig viel, bemerkte Löhring, wo doch der Totschläger von eben aus Zelle sieben nur fünf Jahre hatte. Schließlich sei bei Kellermann doch wohl kein Mensch zu Tode gekommen. Oder? Nein, antwortete der Herr mit der Schusswaffe an der Hüfte, es gehe da mehr ums Intrinsische, um die Motivlage. Der Totschläger habe seine Tat nicht geplant und im Affekt gehandelt, während Kellermann aus schnödem Gewinnstreben Monate darauf zugearbeitet habe. Das sei schon ein Unterschied, intrinsisch betrachtet.

Löhring wusste nicht, welchen Typus er sich genau als Schützling im Knast vorgestellt hatte. Aber so einen nicht. Es war alles so banal.

Kellermann saß bereits im Schulungsraum und blickte noch nicht einmal von seinen Unterlagen auf, als man ihm Löhring vorstellte. Der Häftling war von kleiner, gedrungener Statur und dick, aber nicht auf diese schlaffe Weise, sondern eher stramm, durchaus trainiert, wie ein in die Jahre gekommener Kugelstoßer. Mitte fünfzig mochte er sein, vielleicht auch Anfang fünfzig. Auf seinem Kopf befand sich kein einziges Haar, und er schien diesen Mangel auch selbstbewusst zu pflegen. Die Glatze glänzte in beeindruckend perfekter Ebenmäßigkeit, ohne den Hauch von Nachwuchs. Dafür trug er einen rötlichen Schnauzbart, der ihn älter machte, als er wohl tatsächlich war. Kellermann hatte eine beeindruckende Oberarmmuskulatur, und als er sich aufrichtete, um Löhring dann doch die Hand zu geben, entfaltete sich ein großer roter Stierkopf auf schwarzem Grund auf seinem T-Shirt.

Er war kein Häschen. Von der allgemeinen Anmutung her sah er ein wenig nach Karstadt aus, fand Löhring. Andererseits konnte man nicht gerade behaupten, dass er austauschbar gewesen wäre. Er roch nach Sandelholz, und bei aller Behäbigkeit hatte er lebendige, wache Augen – ein Vertriebstyp, dachte Löhring, zupackend und helle, nicht mehr und nicht weniger. Es gab schlimmere Exemplare. Aber er mochte ihn nicht.

Kellermann seinerseits musterte ihn von oben bis unten, missbilligend, wie Löhring schien, und ohne ein Wort. Löhring überkam ein Unwohlsein. Er hatte am Morgen lange vor seiner Garderobe gestanden und sich schließlich für einen gepflegten Freizeitlook entschieden: Hemd in Bleu, ohne Sakko darüber, auch ohne Krawatte, dazu eine dunkelblaue Jeans. Dies war zwar keine Freizeit, aber richtige Arbeit war es eben auch nicht. Für das, was er hier tat, gab es weder das richtige Wort noch die richtige Kleidung. Er hätte so oder so bescheuert ausgesehen, und genau das schien Kellermann jetzt zu denken.

Der Vollzugsbeamte entfernte sich mit seinem Bund klobiger, schraubenzieherlanger Schlüssel durch die gläserne Tür, versicherte, er bleibe in Rufnähe, was man für ein wenig übertrieben halten mochte.

Löhring räusperte sich – entspannt, zugewandt, aber ohne harmlos zu erscheinen. »Ja. Löhring mein Name. Ich sehe, Sie haben sich bereits ins Studium vertieft. Ich soll Ihnen dabei ja ein wenig unter die Arme greifen.« Sein Blick ging zu Kellermanns Oberarmbizeps, und es war etwas mühevoll fortzufahren: »Betriebswirtschaft, nicht wahr? Find ich toll, dass Sie das hier machen. Wir beide kriegen da einen tollen Synergieeffekt hin, glaube ich.«

Kellermann bemerkte daraufhin, er könne ihn mal.

»Entschuldigung. Wie bitte?«

Und nun bekam der Häftling tatsächlich den Mund auf. Er, Kellermann, wisse ganz genau Bescheid. Kein anderer habe Löhring hier haben wollen, weil er Dreck am Stecken habe. So einen wolle man hier nicht. Ob es keine Haftanstalten in England gebe, denn da sei er doch hingeflüchtet.

Löhring hatte Mühe zu verstehen, von wem oder was sein Gegenüber überhaupt sprach. Von sich selbst oder einem Mithäftling? Er legte sein Handy auf dem Tisch ab, nicht mehr ganz so entspannt mittlerweile.

Ob er einen Anruf erwarte, wollte der Häftling wissen.

Löhring zuckte mit den Schultern.

»Dann stecken Sie das verdammte Teil wieder ein.« Nein, er lasse sich nicht missbrauchen, fuhr Kellermann fort, er sei, um das mal in Löhrings Worten zu sagen, keine emotionale Cash Cow. Und nein, man könne ihn nicht in einem vorgetäuschten Anfall von Mitmenschlichkeit medienwirksam ans Herz drücken, um sich besser zu fühlen, wo es eh nichts zu verbessern gebe. Bonzen wie er wollten doch nur sich selbst helfen statt anderen. Die selbsternannten Gutmenschen seien die Schlimmsten, alle bemitleidenswerte Wesen.

Mit einer solchen Betrachtungsweise hatte Löhring nicht gerechnet, aber er blieb im Spiel. »Na, Sie sind aber ein Grantler. Emotional etwas unstabil, was? Kenn ich, Mann.« Er sah sich um. »Nette Strafkammer haben Sie hier.«

»Fuck you«, bemerkte Kellermann, des Englischen immerhin mächtig.

Also gut, dachte Löhring, der Typ hatte zwar Arme wie ein Gorilla, aber er war zwei Köpfe kleiner als er. Löhring ging im Raum umher, strich über ein Flipchart und blickte unauffällig durch die Glastür nach draußen. Der Beamte hatte sich auf einen Stuhl gesetzt und las ein Buch. Löhring sprach langsam, während er im Raum umherging. Bloß kein festes Ziel bieten. »›Fuck you‹, also. Sie sollten auf Ihr Wurzelchakra achten, mein Lieber. Ist doch kuschelig hier. Kein Stress, oder? Wird doch gut für Sie gesorgt. Ich meine, Essen, Kleidung, ein Dach über dem Kopf, Arbeit beziehungsweise Studium statt Arbeitsdienst, einundzwanzig Tage Urlaub, wie ich hörte, Versicherung, ärztliche Versorgung vor Ort, TV, Sport, Therapie, Ehefrauenseminar. Hätten ich und meine Frau auch mal gern, glauben Sie mir.«

Kellermann sprach wieder Englisch.

Löhring stellte sich auf Abstand bedacht ans Fenster: »Come on. Das Leben ist ein Nullsummenspiel, mein Lieber. Es gibt Gewinner und Verlierer. Tja, und so wie es aussieht, sind Sie der Verlierer, haben sich erwischen lassen. Too bad.«

Kellermann schwieg.

»Hören Sie, im Ernst, wenn Sie nicht auf die Leute zugehen, wird das nix mit Ihrer Resozialisierung. Wenn Sie wüssten, wie viele Nasen mir nicht passen! Ich musste auf viele Arschlöcher zugehen, um da zu landen, wo ich jetzt bin.« Löhring schaute durchs Fenster in die gestreifte Landschaft. Kellermann schwieg.

Es reichte. Dem musste er sich erst gar nicht aussetzen. Wer hatte den ausgesucht? Löhring steuerte auf die Tür ohne Türdrücker zu und klopfte dagegen.

Kellermann blickte auf: »Sie werden Ärger kriegen.«

Der Vollzugsbeamte, der Löhring mit hinausnahm, sah ihm in die Augen und wollte wissen, ob alles in Ordnung sei.

»Hervorragend. Sehr interessant das alles, doch«, erwiderte Löhring. »Hören Sie, ich habe da noch ein paar Anrufe zu tätigen. Ich würde vorschlagen, wir machen für heute Schluss, damit ich mir noch ein paar Gedanken über die nächsten Tage hier machen kann. Ich weiß ja jetzt, was auf mich zukommt. Dies war ein guter Impulstag. Ich sollte aufbrechen.«

Das sei kein Problem, sagte der Beamte, und er möge sich nicht so viele Gedanken machen. Manchmal würden die Häftlinge erst einmal ihre Grenzen austesten. Wie die jungen Hunde. Und vielen falle es schwer, die passenden Worte für ihre Gefühlslage zu finden.

Oh, das sei schon in Ordnung, versicherte Löhring, eine durchaus gesunde Reaktion. Er sei ja auch des Englischen mächtig. Und da könne ja jeder kommen, so als Besucher.

Man öffnete ihm alle Türen nach draußen, und es war das erste Mal an diesem Tag, dass dieses Geklappere mit den Schlüsseln eine befreiende Wirkung hatte, fand Löhring, denn sie konnten nicht nur zuschließen, sondern auch aufschließen. Dieser multifunktionelle Einsatz von Schlüsseln war einem sonst gar nicht so bewusst. Nun aber schon. Es drängte ihn nach draußen wie einen Apnoe-Taucher an die Wasseroberfläche.

Niemand hielt ihn auf. Als er auf den Parkplatz der JVA lief, kam sein Sodbrennen wieder, er musste aufstoßen. Sein Landrover war nicht zu übersehen, und er wollte da jetzt unbedingt rein. Etwas Komfort, Nasenspray, gewohnte Umgebung. Und dann weg.

Erst an der ersten Ampelkreuzung konnte er wieder einen klaren Gedanken fassen. Die Lüftung lief auf Hochtouren, und er begann, regelmäßiger zu atmen. Was war das denn gewesen? So wie es aussah, hatte er sich von langweiligen Beamten, die dasselbe Hemd an mehr als einem Tag trugen, durch ein einziges Panoptikum führen lassen. Und dann diese Ablehnung, überall Ablehnung. Es konnte doch nicht sein, dass man sich erst ein Brötchen um die Ecke kaufen gehen musste, um einigermaßen anständig behandelt zu werden.

Am glatten Displaybereich krabbelte ein kleiner Käfer über die Einparkhilfe. Löhring schnipste ihn gegen die Scheibe, an der er mit ausgestreckten Beinchen hinabrutschte. Er starrte über ihn hinweg nach draußen, legte die Hände auf den oberen Teil des Lenkrads und den Kopf darauf. Der ganze Gefängnismief, eine beißende Mischung aus Männerschweiß, Kohl und kaltem Zigarettenqualm, war auf den Handrücken noch zu riechen. Es war völlig unakzeptabel. Eine einzige Unverschämtheit. Hatten die Leute eine Ahnung, was für eine Chance sie da mit ihm ausgeschlagen hatten?

Löhring legte sich eine Pille auf die Zunge und ließ den Kopf nach hinten gleiten, bevor es wieder grün wurde. Nie und nimmer wollte er da noch einmal hin.

Winter war fast unbemerkt in den Besprechungsraum gekommen. Miranda blickte auf in seine Richtung. Er war keiner dieser schwungvollen Typen, die Räume eroberten, statt sie einfach zu betreten. Bei ihm war es mehr ein Hereinhuschen. Er hielt kurz inne, stand etwas hölzern da, wie ein Bote ohne Paket, ein dunkelhaariger Typ von kleiner, drahtiger Gestalt, vielleicht Ende vierzig, in einem hellblauen Pullunder über einem dunkelblauen Polohemd, dazu eine Kordhose und Wildleder-Boots. Er war irgendwie verstörend attraktiv, wenn man von der Kleidung absah, fand Miranda.

Sein Blick streifte für Bruchteile von Sekunden den Stuhl, auf dem sie saß, und dann ging er zum Fenster, mit langsamen, kantigen Schritten, blieb davor stehen, steckte die Hände in die ausgeweiteten tiefen Hosentaschen und schaute hinaus in die Landschaft, als er sagte: »Ich brauche keine Sekretärin.«

Schlick lächelte, blieb jedoch sitzen. »Ja, das denken sie alle. Darf ich vorstellen: Herr Winter, wie er leibt und lebt. Normalerweise kann man die wenigen Worte, die er sagt, durchaus wörtlich nehmen. Doch hier würde ich eine Ausnahme machen.«

Es hörte sich heiter an, aber man konnte förmlich spüren, wie sehr Schlick um Verharmlosung bemüht war. Miranda hatte nicht das Gefühl, jetzt etwas sagen zu müssen. Es war nicht das erste Mal, dass sie wie eine Theaterbesucherin in der ersten Reihe wortlos mit ansah, wie die Dinge geschahen. Dieser Mensch vor ihr am Fenster hätte jedenfalls Eintritt nehmen können, fand sie. Alles an ihm war seltsam unscheinbar, und doch konnte sie nicht die Augen von ihm lassen. Er war kühl, aber nicht gleichmütig, nicht direkt unnahbar, aber auf jeden Fall distanziert, fast schüchtern, definitiv nicht das, was man einen Spaßvogel nennt. Und er stand immer noch am Fenster und blickte hinaus.

»Rechnet man die Anzahl der auf einem bestimmten Gebiet lebenden Tierarten inklusive aller Kleininsekten auf eine Gesamtfläche hoch, so verschwinden jeden Tag bis zu einhundertfünfzig Quadratmeter vom Planeten. Wir haben dringende Probleme. Und du willst mir sagen, dass ich eine Sekretärin brauche.«

»Keith, bittc.«

»Es ist wie damals. Purer Stress.«

»Nein, Keith, sie wird dir deinen Stress nehmen.«

Winter ließ sich nicht beirren. »Der Sekretärvogel ist auf dem afrikanischen Kontinent beheimatet und stampft seine Opfer zu Tode.«

Er sagte es auf eine Art und Weise, dass einem das Lachen im Halse stecken blieb und die einen mundtot machte, weil man zuerst überlegen musste, ob er das, was er sagte, so ernst meinte, wie er es sagte. Er war eine verstörende, respekteinflößende Persönlichkeit und besaß zugleich einen naiven Charme, wie ihn grimmige kleine Jungs haben – eine faszinierende Mischung, fand Miranda. Doch irgendetwas stimmte hier ganz und gar nicht. Er war keine zwölf mehr. Er war der Chef hier. Wo immer er auch gedanklich war, ihn dort abzuholen würde eine weite Reise bedeuten, um einiges weiter als eine Bustour in den Kaukasus. Miranda blieb sitzen, nahezu bewegungslos, mit übereinandergeschlagenen Beinen, die Unterschenkel nochmals ineinander verschlungen.

Winter stellte sich auf die Zehenspitzen und begann, ganz langsam von einem Bein aufs andere zu trippeln. »Ich habe Siri.«

Siri. War das ein Stichwort? Miranda musste jetzt einen Vorstoß wagen. Es war wahrscheinlich nur ein Spiel, eine etwas schräge Art von Assessment Center. Einen Versuch war es wert, und sie fragte so neutral wie möglich, nahezu tonlos: »Ist das auch eine Vogelart?«

Winter drehte sich langsam zu ihr um, blickte ihr immer noch nicht in die Augen und sagte lediglich in ihre Richtung: »Siri wandelt meine Sprache in Text um. Wenn ich sage: ›Termin mit Müller‹, dann schickt sie Müller eine Mail und fügt den Termin ›to be confirmed‹ in meinen Kalender ein.« Er sagte es in einer Bestimmtheit, die sie wohl darüber hinwegtäuschen sollte, dass ein solches Nachhalten von Terminen ja nun wirklich nicht besonders innovativ war.

Schlick wandte sich Miranda zu, als müsse sie übersetzten, was Winter da gerade von sich gegeben hatte: »Siri ist emotionsfrei und stellt keine Fragen. Darin liegt ihr Charme. Man kann sie in die Ecke feuern oder einfach ausschalten. So heißt die Sprachbedienung seines Smartphones.«

Miranda lehnte sich erleichtert zurück. Nur ein Smartphone. Zumindest das schien ganz normal an Winter zu sein. Und sie hörte sich sagen: »Nun, damit komme ich klar. Es hat ja fast schon autistische Züge, wenn man es zu oft benutzt, nicht wahr?«

Winter blickte auf die Tischplatte: »Ich habe keine autistischen Züge. Ich bin autistisch.«

Miranda spürte, wie jegliche Spannung aus ihrem Unterkiefer wich und dieser nach unten wegklappte.

Schlick schien die ganze Sache inzwischen peinlich zu sein: »Ja, das mit dem Asperger-Syndrom, hat man Ihnen das denn nicht gesagt in Ihrer Agentur?«

»Ja, gut. Nun. Natürlich. Da gibt es ja verschiedene Ausprägungen. Ich meine, man merkt es doch kaum, und dass das jetzt tatsächlich so sein soll, finde ich schon erstaunlich. Ein wenig.« Miranda schämte sich. Mein Gott, Genmanipulation, Präimplantationsdiagnostik, durchgeknallte Forschungsvorhaben im Dienste des Geldes – nichts von alledem, was sie sich ausgemalt hatte, schien zu stimmen. Der Chef war nur Autist. Punkt. So einfach war die Lage. Er verhielt sich nicht anders als viele Chefs, die sie erlebt hatte, mit dem einzigen Unterschied, dass er eine Diagnose hatte, schwarz auf weiß. Es gab Schlimmere – ohne Befund.

Winter kam näher und strich über eine der Tischkanten. »Was können Sie schon.« Es war keine Frage, sondern eine Feststellung.

»Nun, man sagt, dass ich sehr mitdenkend arbeite.«

Schlick sagte: »Sehr schön«, und holte dann kurz Luft. Sie schien das Thema wechseln zu wollen. Doch sie kam nicht dazu.

»Sie können nicht im Ansatz die Menge und die Qualität meiner Gedanken ermessen.«

Immerhin, er sprach. Und er war entwaffnend ehrlich. Jeder Chef dachte so, doch keiner hatte es bislang ausgesprochen. Vielleicht musste man ihn nur am Reden halten. Miranda fuhr also fort: »Ich organisiere gut und schnell.« Und sie fügte lächelnd hinzu: »Ich manage sozusagen Ihr Management.«

»Damit wären Sie die Supernova des Managements. Überdenken Sie das.«

»Ich habe angemessene kommunikative Fähigkeiten.«

»Ich kommuniziere nicht. Ich hasse Kommunikation.«

Er schien einer der Führungskräfte zu sein, denen man im Vorstellungsgespräch nicht nur sich selbst als Kandidatin, sondern den Job an sich nahelegen musste. Doch selbst das war nicht sehr beunruhigend. Es kam öfter vor, dass Menschen Hilfe brauchten, aber es lediglich nicht wussten.

Schlick schien nun genug zu haben. »Keith, reiß dich bitte zusammen. Frau Beck soll dir doch nur ein wenig zu Hand gehen, du weißt schon, telefonieren, organisieren, dir eine Stimme verleihen, deine Gedanken in administrative Bahnen lenken, für dich mit Menschen reden, dir bei den Verhandlungen, die du planst, helfen. Vielleicht etwas Veranstaltungs- und Projektmanagement.«

»Ich hasse Veranstaltungen. Ich verachte Projekte. Projekte sind in ihrer überwiegenden Mehrzahl unspezifische Ablenkungsmanöver vom eigentlichen Management.« Und dann schien Winter etwas in seiner Hosentasche zu suchen, man sah durch den Kord, wie sich die Finger bewegten. Nach einiger Zeit wurde er fündig und zog langsam etwas heraus. »Das hier, das hier ist ein Projekt.«

Und jetzt traute Miranda ihren Augen nicht. Sie starrte auf seine Hand, die Finger feingliedrig und kräftig zugleich, die reinste Herzchirurgenhand, und sie sah, wie diese sich öffnete, um etwas behutsam auf die Tischplatte zu setzen, was sich sodann bewegte: Ein silbern glänzender, massiger Käfer mit auffallend großen Flügeldecken streckte seine Fühlhörner aus und krabbelte auf Miranda zu wie ein Kurzstreckensprinter nach dem Pistolenschuss. Er schien kein Aufziehschlüsselchen am Hinterteil zu haben. Ihm folgte ein weiterer, der genauso stark glänzte, nur golden.

»Wir überspannen sie da draußen mit Vlies oder kleinporiger Lackfolie aus Polyethylen. Wie die Erdbeeren. Wir schützen sie vor Trockenheit und Frost und gleichen ausbleibenden tropischen Niederschlag durch eine Tropfschlauchanlage aus.«

Schlick verließ langsam und fast geräuschlos den Raum.

Am nächsten Tag hatte Löhring wieder vor Kellermanns Zellentür gestanden. Es war wie ein Zwang, ein ewiges Auf und Ab, wie im Job. Bei Auf dachte man nicht an Ab und umgekehrt. Sicher, Misserfolg sei eine völlig unterschätzte Erfahrung, hatte der Asiat ihm gesagt. Aber das war nicht die Kategorie, in der er,

Löhring, dachte. Misserfolg war das Gegenteil von Erfolg und somit nicht hinnehmbar. Nein, er hatte wieder dahin gemusst. Dies war auch keine weise Erkenntnis, sondern vielmehr ein innerer Mechanismus, ein Prinzip, ein Instinkt, dem er zu folgen hatte. Gefängnis hin oder her. Er saß ja nicht drin. Ihm würde schon etwas einfallen. Ausräuchern, zur Not alle ausräuchern. Er würde Kellermann schon Beine machen. Sollte er ihn hassen, wenn er ihn nur fürchtete. Löhrings Wille war enorm. Aber enorm war auch Kellermanns Beharrlichkeit.

Dabei hatte man offenbar versucht, den Häftling gefügiger zu machen. Die Reso-Leitung hatte ihm zwar nicht mit unzeitgemäßen Sanktionen gedroht aufgrund seiner mangelnden Kooperationsbereitschaft, aber es gab wohl durchaus Möglichkeiten, mühsam erarbeitete Annehmlichkeiten vorübergehend so elegant einzuschränken, dass der Betroffene sich nicht wirklich offiziell beschweren konnte. Schließlich stand in diesem Fall wohl auch die Aussicht auf einen potentiellen Geldhahn aus der Wirtschaft auf dem Spiel. Es gab schließlich keinen besseren finanziellen Wohltäter als einen von sich selbst berührten Menschen mit Budget nach absolviertem Brillenwechsel, dessen war sich Löhring durchaus bewusst. Also kurzum: Man hatte Kellermann das Notebook wieder entzogen. Kellermann hätte wahrscheinlich auf alles verzichtet, auf das Sandelholz-Duschgel, den Fernseher, das Hanteltraining, die dicken Stricksocken, die er trug, oder seine Motiv-T-Shirts. Aber nicht auf das Notebook, nicht auf all die Dateien, diese Verbindung zur Außenwelt und eben notwendiges Rüstzeug für seine berufliche Zukunft. Ja, man hatte ihm Ungutes angetan, damit ein anderer ihm Gutes tun konnte. Scheißspiel.

Löhring konnte ja auch niemandem sagen, dass Kellermanns plötzliche Zahmheit wohl viel eher seiner, Löhrings, natürlichen Autorität geschuldet war, nicht zuletzt der Tatsache, dass er sich bereits am nächsten Tag wieder hinter Schloss und Riegel begeben hatte und Kellermann erneut gegenübergetreten war: unbeeindruckt, entschlossen und auch irgendwie treu. Es war wohl nichts weiter als ein Test gewesen am ersten Tag, dachte Löhring, eine Art innere Äquatortaufe, die wahrscheinlich jeder Häftling zu absolvieren hatte.

Und so kam es tatsächlich, dass man ein wenig Kontakt aufnahm miteinander.

In der darauffolgenden Woche gab es natürlich Tage, die noch immer ein wenig schwierig waren, doch Löhring konnte eine bisher ungekannte Freude an der Arbeit mit Kellermann nicht gänzlich verleugnen. Er hätte nie gedacht, dass er einmal so gern hinter Gitter gehen würde. Sicher, von Spaß konnte keine Rede sein, aber Kellermann hatte so etwas Ehrliches an sich, und man begann durchaus, etwas wertschätzender miteinander umzugehen.

Bei seinem Eintreffen fand Löhring für gewöhnlich einen bereits ins Studium vertieften Schützling vor, der grüßenderweise kurz die Hand hob, ohne den Kopf vom Papier zu nehmen. Diese Selbstverständlichkeit des Umgangs hatte etwas sehr Vertrautes, fand Löhring, auch wenn man nicht gerade von einem »Team« sprechen mochte. Vielleicht war es aber auch bereits mehr als das, und sie hatten die Teamphase kurzerhand übersprungen, denn schließlich verstand man sich ohne Worte. Blind sozusagen. Andere mussten jahrelang zusammenarbeiten, um diesen Grad an Nicht-Kommunikation überhaupt zu erreichen.

Löhring näherte sich vorsichtig dem schreibenden Kellermann und beugte sich über dessen Schulter: »Ah, Sie arbeiten schon wieder fleißig.«

Kellermann schaute immer noch nicht auf und brummte: »Klappe. Als würde ich hier den ganzen Tag apathisch aus den Gitterfenstern glotzen und auf Sie warten.«

Er sprach jetzt immer mal wieder ganze Sätze, und auch das war bereits ein enormer Fortschritt, fand Löhring. »Ich meine ja nur. Also rein faktisch. Ich finde das gut.«

Kellermann reagierte erneut mit einem ganzen Satz: »Verdammte Scheiße, ich mache das hier mit Ihnen nicht freiwillig. Wann kapieren Sie das endlich?«

»Seien Sie doch nicht so emotional. Das verengt den Geist, und wir wollen hier doch studieren«, sagte Löhring und sah, wie sich in Kellermanns Nacken die ersten Schweißperlen bildeten und sich die Schultern versteiften, als er versicherte, er sei überhaupt nicht emotional. Also gut, dachte Löhring, manchmal war eine faktische Rückbesinnung auf die Ausgangslage auch im bereits vorangeschrittenen Projektverlauf nötig, um anschließend konstant vertrauensvoll zusammenzuarbeiten.

Er stand immer noch hinter Kellermann, als er sagte: »Hören Sie, mein Guter, um das nochmals klarzustellen: Dies hier ist nichts weiter als ein Deal. Ich habe Ihnen den Intellekt und die Freiheit voraus, Sie sind hier aus wahrscheinlich nachvollziehbaren Gründen eingebuchtet und wollen aus ebenso nachvollziehbaren Gründen irgendwann wieder heraus. Ich soll Ihnen dabei helfen. Ich kann mir auch Besseres vorstellen, glauben Sie mir.« Löhring legte die Hände an Kellermanns Drehstuhl und zog ihn zu sich herum: »Ich erwarte lediglich etwas mehr Respekt mir gegenüber! Mann, nur falls Ihnen das noch nicht aufgefallen ist: Sie sind hier weggeschlossen!«

»Warum sollte ich dann aufgeschlossen sein?« Kellermann blickte provozierend zu ihm auf. »Karten auf den Tisch. Was wollen Sie wirklich von mir?«

»Wie?« Löhring lief um den Schreibtisch herum und setzte sich neben Kellermann.

»Na, Sie sprachen von einem Deal«, sagte Kellermann. »Respekt kriegen Sie doch wohl woanders, so wie Sie drauf sind.«

»Ich brauche nichts von Ihnen. Danke der Nachfrage.« Löhring blickte auf Kellermanns Füllfederhalter Marke Pelikan. Wie in der Schule. Putzig.

Kellermann blieb hartnäckig: »Noch mal, was ist der Deal? Was wollen Sie verdammt noch mal von mir?«

»Herrje, Sie sind aber penibel. Vergessen Sie's doch einfach. Ich tue Ihnen mal was Gutes, ist gratis!«

»Bullshit. Ich halte nichts vom Gutes-Tun.« Kellermann verschloss den Füllfederhalter, legte ihn in ein erstaunlich hochwertiges Schreibetui und schickte sich an, seine These zu untermauern: »Man tut Gutes, weil man sich dadurch besser fühlt. Das ist verdammt egoistisch und das Gegenteil von gut, wenn Sie mich fragen. Sie wollen durch mich doch nur noch besser werden. Mit mir hat das alles hier nix zu tun.«

Löhring schnaubte nun doch: »Das ist eine Unterstellung!«

Kellermann musterte ihn abschätzig von oben bis unten: »Denken Sie mal an Ihre dunklen Seiten, statt nur Ihre jämmerliche Politur zu zeigen. Seien Sie mal ein Mann.«

»Ah ja, die dunklen Seiten. Ich verstehe, was Sie meinen.« Löhrings Blick ging zur Tür.

»Sagen Sie also nachher nur, dass es Ihnen besser geht, und nicht, dass es mir besser geht«, forderte Kellermann.

»Okay, okay.« Löhring hatte verstanden und nickte. »Können wir uns also darauf einigen, dass ich nachher sage, dass Sie mir netterweise ein gutes Gefühl gegeben haben, das Sie selbst jetzt nicht mehr haben, weil Sie es ja mir gegeben haben. Und dass mein Egoismus somit befriedigt ist, damit wären wir dann auch bei den dunklen Seiten, die Ihres Erachtens ja zu kurz kommen. Und das wäre dann der Deal.«

Kellermann willigte ein.

Die Tür ging auf. Ein weiterer Häftling kam herein.

Kellermann starrte auf dessen Notebook, und Löhring rief ihm entgegen, noch bevor dieser sich setzen konnte: »Raus hier! Dies hier ist kein Großraumbüro!«

Kellermann schien jetzt doch etwas erstaunt zu sein, hatte mit dieser zupackenden Art Löhrings wohl nicht gerechnet und schaute wortlos von einem zum anderen. Der Häftling verschwand tatsächlich. Kellermann jedoch war mit einem Satz bei Löhring: »Tun Sie das nie wieder.«

Löhring verstand nicht: »Was? Aber ich wollte doch nur …«

»Wir haben diesen Raum nicht für uns allein. Haben Sie eine Ahnung, was für ein Luxus es ist, hier irgendwo tagsüber für sich allein zu sein? Nachher chauffieren Sie davon in Ihr Leben, und ich kriege wieder den Ärger.«

Löhring tippte mit dem Zeigefinger auf die Tischkante: »Wenn Sie es zu etwas bringen wollen, müssen Sie sich schon ein wenig abgrenzen. Also ich ...«

»Schnauze.« Kellermann vertiefte sich wieder in seine Arbeit.

Nachdem er sich eine Stunde lang neben Löhring mit der Simulation einer Jahresabschlussprüfung in einem Unternehmen für Tierfuttermittel beschäftigt hatte, konnte Löhring sich nicht mehr zurückhalten: »Hören Sie, Sie nehmen das aber alles ziemlich genau. Was sind Sie denn überhaupt, ich meine, so beruflich?«

»Maurerpolier.«

»Ach. Das ist ja was. Und wie lange haben Sie eigentlich bis jetzt hier eingesessen und wofür genau?«

Kellermann schrieb weiter und sagte: »Neunkommafünf Jahre. Dafür, dass ich einem Typen wie Ihnen die Pistole in die Fresse gehalten habe.«

»Ach. Interessant. Lebt der noch?«

»Keine Ahnung. Durch mich ist er jedenfalls nicht gestorben. Ich habe ihn nur finanziell etwas erleichtert, nachdem er mir seine Safe-Kombination gezwitschert hatte.«

»Und dann?«

»Gefesselt, geknebelt, eingeschlossen.«

»Kein Blut? Sehr ordentlich.«

»Die Polizei hat ihn in seinem Garderobenschrank gefunden.«

»Was für ein Glückspilz. Ging es ihm gut?«

Kellermann schien nun tatsächlich langsam gesprächig zu werden, legte den Füller hin und kratzte sich am Fußgelenk. »Nun, ihm war etwas kalt, weil seine Unterwäsche einfach so mitkam, als ich ihm den Anzug auszog. Ich hab's vorsichtshalber mal mitgefilmt mit meinem Handy. Man kann ja nie wissen, mit was man die Leute nachher so erpressen kann. Das hat mir mindestens ein halbes Jahr zusätzlich eingebracht. Das ist strafmäßig ein spezieller Faktor, mal abgesehen von der Waffe, aber speziell wegen der Unterhosen und dem Film, hat man gesagt. Und meine Frau fand's peinlich. Die leidet am meisten.«

»Tja, wem sagen Sie das.« Löhring strich über die abgerundete Tischkante.

»Wenn ich ausgerastet bin, bin ich eben richtig ausgerastet«, fuhr Kellermann fort.

»Ja«, sagte Löhring.

Kellermann stand unvermittelt auf und räumte seine Sachen zusammen. Es sah ein wenig behäbig aus.

Löhring zog ihn kurz am Ärmel: »Sie bleiben sitzen. Oder verpassen Sie hier irgendetwas?«

»Meine Antiaggressionsgruppe wartet. Wir sind durch für heute, dachte ich.«

Löhring verstand nicht. »Mein lieber Kellermann, Leute wie ich haben zwar mehr Geld, aber wir müssen dafür auch mehr arbeiten. Wir legen Disziplin an den Tag. Wir halten durch, statt uns gegenseitig nackt in dunkle Schränke zu sperren, wenn Sie verstehen. Wir regeln das anders. Keine Sperenzchen. Bei uns ist nix mit Antiaggression.« Kellermann guckte, und Löhring fuhr fort: »Solange Sie also mit mir arbeiten, bestimme ich, wann wir Feierabend machen. Ich würde vorschlagen, wir ziehen jetzt die Vorhänge vor Ihre Gitterstäbchen und knipsen die Schreibtischlampe an!«

Löhring war sich sicher, die besseren Argumente zu haben, denn an diesem Ort saß auch die Zeit hinter Schloss und Riegel, waberte vor den geschlossenen Fenstern und Türen herum. Es gab ein Überangebot an Zeit, und er hätte mit Kellermann noch am selben Tage das ganze fünfte Semester durchgehen können, wenn dieser nur gewollte hätte. Er wollte aber nicht.

DIE ENTFÜHRUNG

Kellermanns Gutachter hatte Löhring in Kenntnis gesetzt, dass man bereits vor einiger Zeit eine Reihe von sogenannten Vollzugslockerungen für den Häftling verfügt habe. Dazu zählten auch die Ausführungen, also das stundenweise Verlassen der Anstalt für eine begrenzte Zeit unter Aufsicht. Kellermann stand kurz vor dem offenen Vollzug, und die Freiheit konnte unerwünschte Nebenwirkungen haben, wenn man zu viel auf einmal davon verabreicht bekam. Nun sollte Kellermann seinen »Übergangsmanager« kennenlernen, draußen im richtigen Leben, und es stand ein kurzer Transit unter Aufsicht an. Wenn er wolle, so könne Löhring gern dabei sein.

Löhring wusste, wie das war im Transit, unter Aufsicht, wie es sich anfühlte, dieses geheime Chauffieren zu geheimen Treffpunkten, dahin, wo die Zukunft entschieden wurde, schnell, diskret, folgenreich, stets mit einem Bein am Abgrund. Ja, er war der richtige Mann, fand Löhring, um Kellermann auf diese erste Reise seit langem zu begleiten, sozusagen als Aufsichtsvorsitzender.

Ein begleitender Vollzugsbeamter saß am Steuer des grünen JVA-Kleinbusses, als man am übernächsten Tag durch das sich öffnende graue Stahltor auf die Straße bog, Kellermann auf dem Beifahrersitz, wohl aus Gründen der Beobachtung, und Löhring auf der ersten Rückbank.

Die Türen des Busses waren nur von der Fahrerseite aus zu öffnen, und Löhring fühlte sich nicht wohl hinten auf der Rückbank. Die Leute guckten so, und er hoffte inständig, dass Kellermanns Bewährungshelfer weder in der City noch in den besseren Vororten wohnte. Er setzte sich weg vom Fenster, in die Mitte der Bank und beugte sich zwischen seine beiden Mitfahrer nach vorne, um der Situation eine kommunikative Anmutung auf Augenhöhe zu geben.

Der begleitende Beamte trug eine Waffe um die Hüfte, auf der linken Seite. Linkshänder, auch das noch, dachte Löhring. Die Waffe schien so gar nicht zum Rest der Person zu passen, wirkte, als habe sie ihm jemand geschenkt, ohne zu wissen, was ihm wirklich stand. Das Haar des Beamten lichtete sich am Hinterkopf, obwohl er höchstens Mitte dreißig sein mochte. Eine geradezu bürokratische Gelassenheit ging von ihm aus, irgendwie langweilig, fand Löhring. Hätte er, Löhring, so rein beruflich eine Waffe an der Hüfte getragen, wäre er entschieden dynamischer rübergekommen als die Schlafmütze da vorne.

Er musste an sein ehemaliges Unternehmen denken, das sich seiner Dynamik und letztendlich dem Fortschritt verweigert hatte. Es war ein Familienunternehmen gewesen, und er hatte lange geglaubt, einer von ihnen zu sein, so zu ticken wie alle anderen auch, nur eben ein bisschen schneller und besser, was ihn dazu berechtigte, das zu tun, was alle anderen auch gern getan hätten. Er war also irgendwann weiter nach vorn gegangen, Richtung Börse, hatte sein Schicksal daran gehängt. Aber sie waren ihm einfach nicht gefolgt. Selber schuld. Er war nicht mehr zu halten gewesen im Unternehmen.

Sie näherten sich langsam den Außenbezirken der Stadt. Der Verkehr wurde ruhiger, Löhring entspannte sich. Wofür ein solcher »Übergangsmanager« denn zuständig sei, wollte er von dem Beamten wissen. Er sah aus den Augenwinkeln, wie Kellermann die Augen rollte. Der Beamte blickte in den Rückspiegel, obwohl Löhring schon fast neben ihm hockte und nur noch leichten Gesäßkontakt zur Rückbank hatte. Nun, da gebe es ein recht weit verzweigtes Reintegrationsnetzwerk von Übergangsmanagern, er mache das selbst nebenbei auch, bemerkte er, habe eine entsprechende Fortbildung absolviert. Im Notfall stehe einem ein Psychologe zur Seite, aber mit der Zeit entwickle man auch selbst ein Gefühl dafür. Im Allgemeinen gehe es um Hilfe bei der Wohnungs- und Arbeitsplatzsuche für die Insassen, die Kontrolle von therapeutischen und ärztlichen Terminen, Abbau von Integrationshemmnissen, das Erreichen maximaler Leistungspotentiale eben.

»Kenn ich. Kenn ich alles«, bestätigte Löhring.

Der Beamte wollte weiterreden, kam aber nur noch zu einem kurzen Luftholen für seinen ersten Schrei. Denn beim Wort »Leistungspotentiale« hatte sich Kellermann mit seinem ganzen Körpergewicht auf ihn gestürzt, brachte sich nun in eine frontale Position und setzte sein Hinterteil auf den Lenker, sodass der Wagen nicht einmal ins Schlingern geriet.

Das alles passierte im Bruchteil einer Sekunde, und Löhring beobachtete von hinten wie schockgefrostet, wie Kellermann mit der rechten Hand blitzschnell den Gurt des Fahrers löste, mit derselben Handbewegung die Waffe aus der Hüfttasche nahm und damit den Türhebel anzog, während er sich mit der anderen Hand dessen Handy aus der Brusttasche schnappte. Der Wagen raste nun von einer Straßenseite zur anderen. Unter Kellermanns massivem Körper war der Fahrer kaum noch auszumachen. Es kam zu einer recht unübersichtlichen Gemengelage, und Löhring suchte Halt, umklammerte von hinten panisch die schmalen Schultern des Beamten, während der Bus vollends ins Schlingern geriet. Das mit der Umklammerung war ein Fehler. Der Beamte konnte sich kaum noch bewegen, Löhring ahnte das, spürte es, aber er klammerte trotzdem, schrie, man solle helfen. Der Bus war mittlerweile auf dem Bürgersteig unterwegs, nahm Kurs auf ein ausgedehntes Parkgrundstück. Dann ging die Fahrertür auf, und Kellermann schlug Löhring mit der Waffe auf die Arme, bevor er den Beamten mit einem einzigen Stoß nach draußen beförderte.

Alles ging so schnell vonstatten, dass Löhring im ersten Moment annahm, das Bild, das sich ihm bot, spiele sich nur in seinem Kopf ab, sei nichts weiter als ein exaktes Durchgehen des

Worst-Case-Szenarios vor dem geistigen Auge, um für alles gewappnet zu sein. Als er gewappnet war, war es zu spät. Dies war very real and very worst. Kellermann hatte Gewalt über den Bus bekommen und damit auch über Löhring.

»Haben Sie ein Rad ab? Hören Sie, Sie verbauen sich hier Ihre Zukunft. Wieso machen Sie jetzt noch so einen Scheiß?« Löhring hatte seine Sprache wiedergefunden. Er würde die Maßnahme jetzt beenden.

»Klappe halten.«

»Anhalten. Ich möchte hier aussteigen.«

Kellermann steckte sich die Waffe vorne ins Hemd, warf das Handy des Beamten aus dem Fenster und schwieg.

Löhrings Gedanken donnerten durch den Kopf. Meistens gab es doch für alles eine verblüffend einfache Lösung. Er dachte weiter, schnell wie immer, und dann machte sich tatsächlich eine Welle der Erleichterung in ihm breit. Warum war er nicht gleich darauf gekommen? Er grinste und lehnte sich zurück: »Seien Sie ehrlich, das ist doch Fake hier, oder? Das machen Sie mit jedem: mal gucken, wie der sich anstellt, oder so. Das gehört doch zum Programm?«

»Nein, das gehört zum Leben, du Bonze.« Kellermann erreichte die nächste Hauptstraße und beschleunigte das Tempo.

Der Tag war angenehm luftig, fand Miranda und drehte die Autoscheibe herunter. Gerade als sie auf der Auffahrt das Tempo beschleunigen wollte, überholte sie ein grüner Kleinbus, zog noch in der Kurve an ihr vorbei, schnitt sie fast. Sie hupte, blickte dem Fahrzeug empört hinterher. Und tatsächlich, es tat sich etwas im Innern, denn ein Mann im hinteren Teil des Busses warf sich gegen die Heckscheibe, schien etwas zu rufen, begann zu winken. Sie starrte ihm nach, und unter der sich entfernenden Gestalt im Fenster stand der Name der örtlichen Justizvollzugsanstalt.

»Everybody has the blues.« Miranda Beck drehte die Musik im Autoradio lauter und summte mit, ohne die Lippen zu bewegen. Arme Menschen, dachte sie. Doch immerhin hatte der Häftling schon rein äußerlich nicht so gewirkt, als friste er ein schnödes Dasein in Ketten. Wahrscheinlich hatte er sich nur irgendetwas mit Geld zuschulden kommen lassen, bestimmt nichts Großes, kein Kapitalverbrechen, eher Betrug oder Scheckkartenschwindel, ein Kaufhausdieb vielleicht.

Aller Illusionen beraubt rutschte Löhring hinten auf der Bank von einer Seite zur anderen. Er versuchte immer noch zu winken, hektisch, mit aufgerissenen Augen und um Hilfe flehend, die Finger auseinandergespreizt, flach auf die Glasscheibe gepresst, wie es kleine Kinder mit ihren Patschehänden in Bus und Bahn tun. Überholende Autofahrer blickten irritiert herüber und zogen kopfschüttelnd an ihnen vorbei. Einige mochten ihn vielleicht sogar erkannt haben als denjenigen, der er war. Doch das änderte nichts. Die Irritation dauerte zwar etwas länger, und statt des Kopfschüttelns kam ein Nicken.

Dann vibrierte sein Handy. Mein Gott, er hatte es ganz vergessen! Wieso dachte man nicht an so etwas, wenn es einem einmal wirklich an den Kragen ging? Wo man dieses kleine, flache Stückchen Welt doch immer einsatzbereit in der flachen Hand hielt, in geradezu infantiler Bindung, um allzeit gewappnet zu sein für die nächste Info. Nur eben jetzt nicht. Löhring fingerte aufgeregt im Innern seines Mantels herum, als sei ein Hummelschwarm darunter.

»Gehen Sie ran.« Kellermann hatte die Waffe wieder in die Hand genommen und hielt sie jetzt nach hinten, mit dem Lauf auf Löhring zielend.

Löhring war so aufgeregt, dass er sein Ohr kaum traf, als er das Smartphone anhob. Es war seine Assistentin in London, die wissen wollte, ob der Rückflug so gebucht werden könne, wie man ursprünglich angedacht habe, und ob der Urlaub schön gewesen sei.

»Ich bin entführt worden!«

Kellermann verlangsamte noch nicht einmal das Tempo. Und anhalten konnte er nicht auf der Autobahn. Doch der Finger krümmte sich langsam am Abzug, und ein Klicken war zu hören, als sei es das letzte Geräusch.

Löhring starrte auf das schwarze Loch, aus dem für gewöhnlich die Kugeln kamen.

Oh, das sei ja entzückend, kam es vom anderen Ende der Leitung. Offensichtlich habe sich seine Frau etwas ganz Besonderes ausgedacht, terra incognita sozusagen, ja, sie warte auch schon lange darauf, dass ihr Lebensgefährte sie einmal an einen schönen Ort entführe. Dann noch, dass nichts Dringendes anliege, er solle sich ruhig einmal eine richtige Auszeit gönnen.

Auszeit. Löhring starrte in den Lauf der Waffe, und seine Verzweiflung ließ sich nicht in Worte fassen. Seine Assistentin verstand ihn nicht, er hatte ihr ja oft genug gesagt, sie solle nicht alles so wörtlich nehmen. Oder – und das wäre weitaus schlimmer – sie verstand alles! Der Finger am Abzug krümmte sich weiter, mein Gott, woher wusste der Typ vor ihm so genau, wann der Schuss losgehen würde? Oder war es ihm gar egal? Oh ja, entgegnete Löhring seiner Assistentin, so eine Entführung sei doch eine nette Abwechslung in der Ehe, man lerne völlig neue Perspektiven kennen. Die Waffe verließ vorübergehend sein Sichtfeld, und man beendete das Gespräch mit der Bitte, den Rückflug noch bis auf Weiteres offen zu lassen.

»Ging doch.« Kellermann nahm die nächste Abfahrt, hielt am Straßenrand und nahm Löhring das Handy ab.

Es wurde beschaulicher, rein landschaftlich betrachtet, und die Leute schlenderten auf den Bürgersteigen, als sei nichts gewesen. Wie konnten sie nur? Löhring warf eine Tablette ein, ließ den Kopf ruckartig nach hinten fallen. »Wo fahren wir hin?« Augenkontakt, man musste Augenkontakt zum Täter halten in solchen Situationen, dachte Löhring. Aber da waren nur Kellermanns Hinterkopf und sein Stiernacken. Es ging nicht.

Löhring versuchte, nach vorne auf den Beifahrersitz zu klettern, und holte sich dabei eine blutige Nase. Kellermann schlug ihm die Waffe ins Gesicht, kaum dass er das erste Bein nach vorn gestreckt hatte. Es ließ sich natürlich nicht nur schießen, sondern auch schlagen mit der Waffe. Er hätte es sich denken können. Und trotzdem, Löhring wusste nachher nicht mehr, ob es dieser körperliche Ausdruck von Geringschätzung gewesen war, der das Fass zum Überlaufen gebracht hatte, oder die endgültige Erkenntnis, dass es sich hier um eine Entführung handelte, und schlimmer, dass er das vielleicht tatsächlich verdient hatte – als wären die ganzen letzten prallen Jahre nur hierauf hinausgelaufen: auf die speckige Rückbank eines Kleinbusses der örtlichen Justizvollzugsanstalt. Er würde nackt im Garderobenschrank enden – dokumentiert auf Video, das dann ins Internet wandern würde. Wie vulgär. Und alle, wirklich alle – Feinde und sogenannte Freunde – würden ihm dann etwas anhaben können. Diese Erkenntnis war an sich nicht neu, jedoch unter diesen Umständen schon recht erschütternd.

Der Asiate war schuld. Das alles hatte er wohl Lang zu verdanken. Von wegen Seelentraining. Wahrscheinlich handelte es sich um einen Fluch, primitives Überbleibsel eines unheilvollen Aberglaubens fernöstlichen Ursprungs, da gab es ja so einiges. Er hatte die Löhring-Voodoo-Puppe in Anzug und Schlips und mit Nadeln im linken Brustbereich bereits vor Augen. Wie hatte er so leichtgläubig sein können?

Und dann kamen sie, heiß und dick, hatten sich irgendwo gelöst, bahnten sich ihren Weg nach draußen. Er kniff die Augen zusammen, aber es wurde schlimmer. Sie trafen ihn völlig unvorbereitet. Verdammt, die Augen voll, die Nase voll, Brille beschlagen – überall plötzlich einsame, uralte Tränen, die ihm die Backen hinunterliefen. Destillierte Traurigkeit. Dann kamen gepresste Laute dazu. Es war fürchterlich. Löhring kam sich vor wie besessen, offenbar bearbeitete jemand die Voodoo-Puppe gerade mit einer Wasserkanüle. Er heulte wie ein Kind, man solle ihm nichts tun. Er wolle sofort seinen Coach sprechen und das jetzt beenden. Die Landschaft draußen wurde immer beschaulicher, es torkelten schon Kühe auf den Weiden herum.

»Nah am Wasser gebaut, was?«

Offenbar hatte Kellermann ihn schon eine ganze Weile durch

den Rückspiegel dabei beobachtet, wie er seine Verzweiflung zur Welt brachte. Löhring kam sich ziemlich unangezogen vor. Er wäre gerne ausgewichen, aber er wusste nicht, wohin. Er heulte weiter.

Kellermanns Arm fuhr nach hinten. Zwischen seinen Fingern klemmte ein Taschentuch: »Ich bin's so leid. Wenn gar nix mehr hilft, fangen sie immer alle an zu heulen, die große Show. Denken nur an sich, sehen nur sich, tun sich furchtbar leid. Wenn Sie nur einmal genau hingeguckt hätten, nämlich mir in die Glotzaugen, dann hätten Sie sich das hier sparen können.«

Harndrang. Jetzt auch noch Harndrang. Nichts an Löhring war noch zu halten. Er nahm das Taschentuch, hielt es sich gegen die blutende Nase und näselte kaum hörbar: »Oh ja, seinem Gegenüber in die Augen gucken, die Sache mit den Spiegelneuronen. Wie sollte ich die denn sehen bei Ihnen, bitte schön? Sie haben mich ja auch nie angeguckt. Sie tun es selbst jetzt nicht! Was sind Sie nur für ein Mensch?«

»Danke der Nachfrage.«

»Mann, überlegen Sie mal: Wenn Sie das hier durchziehen, bleiben Sie nur noch länger im Knast, Sie waren doch so kurz vor der Freiheit!«

»Ist mir egal. Befürchte sowieso, dass ich nicht freiheitstauglich bin.«

»Wie kann man die Freiheit bloß so weit hintenanstellen?«, fragte Löhring. Doch er hätte genauso gut in einen leeren Raum sprechen können. Es kam keine Antwort. Er legte den Kopf in den Nacken, um so die Blutung zu stoppen, und rollte mit den Augen, spürte Fahrtwind auf dem noch feuchten Gesicht. In diesem Moment wurde ihm klar, dass er gar keine Angst hatte, sondern nur maßlos enttäuscht war, wobei er nicht wusste, was schlimmer sein mochte. Und es brach weiter aus ihm heraus: »Oh, oh, sorry, dass ich überhaupt etwas sage. Ich vergaß, dass Sie die Selbsterkenntnis und den Fatalismus für sich gepachtet haben, nur weil Sie als Häftling nichts zu verlieren haben. Glauben Sie mir, ich geh da ganz andere, konsequentere Wege.«

»Und die wären?«

»Mein Leben ist auch nicht einfach, kann ich Ihnen sagen. Manchmal würde ich mich morgens schon mal gern mit meinem eigenen Kopfkissen ersticken.«

Kellermann blickte sich kurz zu ihm um: »Warum tun Sie's dann nicht?«

»Haben Sie eine Ahnung, wie fest ich da zudrücken müsste?«

»Sie dürfen sich auch nicht wehren. Am besten vorher ausatmen.«

Löhring war nicht zum Scherzen zumute. Es würde sowieso bald alles aus sein, durch eine unachtsame Bewegung, von einer Sekunde auf die nächste, oder, was auch nicht sehr beruhigend war: Es ging erst einmal so weiter. Löhring versuchte sich zusammenzureißen und stattdessen an Informationen zu kommen: »Die Fahndung ist doch bestimmt schon längst raus. Warum fahren wir denn jetzt noch in diesem Bus durch die Gegend? Wo fahren wir überhaupt hin?«

»Zum Geldautomaten.« Kellermann sagte es, als sei es das Selbstverständlichste der Welt.

»Ach. Brauchen Sie Geld?«, fragte Löhring. »Sie werden doch gefilmt, wenn Sie da am Automaten stehen!« Wie konnte der Mann nur so naiv sein!

Kellermann erwiderte, dass Löhring raten dürfe, wer da wohl zum Automaten gehe, schien dann aber tatsächlich ins Grübeln zu kommen. Er gab Löhring sein Handy zurück: »Sie rufen jetzt schon mal zu Hause an. Ich verlange vier Millionen. Sagen Sie Ihrer Frau, wir rufen in einer Stunde wieder an.«

Löhring lachte hysterisch: »Zu Hause? Ich habe kein Zuhause, es sei denn, Sie meinen die Heimat meiner einundfünfzig Oberhemden. Da werden Sie vielleicht das Personal, die zwei Jüngsten und unseren verhaltensgestörten Hund antreffen, aber nicht meine Frau. Mal ganz abgesehen von der Summe.« Seine Hand ging zum Festhaltegriff seitlich über ihm, als das Fahrzeug hart und scheppernd durch ein Schlagloch fuhr. »Hören Sie, Sie verstehen nicht ganz … Das ist alles komplizierter, als Sie glauben. Meine Familie ist mir, wie soll ich sagen, ein wenig abhandengekommen. Die bieten Ihnen höchstens Geld, wenn Sie mich umbringen.« Und Löhring überkam wieder ein verzweifeltes Lachen: »Wie wär's mit Totschlag? Überlegen Sie sich das. Mit etwas Glück kriegen Sie nur fünf Jahre dafür. Und die Kohle verstecken Sie vorher irgendwo.«

Kellermann schüttelte den Kopf: »Was reden Sie da, Mann? Sie sind doch noch verheiratet, oder?«

»Sind Sie verheiratet?«, wollte Löhring wissen.

»Schnauze. Antworten.«

»Ja, was denn nun?«

»Antworten!«

»Nun, in der Regel ist ein Unternehmer kein Single.«

»Also noch verheiratet?«

»Ja, ja. Aber glauben Sie mir, manchmal denke ich, wir sind gar keine Familie, sondern ein biologisches Experiment.«

»Das ist doch alles nicht normal!« Kellermann fuchtelte wieder mit der Waffe herum.

»Normal? Tolles Wort. Das sagt der Richtige! Wer sitzt denn hier im Knast? Wer hat mich denn entführt?« Löhring hob den rechten Arm, wischte sich mit dem Sakkoärmel das Wasser aus dem Gesicht und blickte aus dem Fenster. Hätte Kellermann nicht das Thema aufgebracht, wären ihm seine Frau und seine Kinder noch nicht einmal in den Sinn gekommen. Doch jetzt hatte er das ganze private Desaster plötzlich vor Augen. »Es läuft schon länger schlecht mit meiner Frau. Ich fürchte, das ist alles meine Schuld. Das ist jetzt wie bei meinen Eltern, scheint sich alles zu wiederholen.« Es lief ab wie ein Film vor seinem geistigen Auge, in Sekundenbruchteilen, vielleicht weil er nicht mehr lange zu leben hatte.

Ja, seine Frau. Sie war Französin. Wahrscheinlich hatte sie ihn deswegen nie so recht verstanden, genau genommen war ihre Ehe die Fortsetzung des Zweiten Weltkrieges mit anderen Mitteln gewesen. Und irgendwann war seine Frau ihm endgültig abhandengekommen, hatte sich einfach über die Jahre eingerichtet im Geld, in dieser sanften Umhüllung der Annehmlichkeiten, die es bot, und war dahinter verschwunden. Denn im Gegensatz zu ihm hatte sie Zeit, es auszugeben. Aber sie tat es nicht etwa auf chaotische, fröhliche Weise, sondern mit einer furchteinflößenden, blutleeren Gleichgültigkeit, geradezu mechanisch. Manchmal hätte er sich eine Lady Macbeth zur Seite gewünscht, die ihn morgens hart rannahm, die Blessuren abtupfte und das Visier wieder herunterklappte, bevor sie ihn aus dem Haus in die Schlacht schickte. Sollte sie jemals so gewesen sein, hatten sie diese Zeiten längst hinter sich gelassen.

Nachdem Löhring gedanklich mit sich und seinem Eheleben abgeschlossen hatte, sagte er: »Von meiner Frau haben weder ich noch Sie irgendetwas zu erwarten, glauben Sie mir.«

Es ging bergab. Kellermann sagte: »Scheiße, verdammt«, fuhr an den Straßenrand, stellte den Motor ab, zog die Handbremse an und drehte sich zu Löhring um, die Waffe wieder auf ihn gerichtet. »Soll ich Ihnen mal was sagen? Das interessiert mich alles nicht die Bohne, es muss auch so gehen. Dann fahren wir eben direkt zu Ihrer Bank. Ich will die Kohle.«

»So einfach ist das alles nicht.«

Kellermann schlug mit der Waffe gegen das Lenkrad. »Hey, Mann, und ob das einfach ist! Es ist mir auch schnuppe, wie Sie so reich geworden sind und welche Luxusprobleme das mit sich bringt. Suchen Sie sich einen Therapeuten, dem Sie das erzählen.«

»Sie verstehen mich nicht!«

Kellermann schien zu merken, dass er in der Kürze der Zeit so nicht weiterkam: »Also gut. Wo liegt das Problem?«

»Ich habe kein Geld.«

Kellermann ließ die Waffe sinken. »Wie, jetzt?«

»Nun ja, es flattert nicht gerade, wenn Sie mich verstehen. Ich komme da gar nicht ran.« Löhring wusste, dass er sich jetzt um Kopf und Kragen reden konnte, aber sein Liquiditätsstatus war ihm nie so bewusst gewesen wie in diesem Moment, und er fuhr fort: »Haben Sie sich etwa einen Koffer voller Scheine vorgestellt, wie in diesen Filmen aus den achtziger Jahren? Womöglich noch Euros? Mensch, wo leben Sie denn?«

Kellermanns Miene war ein einziges Fragezeichen.

Löhring wiederum verstand nicht, was es da zu erklären gäbe: »Ist Ihnen dieser Sachverhalt zu komplex?«

DER KÄFER ODER VOM UNTERSCHIED ZWISCHEN SOLL UND HABEN

Chrysina aurigans und Chrysina limbata. Miranda konnte die Namen mittlerweile einigermaßen flüssig aussprechen. Zwei Käfer, etwa vier Zentimeter lang, von gedrungener, ovaler Gestalt, mit Maikäferbeinchen und blattförmigen, großen Fühlern, die sich an den Spitzen in mehrere kleine Glieder zerteilten und sich ständig bewegten wie zwei Miniaturschaufelbagger.

An sich hätte man dies alles auch kopfschüttelnd abtun können als höchst merkwürdige Spinnerei, als mehr oder weniger krankhaften Tick oder als übertriebene Tierliebe. Einer ihrer ehemaligen Chefs hatte sich ein Terrarium mit einer Ringelnatter in der Sitzecke seines Büros aufstellen lassen und genüsslich angemerkt, dass die Kollegen in der Buchhaltung schließlich auch ihre Yukkapalmen und Benjamini hätten. Doch mit den Käfern verhielt es sich anders. Winter war zuletzt mit solch beängstigender Ernsthaftigkeit bei der Sache gewesen, dass einem der Atem stockte. Ein Blick auf die Tierchen hatte tatsächlich gereicht, um zu erahnen, dass mehr dahintersteckte, denn sie waren fast irritierend besonders: Der eine, Chrysina aurigans, glänzte so golden, als habe jemand einen kostbaren Siegelring mit Beinchen ausgestattet. Der andere, Chrysina limbata, war silbern, und auch sein Panzer war von einer metallischen Strahlkraft, dass man sich fragte, ob die Natur überhaupt so etwas hervorbringen konnte oder ob da vielleicht jemand nachgeholfen hatte.

Winter war tatsächlich ins Reden gekommen und hatte ihr in stoischer Ausführlichkeit erklärt, dies seien zwei zur Familie der Scarabäiden gehörende Käfer, zwei von circa achtundzwanzigtausend Arten weltweit, beheimatet in den tropischen Regenwäldern Costa Ricas. In den oberen Schichten des Außenskeletts dieser Käfer habe man einige Dutzend feinster Lagen von Chitin entdeckt, eine Art Zellulose, die nach innen allmählich dünner werde.

Außenskelett? Ob diese Käfer tatsächlich ihr Skelett nach außen trugen, hatte Miranda gefragt.

Ja selbstverständlich, das sei bei allen Gliederfüßern der Fall, hatte Winter erwidert und sie dabei so mitleidig angeguckt, als habe sie gerade nach dem Weihnachtsmann gefragt. Weil nun diese Chitinschichten unterschiedliche Brechzahlen aufwiesen, werde das einfallende Tageslicht auf verschiedenste Art und Weise und vor allem mit verschiedenen Geschwindigkeiten gebrochen und gestreut. Wechseleffekte zwischen den einfallenden und den zurückgeworfenen Lichtwellen würden schließlich das goldene oder silberne Aussehen der Käfer bewirken.

Das sei sehr schön, hatte Miranda anfangs bemerkt. Wirklich. Doch was könne man damit anfangen? Sie hatte immer noch recht hilflos auf ihrem Stuhl gesessen, in einer seltsamen Mischung aus Fassungslosigkeit und Faszination, während die Käfer langsam an ihr vorbeigekrabbelt waren.

Und dann hatte sich Winter wieder ans Fenster gestellt und gesagt, hier liege ein Schatz vergraben, den er jetzt heben wolle. Forschung sei schließlich eine kostspielige Sache. Kurzum, die optischen Eigenschaften der beiden Skarabäen könne man nach Ansicht seiner wissenschaftlichen Mitarbeiter für nichtmetallische Materialien oder Beschichtungen nutzen, die Gold oder Silber zum Verwechseln ähnlich sähen. Ob sie, Miranda, ein wenig Fantasie habe und sich vorstellen könne, was das in Zeiten knapper Edelmetallreserven bedeute? Dies sei im Bio-Tech-Bereich eine Hidden Pearl. Ihm schwebe ein Investorenprojekt über die Vermögensverwaltung der Miteigentümerin vor. Letztere habe für die Holding, die Von-Dangast-Gartencenter AG, bereits exorbitante Kreditlinien laufen und benötige dringend eine innovative Geldquelle. Die Zeit sei somit reif für Großinvestoren und für ein Return on Investment. Vielleicht sei es noch ein bisschen früh, aber er wolle endlich wissen, wie weit er zu diesem Zeitpunkt bereits gehen könne. Man müsse jetzt erst einmal hilfreiche Stakeholder einbinden, genauer gesagt: den Vermögensverwalter von Etta von Dangast.

Es war mehr ein lautes Denken gewesen. Winter schien vergessen zu haben, dass Miranda ihm gegenübersaß. Doch irgendetwas an ihr hatte ihn zum Reden gebracht, vielleicht ihre andauernde Sprachlosigkeit oder ihre grüblerische, etwas ernsthafte Art, die seiner eigenen nicht unähnlich war.

Kurzum, hatte er dann bemerkt, es könne sein, dass er da tatsächlich jemanden zum Tippen und Telefonieren brauche. Er hatte die Nase krausgezogen beim Sprechen, und es schien ihn Überwindung zu kosten, als er sagte, es käme auf eine erste Versuchsreihe an. Vorläufig nur Teilzeit. Acht Monate Probezeit. Zeitlich befristet auf zwölf Monate. Ab dem heutigen Tage.

Miranda war lediglich der Gedanke gekommen, dass Winter in seiner derzeitigen Disposition vielleicht gar nicht geschäftsfähig war, doch sie hatte sein Angebot angenommen. Winter rief in ihr eine seltsame Mischung aus Anteilnahme und Hochachtung hervor, er war krank und genial zugleich, wobei eine Eigenschaft die andere aufzuwiegen schien. Und selbst wenn er autistisch war, dachte sie, hieß das nicht, dass er nicht unterscheiden konnte zwischen Menschen, die ihm egal waren, und Menschen, mit denen er etwas anfangen konnte. Er konnte offensichtlich Prioritäten setzen, auch menschliche, Leute an sich heranlassen und andere nicht, und das war weit mehr, als manch anderer ohne diagnostizierte Krankheit zu leisten fähig war.

Kellermann stoppte den JVA-Transporter vor einer alten Scheune, die sich etwa vierzig Kilometer entfernt von der Innenstadt befinden musste, so schätzte Löhring. Das Gebäude war Bestandteil eines offenbar verlassenen, rot geklinkerten Gehöfts, das sich in einem erbarmungswürdigen Zustand befand. Löhring konnte zersplitterte Fensterscheiben im Haupthaus erkennen.

Neben der Haustür lagen ein altes, zerfetztes Sofa, ein Waschbecken und ein Stapel alter Holzlatten. Der Hof war nicht gepflastert, und nach den Regenfällen der vergangenen Tage war die Erde aufgeweicht und matschig. Der Dreck spritzte bis an die Scheiben. Ob Kellermann früher hier gewohnt habe, wollte Löhring wissen. Die Wege führten einen doch immer wieder auf die eigene Fährte zurück, nicht wahr? Wenn man beim Täter in die persönliche Vergangenheit vordrang, dachte Löhring, konnte man vielleicht Einfluss gewinnen, seine wunden Stellen ausloten. Kellermann jedoch schwieg zu seinen wunden Stellen, stieg aus und knallte die Tür zu.

Zehn Minuten später saß Löhring auf einem Bett, betrachtete den Apfel auf dem alten Kopfkissen und fragte sich, ob er nun träumte oder nicht. Er sah sich um. Kellermann hatte ihn aus dem Wagen gezerrt und in das alte, verfallene Wohngebäude geführt, in einen feucht-klammen Raum, der an ein Jugendzimmer erinnerte: ein schlichter Furnierholzschrank, auf dem ein mexikanischer Folklorehut lag, an einer Wand eine Postertapete mit einem Motorrad darauf, das Bett und ein Nachtschränkchen mit einem hellen Fleck, wo einmal die Lampe gestanden hatte – die gängige Basisausstattung, wenn man von den Metallriegeln an Tür und Fenster einmal absah.

Das konnte doch alles nicht wahr sein, dachte Löhring. So brachte man Entführungsopfer noch nicht einmal in billigen Filmen unter. Sicher, es war komfortabler als eine Kiste mit selbstgebastelter Lüftung und ohne Licht, wie damals bei Oetker, aber es entsprach nun einmal nicht seinem Originalitätsanspruch. Er versuchte, seine Gedanken zu ordnen. Was wäre, wenn es sich hier in Wirklichkeit gar nicht um eine Entführung handelte, sondern vielmehr – weit über das Brillenwechsel-Programm hinaus – um ein inszeniertes Manager-Survival-Training mit gesteigerter Konfliktdynamik? Gefährliche Situationen und verzweifelte Momente, die später nichts weiter sein würden als Videosequenzen, die er sich gemeinsam mit einem Personal Coach, gar mit dem Asiaten von Gut Meinberg anschauen würde, um seine High-Level-Conflict-Performance zu bewerten? Ja, es könnte sich in Wahrheit um eine kostenintensive Fortbildung mit einem bezahlten Schauspieler als Kellermann handeln, eine Maßnahme, die ihm irgendein durchgeknallter Geschäftsfreund, vielleicht sogar seine eigene Ehefrau zum Geburtstag geschenkt hatte. Und in diesem Fall wäre alles, wirklich alles bisher steuerlich absetzbar gewesen. Löhring dachte weiter: Der Apfel zum Beispiel, der so auf dem Kopfkissen platziert war, wie man es in billigen Businesshotels zu tun pflegt, war ganz offensichtlich eine Unverschämtheit, verhöhnte ihn geradezu, fand er. Kannten sich echte Entführer in Businesshotels aus?

Mehr als den Apfel gebe es erst einmal nicht, hatte Kellermann gesagt und sich von Löhring eine Liste anfertigen lassen mit den Telefonnummern seiner Familie und seiner Freunde.

Löhring hatte mehrere Nummern daraufgekritzelt: die Handynummer seiner Frau, seines Bruders, diverser Bekannter mit entsprechendem finanziellem Hintergrund und eben die Nummer von Kesch. Er hatte dann noch um ein Nasenspray gebeten. Wenigstens das, seine Pillen waren bereits aufgebraucht, und es war, als würden seine Schleimhäute vor lauter Angst aus der Nase quellen. Er brauchte jetzt irgendetwas Chemisches zur Beruhigung. Es blieb dann doch nur der Apfel.

Am nächsten Tag wurde Löhring unsanft geweckt, und der Typ, der die Hauptrolle in seinem Traum gespielt hatte, stand tatsächlich vor ihm. Er habe alles versucht, herrschte Kellermann ihn an, er habe sich die Finger wundtelefoniert mit Löhrings Handy, alle drei bis vier Minuten Mailboxen besprochen und schließlich eine lange Pause eingelegt zwischen den Anrufen, doch es habe nichts geholfen: Nur zwei Mal sei sein Anruf überhaupt entgegengenommen worden. Einen Löhring kenne man nicht, habe man ihm gesagt. Beim zweiten Mal sei er gefragt worden, wie viel es denn koste, wenn er sein Entführungsopfer einfach behalte. Das sei ja niederschmetternd, zum Schämen sei das. Ob er, Löhring, denn gar keine Freunde habe? Und wer denn Kesch sei? Er sei der Letzte auf Löhrings Liste gewesen, und dahinter habe GVV gestanden.

Löhring winkte ab. Kesch? Der manage sein Geld, das gesamte Aktien-, Immobilien- und Barvermögen, GVV eben, Gesamtvermögensverwaltung, rundum, über zehn Jahre fest. Ohne den laufe gar nichts. Aber an den sei schwer heranzukommen. Kesch arbeite sehr verdeckt und verbitte sich darüber hinaus eigenständige Vermögensdispositionen. Das würde alles eine hochkomplexe Transfergeschichte werden.

Kellermann zielte mit seiner Waffe auf Löhrings Schläfe und gab zu bedenken, dass Löhring von den zwanzig Millionen, die er nach seinem letzten Job abkassiert habe, doch wohl ein Zehntel abzwacken könne. Irgendwo müsse die Kohle doch sein!

Löhring hätte natürlich ahnen können, dass einem Maurerpolier das finanzielle Feingefühl ein wenig abging, auch wenn er offenbar Wirtschaftsnachrichten las, in denen Löhrings Abfindung bundesweit beziffert gewesen war. Dass Kellermann aber in vermeintlicher Kenntnis der finanziellen Ausstattung seines Opfers tatsächlich nur vier Millionen forderte, grenzte nun wirklich an Blödheit. Und der Bonus war ja noch viermal höher gewesen. Langsam, ganz langsam reifte in Löhring ein Plan. Wenn alles nichts weiter als ein Spiel war, so würde er mitspielen. Locker. Und seinen Gegner vom Platz fegen.

Kesch blieb auch nach wiederholten Versuchen telefonisch unerreichbar, und eine Mailbox sprang nicht an. Da müssten sie wohl persönlich bei Kesch vorbeifahren, und zwar bevor die Polizei die Fährte aufnehmen und sich zum Gehöft begeben konnte, bemerkte Löhring schließlich und versuchte, dabei so harmlos wie möglich zu klingen. Das Spiel konnte beginnen.

Und Kellermann ging tatsächlich darauf ein. Er hatte auch keine andere Wahl. Löhrings Plan schien aufzugehen.

Doch das, was Löhring auf dem Hof stehen sah, als Kellermann ihn wenig später nach draußen führte, war eine Zumutung zu viel. Dies hier hatte nun rein gar nichts mehr mit Brillenwechsel oder High-Level-Conflict-Performance zu tun.

Kellermann stellte sich ganz nahe neben Löhring, drehte den Kopf zur Seite und flüsterte ihm leise und warm, vor allem furchtbar langsam ins Ohr: »Fahrzeugtausch. Darf ich bitten, Herr Dr. Löhring?«

In diesem Moment wusste Löhring nicht, was schlimmer war: die Aussicht, im allerschlimmsten Fall an einem Balken in der Scheune aufgeknöpft zu werden, oder die Peinlichkeit, in einem alten VW Käfer entführt zu werden. Er hatte die letzten Jahre in PS-starken, sonderlackierten Limousinen zugebracht, und es bestand nun wirklich definitiv keine Veranlassung, in einer anderen Wagenklasse zu sterben. Dann lieber in der Scheune. Nie und nimmer würde er in einen dunkelbraunen Käfer steigen. Er blickte zu Kellermann. Falls das hier tatsächlich gefilmt wurde, dann würde seine Reaktion ziemlich tough und straight herüberkommen: »Na los, erschießen Sie mich lieber gleich. So ohne Kohle. Dann ist es wenigstens vorbei.«

»Nein, tut mir leid. Jetzt geht es erst einmal weiter.«

Löhring spürte einen kräftigen Griff in seinem Nacken und wurde in den Wagen geschoben wie ein unwilliger Hengst in den Tiertransporter. Kellermann stieg zu und gab Gas, so gut es ging.

Die bordeauxroten Textilsitze waren klamm und feucht, und es roch nach Stall. Sie saßen nebeneinander wie die Sardinen in der Büchse, die Kniescheiben am Armaturenbrett, und der Käfer schnurrte der nächsten Hauptstraße entgegen. Kellermann rauchte eine Zigarette nach der anderen, und durch die ohnehin schon stark beschlagenen Scheiben war kaum etwas zu erkennen. Als Fluchtwagen war dieses Gefährt eine einzige Witznummer, fand Löhring. Wenn man allerdings weiterdachte, so konnte die Fahrzeugwahl durchaus Teil von Kellermanns Risk Management sein. Schließlich waren die Köpfe der Fahrzeuginsassen faktisch nicht zu erkennen in dem winzigen Teil, und kein halbwegs normaler Mensch würde Löhring so schnell hier vermuten, Entführung hin oder her. Hatte er sich durch die Teilnahme am Brillenwechsel-Programm bereits in einen »anderen Kontext« begeben, wie der Asiate es ihm nahegelegt hatte, so war dieser

Teil der Maßnahme schon etwas für die richtig Harten. Sicher, es war nicht Kalkutta. Aber es war eben ein VW Käfer.

Kellermann hatte ihn an den Kniekehlen und den Handgelenken gefesselt und eine muffige Decke über seinen Schoß gelegt. Wenn Löhring jetzt Mätzchen mache, auffällig werde oder um Hilfe schreie, dann knalle er ihn sofort ab, hatte er glaubhaft versichert. Das merke bei den Fahrgeräuschen kein Mensch. Und geradezu spottend hatte er hinzugefügt, Löhrings Familie zahle offenbar für den Mord, soweit er das bisher herausgehört habe.

Löhring fand das nur insofern lustig, als seiner Familie momentan die liquiden Mittel für einen Auftragsmord fehlten. Das konnte er schließlich beurteilen. Und er konterte, dass Kellermann ihn so einfach nicht loswürde. Denn so schnell würde keiner zahlen. Von wegen Cashflow.

Er blickte zu Kellermann hinüber und konnte jedes Härchen und jedes Krümelchen in dessen rechtem Ohr sehen. Dieser Wagen betonte Kellermanns massige, extreme Körperlichkeit auf recht unvorteilhafte Weise, fand er. Nun hatte er tatsächlich seinen eigenen Entführer. Hatte nicht jeder. Löhring versuchte trotzdem, auf Distanz zu gehen, doch er saß bereits mit der rechten Körperhälfte ans Seitenfenster gepresst.

Kellermann dagegen schien diese körperliche Nähe überhaupt nichts auszumachen, er ließ den Käfer jetzt schnurren und seine Gedanken auch: »Ist was anderes als Ihre Karre, was? Die verkaufen Sie doch, wenn der Aschenbecher voll ist, oder?«

»Ich fliege oder fahre Taxi.« Löhring schaute sich im Wageninneren um. In einem kleinen Ablagefach an der Beifahrertür lag eine vergilbte Visitenkarte. Er neigte seinen Kopf in der nächsten Kurve unauffällig zur Seite und las: *Maurerarbeiten Kellermann. Inkl. Demontage und Transferlogistik.* Die Postleitzahl war vierstellig. »Ist der inzwischen abbezahlt?,« wollte Löhring wissen.

»Mensch, Mensch. Sie haben vierzig Millionen und nichts flüssig. Das ist doch nicht normal!« Kellermann schüttelte immer noch den Kopf.

»Normal, normal, normal. Nun hören Sie doch endlich auf damit. Nur weil die Mehrheit weniger Kohle hat als ich, heißt das noch nicht, dass ich unnormal bin!« Löhring wurde gehörig warm unter der verdammten Decke.

Kellermann schien gar nicht zugehört zu haben: »Warum legt man so viel Geld nur so an, dass man gar nicht rankommt? Das ist dermaßen beschränkt, Mensch. Sie könnten morgen verrecken, ohne sich ein einziges Stückchen Sahnetorte gekauft zu haben.«

»Ich mag keine Sahnetorte. Und ich muss mein Geld auch nicht ausgeben. Wissen Sie, die Zahl reicht mir schon. Die bringt zwischen sechs und acht Prozent. Es ist nichts weiter als eine Annehmlichkeit, zu wissen, wo man so steht, rein finanziell. Verstehen Sie das?«

Kellermann verstand nicht.

Löhring fuhr fort: »Allein, dass Sie mich am Wickel haben, mich, Big L, Spitzenmanager, über den die Nation spricht, nicht irgendeinen Provinz-Geldsack, müsste Ihnen schon reichen, mal abgesehen vom Geld!«

Kellermann verstand nicht.

Löhring redete mehr, als er eigentlich wollte. Es tat gut, einige Dinge nicht nur zu denken, sondern auch mal jemandem zu sagen. »Was ist Geld schon, wenn man genug davon hat? Sie können mir glauben, der Happiness-Effekt ist kurzlebiger, als Sie vermuten. Mein Boot in Frankreich zum Beispiel ist nur gepachtet. Es gehört eigentlich Kesch, aber es frisst tausend Liter Sprit in der Stunde, die ich jetzt bezahlen muss. Haben Sie eine Ahnung, was das kostet? Das müssen Sie erst mal verdienen. Und wenn Sie dann auch noch eine feste Besatzung haben, müssen Sie ganz schön zahlen. Kein Zuckerschlecken, sage ich Ihnen.« Er begann sphärisch zu lachen. Es musste raus. Es tat so gut. »Da kann die Anlage zur Notlage werden, sage ich Ihnen.«

»Verdammt teuer das alles. Alter Schwede.« Kellermann stierte kopfschüttelnd auf die Landstraße.

»Und wenn Sie sich mit Leuten unterhalten, die auch so viel

haben, dann ist es plötzlich gar nicht mehr so viel. So muss man das auch mal betrachten.«

»Sie sind ja total verpeilt.« Kellermann zerrte am Schaltknüppel. Der dritte Gang schien zu klemmen.

Löhring spürte den Schweiß zwischen den eng zusammengebundenen Beinen langsam in die Socken laufen. Der Käfer bullerte. Er blickte wieder zu Kellermann hinüber, schwieg einen bedeutsamen kurzen Moment und sagte dann ganz langsam: »Wissen Sie, was? Wenn ich Sie jetzt so ansehe, dann weiß ich, dass es noch viel Schlimmere als mich gibt. Und das gibt mir ein verdammt gutes Gefühl.«

Jetzt kam Kellermanns rechter Arm ganz langsam zu Löhring herüber, etwa auf Brusthöhe. Mit dem Lauf des Revolvers schob er Löhrings Jackett auseinander.

Links und rechts huschten Bäume vorbei, am Straßenrand blitzte ein weißes Kreuz mit einer Kerze auf und verschwand wieder. Es war plötzlich überall dunkel und grün, still, frisch und friedlich – nicht das schlechteste Bild, das man als letzten Eindruck mit in den Tod nehmen konnte, fand Löhring. Er schloss die Augen. Als er sie wieder auftat, war seine Brieftasche weg.

Kellermann war bereits beim Zählen und lenkte den Käfer mit den Unterarmen. »Fuck. Ist das alles?«

Offenbar konnte man Kellermann immer noch überraschen, dachte Löhring, und um ehrlich zu sein, wusste er gar nicht, was er momentan im Portemonnaie hatte. »Wie viel ist denn drin?«

Kellermann rechnete vor: ein Zwanziger, zwei Fünfer und ein paar Centmünzen. »Das gibt's ja nicht. Das reicht noch nicht mal für eine Tankfüllung.«

»Ich habe Infrastruktur. Ich brauche kein Bargeld.«

»Scheiße, mit nur dreißig Euro in der Tasche einen Bruch zu machen, hätte ich mich nie getraut. Es muss immer zur Not für ein Bier und ein Taxi reichen, Alter.« Kellermann feuerte das leere Portemonnaie auf die Rückbank und steckte sich die Scheine in die Hosentasche.

Löhring dagegen war mit seinen Gedanken schon woanders.

Er ruckelte seine gefesselten Beine zur Seite, damit die Füße von der Heizdüse wegkamen, und grinste in sich hinein. Kellermann schien keine Ahnung zu haben, dass er direkt in die Löwengrube tuckerte. Dummheit musste bestraft werden.

TARNUNG IST ALLES

Keschs Villa war nicht einfach zu finden. Für Eingeweihte gab es zwar eine Adresse, doch die Umgebung war nicht gerade das, was man eine Reihenhausgegend nennen würde. Hier und da tauchten Hinweise auf versteckte Grundstückszufahrten zu weitläufigen Anwesen auf, und man musste aussteigen, um Hausnummern auf winzigen Schildern an den Toren lesen zu können. Waldstücke und großzügige Rasenflächen wechselten sich ab und wollten so gar nicht zu dem an sich recht biederen Ortskern passen, den Löhring und Kellermann bereits vor zehn Minuten passiert hatten. Es schien einer dieser unauffälligen Orte im Rheinischen zu sein, wo man sich in trutzige, großbürgerliche Rotklinkervillen zurückzog – solide Basislager, um sich von dort aus in die nächstgrößere Stadt, nach Köln, Düsseldorf, Essen oder Bonn, oder in den Rest der Welt zu begeben, Geld auszugeben und Netzwerke zu spinnen.

Die Tore der Zufahrt zu Keschs Anwesen standen weit auf, als erwarte man sie, und der Käfer röhrte verdächtig, als er die steile und großräumige Auffahrt nahm. Sie war zweispurig.

»Na, Ihr Kumpel scheint ja ein Luxuspüppchen zu sein.« Kellermann saß mit eingezogenem Kopf hinter dem Lenkrad, um durch die Autofenster die Anlage in Augenschein zu nehmen.

Löhring betrachtete ihn von der Seite. Man konnte seinem Entführer diesen kleinen Augenblick des Triumphs gönnen, das Gefühl, auf eine Geldquelle zuzufahren wie ein Großwildjäger auf ein unbekanntes Buschreservoir. Er schien keinen Verdacht zu schöpfen.

Das Gebäude kam langsam in Sicht. Löhring wusste, dass Kesch rein äußerlich ein recht barocker Typ war, jedoch mit einem pragmatischen Naturell. Sein Geschäftsmodell fußte auf zwei Grundsätzen: hohes Ansehen und geringes Aufsehen. Die Schlichtheit des Anwesens erstaunte Löhring allerdings immer wieder: Die von Bäumen und Sträuchern gesäumte überdimensionierte Auffahrt gab den Blick frei auf eine Villa, die man auch für die örtliche Feuerwehrhalle hätte halten können – ein massiver, flacher Bau mit glatten hellen Klinkern, einer schweren bronzenen Eingangstür und hier und da kleinen Fenstern, die verglasten Schießscharten ähnelten. Man wünschte dem Haus, es möge wenigstens eine weitläufige Terrasse nach hinten hinaus haben. Auffällig und geradezu pompös war lediglich eine beträchtliche Anzahl von Garagen und Parkplätzen an der Vorderfront.

Löhring war bereits des Öfteren an diesem Ort gewesen, um seinen Vermögensverwalter ungestört und inkognito zu treffen, aber zum ersten Mal verfolgte er ganz genau, was sich um das Anwesen herum tat. Doch es tat sich nichts. Dass sie auf dem Grundstück überhaupt so weit gekommen waren mit dem alten Käfer, war seines Erachtens eine erstaunliche Tatsache. Unter normalen Umständen hätte es von Sicherheitsbeamten nur so wimmeln müssen. Löhring sah sich hektisch um. Nirgendwo ausschwenkende Kameras oder anspringende Bewegungsmelder. Shit.

Das erste Mal, als er Kesch langsam vorrollend mit seiner Limousine besucht hatte, war ein Wachmann aus einem Kleinbus gestiegen, der vor dem Hause geparkt war. Mit auf Distanz haltender, flach ausgestreckter Handfläche war er Löhring entgegengelaufen und hatte gefragt, ob ihm zu helfen sei. Kesch war schließlich keiner dieser kleinen Vermögensverwalter mit Büro ohne Tageslicht in der örtlichen Kreissparkasse, sondern DER Anlagen-Tycoon schlechthin. Unter seinen Klienten befanden sich bundesweit bekannte Familiennamen. Da mochte man sich schon ein wenig kostbar fühlen und vorsichtig werden, seine

Umgebung scannen, lasern, verkabeln und verminen lassen, im eigenen Interesse und im Interesse der Kundschaft.

In letzter Zeit hatte Kesch seine Villa zudem nicht mehr so gern verlassen, um der Presse nicht noch mehr Fotos und Mutmaßungen zu liefern, als diese ohnehin schon hatte. Er umgab sich stattdessen auch privat mit einem Heer von Personenschützern – Angestellte einer Sicherheitsfirma, die ihm anteilig gehörte. »Shootingstar« hieß sie, hatte sich mit der Zeit zu einem gut gehenden Nebenerwerbsunternehmen entwickelt und aus Keschs Haus einen Hochsicherheitstrakt gemacht. Und was entscheidend war in Löhrings derzeitiger Lage: Shootingstar hätte keinen Moment gezögert, Kellermann in Gewahrsam zu nehmen, ein ausgestreckter Finger auf ihn hätte genügt. Doch nun war niemand da.

Löhring konnte seine Enttäuschung kaum unterdrücken: »Ach. Das hatte ich mir anders vorgestellt.«

Kellermann steuerte das Fahrzeug langsam an der Hausfront entlang, mit einem fachmännischen Blick auf die Kameras: »Nee, Mann, genauso hab ich mir das vorgestellt. Junge, Junge, so sieht betreutes Wohnen aus, was?« Er schien angesichts dieses technischen Aufwands sein Entführungsopfer fast aus den Augen zu verlieren, stoppte den Käfer, stieg aus, lief die Hausfront auf und ab, bis es ihm endlich bewusst wurde: »Kameras. Überall Kameras. Schöne Scheiße, Mensch, ich werde gesucht!«

»Ich doch auch. Wenn ich das mal so sagen darf.« Löhring versuchte zu retten, was zu retten war, bevor Kellermann die Falle erkannte, in die er ihn locken wollte. Es war ihm gelungen, trotz der Knebel mit beiden Händen die Scheibe herunterzukurbeln, und er fragte so beiläufig wie möglich aus dem Beifahrerfenster: »Und? Die sind doch nicht alle an, die Kameras, wir kommen doch unerkannt an die Tür, oder?«

Kellermann spähte in die Linse eines Gerätes, umkreiste es, inspizierte es erneut von allen Seiten. Dann ging er zurück zum Fahrzeug, öffnete die Beifahrertür und beugte sich über Löhring: »Ich binde Sie jetzt los. Und wenn wir da gleich zur Tür gehen und klingeln, dann können Sie verdammt sicher sein, dass meine Knarre Tuchfühlung mit Ihnen hat, Mann.«

Fünf Minuten später standen sie vor der Leiche. Das Blut floss immer noch aus dem Kopf. Die Blutlache hatte bereits alle Papiere auf dem Schreibtisch durchtränkt, sodass man keinen einzigen Buchstaben mehr darauf erkennen konnte, und nun breitete sie sich langsam Richtung Tischkanten aus, war in Bewegung, so als würde immer noch etwas leben am toten Kesch, so als habe er noch Pulsschlag. Man konnte das Blut riechen. Warm, wie es noch war, hatte es eine erdig-süßliche Note – nicht einmal unangenehm, fand Löhring.

Nachdem sich auf ihr Klingeln hin niemand gemeldet hatte, das Haus wie ausgestorben wirkte, waren sie hinten herumgelaufen, in der Hoffnung, vielleicht jemanden auf der Terrasse anzutreffen. Denn nie und nimmer hätte Kesch bei Abwesenheit sein Haus unbeaufsichtigt gelassen. Sie waren sich vorgekommen wie die Diebe. Die große Glastür zum Arbeitszimmer war halb offen gewesen, und Kellermann hatte als Erster den Tatort betreten. Ihm wurde schon beim Anblick der Leiche schlecht, und er übergab sich noch im Rosenbeet.

Nun stand er mit Löhring am Schreibtisch, starrte auf das Blut und sagte: »Nein. Ich glaub's nicht. Der hat sich nicht umgebracht, der ist abgeknallt worden.«

Löhring bekam es mit dem Schrecken zu tun, denn er ahnte, was bald passieren würde: der Teppichboden. Mein Gott, der Teppichboden würde gleich in Mitleidenschaft gezogen werden. Also ging er in die Knie, die Beine versagten ihm sowieso in diesem Moment, und er breitete hastig einige »New York Times« vom Stapel auf dem Boden in mehreren Lagen unter dem Schreibtisch aus. Das Gratisabonnement der Tageszeitung hatte er selbst seinem Vermögensverwalter vor nicht allzu langer Zeit besorgt. Das war ein weiser Entschluss gewesen, ging es Löhring durch den Kopf, als er die Seiten entfaltete wie im Wahn. Die »New York Times« war jetzt Rettungsanker, lenkte ab, vom

Entsetzen, von der Angst, von der Übelkeit, die in ihm hochkam, wie manchmal mitten in der Nacht. Man sagte ihm zwar nach, er gehe über Leichen, aber einem veritablen, frisch erschossenen Exemplar war er noch nie begegnet.

Die Zeilen verschwammen vor seinen Augen. Er versuchte, sich zusammenzureißen. In den letzten Stunden hatte er schließlich alle seine Tabletten aufgebraucht und mehr geheult als in den vergangenen zwanzig Jahren. Was er nun, auf allen vieren unter diesem Schreibtisch, vor allem brauchte, waren ein unverduselter, klarer Kopf, souveräne Professionalität, Zeit zur Verarbeitung der Faktenlage und zur anschließenden strategischen Neuaufstellung. Er bekam einen Tropfen Blut ab, der ihm warm und zäh hinten in den Hemdkragen lief.

Kesch schien gerade erst verschieden zu sein. Der Kopf lag mit der Wange auf der Schreibtischunterlage, die Brille war nur leicht verrutscht, und sein letztes Mienenspiel war nicht einmal unentspannt. Er guckte seltsam neutral, fast schon verträumt mit leicht verdrehten Augen auf einen alten Sekretär an der seitlich gegenüberliegenden Wand. Seine rechte Hand umklammerte eine Pistole.

Das eigentlich Beunruhigende an der ganzen Sache, einmal abgesehen vom Todesfall, war für Löhring, dass an sein Geld erst einmal nicht zu denken war, dass alle Pläne plötzlich nichtig waren. Kesch war tot und jede Chance dahin. Wahrscheinlich würde er das Geld, das er bei ihm investiert hatte, nie wiedersehen. So, genau so sah wohl ein point of no return aus.

Kellermann stand immer noch fassungslos vor der Leiche, legte den Kopf schräg, um Kesch ins Gesicht zu gucken, als sei dieser ein post mortem ausgestelltes, seltenes Insekt: »Und so einem haben Sie Ihr Geld anvertraut?«

Gute Frage, dachte Löhring und sagte: »Ich wollte eben keine Ortsgröße, sondern die beste Adresse außerhalb der Bank. Punkt. Ich kann doch nichts dafür, wenn der Aufsichtsrat so viel Bonus beschließt und ich später mit der ganzen Summe dastehe und sie irgendwie anlegen muss.« Ein seltsamer Geruch stieg ihm in die Nase, und er sah sich um: »Was riecht denn hier so süßlich? Parfüm?« Er musste jetzt sowieso erst einmal auf Zeit spielen, aber das war mit einer frischen Leiche gar nicht so einfach. Der Geruch übertönte sogar das beißende Aftershave, das immer noch von Kesch ausging.

»Das ist die Westerland im Garten«, sagte Kellermann.

»Wie bitte?«

»Na, das mit dem Geruch, das werden die Rosen da draußen vor der Terrassentür sein. Sorte Westerland. Gerade erst aufgegangen. Eigentlich dürften die jetzt nicht mehr riechen – oder zumindest anders«, erklärte Kellermann, als habe er sich mit Absicht über die Westerland übergeben.

Löhring stand auf und brachte mit einem Bein den restlichen »New York Times«-Stapel in eine perfekte Position. »Woher wollen Sie so genau wissen, dass Kesch umgebracht wurde?«, fragte er.

»Typen wie der, die hinterm Geld her sind, sind auch hinterm Leben her. Das eine ist ohne das andere nicht zu haben, der reinste Teufelskreis. Der hat ja noch nicht einmal seine Krawatte gelockert, die sitzt noch bis zum Anschlag. Und nur um sich abzuknallen in Ihrer feinen Gesellschaft, muss man nicht die ganze Sicherheitsanlage lahmlegen.«

»Also, ich würde meinen Selbstmord auch nicht so gerne filmen lassen. Vielleicht wollte er allein sein«, gab Löhring zu bedenken.

»Das war Mord. Die Knarre hat ihm jemand nachträglich in die Hand geschoben.«

Löhring musterte Kellermann verächtlich: »Bei Ihnen ist das vielleicht so üblich.«

»Ach, und bei Ihnen bringt man sich eher selbst um? Auch interessant.« Kellermann ging zum nächstgelegenen Fenster auf der anderen Seite, schob den Vorhang etwas zurück und versuchte, die Auffahrt zu überblicken.

»Eines sage ich Ihnen gleich: Ich steige nicht mehr in diesen Käfer ein. Dazu sehe ich absolut keine Veranlassung.« Löhring versuchte, unbemerkt in die Nähe des Telefons zu kommen, das er auf einer Anrichte hinter sich entdeckt hatte. Denn eines stand fest: Sein einziger Plan war nicht aufgegangen, und die letzte Geldquelle war vorerst versiegt. Was sollte Kellermann jetzt noch mit ihm anfangen, außer ihn gleich zusammen mit Kesch zu verscharren? Er musste Kellermann hinhalten. »Ich hoffe, Sie haben sich gut überlegt, was Sie jetzt tun. Also, ich an Ihrer Stelle würde …«

»Schnauze.« Kellermann zog bereits ein Paar Handschuhe aus seiner Tasche und sah sich hastig im Raum nach verwertbarer Beute um.

Löhring tastete sich mit kleinen Schritten weiter Richtung Telefon vor. Drei Ziffern, er brauchte nur drei Ziffern zu wählen. Um abzulenken, fuhr er langsam und beschwörend fort: »Hören Sie, diese Situation ist so außergewöhnlich, dass wir überlegen müssen, inwieweit sie Nutzen birgt für uns beide.« Löhring hatte das Gerät fast erreicht.

Kellermann stellte das Gemälde, das er gerade abgehängt hatte, an die Wand und sah Löhring unvermittelt an, schien geradezu entsetzt zu sein. Wie Löhring in dieser Situation nur so vollkommen klar und so vollkommen abgebrüht sein könne, wollte er wissen. Im Vergleich dazu sei er, Kellermann, ja noch anständig

Löhring verstand nicht, redete weiter, egal was, einfach reden: »Hören Sie, es war garantiert Selbstmord. Die Polizei wird wohl nicht unmittelbar kommen. Wir haben noch Zeit.« Er blickte von der Leiche zu Kellermann und wieder zurück, vielleicht eine Spur zu langsam.

Kellermann begann jetzt plötzlich, abwehrende Handbewegungen zu machen, ging ganz offensichtlich in die Defensive. Nein, nein, das komme auf gar keinen Fall in Frage. Klar, die Specknacke da am Schreibtisch sehe genauso aus wie er, und das sei ein verdammt ungutes Gefühl für ihn, wenn man ausgerechnet so einen verreckt sehe. Denn da sehe man sich sozusagen selbst liegen, und da müsse man ja das Kotzen kriegen. Also, auf gar keinen Fall werde er für Löhring den Kesch geben. Er sehe vielleicht so aus, aber er sei doch nicht blöd.

Löhring ließ das Telefon wieder los. Er hatte noch nicht gewählt. Ein Glück. Es brauchte etwas Zeit, bis er wirklich verstand, was Kellermann da gerade angedeutet hatte. Er starrte vom toten Kopf zu Kellermanns Kopf und wieder zurück, und ganz langsam dämmerte es ihm. Ihm wurde abwechselnd heiß und kalt, und er fand es vor allem erstaunlich, dass er nicht schon längst selbst darauf gekommen war: Oh Gott, ja, die beiden hatten tatsächlich eine verblüffende Ähnlichkeit. Mit Keschs Brille und dem passenden Outfit könnte Kellermann einen respektablen Kesch abgeben, in der Tat. Wie hatte er so blind sein können? Es war ein Wink des Schicksals. Löhrings Gedanken ratterten durchs Hirn: Es würden sich komplett neue Perspektiven eröffnen, ach was, es würde ihm wahrscheinlich das Leben retten! Sicher, es war ein mutiger Plan, aber auch ein verdammt naheliegender – insbesondere eine äußerst clevere Alternative zum Tod. Die Wahrheit würde ihnen sowieso niemand glauben.

Er ging langsam wieder auf Kellermann zu, der sich am nächsten Bild an der Wand zu schaffen machte. Es galt jetzt, den Ball flach zu halten, und Löhring sagte mit größtmöglicher souveräner Beiläufigkeit: »Wissen Sie, manchmal ist es auch sehr günstig, in eine ungünstige Situation hineinzukommen. Es können sich da Chancen eröffnen, die man vorher nicht für möglich gehalten hätte.«

Kellermann schien noch nicht einmal ins Grübeln zu kommen. Das solle er mal seinem toten Kumpel da erzählen. Ihm, Kellermann, jedenfalls würden langfristig Keschs Gemälde reichen, und daher nehme er die jetzt kurzfristig von der Wand.

Es musste anders gehen. Löhrings Gedanken pocherten weiterhin durchs Hirn, während Keschs Blut im Herzschlagtempo auf die Zeitungen tropfte. Es würde durchkommen auf den Teppich. Löhring wurde eine Spur aggressiver, und er wusste nicht, ob es am plackernden Blut, am süßlichen Geruch oder an dem

Plan lag, der sich da gerade in seinem Kopf abzuzeichnen begann: »Sie lassen sofort das Gemälde da hängen! Am Ende geht die Alarmanlage doch noch los. Mensch, Kellermann, was Sie da vorhaben, ermöglicht doch nur partiellen Profit. Gehen Sie doch endlich weg von dem verdammten Bild, das kriegen Sie doch gar nicht in Ihren blöden Käfer.«

»Klappe.«

Löhring suchte fieberhaft nach noch mehr Worten und fuhr fort: »Deswegen sind Sie doch gar nicht mit mir hierhergefahren, oder? Sie wollten doch die große Kohle, wenn ich das richtig verstanden habe. So funktionieren doch Entführungen, oder nicht?«

Kellermann erwiderte, das wisse er nicht. Dies sei seine erste Entführung, so etwas habe er bisher nicht im Produktportfolio gehabt. Aber aus Mitleid habe er ihn gewiss nicht entführt. Er machte sich an einem anderen Bild zu schaffen, das verdächtig nach einem Immendorff aussah.

Löhring gab nicht nach: »Hören Sie, das Leben ist voller verpasster Chancen, sage ich Ihnen. Und dies hier, dies ist eine Chance, die Sie kein zweites Mal bekommen. Ich auch nicht im Übrigen. Da bin ich ganz ehrlich. Ich muss Ihnen das genauer erklären …«

Dann solle er mal loslegen, er sei gespannt, sagte Kellermann und nahm das Bild ab.

Es war jeden Versuch wert, fand Löhring. Er musste sich lediglich in Kellermanns Situation versetzen. »Hören Sie, Kellermann, Sie als angehender Betriebswirtschaftler müssten das doch besser wissen: Ein schnöder Diebstahl ist ertragsmäßig das reinste Nischengeschäft, die klassische Ich-AG sozusagen. Da kommt nicht viel bei rum.«

»Meine Erträge sind immerhin steuerfrei«, entgegnete Kellermann.

Löhring konnte so viel Naivität nicht fassen und rechnete vor: »Selbst wenn Sie pro Bruch und Tag auf das Jahreseinkommen eines Halbtagsjobs kommen, so liegt doch die Wahrscheinlichkeit, geschnappt zu werden, bei, ich würde sagen, zwanzig Prozent?«

»Nicht schlecht, was?« Kellermann grinste.

»Bei zwei Arbeitstagen pro Jahr kommen Sie aber schon auf vierzig Prozent Wahrscheinlichkeit, in den Bau zu wandern. Bei drei Brüchen gar auf sechzig Prozent.« Löhring tupfte dem toten Kesch triumphierend etwas Blut von der Krawatte, während er Kellermann einen Deal anbot: Er würde nicht vier, sondern fünf Millionen zahlen, wenn Kellermann mit Löhring zusammen die Leiche entsorge und anschließend für eine kurze Übergangszeit, sozusagen als Interimsmanager, in Keschs Haut schlüpfe, um an die Summe und vielleicht sogar an noch mehr Geld zu gelangen. Eine bessere Tarnung als diese gäbe es für Kellermann doch gar nicht! Er würde wie vom Erdboden verschwunden sein, zumindest für die Zeit der laufenden Ermittlungen.

Als Löhring zu Ende argumentiert hatte, schwieg Kellermann eine Weile und sagte dann unvermittelt: »Das ist ja erbärmlich. Sie sind kein Mensch, Löhring. Sie nicht.«

»Nun tun Sie mal nicht so.«

»Ich bin besser wie Sie.«

»Als Sie, Kellermann, ich bin besser als Sie …«

Kellermann gab Kesch einen kameradschaftlichen Klaps auf die tote Schulter. »Wie hieß der mit Vornamen?«

Scheiße, dachte Löhring und sagte: »Edgar.«

»Na, geht doch. Eddy also. Ihren Kumpel Eddy hier, der die ganze Zeit auf Ihr Geld aufgepasst hat, der sich um alles gekümmert hat, den wollen Sie jetzt kurzerhand austauschen, ohne ihm auch nur eine Träne nachzuheulen?«

»Das ist alles komplexer, als Sie glauben.«

»Das ist unanständiger, als Sie glauben.«

Löhring war es leid: »Hören Sie, Kellermann, an diesem Punkt waren wir schon einmal. Wir sind nicht unanständig. Wir sind lediglich kreativ. Natürlich hat die Trauer ihren Platz, aber doch nicht hier und jetzt. Wir stehen im Blut vor einer Leiche, Sie sind auf der Flucht, und ich werde meine Kohle auf immer vergessen können.« Löhring war zwischenzeitlich eingefallen, dass Kellermann ja immer noch die Waffe hatte. Er fuhr also fort: »»Wissen Sie, das ist alles ein bisschen viel für mich. Ich bin schließlich Entführungsopfer und muss jetzt auch noch für zwei überlegen. Aber fest steht doch: Wir sind beide erwachsene Menschen, die nicht gerade auf den Kopf gefallen sind. Wir sind doch eigentlich ganz verträglich und emotional stabil …«

Kellermann unterbrach: »Ich bin nicht verträglich. Ich verbitte mir das. Und Sie sind nicht emotional stabil. Das wird nix. Ich mach da nicht mit.«

»Kellermann, Sie sind jetzt wirklich ein bisschen überreflektiert. Kenne ich so gar nicht an Ihnen. Sie müssen ein Gefühl für den richtigen Moment entwickeln. Braucht man in Ihrem Job doch auch, oder nicht?«

»Ich entwickle hier sehr wohl Gefühl. Sie eher nicht.«

»Es ist aber das falsche Gefühl.«

»Fuck you.«

»Mensch, Sie sind schon rein äußerlich prädestiniert für diesen Job. Ich brauche Sie!«

»Nein, Sie gebrauchen mich. Das ist ein Unterschied.«

»Ha, das sagt der Richtige.«

Und so ging es fort, bis das Blut geronnen war und Fäden zog zwischen Tischkante und »New York Times«. Erst als Löhring im Rahmen einer zusammenfassenden SWOT-Analyse die Fonds-Kennzahlen seines Vermögensverwalters auf der noch eingeloggten Maske des Scheibtisch-PCs aktivierte, wurde Kellermann zugänglicher. Es war am Ende nur ein Tastendruck, und die Summen schoben sich von unten nach oben auf den Bildschirm. Allein Keschs Kundendatei war ein Vermögen wert, genauer gesagt: sie besaß einen zu managenden Gesamtumfang von dreißig Milliarden. Hier gehe es um Dimensionen der Macht, die weit über das reine Geld hinausgingen, bemerkte Löhring, hier sei der deutsche Geldadel virtuell versammelt, hier auf dem Tisch, so viele Bonzen könne er, Kellermann, nicht in einem ganzen Leben entführen! Alles andere sei eine Zurückweisung des Schicksals, eine solche Opportunity bekäme man nur einmal im Leben. Und Eddy hätte das auch so gesehen, schloss er.

Das reichte. Am Ende nahm Kellermann ihm das Versprechen ab, die Leiche wenigstens ordentlich zu begraben. Dann, aber auch nur dann würde er es sich überlegen mit diesem durchgeknallten Spielchen.

Winter überprüfte Temperatur, Luftdruck und Luftfeuchtigkeit an den Armaturen am Eingang, bückte sich und zog seine Schuhe aus, nachdem er mit Miranda einen der riesigen verglasten Schläuche betreten hatte. Er stellte seine Slipper auf einer Gummimatte an der Tür nebeneinander ab – so irritierend langsam und exakt, dass es fast schon etwas Liebevolles oder zumindest etwas überraschend Zartes hatte. In diesem Moment war er ganz bei seinen Schuhen. Doch dann legte er noch am Boden seine Hände um Mirandas Fesseln und sagte: »Schuhe aus. Dass Sie mir hier nichts durcheinanderbringen mit den Stöckelabsätzen. Wollen Sie Gummistiefel?«

Miranda wich vor Schreck zurück, schüttelte stumm den Kopf und folgte Winter schließlich barfuß einen schmalen Weg entlang weiter ins Treibhaus, vorbei an riesigen, großblättrigen Pflanzen. Die Tropfen der letzten Regenwasserberieselung standen noch darauf, und in ihnen brach sich das Licht, dass es überall schimmerte und funkelte. Es war atemberaubend: hell, tropisch, völlig still auch, bis auf das Geräusch des von den Blättern tropfenden Wassers.

»Das Labor zeige ich Ihnen später. Hier«, sagte Winter und hob eines der Blätter von unten auf seine Handfläche. »Anfangs hielt ich den Chrysina aurigans mit seinem goldenen Panzer für nichts weiter als einen eitlen Fatzken unter den Käfern. Wir müssen die Evolution nämlich stärker unter dem Gesichtspunkt sehen, dass sich all das durchsetzen kann, was keinen tödlichen Nachteil bringt, statt immer und überall nach biologischen Überlebensvorteilen und Plausibilität zu suchen.«

Miranda starrte immer noch auf das nasse Blatt und brauchte

einen Moment, um Winter gedanklich folgen zu können. Das mit der fehlenden Plausibilität bei eitlen Fatzken war grundsätzlich ein interessanter Ansatz. Hier konnte wohl ausnahmsweise das Tier vom Menschen lernen.

Winter fuhr fort: »Es gibt Tiefseegarnelen, die sind knallrot – in einer Region, in der es kein Licht gibt, wo man sich nicht tarnen muss, wo man rein mit seinem Äußeren keine Weibchen anlocken kann, es sei denn, die wären mit Taschenlampen unterwegs. Die rote Farbe ist dort nichts weiter als eine schöne Zutat, eine Extravaganz, die das Überleben nicht rettet, ihm aber auch nicht im Wege steht. Aber hier ist das anders. Schauen Sie genau hin. Es gibt einen Grund für den Glanz.«

Tatsächlich saßen auf dem Blatt zwei goldfarbene Skarabäen, die man erst auf den zweiten Blick wahrnahm. Und dann pustete Winter kräftig über das Blatt, und die Käfer krabbelten, wohl in Erwartung eines drohenden Hurrikans, Richtung Blattunterseite. Die goldene und silberne Farbe der Skarabäen hatte also sehr wohl einen Sinn: Sie reflektierte das Sonnenlicht, wie es die Wassertropfen auf den Blättern taten. Die Ähnlichkeit der Käfer mit den sie umgebenden Tropfen war enorm – die geniale Tarnung vor Fressfeinden im Regenwald.

Winter schüttelte das Blatt, und die Skarabäen plumpsten zu Boden. »Sie können fliegen, sind dabei aber sehr schwerfällig. Sie bringen es höchstens auf achtzig Flügelschläge in der Sekunde. Zu wenig für meinen Geschmack. Rein morphologisch gesehen, könnten sie mehr schaffen, aber sie leben hauptsächlich unterirdisch, brauchen es also nicht.« Winter ging weiter.

Miranda fiel auf, dass sein Gang ein wenig eigenwillig war. Der linke Unterschenkel machte jedes Mal, wenn er Schwung für den nächsten Schritt holte, einen kleinen Schlenker nach außen. Wie putzig, dachte sie, daran würde man Winter selbst von Weitem überall erkennen. Nichts mit Tarnung.

»Alles Mistkäfer, auch die Skarabäen sind Mistkäfer, so schillernd sie auch aussehen. Sie ernähren sich von Kot und abgestorbenen Pflanzenresten, und für die Brutpflege rollen sie den

Dung zu Kugeln, die sie vor sich herschubsen. Sie können gar nicht genug davon kriegen.« Winter stapfte weiter und fuhr fort: »Die alten Ägypter haben diese Mistkugel golden abgebildet, da sie die über den Horizont gezogene Sonnenscheibe für sie symbolisierte.«

Miranda hatte Mühe, barfuß auf dem schmalen Weg hinter ihm herzukommen. Sonnenscheibe hin oder her, die Vorstellung, dass um sie herum gerade Tausende von sechsbeinigen Käfern Scheißkugeln vor sich herrollten, gab ihr kein gutes Gefühl. Sie war gedanklich eigentlich immer noch bei der Tarnung, denn daran war etwas, das ihr gefiel: Sie hatte immer gedacht, selbst mit einer Art Tarnkappe durchs Leben zu gehen, nicht gesehen und nicht gehört zu werden, und je zappeliger und eitler ihr Umfeld wurde, desto unscheinbarer wurde sie. Und jetzt zeigte ihr dieser Mann, dass die Unscheinbarkeit auch ihre Vorteile haben konnte, zumindest bei den Mistkäfern, dass es kein Schaden sei, quasi unsichtbar zu sein, ja dass das nicht als Laune der Natur, sondern mitunter als Meisterstück der Evolution betrachtet werden konnte. Das war eine wirklich gute Nachricht. Miranda fragte, ob sie sich irgendwo die Hände waschen könne. Und vielleicht auch die Füße.

DAS BEGRÄBNIS

Löhring und Kellermann standen immer noch unschlüssig vor Keschs Leiche. Pläne schmieden war eine Sache, tote Arme und Beine anfassen eine andere.

»Es muss jetzt dringend und schnell gehandelt werden. Was wollen wir unternehmen?«, fragte Löhring, in der Hoffnung, Kellermann möge vielleicht etwas mehr Erfahrung mit operativen Situationen dieser Art haben und als Erster anpacken.

»Unternehmen? Das fragen Sie mich? Sie sind doch hier der Unternehmer, oder?« Kellermann nahm mit seiner behandschuhten Hand Keschs Waffe an sich und steckte diese mit souveräner Beiläufigkeit in die Hosentasche. Dies hier war in der Tat sein Fachgebiet. Doch dann ging sein Blick zur Zigarrenkiste auf dem Schreibtisch. »Vielleicht sollten wir ihn einfach verbrennen, und die Asche …«

»Sie sind wohl verrückt! Die Feuermelder! Und wer weiß, vielleicht werden wir hier doch gefilmt.« Löhring sah sich noch einmal im Raum um, scannte alle Wände, jedes Regal ab. Ihm war bewusst, dass er jetzt zum Mittäter werden würde, raus aus der Opferrolle, und das gab ihm ein verdammt gutes Gefühl. Doch die Leiche blieb.

Sie erwogen, bei Einbruch der Dunkelheit mit Kesch ans Rheinufer zu fahren und ihn zu versenken, verwarfen es aber wieder, weil Löhring befürchtete, Kesch könne vielleicht irgendwo wieder auftauchen. Fast wie im wirklichen Leben. Es war schon bemerkenswert, wie schwer es war, sich von ihm zu trennen. Einen Menschen unbemerkt zu entsorgen erforderte zudem eine physische, intellektuelle und psychologische Konstitution, die sie beide nicht hatten, wenn auch zusammen mehr als jeder Einzelne.

Dies sei schon eine andere Nummer, er habe Skrupel, bemerkte Kellermann, und Löhring guckte. Ja, fuhr Kellermann fort, seine Art von Kaltblütigkeit komme in der Regel einfach über ihn, entwickle sich nicht. Manchmal bleibe sie ganz aus, da könne man lange warten. Und wenn sie dann da sei, dann ebbe sie auch recht schnell wieder ab. Doch dann sei es blöderweise meistens zu spät, man könne ja so viel anrichten in wenigen Sekunden, und danach bleibe eben nur diese verdammte Reue. Es sei schrecklich.

Reue? Komisches Wort, fand Löhring. Wann die denn so komme, die Reue? Sofort danach?

Kellermann bejahte, und Löhring wusste nicht, ob er ihn dafür bewundern oder bemitleiden sollte. Momentan fühlte er gar nichts, war innerlich so leer wie eine instinktgesteuerte Stechmücke, und für emotionale Verstrickungen war sein Adrenalinspiegel momentan viel zu hoch.

Sie kamen schließlich überein, den toten Kesch in einen Teppich zu rollen und ein Loch auszuheben unter dem einzigen Baum außerhalb der Rasenfläche, doch in der Nähe des Hauses. Die Stelle lag sogar leicht erhöht und hatte Aussicht, bei aller Abgeschiedenheit.

Ein passender und sehr diskreter Ort, fand Löhring. Vielleicht hätte es Kesch sogar gefallen, ganz nahe bei einer seiner Immobilien begraben zu sein, wenn auch auf eine etwas unorthodoxe Weise. Aber selbst die passte zu ihm. Er hätte kein braves Begräbnis gewollt, bei dem sowieso all jene ausgeblieben wären, die sich schämten, seine Dienste in Anspruch genommen zu haben. Löhring selbst hätte unter anderen Umständen auch auf eine Teilnahme verzichtet. Und davon abgesehen, gab es durchaus prominente, ehrwürdige Vorgänger für solche Grabplätze: Carl Duisberg, Visionär und begnadeter Unternehmer, hatte sich schließlich auch auf seinem Leverkusener Werksgelände bestatten lassen. Und wer weiß, vielleicht würde man diesen Park irgendwann einmal Edgar-Kesch-Park nennen. Kesch bekäme dann an dieser Stelle ein kleines Bronzeschild mit seinem Konterfei, und es würde dann mehr von ihm in Erinnerung bleiben als nur sein Goldkettchen unter der gestärkten Doppelmanschette. So etwas wünschte man sich, es würde Edgar ein gutes Gefühl geben, da war sich Löhring sicher. Doch solange Kellermann als sein Doppelgänger da war, würde aus dem Bronzeschild erst einmal nichts werden.

Kellermann war in der Zwischenzeit ins Gartenhäuschen eingebrochen und hatte dort geeignete Gerätschaften entdeckt. Ansonsten war alles ruhig geblieben, keine einzige Kamera schien zu laufen.

Wieder im Arbeitszimmer, hatte Kellermann dann doch Berührungsängste. »Ich kann den nicht anfassen.«

»Kommen Sie, Kellermann, ob Sie nun einen nackten Typen in den Schrank sperren oder einen toten in den Garten befördern, ist ja wohl kaum ein Unterschied. Wegen Ihrer Nettigkeit sind Sie doch auch nicht in den Knast gekommen.« Löhring durchsuchte Keschs Sakko, entnahm ihm Brieftasche und ein Häufchen Visitenkarten und versuchte anschließend, seine Arme seitlich um Keschs Brust zu legen und ihn behutsam vom Schreibtisch wegzuziehen. Kesch schien nicht zu wollen, und Löhring rutschte auf dem Zeitungspapier aus. Es würde länger dauern. »Scheiße. Helfen Sie mir, verdammt noch mal.« In diesem Augenblick fiel Löhrings Blick auf den Anrufbeantworter. Er blinkte.

Löhring hielt immer noch den toten Kesch schief in den Armen und wusste nicht, ob vor oder zurück, bekam kaum noch Luft hinter dem massigen Leib. Eigentlich wäre dies hier Kellermanns Job gewesen, aber nun musste der eben die Büroarbeit verrichten und den verdammten blinkenden Anrufbeantworter abhören.

Kellermann weigerte sich. Da sei ja Blut drauf.

»Mensch, sind Sie schon auf die Idee gekommen, dass sich die Bullen hier angemeldet haben könnten? Nicht wegen des toten

Kesch hier, sondern wegen uns? Kesch ist DER Kontakt für mein Lösegeld, wenn ich Sie erinnern darf!« Wenn man den Leuten nicht alles erklärte.

»Steht der denn im Telefonbuch?« Kellermanns Zeigefinger senkte sich dann doch auf die Tasten.

Auf dem Band war tatsächlich die Polizei. Man bat um Rückruf, und Löhring versuchte anschließend, so aufmunternd zu gucken, wie das eben möglich war mit einer Leiche im Arm. Er solle da zurückrufen, aber sofort. Kellermann weigerte sich.

»Sie rufen jetzt zurück. Dabei können Sie schon ein wenig üben. So ganz unähnlich klingen Sie gar nicht, so von der rheinischen Sprachfärbung her. Das ist unsere einzige Chance, verstehen Sie das denn immer noch nicht? Sonst stehen die gleich hier vor der Tür!« Löhring konnte Kesch kaum noch halten und legte ihn erst einmal auf dem Teppich ab.

Kellermann weigerte sich. Auf keinen Fall würde er jetzt die Polizei anrufen. Er sei ausgebrochen, auf der Flucht und habe jemanden entführt, von der Körperverletzung des Beamten mal ganz abgesehen. Das reiche doch wohl als Argument, es nicht zu tun.

Nein, korrigierte ihn Löhring. Kellermann heiße nämlich Kesch, Edgar Kesch, und der müsse jetzt der Polizei mitteilen, dass alles in bester Ordnung sei und dass er leider rein gar nichts von Löhring, geschweige denn von seinem Entführer gehört habe.

Es dauerte noch eine Weile, bis Kellermann einsah, dass ihm nichts anderes übrig blieb, und er widerwillig den Rückruf aktivierte. Das Gespräch ging durch, und Kellermann wurde auch gleich weiterverbunden. Er räusperte sich. Ja. Hier sei Kesch. Edgar Kesch. Er sei in Eile, auf dem Sprung sozusagen. Worum es denn gehe?

Kellermann klang zwar noch etwas unbeholfen und holprig, ja, geradezu ruppig, aber so hatte sich der echte Kesch mitunter auch angehört. Es schien tatsächlich zu funktionieren, und Kellermann entspannte sich ein wenig. Eine Lösegeldforderung?

Nein, bei ihm habe sich niemand gemeldet. Es werde hier rund um die Uhr überwacht. Da müsse ein Entführer ja schön blöd sein, in diese Falle zu tappen. Doch Scherz beiseite, ob man denn schon eine heiße Spur habe? Kellermann schien sich jetzt warm zu laufen und nahm auf dem frei gewordenen Stuhl hinter dem Schreibtisch Platz.

Es reichte. Löhring mit Kesch am Boden machte beschwichtigende Handbewegungen mit der flachen Hand nach unten.

Kellermann fuhr fort: Nein? Keine heiße Spur? Das sei ja bedauernswert. Am anderen Ende der Leitung schien man das Gespräch zu beenden, und er legte auf, blickte zu Löhring: »Die wollen keine Aussage machen zum Stand der Ermittlungen.«

Es dauerte, bis Löhring wieder Worte fand: »Das haben Sie gut gemacht, Kellermann. Ja, durchaus, muss ich neidlos feststellen. Hätten Sie was dagegen, wenn ich Sie schon mal Kesch nenne?«

»Die haben ziemlich viel nach Ihnen gefragt«, entgegnete Kellermann. »Haben Sie etwa auch Dreck am Stecken?«

»Nun tun Sie mal nicht so, als seien Sie hier das Unschuldslamm. Und können wir bitte später darüber reden? Ich würde jetzt gerne andere Prioritäten setzen.« Löhring zeigte auf die Leiche.

Mit dem Abtransport des Toten ging es leidlich voran. Kesch war schwer. Sehr schwer. Für eine einzige Person wäre er gar nicht transportfähig gewesen, doch zumindest tropfte es nicht mehr aus seinem Kopf. Löhring bemerkte, dass Kellermann nach Schweiß roch, selbst durch seinen dicken Fleecepulli hindurch. Es half nichts.

Als sie mit der Leiche Richtung Erdloch schlingerten, fragte Kellermann, ob Kesch denn allein lebe oder ob er verheiratet sei. Das sei verdammt hilfreich zu wissen und könnte Einfluss auf die weiteren Planungen haben.

Löhring kam ins Grübeln. Ja, sicher, es gab eine Frau Kesch, und soweit er informiert war, lebte sie ebenfalls auf dem Anwesen. Doch er hatte sie so gut wie nie gesehen. Bei den meisten Einladungen war sie ferngeblieben, und sie schien viel auf Reisen zu sein, das hatte Kesch jedenfalls stets betont. Vielleicht war sie auch tatsächlich temporär ausgezogen. Es gab ja eine reiche Auswahl an diversen Immobilien.

Das sei ja putzig, bemerkte Kellermann, da könne man einen Mann in seinem eigenen Hause völlig unbemerkt abknallen und entsorgen. Die eigene Frau würde rein gar nichts davon mitbekommen. Ein einsamer Typ müsse das gewesen sein, und was bloß aus den Frauen geworden sei?

»Ja.« Löhring zuckte mit den Schultern und nickte.

Als sie die Leiche in die Erde fallen ließen, kam Keschs Brille zum Vorschein. Sie war wohl aus einer Teppichfalte herausgerutscht, fast so, als wolle der Tote höchstpersönlich auf wichtige Erkennungsmerkmale aufmerksam machen. Nach seinem Geschmack wäre das jedenfalls gewesen.

»Er hat auch noch einen Siegelring.« Löhring fiel es gerade noch rechtzeitig ein. Dieser Ring gehörte sozusagen zu Keschs Corporate Identity, er musste ihn finden. Er sprang ins Loch und rollte den Teppich mit dem Toten wieder auf, bis die Hand zum Vorschein kam. Löhrings Finger legten sich um Keschs kalten Ringfinger, er musste jetzt nur noch ziehen, auch wenn es knacken würde.

Kellermann stand sprachlos da und blickte von oben herab auf Löhring, hielt eine Westerland in der Hand, die er dem toten Kesch unbekannterweise hatte hinterherwerfen wollen. Und nun kramte sein Entführungsopfer eine tote Hand wieder heraus und zerrte am Finger herum. Er atmete tief ein und sagte: »Ich fasse es nicht. Das ist nicht gut, Löhring, das ist gar nicht gut. Fuck.«

»Ich bin zu gut, um auch noch gut sein zu wollen«, entgegnete Löhring.

»Ich weiß nicht, was mein Bewährungshelfer zu all dem hier sagen würde.«

»Fragen Sie mal meinen Coach. Der wäre auch nicht begeistert.« Löhring kam hoch und hielt Kellermann Brille und Siegelring hin wie Sternchen nach der Dschungelprüfung.

Kellermann warf die Rose. »Staunen Sie eigentlich manchmal,

dass Sie überhaupt noch am Leben sind, dass Sie noch keiner abgeknallt hat?«

In diesem Augenblick klingelte ein Handy im Teppich, dumpf, doch gut hörbar. Es war unheimlich. Man mochte sich gar nicht vorstellen, wie viele Smartphones bewusst oder zufällig mit auf die letzte Reise genommen wurden und unterirdisch weiterklingelten – eine Mobilfunkverbindung über den Tod hinaus.

Man wechselte schnelle Blicke, und Kellermann ging einen Schritt von der Grube zurück. »Wenn da jetzt Kesch aus dem Jenseits dran ist, springe ich hinterher ins Loch. Oder der Mörder! Kunden? Ich bin nicht da.«

Er hatte kaum zu Ende gemutmaßt, als Löhring wie auf ein Startzeichen hin wieder in die Grube gesprungen war, wie im Wahn zwischen Perser und Leiche herumkramte und fündig wurde. Er nahm noch im Erdloch das Gespräch entgegen.

Am anderen Ende der Leitung ertönte eine Frauenstimme: »Guten Tag. Winterberry Group, Sekretariat Keith Winter. Wir hätten gern Herrn Kesch gesprochen.«

Kellermann nahm langsam die Waffe aus seiner Jackentasche und zielte hinunter auf Löhring.

Es war ein seltsames Gespräch. Miranda hielt den Hörer in der einen, ihren Stift in der anderen Hand. Das, was der Mann am anderen Ende der Leitung von sich gab, klang etwas verschnupft und seltsam gepresst, enthielt auch nichts wirklich Verwertbares zum Notieren, zum Nachhalten, zum Organisieren.

Kesch? Nein, Herr Kesch sei momentan leider etwas überlastet und nicht abkömmlich. Im Augenblick lade man so einiges auf ihn ab. Sozusagen.

Mit wem sie denn da spreche, wollte Miranda wissen.

Oh, das tue nichts zur Sache, antwortete der Mann. Er sei, nun ja, ein guter Bekannter und nehme nur zufällig das Gespräch entgegen. Er sei Berater, Mitarbeiter, entsandter Vorstand, Aufsichtsrat. Es komme ganz darauf an. Und wer sie denn überhaupt sei?

Ihr Gesprächspartner schien nicht ganz bei der Sache zu sein, gab zwischendurch zischende Laute von sich. Die Verbindung war auch nicht so gut, er musste in einem Funkloch stecken. Was das denn jetzt solle, fauchte er dann noch, und Miranda hatte das Gefühl, dass sie gar nicht gemeint war mit dieser Frage. Er schien abgelenkt zu sein. Es hatte keinen Sinn. Miranda sagte, es gehe um einen Termin, den man mit Herrn Kesch persönlich machen wolle, aber ihr Anruf komme jetzt vielleicht etwas ungelegen. Sie bat um zeitnahen Rückruf, hinterließ alle Koordinaten, musste am Ende sogar Winters Namen buchstabieren. Was gab es am Wort »Winter« zu buchstabieren? DER Winter?, wollte man wissen. Ob das wirklich DER Winter sei? Ja, es handele sich um Keith Winter, bestätigte Miranda. Man schien sich zu kennen. Doch seinen eigenen Namen hatte sie ihrem Gesprächspartner nicht entlocken können. Er hatte sie am Ende abrupt weggedrückt.

Löhring war völlig verwirrt, blickte vom Lauf der Waffe, mit der Kellermann auf ihn herabzielte, wieder auf das Display des Handys und zurück. Ihm wurde klar, dass er faktisch bereits mit beiden Beinen im Grab stand. Löhring machte abwehrende Bewegungen in Richtung Waffe, so als könne er die Kugeln mit den bloßen Händen abfangen. Er begann zu reden: »Kellermann, Sie haben da gerade eine Idee. Das ist schon mal was. Aber jetzt sollten Sie auch den Mut haben, sie zu vergessen. Das macht doch unseren ganzen Plan kaputt.«

Plan? Das sei hier ja wohl Löhrings Plan, bemerkte Kellermann. Er solle ihm sofort Keschs Handy zuwerfen. Er, Kellermann, wisse genau, dass Löhring jetzt die Polizei anrufen wolle. Das habe er doch die ganze Zeit gewollt. Alles reine Verzögerungstaktik. Und streng genommen könne er, Kellermann, den Deal ja nun auch allein durchziehen. Er sehe aus wie Kesch und könne BWL. Wozu brauche er da noch einen entführten Manager, der selber an seine Kohle wollte?

Löhring musste zugeben, dass Kellermanns Beurteilung der

Faktenlage so falsch nicht war. Der Häftling hatte nichts zu verlieren. Und Löhring würde keine Lücke hinterlassen. Er war Einzelkämpfer in freier Wildbahn. Alle wollten so sein wie er, und so mancher würde nachrücken, sofort und ohne mit der Wimper zu zucken. Man würde ihm keine Träne nachweinen, kein Röslein ins Grab werfen. Wahrscheinlich würde er sich nicht einmal selbst vermissen. Nein, dies hier war keine Show, nix mit High Profile Conflict Management, dachte Löhring, und um sicherzugehen, gab er der Leiche einen kräftigen Tritt, bei dem jeder lebendige Schauspieler aufgeschrien hätte. Doch Edgar gab keinen Laut von sich. Es war aus. Den Rest würde Kellermann mit einer winzigen Krümmung seines Fingers erledigen. Löhring warf das Handy hoch und schwieg. Ihm war jetzt alles egal. An Kellermanns Stelle hätte er sich wahrscheinlich auch erschossen. »Dann schießen Sie schon. Solche Dinge muss man asap erledigen.«

Löhring wartete, hielt sich die Handflächen vor das Gesicht. Hoffentlich keine Schmerzen. Alles, nur keine Schmerzen.

Doch es kam kein Schuss, noch nicht einmal ein Klicken, und als er Kellermann wieder in die Augen sah, erkannte er es schlagartig: Kellermann würde nie schießen können. Der Mann da oben zögerte, ja, er zitterte, der Lauf der Waffe wippte hin und her. Damit würde er auf dem Rummel keine einzige Rose ergattern. Es war ein seltsamer, sehr tröstlicher, vor allem lebensrettender Moment. Es gab Hoffnung. Und Löhring wagte noch ein Wort: »Ein guter Mensch in seinem dunklen Drange ist sich des rechten Weges wohl bewusst, nicht wahr?«

»Klappe.«

»Das ist Goethe. ›Faust‹. Ach. Ich könnte Ihnen noch so viel beibringen.«

Kellermann ließ die Waffe zwar sinken, doch vollends gefahrlos war die Lage keineswegs. Löhring stand immer noch im Grab. »Kellermann, Sie werden mich noch brauchen, glauben Sie mir. Meinetwegen können Sie mich danach abknallen. Aber vorher können wir gemeinsam wahre Schätze heben. Und unterschätzen Sie das Management nicht. BWL ist nicht gleich GVV.« Löhring bemerkte, dass das Reden sowohl auf ihn selbst als auch auf Kellermann eine beruhigende Wirkung hatte, und er fuhr fort: »Neben der hohen Arbeitsbelastung stellt das Management Anforderungen an die Persönlichkeit, denen Sie ohne einen Ratgeber wie mich gar nicht begegnen können. Sie wissen doch gar nicht, wie man das Florett führt. Ihnen fehlt die Raffinesse. Und wie wollen Sie als Kesch Dinge entscheiden, die Sie fachlich nicht hundertprozentig durchdringen?«

Entscheiden, ohne zu durchdringen, konterte Kellermann, das sei doch Management. Nichts anderes als das.

Löhring machte Anstalten, aus der Grube zu steigen, und streckte Kellermann eine Hand entgegen. »Hören Sie, wenn wir hier noch lange so stehen, wird das nicht ungefährlicher. Die Polizei kann auch ungerufen kommen, weswegen auch immer. Man muss praktisch ständig damit rechnen.«

Im toten Kesch schien ein Knöchlein zu knacken, als Löhring Kellermanns ausgestreckte Hand ergriff und Schwung holte, um aus dem Grab zu kommen.

DIE VERWANDLUNG

Kellermann schien nach wie vor große Zweifel zu haben, ob er das Ding wirklich gemeinsam mit Löhring durchziehen sollte. Immerhin basierte das Konzept auf einer Leiche, und er hätte sich vielleicht eine positivere Basis gewünscht. So hatte er denn auch die ganze Zeit geschwiegen, als sie zusammen Erde nachgeschaufelt und alle Spuren beseitigt hatten, so gut es ging. Es würde mindestens einmal kräftig regnen müssen, bis man die Stelle nicht mehr ohne Weiteres erkannte.

Doch das Vergraben und Spurenverwischen schien geholfen zu haben, sich mit der Situation anzufreunden. Es verhielt sich wie mit der heilsamen Wirkung, die Gartenarbeit auf gestresste Seelen hatte: Man konnte planen und gestalten, hier und da ein wenig aufharken, nachtreten und den letzten Dreck entfernen.

Wieder im Haus, fiel Löhrings Blick auf Keschs Schreibtisch, der immer noch von Blut bedeckt war. Es sah ein wenig verdächtig aus, auch ohne Leiche. Er überwand sich, tapste über die Zeitungen auf dem Boden hinweg Richtung Küche und fand Eimer, einen gelben Schwamm und grüne Gummihandschuhe unter der Spüle. Dies war etwas für die ganz Harten, konstatierte Löhring, als er mit dem Eimerchen zurück ins Arbeitszimmer ging und anschließend das Sekret in langen Bahnen vom Tisch zog. Es fühlte sich irgendwie archaisch an. Er wischte noch mindestens drei Mal mit Spüli nach und hielt den Schwamm anschließend bestimmt zwei Minuten unter fließendes Wasser, ließ ihn aufquellen, presste ihn wieder aus, was das Zeug hielt. Das Wasser lief noch lange rot durch den Abfluss, und der Schwamm blieb rosa.

Kellermann lehnte am Küchentisch, beobachtete jede von Löhrings Bewegungen gedankenverloren, und nach einer langen Zeit des Schweigens sagte er, er habe in seinem Leben immer nach einem einfachen Job gesucht, nach etwas Solidem, etwas, das man mit den Händen machen konnte – und so sei er eben Maurerpolier geworden. Er sei eher der Typ fürs Grobe, habe es nicht so mit der Verantwortung. Und jetzt solle er, vorbestraft, wie er war, den Kesch spielen. Ein Scheißspiel sei das. So richtig passe das ja wohl nicht.

Doch, das passe haargenau, entgegnete Löhring, als er nach einem Müllbeutel für die Schreibtischunterlage und das Papier suchte. Kellermann würde sich wundern, wie viel Geld man ganz solide und mit verdammt wenig Verantwortung verdienen könne. Löhring war allerdings selbst nicht ganz frei von Zweifeln, wenn er zurückdachte an das letzte Telefonat, das er auf Keschs Handy entgegengenommen hatte. Aber das musste er Kellermann nicht erzählen, zu diesem Zeitpunkt jedenfalls noch nicht.

Um Kellermanns Verwandlung ein wenig zu erleichtern, letzte Zweifel auszuräumen, und vor allem auch, um einem drohenden Polizeibesuch durch ein entsprechendes Outfit glaubhaft zu begegnen, gingen sie in den ersten Stock, wo Löhring Keschs Kleiderschrank vermutete. Zwei Minuten später standen er und Kellermann nebeneinander vor Keschs Garderobe und starrten schweigend auf die Bügel. Das hatten sie nicht erwartet. Es mochten dreißig Anzüge und Oberhemden sein, mit nochmals der doppelten Anzahl an Krawatten. Eine stattliche Menge. Doch das war auch schon alles. Die zur Verfügung stehende Bekleidung war von solch einheitlicher, langweiliger Förmlichkeit, dass auch Löhring staunte. Er selbst ließ dann und wann einfach die Krawatte weg, besaß Sakkos mit dezenten Goldknöpfen oder ein Einstecktüchlein in Pink, um dem Mainstream zu widerstehen. Doch in diesem Schrank herrschte modisches »middle of the road« vor: entschiedenes Grau in allen Schattierungen, die Krawatten vornehmlich silbrig bis bleu, selten ins Rote gehend, und wenn überhaupt gemustert, dann nur gestreift, und das dezent.

Kellermann war enttäuscht: »Verdammter Spießer. Also, ich hätte mir da schon was Schickeres vorgestellt, so was mit Charakter. Ganz hell oder ganz schwarz. Nicht gleich verwegen, aber mehr Italo irgendwie.«

»Vergessen Sie's. Wir sind hier nicht bei den Sopranos. Kesch war nicht seriös, und dies hier«, Löhring strich über die Bügel wie ein routinierter Kaufhausangestellter, »dies hier war seine perfekte Tarnung.«

Kellermann war noch nicht überzeugt. Seine Tarnung sei die äußerliche Ähnlichkeit mit Kesch. Das müsse reichen. Er wolle einen hellen Anzug. Richtig hell. Mit einem breiten dunkelroten Schlips und roten Schuhen, ochsenblutroten Schuhen.

Löhring versuchte, es ihm zu erklären: »Kesch war ein Anleger, kein Angeber. Er lebte davon, dass die Reichsten im Lande ihm und seinen Fonds ihr Geld anvertrauten. Habe ich ja auch gemacht. Da kommt was zusammen. Da reden wir alles in allem von zweistelligen Milliardensummen. Die kriegen Sie nicht in roten Schuhen.«

Kaum hatte er das gesagt, griff Kellermann in den Schrank und wählte so hastig einen hellgrauen Anzug, als säßen noch ein paar Milliarden in den Taschen.

Löhring fuhr fort. Dies war die Gelegenheit, Kellermann bereits ein wenig aufzuklären: »Und dann ist da noch die Bank. Graf-von-Sallewitz-Bank. Privatbank. Sehr gediegen, alte Wirtschaftsdynastie. Die ist praktisch der einzige Vertriebskanal für Keschs Immobilienfonds. Aus denen machen die ein maßgeschneidertes Investitionstool für die vermögende Kundschaft. Seinerzeit hat man dafür extra die Sallewitz-Kesch-Holding aufgelegt, und man sagt, dass Kesch damit fast die Hälfte des Jahresgewinns der Bank beisteuert. Er IST sozusagen die Bank.«

»Wie geht das denn? Der greift bei denen voll in die Kaviardose?« Kellermann betrachtete sich im Spiegel. Der Anzug saß fast perfekt, sogar die Kragenweite des Oberhemdes passte, auch die Art und Weise, wie der speckige Nacken und der Hals sich leicht darüber wölbten. Es war unheimlich, mit anzusehen, wie sich da gerade eine seltsame Metamorphose vollzog, kaum dass er sich Keschs Kleidung übergestreift hatte.

»Der kneift.« Kellermann versuchte, die Oberarme auf Schulterhöhe zu bringen.

»Sie sollen sich darin ja auch nicht wohlfühlen. Sie sollen darin gut aussehen.«

»Wie funktioniert das genau mit den Fonds?« Kellermann drehte sich weiter vorm Spiegel, mutierte zum Anzugträger und schien, zumindest rein äußerlich, Gefallen an seiner neuen Identität zu finden.

Löhring gab bereitwillig Auskunft: »Kesch frisst sich in überkapitalisierte Privatkunden rein wie der Borkenkäfer in kranke Bäume. Seine Fonds sind erst einmal nichts anderes als eine gigantische Geldsammelstelle. Die Kunden investieren einen, wie man schätzt, zehnprozentigen Eigenkapitalanteil, der sich steuerlich absetzen lässt und von der Bank vorfinanziert wird.«

»Was mache ich mit meinen Tätowierungen?« Kellermann schob die Anzugärmel zurück und entblößte die Innenseiten seiner Handgelenke.

»Herrje, haben Sie eine Ahnung, was in diesen Kreisen so alles unter der Wäsche getragen wird?« Löhring hasste Unterbrechungen.

Kellermann pfiff durch die Zähne: »Zehn Prozent Anleger-Kohle. Und der Rest läuft auf Pump? Ich glaub's nicht!«

»Sie kommen langsam rein, Kellermann. Gut so. Ja, die übrigen neunzig Prozent werden als Kredite vergeben und langfristig über üppig veranschlagte Mieten abgestottert. Geht alles gut, dann übersteigen die Mieteinnahmen irgendwann die Kreditkosten, und die Investoren sparen noch einmal, weil sie die Mieteinnahmen mit den Kreditzinsen verrechnen dürfen. Immobilienentwicklung, verstehen Sie? Ein glänzendes Geschäft für Kesch, für die Bank und für denkfaule Investoren.«

»Was kommt dabei rum?«

»So um die fünfundzwanzig Prozent.« Löhring sagte es so beiläufig wie möglich.

»Alter Schwede.« Kellermann hatte sich für ein Paar dunkelbrauner Schuhe aus amerikanischem Cordovan-Pferdeleder entschieden. Sie waren etwas zu groß. Er würde zwei Paar Socken oder Einlagen darin tragen müssen.

»Haben Sie zu viel Spiel?«, fragte Löhring.

»Wie, jetzt?« Kellermann wiegte sich hin und her und ging ein paar Schritte. Das Leder knarrte.

»Na, ob Ihre Zehen vorne zu viel Platz haben. Und es darf nicht schlackern hinten.« Löhring trat ein paar Schritte zurück. »Mensch, Kellermann, Sie müssen da langfristig was an Ihrer Gangart ändern.«

»Warum?«

Löhring fand, dass Kellermann einen extrem federnden, fast tänzelnden Gang hatte, der bei der Massigkeit seines Körpers irgendwie tapsig aussah, und er sagte: »Wir sind hier doch nicht im Universum Boxstall. Merken Sie das denn nicht? Und: Never wear brown in town. Nehmen Sie die schwarzen Schuhe.«

Winters Büro bestand aus einem riesigen Schreibtisch mit drei Bildschirmen, hinter denen seine feingliedrige Gestalt fast verschwand. Er hatte seine Käfer selbst hier immer im Blick, hatte in fast jedem Treibhaus und im Labor Webcams installieren lassen, und jetzt krabbelten sie vor ihm über die Bildschirme, auf und ab im Zickzackkurs wie die Aktienindizes, die auf einem anderen Monitor zu sehen waren. Auf der Fensterbank stand sein altes Transistorradio, an dem er zu hängen schien. Er trug es stets mit sich herum, um zu jeder vollen Stunde die Wettervorhersage zu hören, wobei es wahrlich andere technische Möglichkeiten gegeben hätte. Doch das uhrzeitgenaue An- und Ausschalten des Gerätes schien eine Art Ritual zu sein, das er wohl brauchte. So etwas Altmodisches wie Papier lag dagegen nirgendwo in seinem Büro. Alles war sehr überschaubar. Und genau da sah Miranda langsam ein Problem auf sich zukommen. Sie war jetzt bereits eine Woche für ihn tätig, und die Arbeit hatte sich gelinde gesagt in Grenzen gehalten.

Winter sah noch nicht einmal auf vom PC, als sie sein Büro betrat und näher kam. Er fragte, was er für sie tun könne.

»Nun«, sagte Miranda, »das wollte ich eigentlich Sie fragen.«

»Sie können wieder gehen. Das können Sie tun. Schauen Sie sich doch mal um hier. Ich ersticke in Arbeit. Noch Fragen?«

Winter war launisch. Wenn er konzentriert arbeitete, konnte er mitunter unausstehlich sein. Und er arbeitete oft konzentriert. Wenn er sie doch wenigstens einmal angesehen hätte. Miranda versuchte es noch einmal: »Geht es Ihnen gut?«

»Sie verwickeln mich in ein Gespräch. Das gefällt mir nicht.«

»Ihr Ausgangskörbchen ist immer leer.«

»Mein was?« Winter schaute auf und begann zu suchen.

»Rechts neben Ihnen, ungefähr zehn Zentimeter von der Stelle, wo Sie gerade Ihre Hand haben. Wenn Sie jetzt ein Papier ausdrucken oder beschreiben und es praktisch direkt wieder fallen lassen, könnte es darin landen.«

Er blickte in ihre Richtung, fixierte den Gürtel ihres Kostüms. Nein, er blickte ihr nie in die Augen, sah sie nie wirklich an. Es war mehr eine Sichtung, die er vornahm, und er sagte zu dem Gürtel: »Für das, was ich in den Ausgang zu legen hätte, reicht keine Körbchengröße dieser Welt.« Er wies mit seiner Nase zur Tür: »Raus. Ich melde mich, wenn ich so weit bin. Rufen Sie Kesch noch einmal an.«

»Mach ich.« Miranda blieb vor der Tür sehen. »Ich könnte ihm auch erst einmal eine Mail schicken. Oder eine Doodle-Terminanfrage.« Es war mehr ein Aufbäumen gegen das »Raus«, er konnte sie unmöglich einfach wieder so gehen lassen. Schließlich kostete sie Geld, war ein bisschen was wert, wenn auch nicht viel.

»Nun hauen Sie hier aber mal nicht so auf die Sahne. Sie sollen weder mailen noch doodeln, Sie sollen telefonieren.« Und dann reichte er ihr ein Tuch. »Mikrofaser-Diamanttuch, zum streifenfreien Reinigen von glatten Oberflächen.«

Miranda verstand nicht. »Wie bitte?«

»Na, Sie haben da Ihre Fingerabdrücke auf meiner Schreibtischplatte hinterlassen. Das Tuch kann feucht und trocken eingesetzt werden. Und es ist waschbar.« Er nahm sein Radio und verließ vor ihr den Raum.

Die Tür zum Ankleidezimmer ging auf, gerade als Löhring sich nach einem passenden Paar Socken und einem Goldkettchen für Kellermann umsah. Ihre Köpfe schnellten herum, und die Zeit schien stillzustehen. Sicher, sie waren einfach so in ein fremdes Haus hineingegangen, hatten sich darin zu schaffen gemacht, aber ein wenig gestört kamen sie sich jetzt schon vor. Eine reifere Dame, etwa Mitte sechzig, noch im Mantel und mit einem Schlüsselbund in der Hand, stand im Raum, blickte stumm und erbarmungslos langsam von einem zum anderen.

Kellermanns Arm schnellte zur Schusswaffe, die er in Reichweite auf dem oberen Regal des Kleiderschranks abgelegt hatte. Löhring griff zu seiner Waffe: Lächeln. Pokerface. Selbst jetzt. Gerade jetzt. Kontrolliertheit. Locker, ganz locker. Normalerweise beherrschte er es perfekt: das langsame Breitziehen der Oberlippe, dann Nachziehen der Unterlippe, bis seine blendend weißen Zahnreihen zum Vorschein kamen. Es hatte vermutlich schon einmal entspannter ausgesehen, aber es ging. Schließlich kannte er Frau Kesch. Sie und seine Frau waren bereits seit der allerersten Kesch-Fonds-Einlagen, die Löhring getätigt hatte, per Du. Es waren viele gemeinsame Transaktionen gefolgt – richtig lukrative, schnuckelige Anlagen, die man auch unter Einbeziehung der Gattinnen angegangen war. Jede war mit ihrem eigenen kleinen Investment beteiligt worden. Sehr nett. Das war schon was. Das schweißte zusammen. Sie hatten quasi schon lange zusammen in einem Boot gesessen und das Mittelmeer durchquert. An Edgars Seite, der nicht ihr erster Mann gewesen war, war Ilse Kesch zweifellos zu einer Frau gereift, die das Leben in allen Facetten kennengelernt hatte und mit allen Wassern gewaschen war.

Löhring ging also auf sie zu, presste seine gesamte Restenergie in ihre Mittelhand und begrüßte sie im Ankleidezimmer ihres soeben verstorbenen Mannes: »Ilse. Wie schön, dass du zu uns stößt. Ich dachte, du seist ein paar Wochen auf Reisen? Wie auch immer, Edgar zeigt mir gerade, welche Anzüge er mir günstig besorgen kann, sozusagen im Rahmen der GVV.« Löhring zwinkerte ihr zu mit all der Keckheit, die ihm in der momentanen Lage zur Verfügung stand. Er wusste, dass er gerade einen gigantischen Testballon losgelassen hatte.

Sie schwieg. Doch sie kam näher, ließ Löhring ohne Begrüßung links liegen und steuerte auf Kellermann zu. »Wer sind Sie?«

Kellermann blickte verzweifelt von einem zum anderen und sagte: »Ach, Ilse.«

»Ich verbitte mir das.« Sie trat einen Schritt zurück und blickte an Kellermann herunter. »Beachtlich, das muss ich sagen. Die Ähnlichkeit ist tatsächlich frappant. Vergessen Sie sein Aftershave nicht, und schneiden Sie sich die Fingernägel.«

Kellermann ließ die Waffe sinken und lehnte sich zurück gegen die offene Schranktür. Es war zu viel für ihn.

Auch Löhring war überrascht. Das konnte nicht sein. Jetzt spielte die das Spiel auch noch mit, ohne mit der Wimper zu zucken! Das konnte nur die Bestätigung dafür sein, dass dies alles inszeniert war und wahrscheinlich gerade live nach Gut Meinberg in Raum Camus übertragen wurde, wo Lang, der Asiate, schnell und geschmeidig mitprotokollierte. Jetzt war Schluss mit lustig, fand Löhring. Er musste dem ein Ende bereiten, auch wenn er fast so etwas wie Spaß an der Maßnahme gefunden hatte. »Ilse, das ist jetzt nicht mehr witzig. Bezahlen die euch dafür? Wo ist Edgar, und was für eine schockgefrostete Kautschukpuppe haben wir da gerade verbuddelt? Ich finde dieses Theater langsam geschmacklos.« Ilse guckte, und Löhring fuhr fort: »Ihr habt mich jetzt genug auf die Probe gestellt, mein Conflict Resolution Potential dürfte mittlerweile klar genug zu bemessen sein!« Er war jetzt doch ein wenig außer sich.

»Also, ich bin echt. Aber die da«, Kellermann zeigte mit der Waffe auf Ilse Kesch, »die ist nicht echt. Das kann nicht sein. Mensch, vor einer Stunde haben wir ihren Mann im Garten verbuddelt, und jetzt sagt die mir, dass ich mir die Fingernägel schneiden soll!«

Kellermanns Welt war wohl völlig aus den Fugen geraten, wofür Löhring jetzt durchaus Verständnis hatte. Und da weder ein Coaching-Team aus seinen Verstecken sprang, noch Kellermann über Lang als Schauspieler gebucht worden war, musste er sich jetzt definitiv darauf einstellen, dass er es hier mit einem Problem zu tun hatte. Er ging auf Ilse Kesch zu und sagte in gebändigt leisem Timbre: »Ilse, ich kann dir das alles erklären. Ja, nun, es ist eine etwas längere Geschichte …«

Sie unterbrach ihn, noch bevor er ausholen konnte: »Ich kann das abkürzen, Wilhelm. Schließlich höre ich auch Nachrichten. Vor allem habt ihr eine Kamera übersehen, nämlich meine.«

»Du hast eine eigene Überwachungskamera, auch für Edgars Arbeitszimmer?« Löhring wusste nicht, ob er entsetzt oder beeindruckt sein sollte, und musterte sie mit ungläubiger Miene. Sie war um einiges älter als ihr Mann, doch das Leben hatte es gut mit ihr gemeint, und sie sah noch immer recht attraktiv aus, obwohl sie keine dieser Frauen war, die man vom Mietwagenschalter weg heiratete. Nein, sie war immer schon der eher herbe Typ gewesen, äußerlich wie innerlich.

Ilse betrachtete sich im Spiegel, behielt sie dabei aber im Auge. »Den Film mit euch beiden könnte ich jetzt meistbietend versteigern.«

Beneidenswert, diese Chuzpe, dachte Löhring und fragte: »Dann weißt du, dass wir Edgar nichts getan haben?«

»Wenn du das Einwickeln in einen Teppich, Ausrauben und Verbuddeln nicht mit einrechnest, ja, dann könnte man das so sagen. Ihr wart sozusagen nur der zweite Teil.« Ihre Stimme wurde jetzt doch etwas brüchig. »Edgar hatte viele Feinde.«

Kellermann ließ sich in einen dunkelblauen Chippendale-Samtsessel fallen, lockerte die Krawatte, rang nach Luft. Er wusste wohl immer noch nicht, ob er flüchten, mitmachen oder alle in den Schrank sperren sollte.

»Das heißt auch, du hast gesehen, wie Edgar erschossen …, also, von wem …, ich meine …« Löhrings Gedanken rasten durchs Hirn, und er konnte so schnell keine Worte finden. Er war wieder einmal zu schnell, diesmal sogar für sich selbst.

Ilse Kesch fuhr indes fort, ohne näher auf Löhrings Fragen einzugehen: »Ich wusste, dass das einmal passieren würde. Ich habe ihm oft genug gesagt, dass er vorsichtig sein soll mit einigen Kunden.« Sie ging auf den Mann im Sessel zu. »Sie haben mich allerdings über meinen ersten Schock ordentlich hinweggetröstet, mein Lieber. Sie schickt der Himmel.«

Kellermann schien sich etwas zu entspannen. Vermutlich verortete man ihn normalerweise anderswo als im Himmel.

Löhring räusperte sich: »Ich, liebe Ilse, ich habe genau genommen Kellermann hierhergeschickt. Gutes Timing. Recht gutes Timing, muss ich sagen.« Er fühlte sich immer noch nicht auf sicherem Boden und fügte vorsichtshalber hinzu: »Man könnte fast glauben, dass wir hier alle als Schauspieler tätig sind und nur auf den passenden Einsatz warten, was?« Er sah sich suchend um und grinste in die Runde, doch es hatte keinen Zweck. Man blieb ernst. Dies war keine Show. Und aus irgendeinem Grunde schien Ilse Kesch entschlossen, ihr kleines Geheimnis, ihr Wissen um den Täter, für sich zu behalten.

Sie begann jetzt, im Raum auf und ab zu gehen: »Glaube mir, Wilhelm, wenn ich eines von Edgar gelernt habe, dann das richtige Handeln im richtigen Moment.«

»Ilse, genau das haben wir auch gedacht, als wir ihn erst einmal beiseitegeschafft haben.« Löhring ging jetzt mit nickendem Kopf langsam auf sie zu.

Doch sie ließ sich nicht beirren und wich ihm aus. »Nur zwei Dinge vorab: Erstens, bevor dein guter Freund mich tatsächlich noch erschießt, ist euch hoffentlich bewusst, dass ich eure Entlastungszeugin bin und dass ich zwar nicht alle geschäftlichen Vorgänge, aber zumindest die Safekombinationen kenne. Zweitens, Wilhelm, denke ich, dass du dich jetzt der Polizei stellen musst.«

Löhring entrüstete sich: »Ich? Wieso ich denn? Nein, nein, meine Liebe. Ich bleibe im Spiel. Ich bin doch das Opfer!«

»Na, das würde ich mittlerweile aber anders sehen.« Kellermann schien seinen Humor wiedergefunden zu haben.

Löhring schwieg, als Ilse Kesch langsam begann, die Dinge zu erklären. Er fand es immer wieder faszinierend, was für eine grandiose Undurchschaubarkeit und Ferne nachdenkliche Frauen in ihren Blick zu legen vermochten. Er hatte es oft vergebens vor dem Spiegel geübt.

Recht bald war klar, dass Ilse Kesch sich tatsächlich auf Löhrings und Kellermanns Seite schlagen wollte. Es sei für sie der einzige Weg, das gemeinsame Vermögen zu retten, sagte sie. Der Doppelgänger sei wohl ein Wink des Schicksals – oder sozusagen Edgars letzter Deal. Die Graf-von-Sallewitz-Bank habe nämlich, und das sei entscheidend, Vorsorge getroffen für den Fall, dass Edgar das Zeitliche segne. Man habe die langfristigen gemeinsamen Engagements absichern wollen und deshalb vereinbart, dass die Bank in die Nachlassregelung mit einbezogen würde. Und dies, dies sei ihr Ruin, denn der Rest reiche wohl kaum für die nächsten Jahre. Es klang echte Verzweiflung mit. Zudem würden die Fonds schon jetzt am Limit laufen und nicht die zugesagte Mindestrendite liefern. Man könne das unmöglich plötzlich stoppen. Im Gegenteil, man brauche gerade jetzt dringend ein größeres Fonds-Portfolio und längere Laufzeiten. Und eben aus diesem Grunde würde sich gegebenenfalls tatsächlich eine Zusammenarbeit mit Kellermann als Kesch anbieten. Lukrativ für alle Seiten selbstverständlich.

Löhring staunte. Doch irgendetwas fehlte am geschilderten Szenario. Er kam nicht sofort darauf, aber dann wurde ihm langsam klar, dass er, Dr. Wilhelm Löhring, fehlte, dass sein Name gar nicht gefallen war. Man würde ihn doch jetzt nicht einfach so wieder nach Hause schicken?

Ilse Kesch musterte ihn und schien seine Gedanken zu erahnen. Ja, jetzt komme erst einmal er, Löhring, ins Spiel. Denn er müsse sich zuallererst bei der Polizei als entflohenes Entführungsopfer melden, um anschließend ganz offiziell wieder in der Szene aktiv zu werden, beispielsweise mit einem Beratungsmandat. Allein könne sie die Deals mit Kellermann, besonders vis-à-vis der Bank, wohl kaum durchziehen, bei aller Liebe nicht.

Kellermann sagte als Erster wieder etwas: Also, dass Ilse Kesch ihren Mann selbst umgebracht habe, sei ja nun recht naheliegend. Sie solle mal nicht so tun. So wie sich die Sache darstelle, sei er, Kellermann, sowieso der einzige Normale im Spiel.

Löhring warf sich seine letzten Tabletten ein.

Kellermann beschloss schließlich, Ilse Kesch mittels Waffengewalt als neue Geisel zu nehmen, während sich Löhring zur nächstgelegenen Polizeistation aufmachen sollte, um glaubhaft zu vermitteln, dass ihm die Flucht vor seinem Entführer gelungen sei. Wenn Löhring zwitschern würde, versicherte Kellermann, dann könne er Frau Kesch gleich neben ihrem Gatten begraben.

Man könne es auch übertreiben mit den Erpressungen und diesem Herumgefuchtel mit fremden Waffen und fremden Handys in fremden Anzügen, bemerkte Löhring darauf. Kellermann müsse jetzt vielmehr inhaltlich performen, statt eine solche Show abzuziehen. Und überhaupt sei ja wohl noch zu klären, wer hier eigentlich wessen Geisel sei.

Ilse Kesch goss sich einen Cognac ein und fügte hinzu, sie für ihren Teil habe schließlich noch den Film aus der Überwachungskamera.

Löhring erreichte die Hauptstraße nach circa fünf Minuten. Der Ortskern war gewiss nicht mehr weit entfernt. Er konnte in wenigen Stunden wieder ganz offiziell zu Hause sein und von dort aus weiter die Fäden ziehen. Doch als er am Straßenrand stand, zögerte er. Irgendetwas an der Situation war, gelinde gesagt, optimierungsbedürftig: Ja, es war alles zu einfach, zu glatt, bisher hatte er noch keine einzige Schramme abbekommen. Es würde

Abzüge in der B-Note geben. Und für den Fall, dass das alles doch inszeniert war, war auch alles erlaubt. Also dann.

Löhring rannte los, weg von der Straße, schlug sich in das gegenüberliegende Waldstück. Er lief immer schneller, wie wild, stolpernd, richtungslos. Er versuchte, sich metamäßig in eine entflohene Geisel einzufühlen, in deren panische Ängste, Gedankengänge und Bewegungsabläufe. Gar nicht einfach. Und die Bäume standen viel zu weit auseinander, man kam unverletzt zwischen ihnen hindurch.

Keine halben Sachen, jetzt bloß keine halben Sachen machen, durchfuhr es ihn. Also weiter, irgendwann würde es schon dichter werden oder gar der Nadelwald beginnen. Und ganz allmählich kam es ihm so vor, als sei er tatsächlich auf der Flucht.

Es gab jetzt kein Halten mehr, alles verselbständigte sich, er begann zu schluchzen, rannte gegen jedes Astwerk, das etwas tiefer hing, in jeden dicken Busch, den er finden konnte. Die ersten Kratzer im Gesicht und an den Händen begannen warm zu bluten. Er sah hin, taumelte weiter ins Unterholz, wie im Rausch. Irgendwann fühlte es sich gut an. Auch wenn er sonst nach eigener Einschätzung ein eher intellektuell geprägter Mensch war, so hatte dies hier seinen ganz eigenen Reiz. Es war so vital, körperlich und verausgabend. Ja, er war ein böser Junge. Vielleicht würden sogar Narben zurückbleiben. Er sah eine kleine Mulde, in der noch Wasser stand, sprang hinein und trampelte ein paar Sekunden um die eigene Achse darin herum, bis die Socken triefend nass waren. Herrlich. Überall Dreck und pochende kleine Wunden.

Als er in einer Lichtung wieder zu sich kam, hatte er Mühe, ohne Smartphone die Richtung wiederzufinden. Es sah überall gleich aus, und er hatte jegliches Gefühl für Entfernungen und Zeit verloren. Löhring versuchte, durch die Baumkronen und die Wolkenschicht hindurch den Stand der Sonne zu erkennen, und reckte sich nach dem Licht. Es pocherte im ganzen Körper. Eine Kirchturmuhr begann zu schlagen, und sofort rannte er in Richtung der Klänge weiter. Es war so intuitiv. Wunderbar. Das regelmäßige Workout mit seinem Personal Trainer hatte sich schon jetzt bezahlt gemacht – wenn auch nicht jedes durchschnittlich entkommene Entführungsopfer, das sich die Freiheit durch den Einsatz solider menschlicher Kräfte abgetrotzt hatte, so wüst aussehen mochte wie er jetzt. Schließlich standen nicht jedem ein Personal Trainer und ein Wald zur Verfügung, um sich so herzurichten. Dies war also ein Glücksfall. Es würde später genauso medial transportiert werden, denn das wollten die Leute doch sehen: Blut, Schweiß und Tränen. Löhring schlug um sich auf seinem Weg, kroch streckenweise auf allen vieren weiter, selbst dann noch, als längst keine Bäume mehr da waren und er fast schon wieder an der Dorfstraße anlangte.

In der Nachbetrachtung war der Waldlauf auch schon das Beste gewesen, dachte Löhring, als ihn wenig später die Polizei nach Hause fuhr. Der Beamte auf der Wache hatte noch nicht einmal aufgeblickt, als Löhring hereingetaumelt war wie vom Himmel gefallen. Er hatte sich sogar namentlich vorstellen müssen. Kleinstadt eben.

Man hatte kommentarlos seine Personalien aufgenommen, ihm jede Diskretion zugesagt und vor allem versichert, man halte die Presse da vollkommen heraus. Löhring hatte dies so neutral wie möglich zur Kenntnis genommen. Dann eben nicht. Er stehe ja sowieso dauernd in der Wirtschaftspresse. Ob man wenigstens ein Foto von ihm machen wolle, so für die Ermittlungen, hatte er gefragt. Nein, hatte man geantwortet, er sei schließlich das Opfer, nicht der Täter. Er müsse sich lediglich im Inland zur Verfügung halten. Die Versuchung war immer noch groß, mit der Wahrheit aufzutrumpfen, aber er konnte Kellermann beim besten Willen nicht verpfeifen. Der spielte jetzt die Kesch-Karte und saß mit mehr Glück als Verstand auf Löhrings Geld und auf dem vieler anderer Leute. Man musste das Vermögen jetzt nur noch professionell aktivieren, und der erste große Deal würde nicht mehr lange auf sich warten lassen.

Löhring hatte lediglich noch schildern müssen, wo genau er

sich aus Kellermanns Auto hatte fallen lassen, geistesgegenwärtig und bei voller Fahrt, wie er sagte. Und schließlich, ob er sich an das Kennzeichen erinnern könne und ob er den Ort wiederfinden würde, an dem Kellermann ihn eine Nacht untergebracht hatte. Löhring blieb keine Antwort schuldig.

Von ihm war dann vor Ort nichts weiter geblieben als seine Daten, die Aussage und eine kleine Pfütze mit ein paar abgefallenen Erdklumpen unter dem Tisch im Büro des Kriminalhauptkommissars.

Löhrings Frau stand schon vor der Tür, der Hund hinter ihr, als er im Polizeiwagen vorfuhr. Sie trug Jeans und T-Shirt, schien tatsächlich längere Zeit zu Hause verbracht zu haben. Sie legte den Kopf schräg und zögerte: »Ach. Du bist da? Da bist du jetzt?«

Mein Gott, dachte Löhring, Frauen hatten ein eigenartiges Talent, nochmals das in Worte zu fassen, was doch für jedermann ersichtlich war. Sie hatte sich sehr verändert in den vergangenen Jahren, und wahrscheinlich hatte sie sich gerade komfortabel eingerichtet in der Bestürzung über seine Entführung, in diesem Nervenkitzel – so völlig außerhalb ihrer festgefahrenen Lebensgewohnheiten. Mal was anderes. Heraus aus dem Schneckenhaus. Sein Verschwinden hatte allenfalls so etwas wie ein kleines Trauerflimmern bei ihr in Gang gesetzt. Sie war so einfach zu durchschauen, fand Löhring. Vielleicht würde wenigstens die Presse etwas mehr daraus machen. Er ging an ihr vorbei ins Bad. Der Hund, das blöde Tier, blieb hinter ihr stehen.

Noch am Abend hatte er Kellermann am Apparat, der wissen wollte, ob alles klar sei und wie es bei der Polizei gelaufen sei? Er habe schon alles im Radio gehört. Noch keine Spur vom Täter, was? Ha, erste Sahne sei das.

Löhring hatte vom Hausarzt seine Schürfwunden versorgen lassen und sich ins heimische Büro verzogen, um zu telefonieren. Es ging leidlich, denn der rechte Arm hing noch in der Verbandsschlaufe vor der Brust.

Kellermann schien bester Laune zu sein: »Ilse und ich sitzen gerade am Kamin und trinken was. Die Frau ist noch ganz durcheinander. War wohl alles etwas viel, wenn Sie mich fragen. So eine kann man wirklich nicht alleine lassen.«

Löhring hörte, wie nachgeschenkt wurde, und dann: »Danke, Ilse.«

Und weil er sich wohl nicht weiter mit Befindlichkeiten aufhalten wollte, sagte Kellermann: »So eine Tippse von einem Keith Winter hat angerufen auf Keschs Handy. Hab mir gleich den Winter geben lassen.«

Löhring wurde flau im Magen, und es pocherte in den Wunden. Nicht Winter. Nicht ausgerechnet Winter. Er hatte gehofft, sich verhört und das alles fantasiert zu haben, denn schließlich hatte er mit beiden Beinen im Grab gestanden, als Winters Vorzimmer angerufen hatte. Und jetzt meldete der sich so schnell wieder. Bei aller Genialität, die dieser Typ hatte, er verfolgte Löhring wie ein Gespenst aus der Vergangenheit und ließ alte Wunden aufbrechen. Andererseits liefen bei Kesch immer alle Fäden zusammen, er war die Sammelstelle für all die Schicksale und Geschichten der wohlhabenden Kreise, der Leistungsträger der Gesellschaft. Und je mehr Geld im Spiel war, umso skurriler waren diese Geschichten. Wieso also sollte nicht auch Winter Kontakt zu Kesch pflegen? Löhring tat es ja schließlich auch.

Er versuchte, ruhig oder doch zumindest bestimmt zu bleiben, und brüllte in den Hörer: »Sind Sie verrückt, Kellermann? Das ist ein ausgebuffter Investmentbanker. Nicht ganz Ihr Kaliber, würde ich sagen. Das hätten wir vorher besprechen müssen! Wir riskieren Kopf und Kragen!«

»Sie wollten doch, dass ich den Kesch gebe! Nun bleiben Sie mal ruhig, Mann.«

»Ich war selten so ruhig! Was wollte er?«

»Sie werden lachen. Der will mir Käfer verkaufen. Morgen schon. Und Kesch, wenn ich bitten darf. Nennen Sie mich einfach Kesch.«

SKARABÄUS

Am nächsten Tag lehnte sich Schlick mit einem Becher dampfenden heißen Tees, um den sie beide Handflächen gelegt hatte, an den Türrahmen zu Mirandas Büro. »Wie geht es Ihnen nun mit ihm, Miranda?«

Es hörte sich so bemüht neutral an, als würden sie mit noch unerforschten menschlichen Probanden arbeiten. Miranda war sehr wohl bewusst, wie fatal es sein konnte, sich bereits nach wenigen Tagen im Arbeitsumfeld ein Bild oder gar ein Urteil über eine Person zu erlauben, und inzwischen war ihre Frustrationstoleranz enorm. Sie drehte ihren Bürostuhl zur Tür und sagte so hoffnungsfroh wie möglich: »Nun, ich muss mich an seine Reaktionen erst noch ein wenig gewöhnen.«

»Was genau ist daran so schwer?«, fragte Schlick.

Miranda musste überlegen. »Man könnte sagen, er reagiert nie so, wie ich denke, dass er reagieren würde. Ich finde ihn irgendwie unlogisch.«

»Er ist nicht unlogisch. Asperger. Er hat das Asperger-Syndrom.«

»Ist das nicht dasselbe?«

Schlick kam nun näher, setzte ihre Tasse auf dem Sideboard ab und zeigte darauf: »Bengalischer Tigertee. Wollen Sie auch einen?«

Miranda schüttelte den Kopf.

»Hören Sie«, sagte Schlick, »Sie dürfen das, was Sie selbst für wünschenswert halten, nicht gleichzeitig für plausibel halten.«

Die hat gut reden, dachte Miranda. Sie begann, mit dem Zeigefinger die Kreise auf dem Mousepad nachzufahren. »Das ist einfacher gesagt als getan. Ich bin Sekretärin. Nicht Therapeutin.«

»Ist das nicht dasselbe?«, fragte Schlick grinsend.

Miranda wusste, dass sie es ihr nicht erläutern musste, aber sie tat es trotzdem: »Es ist eben manchmal schwierig, unauffällig herauszufinden, was er kann, was er mag, was er nicht kann und nicht mag. Denn am Ende soll er ja wohl genau das machen, was er besonders gut kann und was er besonders gern mag, oder? Der Rest bleibt dann für mich übrig.«

Schlick nickte wissend und sagte: »Er braucht Sie. Er kann keine Gefühle lesen in den Gesichtern und daraus keine Intentionen ableiten, kann andere nicht einschätzen. Meistens fühlt er sich deswegen missverstanden, und andere fühlen sich von ihm missverstanden. Ich habe Ihnen von Anfang an gesagt, dass er nicht gerade ein Teamplayer ist.«

»Sind Sie sicher, dass das alles die Krankheit ist oder nicht eher der Job?« Miranda zog die Schreibtischschublade auf und entnahm ihr ein kleines Fläschchen Hygiene-Gel, öffnete es und zerrieb die Flüssigkeit zwischen den Handflächen. »Manchmal habe ich Angst, dass ich auch so werde.«

Schlick stellte sich ans Fenster und blickte hinaus, wie Winter es auch meistens tat. »Keine Sorge, Asperger ist nicht ansteckend, und es sind achtmal so viele Männer wie Frauen davon betroffen.« Sie drehte sich wieder zu Miranda um und sah ihr ins Gesicht: »Sie müssen das andersherum sehen. Ich halte Winter nicht für gestört, sondern für wunderbar emotionsfrei. Wie oft haben Sie schon für einen cholerischen Chef gearbeitet? Von Winter wird da nichts kommen. Aber er ist auch nicht gefühllos. Eigentlich leidet er unter der Einsamkeit, wie alle Menschen, glauben Sie mir.«

»Sie mögen ihn, oder?«

Schlick ging nicht auf Mirands Frage ein: »Wenn Sie alles, was er sagt, rein sachlich nehmen und nichts hineininterpretieren, nur auf das Was und nicht auf das Wie achten, dann kommen Sie wunderbar klar mit ihm und lernen eine Menge. Er ist wie alle Männer. Nur ein bisschen anders. Einer mit Befund eben.«

Miranda schwieg und blickte unauffällig auf ihre schmale silberne Armbanduhr. Es war erst kurz nach halb zehn. Schlick mochte mit all dem recht haben, und doch war sie nicht nur deswegen hergekommen. Mit der Zeit hatte Miranda ein feines Gespür dafür entwickelt, was die Leute wirklich wollten, wenn sie Kontakt mit ihr suchten, und sie fragte: »Was kann ich für Sie tun? Sie sind doch nicht gekommen, um mir das zu erzählen, oder?«

Schlick lächelte: »Nein, um ehrlich zu sein, nicht. Ich wollte Sie warnen.«

Miranda verstand nicht: »Ich habe aber den Eindruck, dass Sie gerade das Gegenteil tun.«

Schlicks Miene wurde ernster. »Er wird Sie in diese Fonds-Geschichte mit den Skarabäen einbinden. Sie sollten wissen, worum es dabei geht.«

»Was meinen Sie genau?«

»Er wird damit Geld machen wollen, sehr viel Geld. Die Dangast-Gartencenter-Holding hat ihre besten Tage hinter sich, und Keith wird alles tun, um nicht verkauft zu werden.«

»Ja, aber weiß Ihre Holding denn nichts von den Käfern?«, fragte Miranda.

Schlick schüttelte den Kopf: »Nein. Noch nicht. Aber jetzt ist die Zeit wohl reif. Und Keith Winter will mehr als nur die Rettung der Sparte, das können Sie mir glauben.« Sie griff nach Mirandas Hygiene-Gel, das noch auf dem Tisch stand, und fuhr fort: »Wir waren lange glücklich hier mit unserer Erdbeerzucht. Er hatte der Wirtschaft den Rücken gekehrt seit seiner Auszeit. Und als er die ersten Käfer importieren ließ und sich einen Forschungsassistenten nahm, habe ich mir noch nichts dabei gedacht. Ich hielt es für ein Steckenpferd und eine Möglichkeit für ihn, sich in eine kleinteiligere Welt zu versenken, den Dingen auf den Grund zu gehen.« Schlick ließ einen dicken Klecks des Gels auf ihre Handfläche tropfen. »Aber jetzt, jetzt will er wieder nach draußen, diesen Vermögensverwalter der Dangasts einbinden und eine große Sache daraus machen.« Sie schien zunehmend beunruhigt. Es lag vielleicht am Tee.

»Was spricht dagegen, wenn die Holding doch Geld braucht? So viel Schaden wird er wohl nicht damit anrichten können? Es sind doch nur Käfer.« Miranda verstand immer noch nicht. Gerade hatte man ihr nahegelegt, sie solle die Dinge sachlich sehen.

Schlick war fast schon wieder an der Tür und drehte sich im Gehen nochmals um: »Sie kennen ihn nicht. Er ist genial. Er sieht Dinge anders. Ganz anders. Es ist, als trage er ein Gen oder einen Rezeptor in sich für die großen Deals. Dann hält ihn nichts mehr, dann will er nur noch austesten, wie weit er gehen kann. Es ist klinisch. Wie damals.«

»Was meinen Sie mit ›wie damals‹?«

»Das erzähle ich Ihnen ein anderes Mal.« Schlick blickte auf ihre Armbanduhr und rollte die Augen. »Wo ist er eigentlich gerade? Er hat doch heute Nachmittag den Termin bei diesem Kesch, oder?«

Natürlich saß Winter bei den Käfern. Miranda hatte sich durchgefragt. Man hatte ihn zuletzt in Zone 11 gesehen, wie er sich auf allen vieren auf die Suche nach seinen Krabbelkumpels gemacht hatte. Und nun hockte er tatsächlich auf einer Matte unter einem der großblättrigen Sträucher, bei denen sich Miranda nicht sicher war, ob diese nicht eher als Schutz für Winter als für die Käfer dienten. Er wollte nicht gefunden werden, da war sie sich mittlerweile fast sicher, und wenn man ihn dann doch endlich irgendwo entdeckte, hatte man stets das Gefühl, als betrete man fragiles Neuland, in dem Besucher nur in sehr begrenzten Gruppen zugelassen waren. Andererseits erhöhte aber auch genau das den Reiz an der Sache.

Miranda verlangsamte ihren Schritt und schlich auf ihn zu wie auf einen seltenen Vogel, dem man sich nähern wollte, ohne ihn aufzuschrecken. Es gab Tage, an denen Winter schon überstürzt den Raum verließ, wenn sie diesen zu schnell oder gar unangemeldet betrat. In der Kantine erkannte er sie nicht, weil er sie dort nicht erwartete. Dieses Mal jedoch blieb er verhältnismäßig ruhig, denn er war im Dickicht, also in seinem Revier.

»Sie machen Lärm, Beck.«

»Ich wollte Sie nur an den Termin mit dem Vermögensberater erinnern. Sie müssen bald los.«

»Wirke ich so, als hätte ich dafür keinen Platz mehr im Kopf?« Er starrte immer noch auf die Erde und winkte Miranda zu sich herüber.

Sie schlich näher an ihn heran und sah sich dabei um. Es war weit und breit niemand in der Nähe, und er hätte alles Mögliche mit ihr anstellen können. Aber was sollte sie sonst tun? Er war ihr Chef. Und immerhin galt Winters Interesse den Tieren, nicht den Menschen. Wenn er wenigstens hässlich gewesen wäre, dachte Miranda, als sie sich schließlich etwas abseits neben ihn hockte.

Winter zeigte stumm auf eine Dungkugel, die von einem Käfer, der um ein Vielfaches kleiner war als die Kugel, in beeindruckender Geschwindigkeit fortbewegt wurde. Er lief auf deren Oberfläche, dass ihm die Füße heiß werden mussten, und drehte sich ständig um die eigene Achse. Winter gab der Kugel einen sanften Schubs mit dem Zeigefinger, der Käfer kam aus dem Takt und fiel herunter.

»Scarabaeus nigroeneus. Er glänzt nicht. Wir halten ihn nur zu Forschungszwecken. Und jetzt sehen Sie genau hin.« Winter zeigte auf den Käfer. Dieser erklomm jetzt die Kugel erneut und begann wieder, wie wild auf deren Oberfläche loszumarschieren, als habe man ihn dressiert. »Ich habe ihn so lange gestört und wieder von vorn beginnen lassen, bis ich es ergründet hatte.«

»Was?«

»Er orientiert sich am Stand der Sonne.« Winter legte den Kopf in den Nacken und starrte durch die Blätter nach oben, wo eine Plane das Licht zwar dämpfte, aber die Sonne noch klar erkennen ließ. »Sie müssen die Sonne sehen. Sonst gehen sie verloren.«

Mirandas Rocksaum wurde langsam feucht von der Erde. Was man nicht alles anstellte, um mit seinem Chef ins Gespräch zu kommen, dachte sie. »Aber die Käfer können die Kugel doch praktisch überall hinrollen. Wozu müssen sie sich orientieren? Sie haben doch kein Zuhause, oder?«

Winter erhob sich und rollte seine Matte ganz langsam und sorgfältig mit kräftigen, zielgenauen Bewegungen auf. Miranda beobachtete ihn, starrte auf die Matte, dann zurück auf die Erde und bemühte sich, alles sachlich zu sehen. Rein sachlich. Hier war ein Mann mit einer Yogamatte, der Käfer auf Scheißkugeln tanzen ließ und damit das große Geld machen wollte. Warum auch nicht? Normal. Völlig normal. Er war wohl auch nur ein Gefangener seiner selbst. Wie sie alle.

Winter kehrte ihr den Rücken zu und lief Richtung Ausgang: »Die Tiere müssen sich orientieren, um zu vermeiden, versehentlich zu dem Dunghaufen zurückzukehren, aus dem sie die Kugel geformt haben. Dort lauert nämlich die Konkurrenz, die lieber fertige Kugeln klaut, als eigene anzufertigen. First come, first serve. Ist wie bei uns, Beck. Und jetzt Taxi rufen.«

Löhring hatte derweil bei IB Invest Busters in London angerufen und versichert, seine kleine Auszeit habe ihm ganz zufällig die Aussicht auf ein vielversprechendes Mandat mit Triple-A-Synergie-Aussichten für IB beschert. Zwar sei ihm eine kleine Entführung dazwischengekommen, aber die habe er recht schnell abwickeln können. No worry. Die Erholung laufe praktisch nebenbei, und er würde sich in Kürze mit weiteren To-dos melden. Man hatte keinen Verdacht geschöpft. Wie auch? Löhring war schon wieder mitten in einem Deal, und in solchen Fällen galt es, den Chef erst einmal machen zu lassen und selbst unverfänglich auf Abstand zu gehen.

Jetzt also Winter. Allein mit ihm würde Löhring schon genug zu tun haben. Was wollte der? Vielleicht war das alles doch kein Zufall? Seit der gemeinsamen Zeit in St. Ägidius hatte er nichts mehr von ihm gehört. Er schien untergetaucht zu sein, bewegte sich nicht mehr in der Community, hatte wahrscheinlich nie so recht dazugehört. Er war ein Nerd, Mathematikgenie und ehemaliger Star der Investmentbanker-Szene – einer dieser einsamen Wölfe, die in den neunziger Jahren aufgetaucht waren, die keiner Klettergruppe angehörten, die beim Skilaufen uneinholbar waren und alle anderen wie Deppen aussehen ließen. Einer, der nur Wasser trank.

Aber seit St. Ägidius wusste dieser Typ eben auch Dinge, die kein anderer über Löhring wusste. Und damit hatte er Erpressungspotential – High Conflict Potential in personam sozusagen. Das einzig Tröstliche war die Tatsache, dass Winter selbst einen Befund hatte, und damit ließ sich wohl einigermaßen spielen, hoffte Löhring. Winter hatte auch immer so schräg geguckt, in einer seltsamen Mischung aus Schlaganfall und krankhafter Introvertiertheit. Sein eigentliches Unglück hatte man stets auf den ersten Blick erahnen können, und an anderen Orten hätte er Körbe geflochten. Dagegen war er, Löhring, auch rein äußerlich unversehrt geblieben, und die Welt mochte ihn küssen dafür.

Als Löhring vor Keschs Villa fuhr, empfing ihn wieder ein kleiner Wachtrupp. Ilse Kesch schien auf Nummer sicher gehen zu wollen mit Kellermann allein im Haus. Was für eine ausgebuffte Frau, dachte Löhring, als er seinen Wagen vor den Stufen abstellte und so schwungvoll drei Stufen auf einmal nahm, dass er fast in die Ballhortensien vor dem Eingang gefallen wäre. Seit er Kesch kannte, war dies das erste Mal, dass Löhring klingeln musste. Unter normalen Umständen wäre selbst die Farbe seiner Socken noch vor Erreichen der ersten Stufe eingescannt gewesen, und Kesch hätte bereits lächelnd in der Tür gestanden und seine fetten, warmen, weichen Arme einladend ausgebreitet – wie er es immer getan hatte für alle vermögensüberlasteten Seelen dieser Welt.

Nun öffnete Kellermann nach dem dritten Klingeln. Ein Vogel erschrak und flog mit eitlem Geschnatter in den Gipfel der nächsten Himalaya-Zierzypresse, während es Löhring die Sprache verschlug: Der Knacki trug einen von Keschs seidenden Morgenröcken, der an ihm genauso geschmacklos aussah wie an seinem echten Besitzer. Das war jetzt wirklich Proll. Kellermanns nackter, muskel- und fettbepackter Körper war darunter erahnbar bis zur Obszönität, fand Löhring.

Kellermann drehte sich einmal um die eigene Achse. »Na, hat was von Samurai, oder?«

»Nein, eher Castrop-Rauxel.« Löhring drängte sich an Kellermann vorbei in den Flur. »Ich will jetzt als Erstes mein Handy zurück. So kann ich nicht arbeiten.« Er stutzte, nachdem er sich wieder zu Kellermann umgedreht hatte: »Was hängt dann da an Ihnen herunter?«

»Oh, das ist ein Blutdruckmessgerät. Hätte ich fast vergessen.« Kellermann begann, wie wild die Pumpe zu betätigen. »Ilse meinte, mir würde die Düse gehen, und das sei nicht gesund. Nicht, dass ich auch noch abdanke. Kennen Sie eigentlich Ihren Blutdruck, Löhring?« Kellermann drehte sich um, ohne die Haustür zu schließen, und schritt voran ins Arbeitszimmer, als habe er sein Leben lang nichts anderes getan.

Löhring knallte die Tür zu und spürte Wut in sich aufsteigen: »Kellermann, hören Sie sofort auf mit diesem Kokolores und ziehen Sie sich etwas an! Sie können hier nicht so einfach den Kesch spielen. Führung erfordert mehr als Change Management in der Morgenrockfrage. Sie haben ja keine Ahnung, was für eine Arbeitsbelastung auf Sie zukommt. Mensch, Sie sind ab heute privatvermögenstechnisch einer der mächtigsten Strippenzieher der deutschen Wirtschaft!«

Kesch guckte. »Jau, aber nur theoretisch!«

»Sehe ich etwa aus wie ein Theoretiker?« Löhring kniff die Augen zusammen und kam langsam auf Kellermann zu: »Nur mal so zur Erinnerung: Sie sind ab jetzt vierundzwanzig Stunden erreichbar!« Kellermann machte Bewegungen mit dem Zeigefinger Richtung Stirn, wovon sich Löhring nicht beirren ließ: »Wir machen jetzt erst mal einen ILW mit Ihnen.«

Kellermann zerrte an der Manschette des Blutdruckmessgerätes. »Einen was? Das schaffen wir doch alles nicht mehr. Dieser Winter kommt in zwei Stunden, Mann.«

»Wir machen das jetzt. Die Schnellen fressen die Langsamen. Ein Initial Leadership Workshop dauert normalerweise ein ganzes Wochenende. Hoch komplex, sage ich Ihnen. Wir müssen das Wichtigste jetzt eben vorab durchziehen, Ihnen eine Toolbox an die Hand geben und Sie typgerecht aufstellen.«

Als Kellermann endlich wieder im Anzug vor Löhring stand, sagte er: »Ich habe mir das überlegt. Ich bleibe, wer ich bin. Ich lass mich von Ihnen doch nicht auf Scheitel kämmen. Nicht von einem wie Ihnen!« Er knallte Löhrings Handy auf die Glasplatte des Sofatisches und nahm Zigarette und Feuerzeug aus der Hosentasche.

»Auf Scheitel kämmen? Sie haben doch gar keinen Scheitel zum Geradekämmen, Kellermann. Noch nicht einmal den haben Sie. Sie können sich höchstens die Glatze über Ihrer Fresse polieren. Mehr nicht. Und Sie rauchen schon wieder, Kellermann. Das geht nicht.«

»Und ob das geht. Ich krepiere lieber ein paar Jahre früher, als dass ich so werde wie Sie.«

Kellermann hielt die Zigarette im äußersten Winkel des Mundes und näherte sich mit schief gelegtem Kopf der Flamme. Es sah nicht nach Kesch aus, auch wenn Kesch genau so ausgesehen hätte, wenn er denn geraucht hätte. Aber das war nicht das einzige Problem, mit dem Löhring sich konfrontiert sah.

Kellermann fuhrt fort: »Und eines sage ich Ihnen gleich: Wenn dieser Zirkus hier die ersten fetten Kröten abwirft, dann bin ich weg, so was von weg.«

Löhring überlegte, setzte sich ganz langsam in den Sessel und schlug die Beine übereinander, während er sagte: »Die Polizei ist auf Ihrem alten Hof. Wollte ich nur kurz erwähnen bei der Gelegenheit.«

Jetzt hatte er Kellermann wieder da, wo er ihn haben wollte, nämlich außer sich. Er tobte, rannte im Zimmer auf und ab und fuchtelte mit seiner Waffe in der Luft herum, als wolle er Fliegen vertreiben.

Währenddessen sortierte Löhring provozierend ruhig die Zeitungen auf dem Sofatisch nach Datum. Eine hatte einen dicken roten Punkt auf dem i, wo sonst ein weißer war. Die Leiche musste beim Abtransport weitergetropft haben. Während Löhring den Fußboden abscannte, sagte er: »Herrlich, Kellermann. Sie haben so was Aggressives, so was Animalisches! Braucht man alles im Management. Glauben Sie mir, es ist Krieg da draußen! Einen von diesen Söldnern haben Sie gleich vor der Tür stehen. Und jetzt kommen Sie mal langsam wieder herunter. Von wegen bald aufhören, so schnell geht das alles nicht. Denken Sie an unsere Zielvereinbarung.«

Kellermann lachte hysterisch auf: »Zielvereinbarung. Hört sich ja toll an. Dass ich nicht lache! Ich habe nix unterschrieben, mein Lieber.«

»Sie haben mit Ihrem Blut unterschrieben, schon lange vorher, glauben Sie mir.« Löhring starrte auf den roten Punkt und dachte an Keschs toten, steifen Finger. Er kramte in seiner Jacketttasche nach seiner Pillendose und schüttelte sich eine der stumpfen weißen Tabletten in die Handfläche.

Kellermann schob langsam die Waffe wieder unter seinen Anzug und drückte die Zigarette aus. »Was ist das eigentlich, was Sie da schlucken?«

»Das ist Methylphenidat.«

Kellermann kam näher: »So was für Bekloppte, die ständig herumzappeln?«

Löhring versuchte, ruhig zu bleiben: »Aus meinem subjektiven Empfinden heraus kann ich sagen, dass es mir in gewissen Situationen hilft, die Anforderungen sozialverträglicher zu bewältigen. Sozusagen als Zugeständnis an eine Gesellschaft, die nicht so ist wie ich. Schließlich kann nicht jeder so sein.«

»Wie, die Gesellschaft?«

»Nein, wie ich.«

Kellermann ließ sich in den Sessel neben Löhring fallen. »Toll. Ganz toll. Vorbestrafter, übergewichtiger Kettenraucher und hyperaktiver Tabletten-Junkie, beide ohne Kohle, machen ihren ersten Deal. Klingt gut. Und welche Krankheit hat Winter?«

»Er ist Autist.«

Kellermann hielt sich den Bauch vor Lachen und hörte erst auf, als Löhring die ersten Fonds-Modelle vor ihn auf den Tisch knallte. »Lesen. Sofort. Ich sehe Sie in zwanzig Minuten.«

»Wie soll das denn gehen? Das sind mindestens achtzig Seiten!«

»Speedreading, Kellermann. Speedreading. Konstanter Drang nach vorne. Den Text loslassen. Fehler zulassen. Wenn Sie nachher zwanzig Prozent behalten haben, reicht das völlig.«

Zwanzig Minuten später war Kellermann bei geschätzten zwei Prozent. »Das kapiert doch kein Mensch! Sie können mir doch nicht erzählen, dass Keschs Anleger das gerafft haben?«

Löhring grinste: »Sie halten uns vielleicht für bekloppt, Kellermann. Aber blöd sind wir nicht! Es gibt GVV-Verträge, die Kesch nie unterzeichnet hat! Noch nicht einmal das ist aufgefallen. Und Sie reden von Inhalten.«

»Vielleicht will Winter was ganz anderes, und ich habe mir diesen Scheiß umsonst zu Gemüte geführt.« Kellermann ließ die Papiere auf den Tisch fallen und sich selbst in einen Sessel. »Woher kennen Sie diesen Typen überhaupt?«

Löhring blickte auf die Uhr. Sie würden nicht mehr viel Zeit haben. »Winter? Den kenne ich schon lange. Ich weiß, was der im Schilde führt. Der wird sich nie ändern, sage ich Ihnen. Vor St. Ägidius nicht und danach erst recht nicht.«

»St. Ägidius?«, hakte Kellermann nach.

Shit, dachte Löhring, grinste eine Weile und sagte dann: »Sie sind kein Alpinist, Kellermann, was?« Er lehnte sich zu ihm hinüber und erklärte: »St. Ägidius, das ist ein Dreitausendsechshunderter in den Ötztaler Alpen in Tirol. Da war ich klettern mit Winter und einigen anderen Wirtschaftsgrößen.«

Kellermann guckte. »Sie fahren mit denen in den Urlaub?«

»Nein, gehört zum Job. Muss man machen ab und zu.« Löhring überlegte und fügte hinzu: »Senkrecht gegen die Zeit sozusagen, völlig abgekapselt vom Alltag, keine Handys. Schöne Sache. Ist gut für die Gesundheit.«

Kellermann schien keinen Verdacht zu schöpfen, rollte die Augen und zündete sich wieder eine Zigarette an. Er wollte das Thema Bergsteigen wohl tatsächlich nicht weiter vertiefen. »Und wie soll das jetzt gehen mit diesem blöden Termin?«, fragte er.

Löhring musste zugeben, dass Winter als Kunde wahrlich eine Herausforderung war. Er hätte sich und Kellermann eine andere Premiere gewünscht, aber es half nichts. »Kellermann, normalerweise kommt es nicht darauf an, was Sie sagen, sondern wie Sie es sagen, wie Sie sich fühlen, wenn Sie etwas sagen. Wie Sie gucken. Keine Geschichte ohne Gesicht. Verstehen Sie mich?«

»Nein.«

»Schön. Denn bei Winter ist es genau andersherum. Er hat es nicht so mit Gesichtern.«

»Wie, jetzt?«

»Na, er sieht keine Menschen, sondern nur Muster. Bei dem müssen Sie sich also um einen sachlichen Ton bemühen. Darauf fällt er am ehesten herein. Beobachten Sie ihn ganz genau, versuchen Sie, sein Verhalten zu antizipieren, seine Schwächen herauszufiltern. Beobachten Sie, Kellermann, beobachten Sie. Und sagen Sie immer ›Ich‹. Denken Sie nie laut, sprechen Sie ungefragt nie negativ über sich, unterbrechen Sie ihn, egal, mit was, punkten Sie mit Zahlen.«

»Mit welchen Zahlen denn?«

»Herrje, Sie können doch bis zehn zählen, oder?«

»Das merkt der doch!«

»Winter denkt so schnell, dass er nicht zuhören muss. Das merkt der nicht.«

»Ich kann das nicht allein.«

Löhring peitschte jetzt verbal auf Kellermann ein: »Hier geht es nicht um Fachwissen, hier geht es um Leadership, Mann! Sie müssen erst einmal Ihr persönliches Organigramm aufstellen.«

»Mein Organigramm?« Kellermann zog sich die Schuhe aus.

»Sie lassen jetzt die Schuhe an, verdammt noch mal!«, schrie Löhring ihn an. Kellermann war ein verdammter Noppensocken-Läufer. Er hatte es gleich gewusst. »Sie müssen jetzt irgendwie ran an Winter, ein paar Systemfragen stellen, checken, was er tatsächlich will, welche Interessen er verfolgt, mit wem oder gegen wen er arbeitet, wie er Sie unterstützen, wie er Sie behindern kann, wie der Deal aussehen könnte. Ganz einfach.«

»Warum machen Sie das alles nicht gleich selbst? Ich weiß nicht, wie man mit Autisten umgeht.«

»Mensch, Sie kommen doch aus dem Knast, oder? Und sehe ich so aus wie Kesch? Bei Winter halte ich mich erst mal raus. Der Typ hat Kohle, Kellermann. Da müssen Sie ran. Ich bin im Nebenzimmer, wenn er kommt. Keine Sorge, ich bleibe in Ihrer Nähe.«

Es klingelte.

Löhring konnte Kellermann gerade noch, sozusagen als Insignien seiner neuen Rolle, die Brille auf die Nase schieben und den Siegelring aufquetschen. Dann wankte dieser als Manager und Anlageprofi zur Tür. Löhring blickte ihm nach. Die Ähnlichkeit mit Kesch war zu schön, um wahr zu sein.

Kellermann drehte sich noch einmal kurz zu Löhring um und sagte: »Ich bin und bleibe Kellermann. Und die Knarre habe ich auch noch. Ist das klar?«

Er verschwand im Flur, und Löhring verzog sich ins Nebenzimmer. Kellermann würde beim Erstkontakt nicht gut sein. Aber das war Kesch auch nie gewesen. Doch dessen Verkommenheit war wenigstens nicht so zart gewesen wie die von Kellermann.

Löhring huschte ins Esszimmer, lehnte die Tür nur an und versuchte, durch den Spalt zu spähen, als käme das Christkind.

Kellermann betrat mit Keith Winter im Schlepptau das Arbeitszimmer. Er war es tatsächlich, ohne Zweifel: kaum gealtert, dieselbe drahtige Gestalt, dasselbe Gesicht mit allem, was dazugehörte, außer einem Ausdruck. Der schwarze Anzug über dem weißen, offenen Hemd stand ihm gut, das musste Löhring zugeben. Alles an ihm hatte eine so stilvolle Unaufdringlichkeit, der man sich nicht entziehen konnte. Kellermann würde mit Sicherheit auf Winter hereinfallen, dachte Löhring, sich verwirren lassen von seiner Bravheit, der leisen Stimme, davon, wie er den Kopf schräg legte, wenn er etwas sagte, von seiner Sachlichkeit und Intelligenz. Dass Winter sich an keine einzige Regel hielt und bei allem bis ans Limit ging, weil er kein Sättigungsgefühl kannte, konnte Kellermann unmöglich ahnen.

Kellermann bot Winter einen Platz auf der kleinen Chesterfield-Garnitur an. »Mögen Sie eine Kleinigkeit, Kaffee oder Tee?« Junge, Junge, dachte Löhring, Kellermann sollte bloß nicht so auf die Sahne hauen.

»In meinem Leben gibt es keine Kleinigkeiten«, sagte Winter. Er stand da wie ein Jockey, dem gerade das Pferd abhandengekommen war, und ließ den Blick durch den Raum schweifen. Ihm würde nichts entgehen, nicht die geordneten Tageszeitungen auf dem Tisch, nicht das gebrauchte Papiertaschentuch hinter der Vase auf der Fensterbank, nicht der zweite Knopf von oben an Kellermanns Oberhemd, der nicht im dafür vorgesehenen Knopfloch saß. Aber dass Kesch nicht Kesch war, dass etwas faul war an dem Menschen, der ihm da gegenübersaß, das merkte Winter offensichtlich nicht. Gesichter und Gesten waren seine Sache nie gewesen, alles Nonverbale, alle Zwischentöne waren wie ein Code, den er nicht zu lesen vermochte. Und welchen Deal auch immer er plante: Winter würde bis ans Ende seiner Tage abhängig sein von Menschen mit Gespür. Was für ein Glück.

Winter setzte sich und strich mit der flachen Hand über die Fläche des kleinen Glastischchens vor ihm. »Etwa siebzig Prozent aller Lebewesen sind Bakterien.«

Ja, er war noch ganz der Alte. Löhring grinste.

»Oh, da haben wir ja noch einmal Schwein gehabt, nicht wahr?« Kellermann konterte clever.

»Das ist nicht sicher. Wissen Sie, aus wie vielen Bakterien Sie bestehen?«

Kellermann wollte sich in den anderen Chesterfield fallen lassen, tastete sich vor und traf die Fläche nur mit Mühe. Die Dioptrie-Zahl der kleinen Brille mit den runden Gläsern schien recht hoch zu sein. Mein Gott, er braucht dringend Fensterglas für die Fassung, dachte Löhring.

Kellermann erinnerte sich wohl daran, dass er auf jeden Fall erst einmal reden musste. »So. Herr Winter. Keith? Wir waren doch beim Du?«

»Ich duze niemanden.«

»Ach. Ja. Ich vergaß. Also. Was können wir, also, ich meine, was kann ich, Kesch, Edgar, Edgar Kesch, denn für Sie tun? Ein NKFI vielleicht?«

Winter horchte auf: »Was meinen Sie?«

Kellermann ließ sich genüsslich ins Leder fallen: »Na, ein nettes kleines Fonds-Investment! Junge, das kennen Sie doch!« Er beugte sich zu Winter hinüber, dass die Lederpolsterung des Sessels fast den Fußboden erreichte. »Geht's Ihnen eigentlich gut? Sie sehen so blass aus und ein bisschen faltig um die Augen.«

Löhring wurde flau hinter der Tür. Kellermann hatte mehr von Kesch, als er selbst wohl ahnte, und die Art, wie er sich mühte, ihm zu gleichen, hatte fast schon etwas Anrührendes: Er schien umso mehr er selbst zu sein, je mehr er so tat, als wäre er Kesch. Trotz seines Vorstrafenregisters wirkte er im Kern genauso fürsorglich, warm und vertrauenerweckend, wie der echte Kesch sich geben konnte, mit einem Touch Stoffbär aus Kindertagen – der optimale Gegenpol zur abgehobenen Business-Welt.

Für seine Kunden war Kesch weiser Berater in allen Lebenslagen gewesen, dem man seine großen und kleinen Sorgen anvertrauen konnte – von besseren Startzeiten für die Golfrunde über verstopfte Rohrleitungen bis hin zur Vermittlung von Jagdpachten oder zum Auto-Leasing für die Enkel. Kurzum, er holte die Katze vom Dach. Gesamtlebensverwaltung eben. Das Rundum-sorglos-Paket, für Geld selbstverständlich. Doch all dies dürfte in Winters Fall fast schon wieder kontraproduktiv sein, befürchtete Löhring. Man konnte ihn foltern mit Fürsorglichkeit. Und er hatte mit Sicherheit nie einen Stoffbären besessen.

Winter trat an Keschs Bücherregal, legte den Kopf schräg und sagte: »Sie haben nie eines dieser Bücher gelesen. Woher kennen Sie mich?«

Es war eine dieser Fragen, die so harmlos daherkamen und zugleich das ganze Spiel gefährden konnten. Kellermann begann etwas heftiger zu atmen, Löhring konnte es sogar hinter der Tür hören.

»Ha, Winter, wer kennt Sie nicht, frage ich Sie!«

Kellermann war vielleicht vorbestraft, aber doof war er nicht.

»Ich bin keiner Ihrer Kunden«, sagte Winter.

Scheißspiel. Kellermann schien fieberhaft zu überlegen, nach einem Wort zu suchen, und sagte dann: »Stichwort St. Ägidius, Winter. Na, erinnern Sie sich?«

Man konnte förmlich die Eiswürfel in Winters Adern klimpern hören. Für einen Moment kam er tatsächlich aus dem Konzept und begann vor dem Regal langsam von einem Bein auf das andere zu schwanken. Kellermann starrte ihn an, und Löhring warf sich hinter der Tür eine Ladung Methylphenidat nach.

Doch Winter schien sich nicht mit St. Ägidius aufhalten zu wollen, aus ihm würde nichts herausbrechen – was für ein Segen, vor allem für Löhring. Er sagte stattdessen: »Sie müssen mit ihr reden. Und lassen Sie die Finger von ihren Immobilien.«

Es blieb schwierig, und Löhring wäre am liebsten jetzt schon dazwischengegangen, aber er hatte ebenso wenig eine Ahnung, worauf Winter hinauswollte.

Kellermann musste sich vorkommen wie beim Pokerspiel, als er fragte: »Warum?«

Winter setzte sich auf einen Stuhl an der Tür und sagte: »Sie sind ihr Vermögensverwalter. Sie kennen sie seit Jahren. Ich kann nicht mit ihr reden, ich kann sie nicht überzeugen. Sie ist mir zu emotional.«

Kellermann schien keinen blassen Schimmer zu haben, wovon dieser Mann sprach. Andererseits hatte er sowieso vom ganzen Business keine Ahnung, und vielleicht blieb er genau deswegen erstaunlich locker. Er nahm ein Streichholz, führte es in den rechten Gehörgang und bohrte ein wenig nach. »Jaja, verstehe einer die Frauen. Für mich kein Problem. Mach ich, mach ich, Winter. Worüber genau soll ich denn mit ihr reden? Nur mal so aus Interesse gefragt.«

Winter schwieg und nahm jetzt etwas aus seiner Sakko-Innentasche. Es sah aus wie ein Marmeladenglas, und um sicherzugehen, öffnete Löhring den Türspalt etwas weiter. Doch Winter war schnell gewesen, hatte das Gefäß schon auf dem Tisch abgestellt, genau im toten Winkel. Ein Blick in Kellermanns ungläubige Augen reichte Löhring allerdings, um zu erkennen, dass die Lage, gelinde gesagt, unüberschaubar war.

Und dann begann Winter: »Seit Ausbruch der Euro-Krise ist überdeutlich geworden, dass die klassischen Fluchtreaktionen in risikolose Anlagen nicht mehr funktionieren. Gleichzeitig bereiten die historisch niedrigen Zinsen institutionellen Investoren größte Schwierigkeiten, angemessene Renditen zu erzielen. Das wird Sie, Kesch, auch irgendwann einholen. Außer bei langen Laufzeiten erhalten Zinsanlagen noch nicht einmal die Kaufkraft und scheiden damit als ertragreiche Option aus. Ins Risiko will heute keiner mehr gehen. Diversifikation, also eine renditeorientierte Portfolio-Politik der Fondsanbieter über mehr als eine Anlageklasse und einen Anlageprozess hinaus, ist heute imperativ. Mit Immobilieninvestitionen allein, Messehallen und Warenhäusern sind Sie eindimensional aufgestellt und ohne future options.«

Kellermann starrte immer noch auf den Tisch, sagte: »Der lebt ja noch.«

Löhring rutschte die Türklinke aus der Hand.

Doch da hatte Winter schon angesetzt mit Erklärungen über die Lichtbrechungen und Reflektionen im Chitinkleid von Chrysina aurigans und Chrysina limbata und darüber, was es bedeuten würde für den Bereich der Oberflächenbeschichtung, global und überhaupt. »Ich stelle mir vor, dass Sie für mein Geschäft eine Venture-Capital-Gesellschaft bereitstellen und das Wagniskapital in Form von Finanzierungsinstrumenten für anlageinteressierte Großinvestoren einbringen, als Portfolioerweiterung Ihrer Immobilienfonds.« Und dann sagte er noch »Biotech« und »Win-win«.

Löhring konnte sehen, wie der Schweiß in Kellermanns Nackenfalten glänzend festsaß. Er sah vor Problemen wohl den Wald nicht mehr und sagte trotzdem: »Wo ist das Problem?«

»Die Holding weiß nichts von meiner Forschung. Für die züchte ich nach wie vor Erdbeeren. Etta von Dangast muss informiert werden, bevor sie die ganze Gruppe oder Teile davon verkauft.« Winter schien langsam ungeduldig und nervös zu werden. Kellermanns Gesellschaft schien ihn zu ermüden.

Kellermann war nicht minder überfordert und starrte wieder auf das Glas: »Der sieht aus wie aus Gold. Gold? Gold!«

»Die gibt's auch in Silber.«

»Mein Gott.«

»Ja. Eine Alternative in Zeiten knapper Edelmetallreserven, könnte man sagen.«

»Das ist ja ein geiler Plan.«

»Nein. Das ist Strukturbionik.«

Kellermann verlor zunehmend die Contenance. Was immer da im Glas war, es hatte offenbar Instinkte in ihm angesprochen, die jenseits von Vernunft und Anstand lagen. Er schien sich zusammenreißen zu wollen, sagte: »Ich bin Kesch«, »Ich als Kesch«, »Sagen Sie einfach Kesch« und wiederholte es wie eine Beschwörungsformel. Je öfter er den Namen aussprach, desto mehr hoffte er wohl, der zu sein, den er nannte: Kesch. Aber es wollte nicht so recht gelingen.

Es half nichts, fand Löhring. Er musste jetzt bald dazwischengehen – sozusagen als Korrektiv für Kellermanns beschränkte Sichtweisen, denn Winter ertrug alles Unintelligente und Seichte nicht wirklich lange. Etta von Dangast war ihm als wohlhabende, etwas depressive Gartencenter-Erbin natürlich bekannt, das halbe Land kannte sie, und außerdem musste er jetzt das Gold sehen oder was immer sich in dem verdammten Glas befand.

Löhring atmete tief durch, öffnete die Tür ganz, betrat den Raum und ging, am staunenden Kellermann vorbei, mit ausgestrecktem Arm auf Winter zu. So sah unternehmerischer Marktauftritt aus, ein Heranschlenderer war er nie gewesen. »Keith, Sie alter Spaßvogel! Wie schön, Sie wiederzusehen nach unserer letzten gemeinsamen Gipfeltour! Wir sind und bleiben doch alle Nomaden, was? Erst nirgendwo und dann überall. How is life?«

Er hat immer noch diesen nicht ganz trockenen Händedruck, dachte Löhring, als er Winters Hand ergriff und sie mit einem beherzten Ruck zu sich hochzog. Aber immerhin war Körperkontakt inzwischen möglich, ohne dass der Typ gleich wieder zwitschernd aus dem Fenster sprang. Wiedersehensfreude sah jedoch anders aus.

»Was tun Sie hier, Löhring?« Winter sprach den Namen aus wie einen Krankheitserreger.

»Oh, wenn sogar Sie mich wiedererkennen, Winter, muss ich ja wirklich ein markanter Typ sein. Nun, ich denke, ich treibe hier dasselbe wie Sie, nicht wahr? Nämlich meine Schäfchen ins Trockene zu bringen.« Löhring zog die Lippen beiseite wie einen Theatervorhang und lächelte. »Wir Durchgeknallten und Entmündigten landen doch alle früher oder später beim guten alten Kesch, oder?«

Kellermann lachte kehlig auf und knuffte Löhring in den Oberarm.

»Sie hat doch jemand geschickt«, sagte Winter. Eine Mischung aus Unsicherheit und Protest lag in seinen Augen. Immerhin.

»Jawohl. Der Himmel schickt mich, könnte man sagen. Aber nun zum Thema, Winter. Ich habe da im Vorbeigehen ein wenig von Ihren Überlegungen mitbekommen. Alles nicht ganz uninteressant, muss ich sagen. Also, vorab die gute Nachricht: Ich sehe mir gerne mal genauer an, was Sie da planen, und mit etwas

Glück könnte es sich vertraglich arrangieren lassen, dass ich mit ins Boot komme, um Ihre Hauptaktionärin positiv zu stimmen. Da werden wir wohl auch menschlich etwas nachhelfen müssen. Zwei Münder reden ja mehr als einer, nicht wahr?«

Normalerweise durchschritt Löhring großzügig den Raum, wenn er Dinge wie diese sagte, aber während er jetzt sprach, stand er wie am Boden festgetackert vor dem Käferglas. Verrückt. Es war tatsächlich ein Tier, ein Skarabäus, und es war unglaublich, wie sehr er glänzte. Jeden anderen Spinner hätte er damit wieder nach Hause geschickt. Aber nicht Winter. Winter war in solchen Fällen bis in die letzte Synapse seines Hirns shareholdervalueorientiert, und er war bei all dem immer noch ein schräger Freigeist, krankhaft nüchtern und arbeitswütig, experimentierfreudig, größenwahnsinnig – ein bewunderter Außenseiter. Seine Ideen passten in kein Muster dieser Welt und waren genau deswegen so genial.

Löhring fuhr fort, noch bevor Winter den Mund aufmachen konnte: »Also, wie gesagt, ich kann Ihnen mein Engagement vage in Aussicht stellen. Ich würde in jedem Fall ganz konkret vorschlagen, dass wir für ein risikoabgesichertes Angebot an die Investoren die Bank mit reinholen. Kennen Sie die Hausbank von Frau von Dangast, Winter?«

Winter hatte zwischenzeitlich die Terrassentür geöffnet und saß nun unter einem Vogelhäuschen, das am Vordach hing, blickte nach oben und sagte: »Weißbauchmeise. Graf-von-Sallewitz-Bank, das wissen Sie doch.« Das alles musste für ihn wie ein Déjà-vu sein.

Nun schien sich Kellermann nach versteckten Kameras umzuschauen. Löhring jedoch triumphierte: Er hatte es geahnt, es war auch eher eine rhetorische Frage gewesen. Alle Kesch-Kunden waren gleichzeitig Sallewitz-Kunden. Und sein Plan stand: »Ich schlage vor, dass wir zuerst einen Banktermin machen und dass die Bank im Anschluss daran Frau von Dangast informiert. Das ist wohl am elegantesten. Was meinen Sie, Winter? Sie werden noch ein goldenes Händchen wie meines für Ihr goldenes

Käferchen brauchen. Wir alten Seilschaften müssen uns doch gegenseitig helfen, was? Wir kriegen das schon hin.«

Doch Winter war bereits durch den Garten verschwunden. Wie weggeflogen. Das Glas mit dem Käfer stand immerhin noch auf dem Tisch, und Löhring konnte nicht mehr an sich halten: Er nahm das Behältnis mit dem fein perforierten, gläsernen Deckel und schüttelte es. Der Käfer versuchte Halt zu finden an dem Blatt, das sich mit ihm darin befand, doch Löhring gönnte ihm keine Verschnaufpause und kippte das Glas hin und her, um das Prachtexemplar von allen Seiten in Augenschein zu nehmen. »Und der glänzt nicht nur, wenn die Sonne scheint?«

Jetzt ging die Haustürglocke. Kellermann verließ schweigend das Arbeitszimmer und kam kurz darauf mit zwei sehr ernst blickenden Herren in dünnen Mänteln und mit Kreppsohlenschuhen zurück. Er wedelte mit einem Dokument, das ihm wohl bereits an der Tür überreicht worden war: »Darf ich vorstellen. Das sind die Herren Löhring und Winter.« Er blickte sich suchend nach Winter um und machte ausladende, um Verbindlichkeit bemühte Handbewegungen, so gut es ging mit seinen kurzen, kräftigen Armen im engen Sakko. Und dann, auf die Neuankömmlinge zeigend: »Und das hier sind die Herren von der Staatsanwaltschaft mit einem Durchsuchungsbeschluss.«

LÖHRINGS MISSION

In den folgenden zwei Nächten schlief Löhring schlecht, was weder an zu viel Rotwein am Abend noch an den staatsanwaltschaftlichen Ermittlungen lag. Nein, diese Leute von der Staatsanwaltschaft kamen und gingen wie die Stromableser und gehörten zum Phänomen moderner Neidkultur, fand Löhring. Wer etwas auf sich hielt, im Job mit harten Bandagen kämpfte und Risiken einging bis hin zur letzten lächerlichen Magnum-Rotweinflasche auf Firmenkosten, der musste eben auch mit gelegentlichen Durchsuchungen leben und das möglichst relaxed sehen. Es gehörte zum Spiel und hatte durchaus einen gewissen Show-Aspekt, wenn personalstarke Sonderermittlungsgruppen ins Büro oder ins Haus stürmten und sich dafür die reinsten Crime-Soap-Namen gaben. Als würde deswegen irgendetwas anders laufen, als es immer gelaufen war. Die diversen Schadenersatzklagen standen sowieso auf tönernen Füßen: Misswirtschaft, Vermögensbetrug, Veruntreuung, Insolvenzverschleppung – alles plakative Worthülsen für Leute, die nichts davon verstanden, gut für Presseschlagzeilen und zum Aufregen, wenn man sich denn aufregen wollte. Eigentlich waren die Beamten der Staatsanwaltschaft immer ganz nett, wenn auch ein wenig förmlich, fand Löhring. Sie schafften eher Ordnung als Chaos, brachten Licht in verstaubte Ecken, regten zum Aussortieren und Nachwischen an. Mit der Zeit hatte sich Löhring angewöhnt, auch den Feng-Shui-Aspekt dieser Aktionen zu sehen, und den fleißigen Leuten einen Kaffee angeboten.

»Mensch, ärgern Sie sich nicht«, hatte er dann auch zu Kellermann gesagt, als dieser fassungslos zugesehen hatte, wie man sich zu schaffen gemacht hatte an den Schränken und Computern, von denen er behaupten sollte, sie gehörten ihm – bei all dem die Hand in der Hosentasche fest um seine Waffe gelegt. Es war ein hartes Stück Arbeit gewesen, Kellermanns Fluchtreflexe zu bekämpfen und ihn ganz langsam auf das Wort »Staatsanwaltschaft« zu konditionieren, nämlich dahingehend, dass diese Herren weder mit der Kelle am Straßenrand standen, noch mit der Pistole auf Verbrecherjagd gingen. Es waren Wirtschaftsforensiker, deren Ermittlungsverfahren sich mitunter über Jahre hinzogen, bis niemand mehr davon sprach und die Sache mangels hinreichenden Tatverdachts eingestellt wurde. Nicht mehr und nicht weniger. Sie mochten jedes noch so kleine Notizbüchlein durchforsten, jede Festplatte, jeden Chip sichern und jeden Aktenordner vorerst in große Kartons verstauen, das übliche Procedere eben. Nur für blutige Schwämme unter der Spüle oder Leichen im Garten fehlte ihnen der Blick – und der Auftrag. Es genügte, das alles zu wissen, Vorsorge zu treffen und ein gewisses Urvertrauen in die Dinge zu legen. Sogar Ilse Kesch wusste das.

Nein, was Löhring schon beim allerersten Augenaufschlag morgens zu schaffen machte und manchmal auch mitten in der Nacht, war die Erinnerung an seine Träume, die zuletzt von scheußlicher Plastizität gewesen waren. Es brachen sich darin drahtige, scharfkantige Beine aus seinen Hüften, der Körper wurde zum Panzer, und der Kopf versenkte sich bis zu den Augen im Rumpf, wie bei einem mistigen Käfer. Das ging so fort, bis Löhring ein kehliges Jammern überkam, das ihn weckte. Und dann lag er auf dem Rücken, alle viere von sich gestreckt, die Finger starr auseinandergespreizt, als sei die Metamorphose zum Insekt noch in vollem Gange.

Es war außergewöhnlich. Aber auch ein bisschen peinlich. Der einzige Trost, der ihm blieb, war die Tatsache, dass sein Kumpel Kellermann nun jeden Morgen zwar nicht als Käfer, aber als Kesch aufwachen würde. Und das war auch nicht schön.

»Wo waren Sie die letzten zwei Tage, Mann?« Kellermann saß in der Sofagarnitur und hatte sein Oberlippenbärtchen gestutzt, wahrscheinlich mit einer kleinen Schere. Er hatte schon vorher nicht gerade einen Walrossschnauzer gehabt, aber jetzt war es dieser Clark-Gable-Touch für Übergewichtige, den sich Kesch wohl auch hatte geben wollen.

Löhring ließ sich ins Polster fallen. »Emerging Markets. Mit A-capella-Gruppe.«

»Eh?«

»Efficiency Union Meeting in Zürich. Da war ich gerade. Ich muss mich zeigen. Gerade jetzt.« Löhring strich sich übers Revers. »Da lernen Sie hochkarätige Persönlichkeiten aus einem sehr internationalen Umfeld kennen. Dinnertalk. Locker. Ganz locker. Kommt auf Sie auch noch zu.«

Kellermann hoffte wohl, dass er davon noch weit entfernt war, und fragte stattdessen: »Und, wie war ich so mit Winter?«

»Katastrophal, Kellermann. Sie müssen noch eine Menge üben, subtiler werden, nicht Ihr ganzes Pulver auf einmal verschießen, vorsichtiger sein. Seien Sie froh, dass Winter diesen mentalen Defekt hat und deswegen kein Feeling für Leute entwickelt.« Löhring betrachtete beim Reden seine Hände, die Kratzer von seinem Ausflug ins Unterholz waren kaum noch zu sehen. Es heilte erstaunlich schnell. Er blickte zu Kellermann hinüber. »Noch einmal: Es geht nicht darum, dass man weiß, was man tut, sondern nur darum, dass man weiß, wie man es anstellt, dass es so aussieht, als wisse man es. Stellen Sie sich einfach öfter vor den Spiegel und …«

»Sie mit Ihren Spiegeln, verdammt noch mal«, unterbrach ihn Kellermann. »Ich weiß, wie ich aussehe. So was brauche ich nicht. Ich bin, wie ich bin.«

Löhring griff nach seinem Taschenspiegel in der Sakkoinnentasche, klappte ihn auf wie ein Taschenmesser, blickte hinein und sagte: »Ich gebe nur zu bedenken, Kellermann, dass Sie sich etwas mehr der Realität anpassen müssen. Face it.«

Kellermann bekam einen roten Kopf. »Im Knast gibt's jede

Menge Realität, so viel, dass Sie knöcheltief in der Scheiße stehen, Mann! Ich würde sagen, ich bin da näher dran als Sie!«

Interessant, dachte Löhring. Alte Wunden offenbar, die musste er sich unbedingt merken, um bei passender Gelegenheit nochmals den Finger hineinzulegen, und er sagte: »Ich meine nur, dass Sie Vertrauen gewinnen müssen. Da fahren alle drauf ab, das brauchen die Leute. Kesch war darin einzigartig. Ich bin ja selbst auch darauf reingefallen und habe in seine Fonds investiert.«

Kellermann beruhigte sich, blieb aber uneinsichtig: »Also, ich fand mich gut. Ich nehm die erste Kohle, die abfällt, und dann haue ich ab. Das war der Deal. Ich bin kein Bonze. Und ich werde nie einer von euch sein.«

»War Kesch auch nicht. Der ist nie einer von uns geworden und hat trotzdem die Karten in der Hand behalten. Wird Ihnen auch so gehen, Kellermann. Sie haben die besten Anlagen, länger im Spiel zu bleiben. Das ist mehr als nur ein Termingeschäft. Das geht irre schnell, glauben Sie mir.« Löhring gab sich einen Sprühstoß ins rechte Nasenloch. »Sie genießen die Annehmlichkeiten, Sie kleiden sich wie Kesch, Sie versuchen, sich so zu bewegen und so zu sprechen. Und irgendwann denken Sie auch so. Und dann werden die Gedanken zu Worten und die Worte zu Taten. Und die Taten legen sich auf Ihren Charakter und dann auf Ihr ganzes verdammtes Leben.«

»Ihr blöden Schlipswichser«, sagte Kellermann.

»Wird schon, Kellermann, wird schon. Freiheit ist eben mit Verantwortung verbunden. Lassen Sie das mal meine Sorge sein. Jetzt müssen wir als Erstes an die Bank ran.« Löhring schaute sich suchend um: »Wo ist Ilse eigentlich? Die könnte uns ja mal was zu trinken bringen.«

Die Unterlagen für die Bank umfassten nicht mehr als fünfzig Seiten. Auf dem Cover prangte Chrysina aurigans mit goldenem Panzer in voller Strahlkraft und mit technisch orientierter Hintergrundgestaltung, darunter: »SKARABÄUS – ein Fonds-Erweiterungsvorhaben für die Sallewitz-Kesch-Holding, Konzept

Keith Winter, Winter Berry Group AG«. Miranda hatte alles so exakt und präzise ausgearbeitet wie nur möglich, weil in Winters Augen schon die kleinste Schlamperei das ganze Endergebnis in Frage stellte.

Sie versuchte, sich in die Zahlen zu vertiefen. Darin lag zumindest so etwas wie Logik, man konnte sich an ihnen orientieren und sich ablenken. Denn wie man Mistkäfer als Venture Capital an die vermögenden Kunden einer traditionsreichen Privatbank bringen sollte, sodass diese Unsummen an Krediten dafür aufnahmen, war ihr immer noch ein Rätsel. Die übergeordneten Zusammenhänge blieben einem in diesem Job oft verborgen. Sie hatte zudem nur eine Halbtagsstelle, und das Einzige, was sie zu diesem Projekt beisteuerte, war rein physischer Natur: ihre Stimme am Telefon und ihre Finger auf den Tasten. Kurzum: Sie war die Frau fürs Kleine. Für Schriftgröße und Orthographie. Fürs Spiralisieren und Eintüten oder fürs Umformatieren in PDF.

»Schreiben Sie Dr. Wilhelm Löhring, IB Invest Busters, mit in den Verteiler.« Winter gehörte zu jenen Chefs, die sich geräuschlos wie ein fallendes Blatt von hinten anschlichen und einem dann die Worte gegen den Rücken donnerten.

»Warum?« Miranda schnellte herum. Sie wusste, dass diese Art der offenen Fragestellung seitens einer Sekretärin der Albtraum jeder Führungskraft war, doch sie konnte sie sich nicht abgewöhnen.

Winter blieb ruhig und sagte: »Nicht fragen. Machen«, bevor er das Büro wieder verließ.

Zehn Minuten später stand Karin Schlick an Mirandas Schreibtisch und beugte sich mit schräg gelegtem Kopf über die Unterlagen. Vielleicht war es eher echte Besorgnis und Verantwortungsgefühl als Neugierde, vielleicht auch eine gesunde Mischung aus allem. Miranda störte es nicht.

Doch dann geschah etwas mit Schlick: Sie stand plötzlich da wie versteinert, die Augen fixierten den Kopf des Dokumentes vor ihr, und ihr rechter Zeigefinger senkte sich langsam auf einen Namen im Verteiler. Sie las ihn laut vor, als helfe es, wirklich zu begreifen, was sie da entdeckt hatte: »Dr. Wilhelm Löhring. Mein Gott, das darf nicht wahr sein! Warum steht dieser Name hier?«

Miranda zuckte mit den Achseln.

Langsam, ganz langsam schien sich Schlicks Schockstarre in Empörung zu verwandeln: »Das kann nicht sein. Haben Sie ihn nicht gefragt, woher dieser Typ kommt? Weiß die Holding davon?«

Das waren ein paar Fragen zu viel für eine Sekretärin, die jemanden mit Asperger-Syndrom zum Chef hatte, fand Miranda, und wandte ein: »Sie wissen doch, wie er ist. Er macht das mit sich aus, da kann ich noch so viel fragen. Wenn ich mir über jeden Namen, den ich schreibe, immer gleich so viele Gedanken machen würde, dann …«

»Ist schon gut. Ich erzähle es Ihnen. Es stand damals sowieso in allen Zeitungen.« Schlick setzte sich auf einen Bürostuhl auf der anderen Seite des Schreibtisches, schlug die Beine übereinander und schien ihre Gedanken zu ordnen, bevor sie zu erzählen begann: »Dieser Herr Löhring und Winter waren vor einigen Jahren zusammen in stationärer Behandlung in einer Klinik.« Schlick fingerte an ihrer Kette herum, wie es Frauen tun, wenn sie sich konzentrieren wollen oder unsicher werden. »Nun, bei dieser Klinik handelte es sich um die St. Ägidius Medical Care Group.« Sie blickte Miranda in die Augen: »Kennen Sie St. Ägidius? Sie haben ja schon in vielen Unternehmen gearbeitet.«

Miranda überlegte. Sie kannte Winters Befund, und sie musste an den geflochtenen Jeff-Koons-Korb auf der Fensterbank des Besprechungsraums denken. Es war verrückt, doch sie sagte es trotzdem: »Nein, aber vielleicht irgendwas mit Psycho?«

Schlick nickte langsam mit dem Kopf: »Richtig. Winter hatte damals einen akuten Krankheitsschub, und Löhring hatte, wenn ich mich richtig erinnere, nun ja, diffuse Wahrnehmungsstörungen. Das ging so weit, dass die beiden die Klinik fast an die Börse gebracht hätten.«

Miranda verstand nicht ganz und fragte: »Nach der Behandlung? Mit all dem Insiderwissen sozusagen?«

Schlick schüttelte den Kopf: »Nein, als Insassen. Das ›Medical Care‹ im Namen stammt noch aus dieser Zeit. Das hat man später sogar als Modell übernommen. Löhring hat seinerzeit aus der geschlossenen Abteilung heraus einen Mantelbörsengang arrangiert, er hat sozusagen telefonisch ein bereits existierendes Gesellschaftskonstrukt kaufen lassen und wollte daraus WMC, eine global agierende World Medical Care Group, machen.«

»WMC? Das kommt mir bekannt vor, aber aus einem anderen Zusammenhang.« Miranda hatte Mühe, sich die Tragweite dessen, was Schlick ihr da gerade erzählte, auch nur vorzustellen.

Schlick nickte. »Wuppertaler Miederwaren Compagnie – als fertiges AG-Konstrukt billig erworben. Löhring musste nur noch einen neuen Unternehmensgegenstand einbringen. Und das war eben die Klinik, in der er sich gerade befand. Für Winter war es ein Spaziergang. Er hat damals alle Zahlen aufbereitet und vor den Investoren performt. Beide hatten ja eine entsprechende Reputation in der Wirtschafts-Community. Wer kam schon auf den Gedanken, dass mit denen was nicht stimmte? Sie waren verhaltensauffällig wie alle anderen Patienten auch. Gut, vielleicht etwas hyperaktiver, ein klein wenig weiter von der Normalität entfernt, aber alles im Rahmen ihres Krankheitsbildes.«

Miranda bemerkte erst jetzt, dass ihr Unterkiefer schlaff herunterhing. »Ich fasse es nicht. Woher wissen Sie das alles so genau?«, fragte sie. Bei Schlick schien beim Erzählen etwas mitzuschwingen, das über die reine Schilderung der damaligen Vorkommnisse hinausging.

Schlicks Blick ging zum Fenster. »Ich war auch dort. Depressives Erschöpfungssyndrom. Ich habe damals eine Liste der geweinten Tränen geführt. Das muss man sich mal vorstellen.«

»Wechseljahre?«, fragte Miranda.

»Nein, Job.«

Miranda wurde flau im Magen.

Und Schlick erzählte weiter: »Winter und ich haben damals zusammen eine Arbeitstherapie im Gewächshaus gemacht. Und, tja, wir sind dabei geblieben und haben, wenn man so will, unser Modell mit den Erdbeeren ins sogenannte richtige Leben hinausverlegt.«

Miranda wollte raus. Nur noch raus.

Doch in der Tür stand jetzt Keith Winter. Er kam langsam näher. »Ja, Schlick hat uns damals den Deal vermasselt, weil sie gequatscht hat.«

Schlick schnellte zu Winter herum. Sie war außer sich. »Wie kommt Löhring jetzt wieder ins Spiel? Der hat doch einen Befund. Der ist doch inzwischen nicht gesund, oder? Geht das jetzt alles wieder von vorne los, Keith?«

»Er war da. Er war einfach da, als ich bei Kesch war«, sagte Winter.

»Keith, ich weiß, dass die Welt klein ist, besonders in euren Kreisen. Aber das hier, das glaube ich nicht! Ich will nichts damit zu tun haben!« Schlick ging an Winter vorbei Richtung Tür und drehte sich noch einmal zu Miranda um, bevor sie den Raum verließ. »Seien Sie bloß vorsichtig, Frau Beck. Lesen Sie alles durch, was über Ihren Tisch geht. Wundern Sie sich über nichts, verhalten Sie sich unauffällig, und versuchen Sie, den Überblick zu behalten, wenn es sonst niemand tut.« Der Staub flirrte im Gegenlicht, als sie die Tür zuschlug.

Miranda blickte zu Winter hinüber. »Stimmt das mit Herrn Dr. Löhring? Ist er denn jetzt wieder gesund? Ich meine, er hat doch diese Investmentgesellschaft in London. Da muss er doch …«

Winter unterbrach sie: »Schlick sieht das zu emotional, sie ist involviert.«

»Was ist mit Löhring?« Miranda musste es ausnutzen, dass Winter im Sprechmodus war.

»Löhring ist nicht therapiefähig. Ich würde sogar noch weitergehen und behaupten, dass er in St. Ägidius gar kein Patient war«, sagte Winter.

»Wie meinen Sie das? War er doch als Unternehmer da?«

»Es steckt ein wiederkehrendes Muster dahinter. Er ist nicht das, was er vorgibt zu sein.«

»Aber wieso lassen Sie sich dann wieder auf ihn ein?«

»Man muss das unter wissenschaftlichen Gesichtspunkten sehen.«

»Zoologisch? Wegen der Käfer?«

»Nein, sozialpsychologisch. Wegen der Manager.« Winter ordnete die Büroklammern auf Mirandas Schreibtisch nach Größe, obwohl sie eigentlich alle gleich groß aussahen, und fuhr fort: »Ich bin zu der Überzeugung gelangt, dass mein Wiedersehen mit Löhring Teil einer Versuchsreihe ist und dass es sich bei Löhring in Wahrheit um einen Wirtschaftsforscher handelt, sozialpsychologischer Schwerpunkt, schätze ich. Das ist die einzige Erklärung. Nie und nimmer hätte der sonst wieder einen Fuß auf die Erde gekriegt nach der Sache mit dem Börsengang. Solche Zufälle gibt es nicht. Die schleusen gezielt Leute ins Management ein und spielen mit denen Worst-Case-Szenarien in der freien Wirtschaft durch.«

»Warum?«

»Um zu testen, wie weit man gehen kann.«

»Wer ist ›die‹?«

»Eine Organisation. Irgendeine global agierende Organisation muss dahinterstecken.«

»Goldman Sachs?«

»Nein. Kleiner. Fokussierter. Schwerpunkt Forschung, nicht Geld.«

Miranda versuchte, Winter näher zu kommen, ohne ihn zu verscheuchen, lehnte sich leicht in seine Richtung vor und geriet unwillkürlich in einen Flüsterton: »Sie meinen, dass es sich hier um ein verdecktes Forschungsvorhaben im Managementbereich handelt?«

»Ja, eine gigantische Simulation unter realen Bedingungen. Die wenigsten verstehen, was sie tun. Man muss die Dinge distanziert und zugleich differenziert betrachten: St. Ägidius war nur der erste Test. Und ob wir Käfer auf Temperaturresistenz und Lebensdauer testen oder Manager auf Machtresistenz und Verweildauer, wo liegt da der Unterschied?«

Dies würde ihr niemand glauben, niemand, dachte Miranda. Doch er war nun mal ihr Chef, und sie fragte, wer denn da die Testperson sei: er, Winter? Oder Kesch? Oder Löhring, sozusagen im Selbstversuch?«

»Es ist Löhring oder wie auch immer er wirklich heißt. Er will an mir die Prozesse auf Durchführbarkeit testen. Vielleicht auch an Kesch oder an der Bank. Wie damals. Es fängt harmlos an, und das Geld ist dabei nichts weiter als ein Nebeneffekt. Aber er hat keine Ahnung, dass ich ihn durchschaut habe.«

Miranda musste sich die Hände waschen. Das Gel würde nicht reichen. Sie verließ das Büro fast unbemerkt. Nein, sie wollte das alles gar nicht wissen. Die Wahrheit würde sowieso irgendwo anders liegen, irgendwo zwischen den Fronten, mit etwas Pech auch jenseits der Vernunft. Wer wusste das schon so genau? Sie wollte einfach nur ihren Job machen, sich etwas Geld dazuverdienen. Halbtags. Ein paar Mails schreiben, ein paar Buchungen vornehmen. Nett sein am Telefon. Mehr nicht. Machen, nicht denken.

Kellermanns Durchblick

Löhring wusste, dass Winter unter dem Begriff »Zeit« eine physikalische Maßeinheit zur Festlegung eines exakten Zeitpunkts verstand. Er war auch in dieser Hinsicht ein Erbsenzähler. Ihn interessierten keine unübersichtlichen Zeiträume, er dachte in Sekunden, und einmal angestoßen, passte zwischen Vorbereitung und Durchführung seiner Projekte in der Regel kein Atemzug. Er arbeitete wie ein Urwerk, darauf konnte man sich verlassen.

Auch Löhring hielt nichts von Zeitverschwendung. Er hatte es inzwischen auf durchschnittlich neun Minuten gebracht für jede seiner vielen beruflichen Handlungen am Tag – Mitarbeitergespräche und Kündigungen einmal ausgenommen, die gingen schneller.

Es hatte sich somit angeboten, in Absprache mit Winter einen möglichst zeitnahen Banktermin vereinbaren zu lassen, zunächst noch ohne Etta von Dangast. Löhrings Londoner Sekretärin hatte bereits telefonisch mit allen Gesprächspartnern einen Termin arrangiert, und es hatte alles geklappt. Wie immer. Wieder einmal hatte er, Löhring, den ersten Dominostein gekippt. Man musste nur zum richtigen Zeitpunkt die richtigen Namen ins Spiel bringen.

Winter hatte lange geschwiegen, schien sich dann aber doch Löhrings Unterstützung sichern zu wollen, so teuer diese auch ausfallen möge. Dies mochte man auf den ersten Blick für erstaunlich halten. Denn Winter wusste alles über Löhring. Aber gerade deswegen gab es Löhring die Gewissheit, nicht gänzlich ungeliebt zu sein. Winter brauchte zudem einen Kommunikator in einem extrem extrovertierten Umfeld. Und last, but not least war man bereits vor einiger Zeit ein schlagkräftiges Doppel gewesen, schätzte sich gegenseitig und war zusammen Dinge angegangen, die andere als wahnsinnig bezeichnet hätten.

Und nun Käfer als Edelmetall-Ersatz-Lieferanten. Einzigartig. Triple A schon jetzt. Mit etwas Glück würde Löhring nicht nur seine eigenen Fonds-Investments bei Kesch wieder lockermachen, sondern darüber hinaus noch ganz andere, nie dagewesene Beteiligungsmodelle in die Welt setzen und darin selbst neu investieren. Und Kellermann war im Vergleich zum echten Kesch harmlos und vor allem lenkbar, hatte ihn lediglich entführt und erwartete jetzt ein paar Kröten für seine Mitwirkung. Zwar war der Häftling der Schlüssel zu allem, denn er sah aus wie der Typ, dem Milliarden anvertraut wurden. Aber die Fernsteuerung lag in Löhrings Hand.

Ja, resümierte Löhring: Es schien sein Schicksal zu sein, Erfolg zu haben. Er war wieder im Rhythmus.

Kellermanns Rhythmus war dagegen anders. Um genau zu sein: Kellermann hatte gar keinen Rhythmus mehr. Er befand sich in einem klassischen Dilemma: Einerseits wollte er den Deal so schnell wie möglich durchziehen, damit er so schnell wie möglich an die Kohle kam, andererseits brauchte er Zeit, um vollumfänglich in Keschs Leben einzutauchen, geschweige denn diesen nach außen hin glaubwürdig zu mimen.

Es fing mit der Schlafanzug-Frage an: Kellermann reklamierte für sich einen eigenen Schlafanzug oder doch zumindest eine Reihe von T-Shirts, die sich in Keschs Schrank beileibe nicht finden ließen. Er könne einfach nicht in fremden Schlafanzügen schlafen, erst recht nicht, wenn diese allesamt aus einem fischigen, glänzenden Material waren, das sich nachts elektrisch auflud und in denen der Körper weder Halt noch Wärme fand.

Unterhemden, ob es denn nicht einfache Unterhemden täten im Bett, hatte Ilse Kesch gefragt.

Nein, hatte Kellermann geantwortet, er müsse nachts etwas

auf den Armen haben. Und die Brille. Er könne durch diese dämliche, ovale kleine Brille, die sich beim kleinsten Sonnenstrahl verdunkelte, rein gar nichts erkennen. Es sei alles vielmehr ein Fühlen als ein Sehen. Kurzum, er werde Löhring und Winter erst zum Banktermin begleiten, wenn man ihm vorher noch ein paar Dinge besorge. Das sei doch wohl das Mindeste, um sich authentisch einzufühlen in die Rolle und so zu tun, als habe er den Durchblick.

Für Fragen der persönlichen Ausstattung fühlte sich Ilse Kesch nicht zuständig. In ihren Augen war es bereits ein großes Zugeständnis, Kellermann in ihre Privatsphäre zu lassen, selbst wenn sie über genügend Wachpersonal mit Nahkampfwaffen verfügte. Und überhaupt: Edgar habe sogar seine Hemden selbst gebügelt, weshalb sie absolut keine Veranlassung sehe, für Kellermann einen Schlafanzug oder eine passende Brille zu kaufen. Auf dem Weg zur Bank lägen mindestens zwei Warenhäuser mit Parkhaus. Und nun müsse man sie entschuldigen, sie habe schließlich auch Termine.

Ilse Kesch beherrschte den Spagat zwischen vollumfänglichem Wissen über die Dinge einerseits und völliger Zurücknahme andererseits wohl noch aus früheren Zeiten. Dass sie jetzt aber vor lauter Diskretion das Shoppen mit Kellermann an ihn delegierte, behagte Löhring ganz und gar nicht. Ilse Kesch hatte Kellermann Personalausweis, Führerschein und Krankenkassenkärtchen ihres Mannes ausgehändigt, nicht aber dessen Kreditkarten. Wie putzig und naiv dann doch, dachte Löhring. Kellermann würde selbstverständlich als Erstes in personam das Konto räumen, wenn sie in der Bank waren. Er willigte schließlich ein, mit Kellermann auf der Fahrt zum Termin noch kurz ein paar Dinge zu besorgen. Sein Zahnseidevorrat ging auch zur Neige.

Sie hatten noch zwei Stunden, bevor man bei der Graf-von-Sallewitz-Bank das Bone-China-Porzellan für sie auf den Tisch setzen würde. Löhring verließ also vorzeitig mit Kellermann Keschs Villa. Doch er war in Gedanken immer noch bei Ilse Kesch: Sie wusste etwas, das er nicht wusste, war ihm, Löhring, insofern strategisch um Meilen voraus. Und sie schwieg beharrlich. Wie konnte man so verschwiegen sein, wenn es um die Ermordung des eigenen Mannes ging? Schock? Selbstschutz? War es doch sie gewesen, die ihn umgebracht hatte?

Löhring bog von der Auffahrt des Anwesens in die Straße ein und touchierte dabei leicht den Bürgersteig. »Was macht die Kesch eigentlich den ganzen Tag?«, wollte er von Kellermann wissen. Dieser hatte auf dem Beifahrersitz die Zeitung aufgeschlagen, sich als Erstes in die Todesanzeigen vertieft, dann aber doch den Finanzteil »Geld & Mehr« herausgenommen.

»Ilse? Oh, die macht ihr eigenes Ding da oben im Haus.«

»Ach. Was macht sie denn da so?«, hakte Löhring nach.

»Sie sagt, dieser First-Lady-Wohltätigkeitszirkus sei nie ihr Ding gewesen. Ich kann das verstehen.«

Löhring stutzte, hörte erstmals so etwas wie Wärme in Kellermanns Stimme. Das wäre ein völlig neuer Zug an ihm, aber wahrscheinlich steckte eher das Testosteron dahinter. Schließlich hatte dieser Typ die letzten Jahre unter Männern im Knast gesessen. Da konnte einem selbst bei älteren Frauen schon etwas warm ums Herz werden, oder vielleicht hatte Kellermann auch einfach nur ein erotisches Verhältnis zum Geld. Löhring ließ nicht locker: »Was tut sie denn stattdessen, die Ilse?«

»Ich glaub, heute übt sie mit der Gehörlosengruppe des Ortes ein Musikstück ein. Und danach schnappt sie sich ein Buch und geht als Vorleserin ins Krankenhaus. Sie sagt, dass sie einen gewissen Kontrast im Leben braucht, Gutes tun muss, jetzt mehr denn je.«

»Was soll das heißen?«

Kellermann zuckte mit den Achseln. »Ist vielleicht nur so eine Marotte. Die ist praktisch nonstop unterwegs – wenn sie nicht gerade Tötungsdelikte filmt«, fügte er scherzend hinzu.

»Musik für Taube und Bücher für Blinde? Wer glaubt denn so was? Oder hat die jetzt auch Neurosen?« Löhring sagte es mehr zu sich selbst.

Kellermann schien es sowieso nicht gehört zu haben. Er starrte auf die aufgeschlagene Zeitungsseite und rang um Fassung: »Mein Gott, haben Sie das gelesen?«

Löhring vergaß, in den dritten Gang zu schalten. »Was denn?«

»Da. Sie stehen in der Zeitung! Wegen der Entführung und so.«

»Ach so.«

Kellermann las weiter und wurde nachdenklich: »Alter Schwede, die gehen ja nicht gerade zimperlich mit Ihnen um.«

»Das ist völlig normal. Eine einzige Rufmordkampagne. Presse eben.« Löhring checkte seinen Scheitel im Rückspiegel. »Früher habe ich mich noch darüber aufgeregt, wenn sie schrieben, ich hätte das Eigenkapital meines Unternehmens versechsfacht.«

Kellermann blickte von der Zeitung auf. »Was war daran so schlimm?«

»Ich habe es verachtfacht.«

»Junge, Junge, Sie scheinen ja auch ein hübsches Strafenregister zu haben.« Kellermann vertiefte sich wieder in die Lektüre, und Löhring wechselte auf die linke Spur. »Herrje, jede Menge Schadenersatzklagen. Was haben Sie denn alles angerichtet in den Unternehmen, in denen Sie zuletzt waren? Der reinste Serientäter, was?«

»Bullshit«, sagte Löhring und zog jetzt etwas zu weit nach rechts. Der Wagen kam leicht ins Schlingern, als er den Straßenrand streifte. »Wird Ihnen nicht schlecht, wenn Sie lesen beim Fahren?«

»Ja, wird mir.« Je mehr Kellermann las, desto ungläubiger starrte er auf den Artikel. »Wenn man Sie so durch den Dreck zieht, und auch noch öffentlich, haben Sie dann keine Angst, dass Sie tatsächlich irgendwann mal in der Scheiße sitzen?«

»Nein. Oder meinen Sie, ich hätte keine Anwälte? Herrje, Kellermann, wenn Sie als unsereiner auf Applaus warten für das, was Sie tun, warten Sie lange. Und kriegen derweil nichts auf die Schiene gesetzt. Da verlieren Sie Ihre Credibility.«

»Anwälte? Wie viele davon haben Sie denn?«

»Am Ende wird von all diesen Prozessen gegen mich nichts mehr übrig bleiben. Nichts! Kaum etwas!«

»Aber wenn Sie jetzt jemand erkennt?«

Löhring streifte sich beim Fahren die Lenkradhandschuhe über und sagte: »Könnte ich Sie auch fragen. Nun kommen Sie aber mal runter, Kellermann. Hauptsache, die Fotos sind gut. Ich persönlich lese mir das gar nicht mehr durch. Und jetzt legen Sie die verdammte Zeitung weg, Sie nehmen mir damit noch die ganze Sicht!«

Löhring beschleunigte und schaltete vom vierten in den dritten Gang. Er spürte Kellermanns Blick auf sich und hörte Empörung in seiner Stimme, als dieser langsam fortfuhr: »Ich bin nicht der einzige Kriminelle hier, so wie ich die Sache sehe. Nicht Winter, sondern Sie haben den Termin bei der Bank gemacht, oder? Werden Sie da überhaupt noch vorgelassen? Mit Ihrer ganzen Vorgeschichte?«

Löhring lachte die Windschutzscheibe an. »Mein lieber Kellermann, ich kenne Mollow von der Bank seit Jahren, und er ist Sprecher der Gesellschafter. Ich bin Vorzugskunde. Die Kredite, die meine Frau und ich dort in Anspruch genommen haben, sind schließlich, nun ja, von einer gewissen Dimension.«

»Wie viel?«

»Das geht Sie gar nichts an.«

»Ich bin Ihr Kesch. Ich muss das wissen.«

Verdammtes Schlitzohr, dachte Löhring. Doch was schadete es auch, wenn er Kellermann einweihte? Es war sowieso überall in der Presse zu lesen gewesen. Und so sagte er zum Lenkrad: »Etwa hundert Millionen alles in allem.«

Kellermann schien sich am eigenen Speichel verschluckt zu haben, würgte und sagte: »Hören Sie, ich will mich nicht blamieren. Ich bin vielleicht kein Finanzprofi, aber bescheuert bin ich nicht. Nun bleiben Sie mal ernst.«

»Ach, Kellermann, als Kesch sollten Sie schon wissen, wie Ihr eigenes Modell funktioniert. Ich habe Millionen in Ihre, also in Keschs Immobilienfonds investiert, und deren Nachsteuerrendite wird erst so richtig interessant, wenn ich dabei reichlich Fremdkapital, also Kredite, einsetze, n'est-ce pas? Das ist der Deal zwischen Kesch, seinen Kunden und der Bank, wenn ich Sie daran erinnern darf, Mann!«

Der Wagen holperte kurzzeitig über den Fahrradweg, und Kellermann hielt sich am Gurt fest, während er kehlig von sich gab: »Wie, jetzt? So viel fremde Kohle haben Sie aufgenommen? Da richten Sie ja rein geldmäßig viel mehr Schaden an als ich!«

»Ach«, erwiderte Löhring. »Tun Sie doch nicht so. Sie rauben lieber gleich aus. Die Hotzenplotz-Methode, was?«

»Hier ist Reißverschlussverfahren.« Kellermann zeigte auf die hupenden Autos rechts und links neben ihnen sowie auf die Baustelle weiter vorne.

Löhring blieb ruhig und schaltete souverän in den vierten Gang, bevor er zum Stehen kam. »Ich lass hier niemanden dazwischen, egal, von wo der kommt.«

Kellermann war nicht wohl. »Eingebaute Vorfahrt, was? Mensch, wo haben Sie bloß Ihren Führerschein gemacht? Das ist ja lebensgefährlich mit Ihnen.«

»Nun, ich bin eher der globale Typ. Ich fliege mehr, als dass ich Auto fahre.« Der Scheibenwischer ging an, als Löhring die Hand hob, um sich die Haare aus der Stirn zu streichen.

Eine halbe Stunde später standen sie vor den Sonnenbrillen, deren Gläser bereits die Fingerabdrücke der halben Stadt trugen und auf der Nase kratzten, während sich das Preisschild in den Augenwinkel bohrte. Die Klimaanlage wirbelte die Luft warm und verbraucht von unten auf, und Löhring hätte am liebsten draußen vor der Tür gewartet, doch er konnte und durfte Kellermann nicht allein lassen. Es war grotesk. Nun musste er schon aufpassen, dass ihm der eigene Entführer nicht abhandenkam.

Löhring hasste Kaufhäuser, diese kleinbürgerlichen Massenkonsumtempel. Sie und die Kunden darin entsprachen nicht ganz seinem sozioökonomischen Background, alles ohne Stil, nur schiere Warenfülle, ein Gleichmaß und eine unbeschreibliche

Ödnis, ein einziges verschwommenes Farbenmeer, nur um einen möglichst großen Teil der Durchschnittsbürger zu befriedigen. Es war eine einzige Zumutung, fand Löhring, und er wünschte sich in diesem Moment ans andere Ende der Welt oder zumindest der Stadt. Aber es half nichts. Er und Kellermann waren zu der Überzeugung gelangt, dass das Auswechseln der dicken Brillengläser gegen Fensterglas doch ein wenig augenscheinlich sein könnte und dass stattdessen eine bei starkem Licht nachdunkelnde Sonnenbrille vorzuziehen wäre, die in etwa Form und Anmutung des Originals hatte.

Schon nach fünf Minuten wurden sie tatsächlich fündig. Es gehe doch nichts über ein ordentlich sortiertes Warenhaus, sozusagen vom Nähgarnröllchen bis zum Messerset, schwärmte Kellermann. Er mache sich jetzt gleich auf in die Wäscheabteilung, zu den Schlafanzügen. Löhring könne sich ja in der Zwischenzeit ein wenig umschauen und Marktstudien betreiben. Man treffe sich wieder an den Ausruhbänken unten an der Rolltreppe, in zehn Minuten. Kellermann deutete auf ein dunkelbraunes Kunstledersofa, über dem in schönen, geschwungenen Buchstaben an die Wand gemalt stand: »Nur der Denkende erlebt sein Leben.«

Löhring erwiderte, ja, genau das sei er, denkend nämlich, und deswegen werde er sich auf gar keinen Fall von Kellermann trennen. Außerdem müsse er sich hier auch nicht umschauen. Er sei nicht der Typ Heringsbändiger, der guckt, wie es en détail in einem solchen Laden aussieht. So einer sei er wirklich und wahrhaftig nicht.

Kellermann erwiderte amüsiert, dass er ohne die ihm zugesicherte Kohle wohl kaum die Biege machen würde. Wohin auch? Und dann schwebte er schon auf der Rolltreppe nach unten, und Löhring stürzte sich hinterher.

Die Wäscheabteilung war unterirdisch, erstes UG. Richtig hell war es nur in den Kassenbereichen. Löhring blickte sich um, schritt durch die Gänge, fuhr dabei mit den Fingern über angestaubte Plastikummantelungen, in denen die Wäsche steckte, und begann schließlich, die Modellauswahl nach Größe zu sortieren. Wenn man nicht alles selbst machte. Der Einkauf von Schlafanzügen schien sich auf das Verhalten zu legen, fand Löhring, denn die Menschen um ihn herum bewegten sich in etwa mit der Geschwindigkeit der Kontinentaldrift. Er konnte kaum hinsehen.

Kellermann hatte sich inzwischen für einen dunkelblauen Herbst/Winter-Schlafanzug »Basic Function«, lang-regulär, in XXL aus hundert Prozent Baumwolle entschieden und kam damit wedelnd auf Löhring zu: »Haben Sie Bargeld dabei?«

»Sehe ich aus wie ein Geldautomat? Das Thema hatten wir doch schon.«

»Glauben Sie etwa, ich bezahle dieses Teil hier selbst? Das ist Requisite, steuerlich absetzbar. Das geht auf Ihre Rechnung, Löhring!«

Es war egal, Löhring wollte nur noch raus.

Als sie die Kasse erreichten, sagte eine Angestellte in dunkelblauem Kostüm »Hallo«, ohne aufzuschauen, und legte den Scanner an. Sie trug eine dicke Glasperlenkette und hatte stark geschminkte, schwarz getuschte Augen. Eigentlich musste sie bei jedem Wimpernschlag befürchten, dass diese verklebten und bis auf Weiteres geschlossen blieben, dachte Löhring. Auch hier würde es wieder dauern. Löhring verdrehte die Augen und begann, mit den Fingerspitzen auf den Counter zu klopfen. Alles in ihm schrie nach Tempo, Verjüngung, Verschlankung, Verlagerung Richtung Premiumsegment. Doch nichts, rein gar nichts würde sich jemals hier ändern ohne ihn. Was ihn jedoch erstaunte, war die Kopfbedeckung der Kassiererin: ein Tropenhelm, um den sie keck einen Schilfhalm aus der Deko-Abteilung gelegt hatte. Er drückte ihre aufgehellten Haare flach und strähnig über Stirn und Ohren. Kein Wunder, dass sie niemandem in die Augen blicken mochte.

Sie musste Löhrings Blick erahnt haben, als sie seine Kreditkarte ins Lesegerät steckte und sagte: »Wir haben heute Tropenwoche. ›Die Stadt wird exotisch.‹ Gucken Sie mal draußen auf die Banner. Sammeln Sie Punkte?«

Löhring riss ihr die Quittung aus der Hand, bevor sie ihm auch noch einen schönen Tag wünschen konnte, und ließ sich taumelnd mit Kellermann im Kundenstrom an der Plüschgiraffe vorbei Richtung Rolltreppe treiben. Der Schlafanzug war unverpackt geblieben, denn für eine dieser dünnen, raschelnden, verräterischen Plastiktüten hatte die Zeit nicht mehr gereicht.

DAS BANKGESPRÄCH

Die Bank war auf den ersten Blick nicht das, was Kellermann sich wohl erhofft hatte. Für Löhring hatte sie das, was er selbst, offen zugegeben, nie besitzen würde: Unauffälligkeit. Es handelte sich um einen schlichten grauen Nachkriegsbau, wie er typisch für Innenstadtbereiche sein konnte, sehr wuchtig und natürlich mehrgeschossig, aber eben gänzlich ohne das, was man sich unter Tradition und Noblesse vorstellen mochte. Kurzum: Sie sah aus wie die Hauptverwaltung einer mittelgroßen Krankenkasse. Sobald Löhring und Kellermann jedoch den gläsernen Eingang passiert hatten, begann die Zeitreise. Klimatisiert.

Ein fast regungsloser Pförtner saß in blauer Uniform hinter einem modernen schwarzen Tresen, als sei er Bestandteil des Bildes hinter ihm, das einen etwas unnahbar wirkenden Ahnen mit langen Koteletten zeigte in schwarzem Anzug vor rotem Vorhang und in der Hand ein Buch, in das er aber nicht blickte. Es hatte etwas Erhabenes, und Löhring genoss den Eindruck jedes Mal, wenn er aus dem hektischen Innenstadtbetrieb heraus in diese Ruhe kam. So musste sich ein auszuwildernder Löwe fühlen, den man in sein Reservat zurückbrachte.

Der Pförtner telefonierte. »Graf-von-Sallewitz-Privatbank – persönlich haftende Gesellschafter seit 1812« – Kellermann strich derweil über die Kupferplatte am Eingang. »Alter Schwede. Die Jungs hier scheinen zu wissen, was sie tun. Wie ist Ihr Kumpel Edgar denn ausgerechnet auf die gekommen als Partner?«

»Tradition, Kellermann, Tradition.« Löhring hauchte es hin

wie ein Codewort, leise und um Unauffälligkeit bemüht. »Das finden Sie heute nicht mehr an jeder Straßenecke, Kellermann. Die haben Triple-A-Rating, sage ich Ihnen, und das als Privatbank! Wo gibt's das heute noch in der Bankenlandschaft? Und strukturell sehr überschaubar. Bleibt alles in der Familie, Sie verstehen.« Löhring zog Kellermann am Ärmel zur Seite: »Und noch etwas: Wir werden uns jetzt duzen müssen, vergessen Sie das nicht.«

Kellermann machte zwei entschiedene Schritte zur Seite. »Nie und nimmer werde ich Sie duzen, Löhring. Nicht Sie. Sie nicht. Ich habe Sie zwar heulend und winselnd auf der Transporter-Rückbank erlebt, aber das will noch gar nichts heißen!«

»Wenn Sie das mit der Rückbank jemandem erzählen, garantiere ich Ihnen ...«, zischte ihm Löhring ins Ohr.

Doch Kellermann hatte sich bereits wieder abgewandt. Er ging auf den Pförtner zu, streckte seinen Zeigefinger in dessen Richtung aus, sagte »Bumm« und dann »Geld oder Leben!«.

Der Mann guckte. Doch dann erhellte sich seine Miene schlagartig, die Stimmung wurde lockerer, und in ihm schien echte Freude aufzukommen über einen Kunden, der endlich einmal einen wirklich guten Humor hatte und einen individuellen Zugang zu den Menschen suchte. Der Pförtner stand auf wie befreit und begleitete die Gäste, dann doch um Würde bemüht, zum Aufzug, während ein Pförtnerkollege, wie geklont, aus dem Nichts auftauchte und sofort den leeren Platz einnahm.

Während der gläserne Aufzug an den Gemälden vorbei nach oben schwebte, sah Kellermann an Löhring herunter: »Sie haben ja gar nichts dabei so an Papieren.«

Löhring lächelte den mitschwebenden Pförtner an: »Je höher die Hierarchieebene, lieber Kesch, desto leichter das Gepäck.«

»Das könnte ich wohl sagen. Aber Sie wollen sich hier für einen Job empfehlen, nicht ich, wenn ich das richtig verstanden habe.« Kellermann lächelte Richtung Pförtner zurück.

Löhring dagegen schwieg und grinste, was das Zeug hielt.

Sie verließen den Aufzug im fünften Stock und wurden vom

Etagenpförtner in ein kleines dunkles Speisezimmer geführt, das bereits komplett für ein Mittagessen eingedeckt war. Man solle doch Platz nehmen. Die Herren kämen gleich. Kellermann schritt voran, und erst von hinten bemerkte Löhring, dass ihm der Anzug, den er trug, viel zu eng war. Es sah schrecklich aus. Es war nicht nur Kellermanns Bulettenhaftigkeit und die finale Erkenntnis, dass nichts, aber auch rein gar nichts an ihm jemals dynamisch aussehen würde. Nein, es war vielmehr die Tatsache, dass der Revolver, den Kellermann nach wie vor bei sich trug, unterm Stoff erahnbar war. Löhring hatte versucht, ihm die Waffe zumindest für diesen Banktermin auszureden. Doch Kellermann hatte abgelehnt. Sie sei schließlich die Eintrittskarte zurück in sein altes Leben. Löhring solle sich seiner Sache verdammt noch mal nicht so sicher sein.

Genau genommen, war sich Löhring seiner Sache auch nicht hundertprozentig sicher. Doch eines war ihm klar: Wenn an diesem Ort, mit diesen Leuten und zu diesem Zeitpunkt Kellermann als Kesch durchging, wenn sich also ein tumber Exknacki mit Waffe unterm Sakko zum Termin mit einem autistischen Erdbeerzüchter traf und die Bank trotzdem Geld pumpte, würde alles möglich sein, alles. Kellermann drehte sich zu Löhring um, und in diesem Moment schienen beide genau dasselbe zu denken.

Die schweren Vorhänge nahmen auch aufgezogen dem Raum noch viel Licht, und die dezenten Wandleuchten, die einen Lichtkegel nach oben warfen, waren wohl auch bei Sonnenschein stets im Einsatz. Löhring hatte es nie anders erlebt. »Meet and eat. Sehr schön.« Er kannte diesen Raum und wusste, dass Friedrich Mollow die Erstgepräche mit Kunden, die lukrative Geschäfte für die Bank versprachen, stets hier im Rahmen eines Mittagessens stattfinden ließ. Sie sollten den Eindruck gewinnen, die Bank habe die letzten zweihundert Jahre nichts anderes getan, als auf sie ganz persönlich zu warten und endlich mal ordentlich zu essen. Seinen Risikomanager und Mitgesellschafter Viktor Curlack hatte Mollow dennoch immer dabei.

Kellermanns Brillengläser verloren langsam wieder ihre Tönung und gewährten Sicht auf die Augen, die im Raum umherzuckten und keinen Fixpunkt zu finden schienen. Man kam sich tatsächlich ein wenig vor wie aus der Zeit gefallen: Das kleine Speisezimmer war nicht klimatisiert, und es hing eine Mischung aus Leder, altem Papier, Zigarrenrauch und Aftershave in der Luft. Kein Luftzug dieser Welt würde dagegen ankommen.

Kellermann hob einen der Teller an und kippte ihn, bis er das Sallewitz-Wappen am Boden sehen konnte. Er erschrak fast darüber, stellte ihn abrupt wieder ab und lehnte sich zu Löhring herüber: »Pst. Wissen Sie was?«

»Ich weiß eine Menge. Fragen Sie nur.« Löhring spülte eine seiner Pillen mit einem Glas Wasser hinunter.

»Das glaubt einem ja keiner. Junge, Junge. Also, wenn ich jetzt ein Buch über all das hier schreiben würde …«

Löhring unterbrach ihn: »Sie nicht, Kellermann. Sie werden das hübsch bleiben lassen.«

»Ich meine ja nur. Also, wenn ich schreiben würde, wie das hier so ist, dann würden die Leute denken, ich hätte überhaupt keine Fantasie, weil das alles so ist, wie man sich das eben vorstellt und kein bisschen anders, höchstens schlimmer. Das nimmt einem doch keiner ab. Die würden alle denken, ich bin bekloppt.« Kellermann schien sich gar nicht mehr beruhigen zu können. »Oder wir sind hier schon in irgendeinem Roman gelandet und wissen das nur nicht! Alter Schwede.«

»Wir sind hier nicht bei der Kreissparkasse in Gütersloh, Kellermann. Die für Sie gängigen Realitätsbegriffe greifen hier nicht.« Oh Gott, es würde nie und nimmer gut gehen mit diesem Typen, dachte Löhring. Er konnte nun doch eine gewisse Anspannung vor diesem Termin nicht leugnen, musste wieder an seine Theorie des arrangierten High Conflict Management Trainings denken. Er begann, sich näher umzusehen, tastete mit den Augen jedes einzelne Kabel über Putz ab, suchte kleine Linsen, versteckte Lichtquellen.

»Oh, meine Herren, nun gucken Sie doch nicht so skeptisch!«

Mollow und Curlack hatten sich mit der Pünktlichkeit preußischer Güterzüge nebeneinander in den Raum geschoben und trieben den schmalen Winter vor sich her. Man begrüßte sich überschwänglich, und Löhring hätte schwören können, dass Kameras dabei waren.

»Dann wären wir ja komplett. Herr Winter, nehmen Sie doch Platz. Mögen Sie etwas trinken?«

»Wir kommen alle aus dem Wasser.« Winter lehnte Tablet-PC und Aktenkoffer an einen Stuhl, ging ans Fenster, nahm ein kleines Kofferradio aus seinem Sakko und stellte es vor sich ab.

»Ja, aus dem Wasser also. Wie wahr. Sehr schön.« Friedrich Mollow hatte etwas Churchillhaftes an sich, dieselbe Bulligkeit und Behäbigkeit in jedem Gesichtsausdruck und bei jeder Bewegung. Er würde sich gut mit Kellermann verstehen, so wie er sich stets gut mit Kesch verstanden hatte. Genau genommen, war Mollow kein echter Sallewitz. Er hatte nur die Erbin mit den meisten Bankanteilen geehelicht und war selbst eher der Typ verarmter Landadel. Doch immerhin hatte er durch seinen geschickten Expansionskurs die Bilanzsumme des Hauses nahezu verfünffacht, und so konnte er wohl mit Recht behaupten, dass ihm das »Banktotainment«, wie er es scherzhaft zu nennen pflegte, in den Genen läge.

Und jetzt wirbelte der Banker erst einmal wie aufgezogen durch den Raum, sodass sein doppelgeschlitztes Sakko über dem Gesäß schwungvoll aufwippte und den lila Futterstoff hervorblitzen ließ. Sein Blick blieb irritiert an Winters Transistorradio hängen.

»Einer meiner Ticks«, erläuterte Winter.

Mollow lächelte verständnisvoll. Wahrscheinlich hatte auch er seine Ticks, für die schon längst kein Transistorradio mehr reichte.

Löhring mochte Mollow und Curlack. Man konnte nicht gerade behaupten, dass sie drahtig und blitzschnell waren oder gar smart. Sie waren auch nicht die Typen, bei denen jedes Wort saß und die einen »closer to the deal« brachten. Nein, Mollow und Curlack waren das wohltuende Gegenteil: old school, fast schon barock, in weit geschnittenen, ausgesucht feinen Doppelreihern mit ausladenden Revers und breiten Nadelstreifen, komme, was da wolle, glänzenden Knöpfen und kecken Einstecktüchern. Die letzten Bewahrer von Stil und Haltung. Hier sprach man Deutsch. Dass sie jemals einen wie Kesch mit ins Geschäft geholt hatten, war erstaunlich.

Das Geschäft bestand aus einer einzigen Säule: anspruchsvollen Privatkunden den Zugang zu interessanten internationalen Investitionen zu ermöglichen. Hier gab es noch Gesichter, einen Handschlag und vor allem Diskretion. Man verstand sich sozusagen als Vermögenskurator. Und man besaß einen hoch entwickelten Instinkt für das Annehmliche, das nicht unmittelbar mit dem Deal zu tun hatte. Es wurde einem warm ums Herz, und der erste Drink bei von Sallewitz hatte immer etwas von einem Glas warmer Milch, frisch vom Bauernhof. Ausgebuffte Hunde, dachte Löhring durchaus anerkennend. Damit waren sie zweihundert Jahre lang gut gefahren.

Curlack stand im Gegensatz zu Mollow das Risikomanagement ins zerfurchte Gesicht geschrieben. Seine dunklen Augenbrauen waren wohl irgendwann oben auf der Stirn stehen geblieben, um nicht länger permanent hochgezogen werden zu müssen. Er trug sein Nackenhaar lang, vielleicht ein letzter Rest von Selbstbehauptung, vielleicht auch nur eine Konsequenz aus der Annahme, dass seine Haare, einmal abgeschnitten, nie wieder aus eigener Kraft diese Länge erreichen würden.

Bei der Begrüßung hatte Löhring sehr wohl bemerkt, dass die Blicke der Banker etwas länger an Kesch hängen geblieben waren, als wolle man sich seines ordnungsgemäßen Zustandes versichern. Löhring würde Kellermann wohl oder übel unablässig im Auge behalten und unter dem Tisch in Trittnähe bleiben müssen. Er hatte den ganzen Tag noch nichts gegessen oder getrunken, damit er nicht zum Pinkeln rausmusste.

Winter war indes bereits an den Tisch gegangen und ordnete

die Bestecke, wie es schien, im richtigen Abstand zum Mittelpunkt der Teller hin und unter Korrektur der Diagonalen zu den Brottellerchen.

Immerhin schien es für Mollow und Curlack selbstverständlich oder doch zumindest einleuchtend zu sein, dass Löhring als halbwegs unabhängiger Beteiligungsmanager bei der Einwerbung von Kapital für das bereits dargelegte Venture-Capital-Projekt mit von der Partie war – selbst wenn man Winters Unternehmung eher in der Sallewitz-Kesch-Holding beheimatet sah. Offenbar gab es keinen Anlass, sich über Löhrings Mitwirkung am Deal Gedanken zu machen. In der Regel ergaben sich bei solchen Konstrukten Aufsichtsrats- oder später gar Vorstandsposten in den zu finanzierenden Unternehmen, die man gern mit fähigen Managern des freien Marktes besetzte, mit Katalysatoren des Erfolgs, Männern mit einem goldenen Händchen – erst recht, wenn diese zugleich Kunden der Bank waren. Kurzum: mit einem wie Löhring eben.

»Schön, meine Herren. Wie ich sehe, sind Curlack und ich nicht die Einzigen ohne Unterlagen.« Mollows Blick ging ganz langsam zu Kesch, der parierte: »Nun, wir wollen doch erst einmal eine Diskussion in Gang bringen und uns nicht gleich mit Details aufhalten, nicht wahr?« Kellermann versagte schon jetzt, dachte Löhring, auch auf nonverbaler Ebene: Der echte Kesch jedenfalls hätte nie so an der Stuhlkante gesessen, wie es jetzt Kellermann vor lauter Anspannung tat. Sicher, ein paar Gewohnheiten hatte er inzwischen abgelegt. Aber es waren auch keine neuen hinzugekommen.

Winter dagegen, so still und unnahbar, wie er jetzt an der äußeren Peripherie des Tisches saß, schien niemanden zu irritieren. Er hatte sein Smartphone aus der Tasche genommen und sich vorerst von ihnen weggestöpselt. Ohne Zweifel genoss er immer noch den Ruf, einer der besten Finanzleute im Land zu sein, Erdbeerzucht und Klinikaufenthalt hin oder her. Er besaß den Alien-Bonus. Ja, man nahm es erleichtert zur Kenntnis, dass Winter auch nur ein Mensch war, zumindest im Rahmen seiner

Möglichkeiten. Und schließlich kannte doch jeder Menschen, die ein wenig durchgeknallt waren. Diese Leute strahlten oft eine große Faszination aus.

Auch auf Winter traf das zu. Seine Aktionen hatten stets von List und Raffinesse gezeugt, keine Empathie stand ihm dabei im Wege, und sein bester Gesichtsausdruck war der, bei dem er so hölzern guckte wie der junge Johnny Cash. Sein Charisma nährte sich allein aus dem Umstand, dass er in einem Maße gewöhnungsbedürftig war, das gerade noch als erfrischend wahrgenommen werden konnte, sowie aus dem Umstand, dass keine seiner Reaktionen jemals vorhersehbar war und einem völlig neue Horizonte eröffnete, auch wenn man sich dabei vorkam wie der letzte Bauerntrampel. Aber im Vergleich zu Winter war man gern ein wenig beschränkt und unfrisch. Mit der Ruhe und zugleich der messerscharfen Konzentration, die er ausstrahlte und einforderte, umgab man sich gern. Denn dann hatte man das Gefühl, man sei selbst eigentlich auch so. Doch was wichtiger war: Er wollte nun ein Fonds-Produkt in die Runde werfen, das Gold wert sein konnte – gerade zu diesem Zeitpunkt, wo die ewig gleichen Immobilienfonds der Sallewitz-Kesch-Holding trotz Luxusausstattung der Objekte und ausgereizter Mieten so gerade ihre Mindestrenditen einspielten. Kurzum: Winter war der reinste Geldautomat.

»Auf Ihr Wohl und herzlich willkommen noch einmal.« Mollows Aperitif war schnell hinuntergespült gewesen, und die Vorspeise lag bereits auf den Tellern: Krebse auf glasiertem Chicoree, so frisch und glänzend, als seien sie selbst hergekrochen. Löhring blickte sich diskret um. Es musste tatsächlich noch so etwas wie einen Speiseaufzug hier geben. Musste er sich merken für zu Hause.

Mollow schien den »liquid Lunch« sehr wörtlich zu nehmen und hatte schon das nächste Glas gehoben, in dem der 2009er Erdener Treppchen Riesling funkelte. »Dann mal ran an den Braten, würde ich sagen.«

Es klang wie ein Tischgebet, und Löhring genoss es. Auswärtige Termine um die Mittagszeit hatten stets etwas von Großfamilie. Nichts förderte das Geschäft mehr als das gemeinsame Essen und Trinken, und nichts war schlimmer als eine einsame Wurst im Firmencasino. Zudem war eines sicher: Solange Kellermann den Mund voll hatte, würde er nichts sagen können.

Kellermann jedoch vermochte zwei Dinge auf einmal zu tun und hob noch kauend sein Glas in Mollows Richtung, während seine linke Hand das Messer für die Hauptspeise hochhielt wie eine Standarte: »Zum Wohle allerseits. Na, wenigstens etwas, das hier noch flüssig ist, was?«

Nur Winter schien nicht zum Lachen zumute zu sein. Er trank ja auch nur Wasser und hatte sich bereits ins Krebsfleisch vertieft, als er sagte: »Eine Schabe aus Cleveland, Ohio, wurde unlängst von Forschern in eine Batterie verwandelt, nachdem man Elektroden in die Hämolymphe ihres Hinterteils eingeführt hatte. Nullkommazwei Volt, die nach zweieinhalb Stunden nur um fünf Prozent nachließen.«

Kellermann überkam als Ersten ein Lachkrampf, und er hatte Mühe mit den Nahrungsmitteln, die sich noch in seinem Mund befanden, als er vornübergebeugt mit der flachen Hand rhythmisch auf die Tischkante schlug: »Ach, Winter, Sie sind zwar nicht gerade ein Charmebolzen, aber ein super Spaßvogel. Herrlich.«

Mollow schob sein Krebshäppchen dezent unter das Chicoreeblättchen und sagte: »Ja, wunderbar. Ein gekonnter Übergang zum Thema, Herr Winter. Ich denke, mit Ihrer Hilfe werden wir in Zukunft wohl weder Goldelektrolyt noch Spannung brauchen fürs Vergolden, nicht wahr? Wie soll das denn nun genau funktionieren mit dem Gold?«

Und schon war das Wort gefallen. Diese verdammten vier Buchstaben hingen im Raum und knisterten, was das Zeug hielt. Während sich Kellermann mit seinen dicken Fingern noch die Lachtränen aus den Augenwinkeln strich, setzte Winter an mit seiner Geschichte vom Licht: wie es im tropischen Regenwald von Costa Rica mit den unterschiedlichsten Wellenlängen in den buntesten Spektralbereichen auf die Chitinlagen der Käferpanzer fiel und mit ihnen interferierte, wie es sich auf den feuchten Blättern in den dicken Regentropfen brach, bis alles aussah wie aus Gold und Silber.

Es war mucksmäuschenstill im Raum, und in den Köpfen schien nur ein Gedanke zu hängen: Gold – alter Traum der Menschheit und sichere Euro-Alternative. Noch während Winter sprach, schweiften die Blicke in die Ferne. Ja, es war plötzlich ein schwüler Hauch Ägyptens spürbar, vom goldenen Zeitalter ferner Länder und Kulturen, Nofretete, Stein der Weisen. König Midas. Löhring wurde heiß, aber nie und nimmer wäre er jetzt zum Fenster gegangen, um die abgestandene Luft und mir ihr den schwülen Hauch Ägyptens hinauszulassen. Er wollte gerade ansetzen und einige seiner Gedanken in die Runde geben, als Winter ergänzte: »Die Bestände der mit Gold und Silber hinterlegten börsennotierten Indexfonds liegen derzeit mit siebenundsiebzig Millionen Unzen und damit zweitausendvierhundertneun Tonnen auf Rekordniveau, und ein handelsüblicher Personenkraftwagen besitzt mehr als vierzig silberbeschichtete Schalter für die Elektronik. China wird dem Markt verstärkt Bestände entziehen.«

Kellermann wollte wissen, wie das mit der elektrischen Leitfähigkeit dieser Flügelpanzer denn aussehe, ob Winter seine Käfer auch mal unter Strom setze. Wie die Schabe. Doch sein Wortbeitrag fiel nicht weiter auf, da Mollow und Curlack gedanklich wohl noch bei den Indexfonds waren und so schnell offenbar nicht nachkamen mit ihren Schlussfolgerungen.

Winter fuhr indes fort: »In der nichtmetallischen, also nichtleitenden Beschichtung konzentrieren wir uns auf Multilayer-Reflektoren für Solaranlagen, di-elektrische IR-Spiegel zur effizienten Wärme-Licht-Trennung, Wärmefilter, Detektortrimmer, IR-Filter vor CCD-Chips sowie auf ähnliche optische und sensortechnische Anwendungen.« Er klappte nun seinen Tablet-PC auf, lud eine Übersicht der Finanzierungsphasen und schob das Gerät knapp am Blumenarrangement vorbei über den Tisch.

Sie streiften den Bildschirm nur mit Blicken, hingen mehr an Winters Lippen. Man hätte auch sagen können: Sie brauchten ihn und keine Modelle.

»Ich stelle mir die außerbörsliche Bereitstellung von nicht verzinsfähigem Eigenkapital über eine Wagniskapital-Gesellschaft im Bionikbereich vor. Wir befinden uns momentan im letzten Drittel der Seed-Stage-Capital-Phase, also noch volles Risiko und weit entfernt von Private Equity. Aber die Gewinnmargen könnten enorm sein. Marktmonopol auf Gold- und Silberbeschichtungen ohne Rohstoffinvestition in Gold und Silber. Wir sind kurz davor, die Chitinpanzer mit ihren optischen Eigenschaften technisch nachzufertigen.« Winter klappte den PC zu, dass Curlacks Haare wehten, und schloss mit: »Alles noch völlig low profile, mit mehrheitlicher Anbindung an die Holding, weit von einem IPO entfernt. Medium investment. High risk.«

Nichts als zuckende Mundwinkel. Es war diese Stille nach seinen Vorträgen, die stets beeindruckte. Er dachte schneller als alle anderen und hatte sich offenbar daran gewöhnt, dass sein Umfeld erst mit zeitlicher Verzögerung auf das reagieren konnte, was er gesagt hatte. Löhring hätte auch gern solche Pausen gezaubert. Es war, als ob man die Zeit anhalten könnte. Bei seinen eigenen Vorträgen fiel ihm immer noch etwas ein, das er sofort nachschob, bevor ein anderer das Wort ergreifen konnte. Das tat er so lange, bis man ihn unterbrach. Winters Performance dagegen war ohne Zweifel genial gewesen.

War das alles so machbar? Mit Sicherheit war es so, wenn er es behauptete. »High risk« – das war zwar als Letztes im Raum stehen geblieben, aber die Art und Weise, wie er es gesagt hatte, hatte etwas Verlockendes, etwas Kompetitives im positivsten Sinn. Es klang jetzt noch so entschlossen in den Ohren nach, dass einem plötzlich nichts begehrenswerter erschien als »high risk«. Alles war gesagt.

Und so wurde jetzt Perlhuhnbrust auf Mangomousse gereicht, über die man sich kopfnickend hermachte. Mollow und Curlack legten ihre ansonsten vornehme Zurückhaltung ab und schienen einen gesunden Appetit zu entwickeln, so als hätten sie die letzten Tage nichts mehr zwischen die Zähne bekommen. Sie schienen auch gar nicht zu kauen, schluckten vielleicht alles direkt hinunter, um jederzeit den Mund wieder frei zu haben.

Winter jedoch wäre nicht Winter gewesen, wenn er sich mit seiner bisherigen Vorstellung schon zufriedengegeben hätte. Er schob seinen vollen Teller beiseite. Essen gehörte jedenfalls nicht zu seinen wichtigsten Lebensinhalten. Stattdessen nahm er die Aktentasche, legte sie sich auf die Oberschenkel und entnahm ihr zwei Gläser, öffnete diese und kippte sie auf den Tisch, dorthin, wo noch etwas Platz war.

»Winter, Sie können doch nicht … Ich meine, wir essen doch noch«, begann Löhring. Doch es war zu spät. Das Besteck fiel klappernd auf die Teller, als alle auf die Gläser starrten. Denn nun krochen die Skarabäen langsam aus ihnen heraus, schienen sich nicht wirklich wohlzufühlen in der neuen Umgebung und begannen recht zögerlich, zwischen den Tellern und Gläsern und entlang der Dessertlöffelchen umherzukrabbeln. Ihr schillerndes Erscheinungsbild passte trotz allem vortrefflich in die Umgebung, fand Löhring. Sie reflektierten sogar das hier spärlich vorhandene Licht, sodass es überall glitzerte und funkelte.

Kellermann schien übel zu werden. Er musste vielleicht an die Schabe aus Ohio denken. Schon vorher hatte es auffällig laut rumort in seinem Bauch, Löhring hatte es hören können, und jetzt verließ er überstürzt und die Hand vor dem Mund den Raum.

»Die durchschnittliche Lebensdauer der Mistkäfer ist drei Jahre. Das weibliche Exemplar legt ungefähr fünfzig bis hundert Eier, meist unter einen Kotklumpen, von dem sich die geschlüpften Larven dann ernähren. Das Larvenstadium stellt wie bei fast allen Käfern den längsten Lebensabschnitt dar.« Winter sah den Käfern fast schon liebevoll hinterher, wie sie ausschwärmten ins Sallewitz-Porzellan-Land. Dieser Blick war mit Sicherheit nichts anderes als eine Masche, da war sich Löhring sicher. Nie und nimmer hätte Winter aus sich heraus so geguckt. Dagegen sah Löhring die verdammten Kriechtiere bereits losgelöst von ihren Beinchen, dann weiter seziert, bis kaum noch etwas von ihnen übrig blieb außer ihrem Panzer, der wiederum weiter zerteilt wurde in jede einzelne Schicht, unter dem Mikroskop platt gedrückt, immer und immer wieder, bis zum letzten Krümelchen. Bis zur Marktreife. Es war vagabundierendes Kapital, nicht mehr und nicht weniger. Löhring starrte auf die Damasttischdecke mit den Essensresten und auf die offenen Zuckerdöschen, in die sich die Insekten jetzt versenkten, bis nur noch das Hinterteil zappelnd herausguckte. So, genau so funktionierte der Markt.

Curlack starrte auf das glitzernde Insekt, das gerade auf seinem Teller mutig durch die Mangomousse stapfte, um sich einem schmückenden Salatblatt zu nähern, und er sagte, ohne den Blick abzuwenden: »Nun, das sind ja einzigartige Value Propositions, Herr Winter. Gesetzt den Fall, wir als Kreditinstitut würden Ihr Vorhaben als chancenreich erachten und als Teilinvestor und Kapitalgeber fungieren, was stellen Sie sich denn da so vor? Ich meine, Ihre Dangast-Gartencenter-Holding steht ja schon ziemlich hoch im Kredit bei uns.« Er hob den Käfer mit gespreizten Fingern an und ließ ihn dezent auf den Boden fallen. Man hörte ihn aufschlagen.

Auf dem Tisch herrschte bald eine heillose Unordnung. Winter starrte auf seinen Teller, auf dem er einige Brotstücke sternförmig angeordnet hatte. »Mit dreißig Millionen wären wir erst einmal im Leading-Edge-Bereich.« Er packte die leeren Gläser wieder in die Aktentasche und schien somit die Skarabäen tatsächlich in der Bank aussetzen zu wollen. »Schlagen Sie das Etta von Dangast selbst vor. Sie soll das Unternehmen mehrheitlich behalten. Sie darf nicht verkaufen.«

Mollow und Curlack mussten den genannten Investitionsbetrag für, gelinde gesagt, überschaubar halten, denn Mollow begann, sich vorsichtig zu committen, ohne jedoch zu diesem Zeitpunkt konkret zu werden: »Nun, wir werden einmal schauen, wie wir Ihre kleine Unternehmung mit in die laufenden Finanzierungsmodelle für die Dangast-Holding einbinden können. Und selbstverständlich werden wir unter diesen Umständen Frau von Dangast vom Verkauf ihrer Anteile abraten.« Er beugte sich über den Tisch zu Winter hinüber, so weit es ging: »Ich verstehe Sie richtig, dass Etta von Dangast noch gar nicht weiß, was für eine hidden pearl sie da in der Gruppe hat?«

»Nein. Wir heißen Winter Berry Group, nicht Winter Bug Group. Sie hat mir immer freie Hand gelassen, und ich will, dass das so bleibt.« Winter sagte es ohne aufzublicken, während er unter dem Tisch in sein Smartphone hackte.

Mollow spülte den letzten Rest Erdener Treppchen hinunter und sagte: »Wir werden Frau von Dangast selbstverständlich gern vollumfänglich informieren und mit ihr gemeinsam erarbeiten, wie die eventuell damit verbundenen Risiken definierbar und kontrollierbar gemacht werden können.«

»Intellectual mind fucking. Kein Mensch kann jemals vollständig informiert sein und Risiken kontrollieren. Was meinen Sie damit genau?« Winter hatte immer noch nicht aufgeblickt.

»Nun, Sie hat eingebundene Sicherheiten, das wissen Sie, Herr Winter, nicht wahr? Zusammen mit Herrn Kesch haben wir bereits fünf geschlossene Immobilienfonds mit der Dangast Gartencenter AG als Mieter aufgelegt. Ein nicht unerheblicher Teil der Geschäfte und Gewächshäuser gehört uns sozusagen bereits.« Mollow versuchte, eine beruhigende Beiläufigkeit in seinen Tonfall zu legen, was ihm nicht ganz gelang.

Einer der Käfer fiel in Curlacks Schoß und konnte sich am Hosenbein festkrallen. Curlack stand auf und schüttelte sich. Mollows Blick ging flehend zu Löhring.

Endlich, dachte Löhring. Noch war Kellermann nicht von der Toilette zurückgekehrt, und manchmal musste man einfach nur warten, bis wieder einmal alle Fäden bei einem zusammenliefen. Er musste noch nicht einmal Luft holen, denn das hatte er schon vor langer Zeit getan. Jetzt musste sie nur noch raus, und der Wortstau entlud sich: »Nun, ich würde vermittelnd vorschlagen, dass wir da noch eine kreative Alternative innerhalb der Sallewitz-Kesch-Holding finden.«

Curlacks linke Augenbraue zuckte. »Aber Sie lassen sich dann für Ihre eigenen Fonds einen dicken Fisch durch die Lappen gehen, oder? Was sagen denn die Partner Ihrer Investmentbude in London dazu?«

»Richtig erkannt, Curlack.« Löhring genoss es, die Dinge unausgesprochen zu lassen, doch Curlack war blitzschnell beim Zusammenzählen. »Sie wollen selbst in das Projekt einsteigen?«

Winter sah auf und blickte in Löhrings Richtung. »Wer sind Sie eigentlich? Wer schickt Sie? Wie lautet Ihr Auftrag?«

Löhring brüllte vor Lachen. »Winter, herrlich. Geniale Vorgabe. Ja, man muss das mal ganz existentiell betrachten. Meta. Völlig meta. Sie haben ja so recht. Wie Sie wissen, lagen mir so einige Angebote der heimischen Wirtschaft vor, doch erfahrungsgemäß hat man es in den Unternehmen meistens mit Personen zu tun, die die Kiste vorher in den Dreck gefahren haben. Nicht schön. Aber hier, hier ist das ganz anders. Hier starten wir völlig neu. High risk.« Er lehnte sich zurück und legte seine Hände mit den Handflächen nach oben auf den Tisch: »Sicher, ich will mich nicht aufdrängen, aber in Situationen wie dieser muss es eben jemanden geben, der bereit ist, Verantwortung zu übernehmen, wenn es sonst niemand tut.« Löhring entschied sich dann doch, mit einer provokativen rhetorischen Frage zu schließen. »Meine Herren, meine und Winters Expertise zusammen mit Ihren Finanzierungsmöglichkeiten und Keschs Kundenportfolio – wissen Sie eigentlich, was da auf uns zukommen könnte?«

Und dann spürte er einen Luftzug neben sich. Kellermann war zurückgekehrt und ließ sich in seiner vollen Leiblichkeit neben ihm auf den Stuhl fallen. »Puh. Schwere Kost, das alles.« Und dann, sich Winter zuwendend: »Sagen Se mal, Herr Winter, brauchen Se denn auch spezielle Immobilien für die Tierchen?«

Löhring warf sich nach vorne an den Tisch: »Also. Ich. Ich könnte mir ein unabhängiges Beratermandat vorstellen. Über die Höhe des Signing Bonus ließe sich reden. Solche Projekte stehen und fallen ja mit dem Management dahinter. Smart Capital, you know. Sekretariat vor Ort. Dienstwagen. Up to you. Top or drop. In or out. High risk.«

Winter sagte, er könne nicht mehr und es sei nun auch Zeit für die Wettervorhersage, ging wie in Trance zu seinem Radio auf der Fensterbank und stellte es an.

Nun gut, man könne ja einmal ein Brainstorming zusammen mit Etta von Dangast bezüglich der Skarabäen und überhaupt machen, schloss Mollow. Und, mit Blick auf die Käfer, dies sei vielleicht der Zeitpunkt, abschließend den Kaffee draußen auf der Terrasse einzunehmen. Um die vollgefressenen Insekten würden sich die Reinigungskräfte kümmern müssen.

Doch noch während man langsam das Feld räumte, nahm Mollow Löhring mit festem Griff am Oberarm beiseite: »Jetzt sagen Sie mir bitte nur eines.«

Es dauerte ein wenig, bis Löhring einen dieser klaren Momente hatte und langsam zu ahnen begann, was Mollow wissen wollte. Es war schrecklich. Er grinste weiter. Mollow kam näher: »Wer um Himmels willen ist diese Witznummer in Keschs Klamotten? Für wie doof halten Sie uns eigentlich? Wir arbeiten seit Jahren eng mit Kesch zusammen, und ich muss Ihnen nicht erzählen, wie weit das geht. Und wenn ich eines weiß, dann, dass dieser Kerl nicht mein Freund Edgar ist! Ich ahne, wo hier der Hund begraben liegt!« Ein unheilvoller Zorn lag in Mollows Augen, als er hinzufügte: »Und auf welchem Mist ist dieses Hirngespinst mit den Käfern gewachsen?«

Löhring spürte aufsteigende Hitze am Hemdkragen, und sein Gesicht ging eigene Wege. Es war aus.

DIE INVESTORIN

»Sind die eigentlich echt? Ich meine, wirklich echt?« Miranda hielt sich in letzter Zeit immer, wenn es ihre Zeit erlaubte, im Herz der Winter Berry Group auf, genauer gesagt: im Forschungsbereich – da, wo einige der Käfer auf ihre letzte Reise geschickt wurden, damit man sich ganz genau abgucken konnte, was die Natur an ihnen vollbracht hatte.

Richard Patthorn schien Miranda nicht kommen gehört zu haben. Irgendwie waren sie alle ein wenig wie Winter, fand Miranda, die Naturwissenschaftler, Ingenieure und Designer. Dabei waren sie nicht etwa verhuschte Tüftler mit schlechten Zähnen und Kreppsohlen an den Schuhen, sondern versuchten lediglich mit äußerster Konzentration, die Welt im Kleinen zu verändern. Darüber vergaßen sie die Welt im Großen oder, wie Patthorn zu sagen pflegte, sie gingen unter dem Raster-Elektronen-Mikroskop auf Expedition, dahin, wo der Chef mit keinem verdammten Jet der Welt hinkäme. Die Verkleinerung der großen Welt durch die Vergrößerung der kleinen sozusagen. Was auch immer man Patthorn erzählen mochte von der großen Welt und ihren Zwängen und Ungeheuerlichkeiten, er hätte es glauben müssen, weil er nur die kleine Welt kannte. Das Management drei Etagen höher war für ihn jedenfalls ein Nicht-Ort, eine Welt, die weder wirklich klein noch wirklich groß war. In Patthorns Augen konnte man sie gar nicht greifen, sie schien mit keinem Forschungsansatz dieser Welt erklärbar zu sein.

»Ob die wirklich echt sind, die Käfer? Wonach sehen die denn Ihrer Ansicht nach aus? Wie frisch mit Sprühlack überzogen?«

Patthorn grinste wie ein kleiner Junge. Er mochte etwas über dreißig Jahre alt sein, dachte Miranda, und er hatte wahrscheinlich, schon seit er vier war, alle Insekten, die auch nur annähernd ungewöhnlich oder ekelig genug aussahen, auf Styroporplatten gepiekt und damit die heimischen Wände zugehängt. Nur so konnte sie es sich erklären, dass er als halbwegs ausgewachsener Mann seine Erfüllung allein darin fand, Panzerschichten von Mistkäferkörpern abzulösen.

Diese Aufgabe war bei aller Routine nicht ganz einfach: Das Chitinkleid der Käfer bestand aus siebzig Schichten, die zusammen nicht weniger als das Zehnmillionstel eines Meters dick waren. Die äußerste Schicht musste aufwändig gereinigt werden, denn auf ihr saßen oft Milben, die den Käfer als Fahrzeug benutzt hatten. Für die optische Untersuchung dagegen war schon wieder ein Kollege in einer anderen Abteilung zuständig. Es gab eine Art Ökotrophologin mit dem Spezialgebiet »Mistkugel«, sodass die Käfer sozusagen ihre eigene Ernährungsberaterin hatten. So ging die Kette scheinbar unendlich weiter bis hin zu dem Mann, der in einem vollverspiegelten Raum Plättchen aus gepresster Cellulose sortierte und nach dem Vorbild der Chitinpanzer aufeinanderstapelte, als baue er ein Weltraumteleskop. Es war beruhigend zu wissen, dass die wirklich großen Errungenschaften der Technik selbst heute noch unter recht putzigen Bedingungen ihren Anfang nahmen. Und vielleicht nicht nur die, dachte Miranda.

Patthorn nahm einen Käfer, um diesen unter sein Mikroskop zu legen, und sagte: »Wie läuft's denn so bei Ihnen da oben im Management? Gibt es Neuigkeiten fürs Fußvolk?«

»Hm.« Ob das nun schnödes Aushorchen oder aufrichtiges Interesse war – Miranda hasste diese Momente. Sie musste dann Dinge verschweigen, die ansonsten viel zu früh für schlechte Stimmung im Hause gesorgt hätten. Da, wo sie arbeitete, war sie zu nah dran an der Regie, an all den Informationsfetzen, Befindlichkeiten, Szenarien und Businessplan-Entwürfen, und es war nahezu unmöglich, dies völlig zu ignorieren. Dazu hätte sie ihren eigenen Verstand ausschalten müssen, und dieser Preis war ihr zu hoch.

In den letzten Tagen hatte sich nämlich eine seltsame Metamorphose innerhalb der Winter Berry Group vollzogen. Noch sah man sie nicht, aber man spürte sie. Miranda hatte plötzlich beinahe im Minutentakt Leute von der Bank am Telefon, für deren Funktionen man einen Beipackzettel gebraucht hätte. Sie waren zusammen mit Winter in weißen Kitteln und Gummischuhen durch die Treibhäuser gestapft, waren geblendet, hatten ihre Sonnenbrillen aufgesetzt und konnten dann nicht mehr Silber von Gold unterscheiden. Ferner gab es da neuerdings Rechtsanwälte, Notare, Immobilienentwickler und immer wieder diesen seltsam überdrehten Herrn, den sie schon beim allerersten Telefonat in der Angelegenheit am Hörer gehabt hatte und der sich jedes Mal wunderte, wenn sie nach seinem Namen fragte. Man kenne ihn. Er sei Löhring, DER Löhring. Nur die Spinne im Netz, Kesch, der eigentliche Vermögens- und Immobilienverwalter, hatte kein einziges Mal angerufen. Er hatte lediglich die Miete erhöhen lassen. Dafür hatte er seine Leute.

Und ein paar Etagen tiefer, einmal quer über den Rasen, saß Richard Patthorn vor seinen Chitinpanzerchen und ahnte von all dem nichts. Manchmal wäre Miranda auch gern Käfer gewesen, mit einem kleinen Panzer und einem kleinen Hirn. Nicht so viel denken. Einfach nur mal sein und über die Blätter kriechen.

»Ist es ein Männchen oder ein Weibchen?«, wollte sie wissen, als Patthorn begann, den Panzer eines Käfers unter dem Mikroskop einzuscannen.

»Es war ein Weibchen, eine Käferfrau sozusagen. Sie haben etwas größere Fühler bei dieser Art.« Er blickte auf und fragte: »Sagen Sie, arbeiten Sie gern da oben?«

»Nun, es ist nicht immer einfach. Aber das ist es nirgendwo«, antwortete Miranda.

Patthorn nahm indes ein Glas mit Deckel, füllte es mit Wasser, verschloss es wieder und stellte es auf eine Münze.

»Was soll das werden?«, fragte sie.

»Warten Sie's ab. Und? Sehen Sie die Münze?«

»Nein.« Miranda ging um das Glas herum, betrachtete es von allen Seiten. Die Münze am gläsernen Boden war verschwunden.

»Totalreflexion.« Patthorn grinste. »Verlassen Sie sich nie auf Ihre Wahrnehmung. Vielleicht ist alles ganz anders, als Sie glauben.«

Die Tür hinter ihnen ging auf, und sie fuhren herum.

»Es kann sein, dass Etta von Dangast sich heute hier meldet. Da brauche ich Sie.« Winter stand einfach nur da im Raum und steuerte dann langsam an Miranda vorbei auf Patthorns Mikroskop zu. Er war schon wieder ganz woanders mit seinen Gedanken, und er hätte nichts von dem gehört, was sie ihm erwidert hätte.

»Danke, Herr Patthorn. Erzählen Sie mir beim nächsten Mal, wie Sie sie töten müssen?«, fragte Miranda.

Patthorn nickte und bohrte eine Spritze in den Unterleib des Käfers, während sie an Winter vorbei das Versuchsgelände verließ.

Löhring wartete vor der Villa mit laufendem Motor auf Kellermann. Jetzt musste er, Löhring, schon auf Kellermann warten! Der Mann hatte tatsächlich einen Mittagsschlaf zwischen ein und zwei Uhr mit ihm ausgehandelt, »um den physischen und geistigen Anforderungen seiner neuen Funktion gewachsen zu sein«. Löhring brauchte Luft und ließ die Autoscheibe herunterfahren. Er tat es ungern. Es konnte Kratzer geben, da, wo sich Schmutzpartikel auf der Scheibe mitversenkten, aber wenn er sich in den letzten Tagen an eines gewöhnt hatte, dann daran, über Unzulänglichkeiten hinwegzusehen. Er starrte in Richtung Garten.

Eigentlich konnte er bester Laune sein. Es ging voran mit GCP – Goldbug Capital Partners. So würde man das Konglomerat von drei vermögensverwaltenden GbRs benennen, in die nun ein Teil des Gesamtvermögens gelegt wurde, das Kesch für seine Kunden verwaltete. Kurzum: Das Wagniskapital für Winters Skarabäus-Projekt und somit für die Dangast Gartencenter Holding stand bereit. Allein Etta von Dangast selbst musste noch informiert werden.

Dabei war doch alles kurz davor gewesen, zu scheitern: Denn Mollow hatte noch lange auf dem echten Kesch beharrt, der für die Bank Milliarden im Köcher habe. Das hatte er so lange getan und hatte so lange auf Löhring eingeredet, bis dieser ein zugegebenermaßen ungewöhnliches und etwas altmodisches Tool eingesetzt hatte. Er war mit Mollow in die dunkelste Ecke des Speisezimmers gegangen und hatte sie bemüht: die Wahrheit an und für sich, nichts als die Wahrheit, stramm nach vorn – all die unglückseligen Verkettungen der Umstände rund um den echten toten Kesch bis hin zur letzten Bekreuzigung am Erdhaufen, filmisch festgehalten von Ilse Kesch persönlich. Und eines hatte Löhring dabei immer wieder herausgestellt: Kesch sei auf dem Papier immer noch ein fucking millionaire, der mit Pulsschlag nun einmal mehr wert sei als ohne. Und ganz am Ende, da hatte er Mollow warm und feucht ins rechte Ohr gehaucht, dass er, Löhring, somit sehr wohl noch Entführungsopfer sei. In diesem Moment. Hier und Jetzt. Vorsicht sei geboten.

Das hatte gereicht. Mollow hatte zwar schlucken müssen und reichlich zerknittert geguckt, war aber weit davon entfernt gewesen, die Polizei zu rufen. Und was ihn letztendlich vollends überzeugt hatte, einigermaßen großzügig über die Umstände hinwegzusehen, war die Aussicht, dass man mit dem falschen Kesch mehr Geschäft generieren konnte, als der tote Kesch an Nachlassregelung eingebracht hätte. Es war ein guter Deal, und Edgar lag tief, halbwegs trocken und sicher.

Löhring hatte hinzugefügt, dass man manchmal gewisse Zugeständnisse an die Realität machen müsse, um erfolgreich zu bleiben. Spätestens seit der Krise gebe es doch gerade in der Finanzwelt eine neue Normalität, der es sich anzupassen gelte. Das sei nun mal systembedingt, sozusagen »the nature of the beast«. Und wer würde das besser wissen als er, Mollow.

Dieser hatte lediglich zu bedenken gegeben, dass das mit Kellermann in Keschs Rolle aber ein bisschen so sei, als würde sich ein Alkoholiker für einen Job im Whiskey-Laden bewerben. So einer würde doch über Leichen gehen und womöglich mit vollen Taschen bei Nacht und Nebel verschwinden. Ja, hatte Löhring mutig erwidert, genau deswegen passe er vielleicht recht gut in die Community, und das solle nicht seine Sorge sein.

Selbst beim Unternehmensgegenstand, nämlich den Käfern, hatte es sich Mollow zwischenzeitlich anders überlegt. Sicher, das sei alles etwas ungewöhnlich, hatte er gesagt. Er sehe das nach wie vor skeptisch, aber eben nicht negativ. Was habe man schließlich nicht schon alles erlebt in den letzten zweihundert Jahren, hatte er hinzugefügt.

Löhring war immer noch schleierhaft, was genau Mollow zu diesem Sinneswandel bewogen hatte. Es schien ihm dabei nicht allein um die Käfer zu gehen, und Löhring spürte es geradezu unter den Fingernägeln, dass noch mehr dahinterstecken musste.

Allein die Frage, wer Edgar Kesch umgebracht haben mochte, blieb gänzlich unbeantwortet, und sie schien insgeheim alle Parteien zu beschäftigen. Falls es sich beim Täter um einen erpressbaren Kunden von Kesch und somit der Bank handelte – und das war naheliegend –, so hatte Ilse Kesch tatsächlich mehr als ein Ass im Ärmel. Es sei denn, sie war es selbst gewesen. Man mochte gar nicht allzu lange darüber nachdenken, und es war kein gutes Gefühl, sich vorzustellen, dass der Mörder womöglich ein und aus ging in der eigenen Bank. Und was Kellermann anging, so war man recht schnell übereingekommen, dass dieser nicht erfahren würde, dass er aufgeflogen war. Der beste Weihnachtsmann war wohl der, der an sich selbst glaubte.

Kellermann kam endlich schwungvoll die Treppen heruntergetrippelt und stieg zu Löhring in den Wagen. Löhring legte den Gang ein. Er hatte genug Zeit gehabt, um sich seinen Kommentar zurechtzulegen: »Wie das Raubtier richtet der Top-Performer sein Wachbewusstsein nach dem Rhythmus seiner Fressfeinde und Opfer. Sie sollten sich einen Stakkatoschlaf angewöhnen,

Kellermann, ein paar Sekunden zwischendurch müssen reichen. Etta von Dangast wartet auf uns, Mann!«

Kellermann schien es gar nicht gehört zu haben. Er war im berufsbedingten Stress – wahrscheinlich das erste Mal in seinem Leben. Die Immobilienentwicklung und deren Fonds liefen leidlich von allein über ein kleines Team von Angestellten, bei denen Edgar Kesch sich sowieso selten persönlich hatte blicken lassen. Mit der vermögenden Privatkundschaft, die größten Wert auf ganz persönliche Hilfestellung in nahezu allen Lebensbereichen legte, verhielt es sich allerdings anders. Kellermann hatte für diesen Teil seiner Pflichten immerhin eine Grundausstattung, also eine Bürokraft, die keine Fragen stellte und wiederum ihm selbst in allen persönlichen und organisatorischen Fragen zur Verfügung stand. In ihrem Büro wurden für die Kundschaft günstige Versicherungsverträge arrangiert, kluge Steuererklärungen ausgefeilt und Kontakte zu Christbaumkugeldesignern und Kniegelenkspezialisten hergestellt. Zuletzt hatte sie einen Kettensägenführerschein für die Gattin eines Kunden vermittelt.

Doch so bescheiden die Anliegen auch waren, das erste Gespräch mit allen derart Not leidenden Seelen, die er im Vermögensportfolio hatte, musste Kellermann höchstpersönlich führen. Vielleicht war es auch nicht das Sprechen an sich, das den Ausschlag gab, sondern vielmehr das Zuhören, das »Ah, ja« oder das »Ach, herrje« und das finale »Ich kümmere mich«. Es war eine verbale Umarmung, die er in den Hörer brummte, als leide er selbst mit. Und das mit dem Kettensägenführerschein war denn auch ein kreativer Vorschlag von ihm gewesen. Kurzum: Er konnte sich kaum mehr retten vor Anrufen.

Löhring bog in die Straße ein und blickte zu Kellermann hinüber. »Mein Gott, Sie sabbeln und sabbeln den ganzen Tag am Telefon. Man kann es auch übertreiben. Haben wohl als Kind niemanden zum Reden gehabt, was?«

»Schnauze«, sagte Kellermann mit einem verächtlichen Blick zur Seite.

Löhring fuhr mit achtzig über den Zebrastreifen und versuchte, ein für beide Seiten unverfänglicheres Thema zu finden, bevor Kellermann den Ball zurückspielen konnte. »Woher wissen Sie eigentlich, wen Sie duzen und wen Sie siezen müssen?«

»Ich duze alle. Bisher hat sich noch keiner beschwert«, sagte Kellermann.

Löhring überlegte. »Nur mich nicht. Mich duzen Sie nicht.« Es klang enttäuschter, als er es vorgehabt hatte.

»Es reicht ja wohl, wenn man sich gegenseitig entführt und zusammen Leichen verbuddelt. Da muss man sich nicht auch noch duzen.« Kellermann blickte aus dem Seitenfenster und schwieg für einen Moment. »Wer ist diese Etta von Dangast denn eigentlich genau?«, wollte er wissen. »Ich meine, ich habe da ein paar Verträge, die sie nur an einer einzigen Stelle so komisch kringelig unterschrieben hat. Aber sieben Mal ihr Mann daneben. Und Kesch gar nicht.«

»Ja«, sagte Löhring. »Keschs Gesamtvermögensverwaltung bezog sich auf Etta von Dangast privat, auf die Holding, auf die Stiftung, auf die Beteiligungsgesellschaften und so weiter. Da kommt schon einiges zusammen an Unterschriften.«

»Das hat die alles von diesem Glatzkopf managen lassen?«, fragte Kellermann. Langsam schien er zu verstehen, warum Winter mit seinen Plänen zuerst zu Kesch gekommen war.

Löhring blickte ihm aufs Haupt und bemerkte grinsend: »Ja, lieber Edgar, du scheinst der Mann zu sein, dem die Frauen vertrauen, nicht wahr?« Und dann ging das Profiling in seinem Kopf los, so wie das immer war vor wichtigen Meetings. »Aber im Ernst. Etta von Dangast ist seit der Fusion mit der Pflanzen-Samland-Gruppe vor ein paar Jahren größte Aktionärin der Dangast Gartencenter Holding – wohlbehütetes, einziges Kind aus zweiter Ehe, wenn Sie mich verstehen. Die musste eben ran. Ihre Anteile hat sie nach und nach aufgestockt, und zwar mit Hilfe von Kesch und der Bank über steuerbegünstigte Kredite. Kesch und die Bank hängen auch in den Dangast-Immobilien mit drin, Pflanzen-Samland hat schon lange vor Ettas Zeit ein paar Immobilien an Kesch-Sallewitz verkauft, die daraus einen Fonds für ihre Kunden aufgelegt haben. Die Winter Berry Group gehört auch dazu.«

Kellermann setzte die Brille ab und bohrte einen Bügel ins Ohr. »Hört sich ja gut nach Kohle an. Wo liegt das Problem? Wieso will die verkaufen?«

»Na, weil sie jetzt noch einigermaßen viel Geld bekäme für ihre Aktien. Die Dangast-Gruppe hat ihre besten Zeiten gesehen, Kellermann.« Löhring blickte zur Seite. »Die Käfer kommen doch jetzt gerade recht. Bio-Tech! Oder sind Sie etwa noch ein Fan von Pflanzkartoffeln und Kletterazaleen? Die Leute wollen sich doch heute nicht mehr mit diesem romantischen Krimskrams die Hände schmutzig machen.«

»Och«, setzte Kellermann an, doch Löhring kam ihm zuvor: »Kellermann, Sie halten jetzt gleich einfach mal die Schnauze, zeigen nur Ihre Fresse und lassen mich und Mollow den Rest machen. Haben wir uns verstanden?«

»Fuck. Ich kapiere das einfach nicht.« Kellermann schob die Brille wieder auf die Glatze und schüttelte den Kopf: »Hier fließen permanent Zahlen von einem Konto auf das andere, dass einem schwindelig wird. Ich sehe das doch alles schwarz auf weiß. Und dann soll ich die Klappe halten? Ich? Ich habe immer noch nicht mal Geld für 'ne Bratwurst am Stand! Immer noch nicht! So sieht das nämlich aus. Hier ist siebzig.«

Etwas huschte vorbei, das im Rückspiegel aussah wie ein Schild. Löhring gab Gas. Er spürte wieder die Wut in sich hochkommen über so viel Unbelehrbarkeit und Instinktlosigkeit. »Mensch, Kellermann, Sie haben ja eigenartige Vorstellungen. Ich sag Ihnen jetzt mal was.« Löhring rollte die Augen, als erkläre er es seinem kleinen Sohn. »Über vier Billionen der Geldmenge Europas sind nicht bratwurstfähig, sind rein virtuell, praktisch nicht vorhanden. Es heißt Geld. Aber es ist kein Geld. You got me?«

»Mir knurrt der Magen.«

»Es sind, wie soll ich sagen, lauter Nullen, tief drinnen im Computer. Um die geht es. Über diese Stufe der Abstraktion müssen Sie gehen, Kellermann. Ein für allemal!«

»Ist mir trotzdem egal. Ich will jetzt endlich die Kohle. Das ist mir alles viel zu theoretisch.«

Löhring versuchte, sich zu beruhigen, und senkte die Stimme: »Bargeld wird meiner Meinung nach völlig überschätzt. Wussten Sie, dass auf neunzig Prozent aller im Umlauf befindlichen Geldscheine Spuren von Kokain sind?«

»Umso besser. Ich lass mir gleich einen Kredit geben, wenn wir in der Bank sind. Als Kesch. Ausgezahlt werde ich den schon kriegen, auch ohne Karte. Nix mit virtuell.« Kellermann grinste die Windschutzscheibe an. »Genau so mache ich das jetzt.«

»Kellermann, damit fliegen Sie doch auf. Wechseln Sie mal die Dimension! Ihnen gehört doch praktisch die halbe Bank mit ihren Fonds!« Löhring stellte das Fernlicht wieder aus. Er musste vorher an den Hebel gekommen sein.

»Dann heb ich da jetzt einfach Geld ab. Geht ja noch schneller. Der muss doch ein Girokonto haben! Und die kennen mich doch jetzt.«

Mangelnde Flexibilität konnte man Kellermann zumindest nicht vorwerfen. Es hatte keinen Sinn. Das Seitenfenster versenkte sich surrend, und der Fahrwind kühlte ein wenig. Schmutzpartikel hin oder her. Löhring holte tief Luft.

Es war ein sonderbares Aufeinandertreffen, als sie den Besprechungsraum der Bank betrat: Sie war schmal, hochgewachsen und wirkte geradezu mädchenhaft scheu, obwohl sie um die sechzig sein musste. Ihre hellblondierten, schulterlangen Haare wölbten sich in großzügigen Föhnwellen über Ohren und Stirn. In den Ohrläppchen steckten dezente kleine Perlen, doch Halskette und Armbanduhr funkelten verdächtig hochwertig. Nicht gerade der Blechkuchentyp, fand Löhring.

Nach circa vier Sekunden stand für ihn fest: Diese Frau war schwierig. Er hatte sich angewöhnt, seine Gesprächspartner binnen Sekunden und fast unbemerkt zu studieren, ein intuitives Gefühl für sie zu entwickeln. Es war durchaus eine Art Empathie gewesen, die ihn dahin gebracht hatte, wo er jetzt war. Mittlerweile aber hatte sich die Empathie zu purem Instinkt weiterentwickelt, der es ihm erlaubte, Empfindlichkeiten und Schwachstellen im System jederzeit auszuloten. In solchen Momenten, wenn er sich auf sein Gegenüber einstellte, wirkte er immer noch wie ein echt netter Typ. Und genau das war unerlässlich fürs Geschäft.

Etta von Dangast hatte ohne Zweifel die Ausstrahlung einer in die Jahre gekommenen Nachrichtensprecherin, die mehr schlechte als gute Schlagzeilen hinter sich hatte. Irgendwann war die Mundpartie bei den schlechten Nachrichten stehen geblieben. Er witterte etwas Depressives an ihr oder zumindest eine gute Portion Schwermut, die sich auf ihre Augen und auf ihre Stimme gelegt hatte, und wenn man ihr nahe kam, war es, als ob die Goldknöpfe am Sakko beschlugen. Sie gehörte zu der Klientel, von der sowohl die Bank als auch Kesch stets profitiert hatten: vom Geld überforderte Menschen, die eigentlich nichts mehr damit zu tun haben wollten, aber dennoch wünschten, dass es mehr werde. Menschen, denen man zeigen musste, wo es langgeht.

Löhring behielt parallel Kellermann im Auge, der jetzt so tun musste, als kenne er sie – genauer gesagt, als sei er vertraut mit jeder Nachkommastelle ihres Vermögens, mit jeder Immobilie bis hin zum letzen Kopfkissen, mit jedem Schmuckstück, jedem zahnchirurgischen Brückenkonstrukt. Kein einfaches Unterfangen, selbst wenn er den Mund nicht aufmachen musste. Löhring blickte langsam wieder zu ihr hinüber. Sie stand so verhuscht im Raum auf ihren dünnen Beinen, dass man sie eigentlich erst einmal in den Arm nehmen und sanft hin und her wiegen wollte. So etwas hatte Kesch stets gut gekonnt. Ja, vielleicht war sie tatsächlich eher Kellermanns Typ.

Und tatsächlich, als ihr Blick zu Kellermann hinüberging, kam Leben in sie: Die Augen weiteten sich, auch der Mund, aber vielmehr vor Schreck, der ihr jetzt ganz offensichtlich in alle Glieder fuhr, so sehr sie auch um Fassung bemüht war. Ein leises »Nein!« ging ihr über die Lippen, und sie wich einen Schritt zurück. Nein, Kellermann war nicht ihr Typ.

Löhring und Mollow wechselten Blicke. Etta von Dangast schien geradezu körperlich Angst vor Kellermann zu haben. Ihr Verhalten war sehr authentisch und zugleich sehr beunruhigend. Sicher, Kellermanns rustikale Erscheinung war nicht jedermanns Sache, genauso wenig wie die des echten Kesch es gewesen war, aber eine derartige Wirkung auf andere wünschte man nicht einmal seinem schlimmsten Feind. Es gab nur eine Erklärung: Etta von Dangast wusste zweifelsfrei den echten vom unechten Kesch zu unterscheiden und war dabei, das Spiel zu durchschauen, wie Mollow es auch durchschaut hatte. Das war sehr, sehr erstaunlich bei dieser Frau, fand Löhring. Aber es war immerhin einen Versuch wert gewesen.

Mollow dagegen bemühte sich, die Fasson zu wahren und zwischenmenschlich zu vermitteln: »Frau von Dangast, wie schön, dass Sie den Termin wahrnehmen konnten! Ich denke, wir werden heute eine komplett neue Anlagestruktur für Sie entwickeln können. Nicht wahr, Herr Kesch?«

Kellermann ging nun so langsam auf die Frau zu, wie man sich einem Reh auf der Lichtung nähert, und sagte: »Wie geht es Ihnen?«

»Das interessiert Sie doch gar nicht!« Sie wirkte wie gehäutet, starrte ihn immer noch ungläubig an, schien ihn von allen Seiten in Augenschein zu nehmen.

Sie standen in mittlerer Entfernung einander gegenüber, wie schockgefrostet und völlig überfordert. Beide versuchten, sich erst einmal selbst unter Kontrolle zu bekommen, und warteten dabei die Reaktion des anderen ab. Schweigen.

»Entschuldigung. Was habe ich Ihnen denn getan?« Kellermann war der Erste, der wieder etwas sagte. Dies war wohl einer der Momente, in denen er ahnte, welch schweres Erbe er da angetreten hatte. Man hätte nicht mit ihm tauschen wollen.

»Ich habe Sie nicht hier erwartet. Ich will nicht mehr mit Ihnen zusammenarbeiten.«

»Warum denn nicht?«

»Wollen Sie mir etwas sagen?«

»Wie, jetzt? So vorab?«

»Vielleicht.«

»Was denn?«

»Das frage ich Sie.«

»Ich verstehe nicht.«

»Tun Sie doch nicht so.«

»Nun, ich bin nicht mehr derselbe, würde ich mal sagen.«

»Wie haben Sie das überlebt?«

»Wie bitte?«

Man schien ein wenig festzustecken in der Unterhaltung, aber trotz allem schien Etta von Dangast ihren Vermögensberater zumindest für echt zu halten. Mollow stürzte sich zwischen die beiden, um sie auf unverfänglichere Themen zu bringen, insbesondere auf den Deal. Er ließ neuen Tee kommen.

Löhring konnte den Blick nicht von der Dangast lassen. Unter normalen Umständen hätte er ihr Verhalten lediglich für typisch weiblich überzogen gehalten. Denn um ehrlich zu sein, hatte Kesch zuletzt eher ihre Schulden gemehrt als ihr Vermögen. Die fünf abgekauften Immobilien hatten ihr nur kurzzeitig zu Geld verholfen, während Kesch sie fondsfinanziert entwickelt und an die Holding zurückvermietet hatte – zu Mieten, die mit der Zeit zwanzig Prozent des Dangast-Umsatzes auffraßen. Kein Unternehmer konnte sich lange so halten, ohne nicht auch gleichzeitig auf Kreditbasis in gewinnbringende Beteiligungen zu investieren, wie es Hunderte von vermögenden, renommierten Mitinvestoren schließlich auch taten. Sehr selektiv. Steueroptimiert.

Auch Etta von Dangast hatte es getan. Mit einer Bank wie von Sallewitz im Rücken, die ab einer gewissen Bonität wirklich alles finanzierte, auch wenn dafür die letzte Gartenlaube verpfändet werden musste. Und Kesch hatte dann auch gleich einen kompletten Vermögensverwaltungsvertrag mit ihr gemacht. Kapital sei schließlich ein flüchtiges Reh, das eine sichere Futterstelle suche, hatte er immer gesagt. Leider war Etta von Dangasts Kapital flüchtig geblieben und wohl im Unterholz an die falschen Futterstellen gelockt worden. Und nun, da Etta von Dangast nie aus eigener Kraft ihre Kredite hätte zurückzahlen können, war die Bank darauf angewiesen, ihr eben noch mehr davon zu geben, sie weiter investieren zu lassen, bis irgendwann einmal der große Wurf dabei war.

Es gab also nur zwei Erklärungen, warum die Frau sich Kellermann gegenüber so merkwürdig verhielt: Entweder handelte es sich hier um eine fast schon klinische, aber doch harmlose Antipathie, die auch Kleinanleger ab und zu überkam – oder aber um das ungläubige Entsetzen darüber, dass ihr Mordanschlag auf Kesch augenscheinlich fehlgeschlagen war. Ja, dachte Löhring, sie konnte tatsächlich diejenige sein, die Kesch erschossen hatte. Gründe hätte es genug gegeben. Und nun stand der Typ sozusagen wieder vor ihr – ein Untoter samt Immobilienfonds und laufendem GV-Vertrag. Wenn letztere Hypothese stimmte, konnte man die Angelegenheit, gelinde gesagt, als Herausforderung betrachten – eben als high conflict resolution task. Er scannte wieder die Wände ab, wanderte im Raum umher und tastete dabei mit der Schuhspitze unauffällig den Teppichboden ab.

DER DEAL

Das Vertrauen Etta von Dangasts in ihren Vermögensverwalter schien nachhaltig gestört zu sein, sodass Kellermann von Mollow in die Sitzgarnitur in der anderen Ecke des Raums beordert wurde, da er sicherlich noch einige Telefonate zu tätigen habe. Mollow wollte ihn wohl erst einmal aus der Schusslinie nehmen, ihn aber als Druckmittel gegenüber seiner Kundin sehr wohl im Raum lassen. Genial, dachte Löhring.

Mollow leitete Etta von Dangast an den Besprechungstisch, zog gerade noch rechtzeitig einen Stuhl unter dem Tisch hervor, auf dem sie vollends in sich zusammensank.

Sie starrte auf die Tischplatte und sagte: »Da war doch Blut. Da war doch wirklich Blut.«

Mollow musste sich sichtlich zusammenreißen, tupfte sich kurz die Stirn ab und reichte seiner Kundin ein Glas Wasser. »Frau von Dangast, das Leben ist nicht einfach. Wir wissen das. Und was immer Sie gerade bewegt, ich sage Ihnen, dass wir auch das in den Griff bekommen. Auch dafür sind wir da.« Und dann, ganz langsam und rhetorisch geschult seit zweihundert Jahren, brachte er ihr Winters Pläne bei. Man hätte auch sagen können: Er munterte sie auf, er befeuerte sie, er öffnete ihr die Augen, zeigte ihr auf, wo das Gold begraben lag innerhalb ihrer eigenen Holding. Die Entwicklung des Käferprojekts sei nun fast abgeschlossen, und man könne damit an die Öffentlichkeit – ein Glücksfall für die Forschung wie für die Dangast-Holding. Denn dies sei die Anlagechance schlechthin – und zugleich natürlich die Möglichkeit, die bestehende Kreditlast der Holding erst einmal auf andere Schultern zu verteilen. Investoren stünden schon bereit. Da sei an Blut nicht zu denken.

Etta von Dangast saß immer noch apathisch am Tisch und starrte jetzt auf die gegenüberliegende Wand. Man hätte ihr wahrscheinlich alles erzählen können. Keith Winter schien sie zu schätzen, aber bei den Käfern hatte sie kraus geguckt.

Daher verlagerte Mollow den Schwerpunkt ein wenig: »Gold ist die klassische Krisenwährung. Krise, Frau von Dangast, verstehen Sie? Das passt doch! Das hört sich doch an wie maßgeschneidert für Sie!«

»Ah ja.«

»Und das zugleich im Bionik-Sektor, so zukunftsorientiert wie nachhaltig. Und so ganz nebenbei die optimale Erweiterung des Fonds-Portfolios von Herrn Kesch. Bionik, verstehen Sie?« Mollow versuchte, in Etta von Dangasts Blickfeld zu kommen, und fuhr fort: »Ihr Kollege Winter lässt jetzt sozusagen Neues schaffen nach dem Vorbild der Natur! Wenn das keine Basis ist. Denken Sie an die Lotusblüten und die Klettfrüchte. An Leonardo da Vinci. An die legendäre Etrich-Taube!«

»An was?«

»Na, an den geflügelten Samen tropischer Schlingengewächse! Nach deren Vorbild kam es zu technischen Lösungen, mit denen man Millionen verdient hat. In diesem Fall verhält es sich nicht wesentlich anders!«

»Ist das nicht etwas riskant?«

»Ach was. Eine kleine Auswahl unserer besten Kunden wird investieren, limitiert selbstverständlich. Wir haben bereits ein gesellschaftliches Konstrukt dafür geschaffen, und wir sind kurzfristig handlungsfähig, können ohne komplizierte Gremienbefassung aktiv werden!«

»Nun ja. Das heißt, ich kann demnächst meine Kreditlast ein wenig senken und ein paar Anteile an der Holding zu einem besseren Preis verkaufen, wenn auch noch nicht sofort, oder?« Etta von Dangast schien sich langsam zu fangen.

Mollows linke Augenbraue zuckte in die Höhe. Sein Blick

ging zu Löhring, der sich bisher in einer Mischung aus Entsetzen und Amüsement zurückgehalten hatte, so schwer es ihm auch fiel. Mollow redete weiter: »Die Holding? Nein, ich habe jetzt erst mal nur von dem Skarabäus-Projekt gesprochen. Um Ihre Kreditlast insgesamt zu senken, Frau von Dangast, rate ich Ihnen auch auf längere Sicht dringend davon ab, Unternehmensanteile zu verkaufen! Die werden doch steigen! Wir brauchen nur noch etwas Zeit. Zudem können wir Ihnen nunmehr einen erstklassigen Aufsichtsratsvorsitzenden bieten.« Und jetzt zog er Löhring am Oberarm zu sich herüber. »Darf ich vorstellen? Dr. Wilhelm Löhring! Mit ihm steigen die Perspektiven beträchtlich, würde ich bescheiden sagen. Er hätte zu jedem Dax-Konzern gehen können. Und jetzt sitzt er hier mit uns am Tisch! Zum Wohle, Herr Dr. Löhring!« Er hob die Kaffeetasse in Löhrings Richtung.

Löhring nickte freundlich. Aufsichtsrat. Wieso hatte Mollow ihm das nicht vorher gesagt, statt ihn hier mit vollendeten Tatsachen zu konfrontieren? Löhring wusste zwar, dass die Dangast-Holding einen AR-Vorsitzenden suchte, doch ein Amt mit etwas mehr Nähe und Exekutive, irgendwie fokussierter aufs Gold, hätte er sich schon gewünscht.

Doch Etta von Dangast wandte sich wieder Kellermann zu, der sich immer noch hinten im Raum aufhielt. »Das waren doch keine Platzpatronen? Oder haben Sie die austauschen lassen?«

Kellermann konnte weder verstehen, geschweige denn so schnell reagieren, fasste lediglich instinktiv nach der Waffe im Sakko. Er sah aus, als wolle er jetzt nur noch nach Hause, wo auch immer das war.

»Was muss ich tun, damit Sie schweigen?« Es hatte etwas Verzweifeltes, als Etta von Dangast es sagte. So sah keine aktive Vermögensbildung aus. Das war kein Anlagegespräch. Es hörte sich nach Erpressung an.

Mollow stand auf, ging um den Tisch, stellte sich fast schützend hinter die Rückenlehne des Stuhls, auf dem seine Kundin saß, und sagte von oben herab: »Na, Sie werden doch nicht gleich um sich schießen, Frau von Dangast. Wir sprechen hier erst mal nur von ein wenig externem Wagniskapital. Die kaufen Ihnen ja nicht gleich alle Anteile ab. Sie erneuern erst einmal diesbezüglich Ihren GVV-Vertrag mit Herrn Kesch, und den Rest finanzieren wir Ihnen schon. Glauben Sie mir, damit sind Sie auf dem besten Wege zu gesunden! Danken Sie Keith Winter.«

»Ja. Winter. Aber ich weiß nicht.« Sie atmete tief durch, und auch darin schien keine Entschlusskraft zu liegen, sie tat es eher so, als müsse sie eine Weile ohne Sauerstoff auskommen. »Ich war nicht informiert. Eigentlich würde ich noch Bedenkzeit brauchen.«

»Für ein visionäres Projekt muss man bis zum Horizont sehen und darüber hinausdenken können«, bemerkte Mollow leise.

Am Ende nahm die Kundin die frohe Kunde über den Schatz, den man da innerhalb ihrer Holding heben wollte, allenfalls neutral auf, versicherte sich stattdessen, dass alles, ja, wirklich alles hier im Raume bleibe und man Stillschweigen bewahre über Dinge, die kürzlich passiert seien, die, nun ja, mittlerweile wirklich der Vergangenheit angehörten. Sie habe eben etwas emotional reagiert, bis es geknallt habe.

Löhring rang möglichst unauffällig um Fassung. Dagegen schien Mollow immer noch bester Laune zu sein, denn er beschwichtigte sie mit der unverfänglichen Formulierung, manchmal müsse man es eben auch einfach mal knallen lassen. Das sei kein Problem. Und selbstverständlich sei man diskret. Wie die vergangenen zweihundert Jahre auch. Spätestens in diesem Moment war allen im Raume klar, wer Kesch umgebracht hatte. Kurz und schmerzlos. Was immer man Etta von Dangast jetzt vorlegte, ihr würde nichts anderes übrig bleiben als zu unterzeichnen. Kurz und schmerzlos.

Kellermann fiel es sichtlich schwer, zur Tagesordnung überzugehen. Schließlich hätte er eigentlich tot sein sollen, mit Verband oder zumindest Pflaster am Kopf hätte er sich wohler gefühlt. Als sie die Dokumente für die Erneuerung des GVV-Vertrags mit Kesch und für das Finanzierungsmodell der Winter Berry Group unterzeichneten, hatte er denn auch seine liebe Mühe mit Keschs Unterschrift, so kurz sie auch war.

Etta von Dangast schien jedoch keinen Verdacht an seiner Identität zu hegen, sagte nur »Shit« und verließ den Raum.

Kellermann wollte es sich beim Verlassen der Bank dann doch nicht nehmen lassen, »ein wenig Geld abzuheben«. Löhring könne da ruhig zugucken. Es reiche ihm jetzt nämlich endgültig, ja, es sei geradezu unerträglich, wie sich Kesch und die Bank offenbar an verschuldete Frauen rangemacht und diese zu wahren Verzweiflungstaten getrieben hätten. Das sei nicht sein Stil. Das nicht. Und jetzt, jetzt würde er einfach die Kohle nehmen, die er kriegen konnte, und gehen.

Löhring folgte ihm schweigend da hin, wo Kellermann wohl »den Kassenschalter« vermutete. Es war ein Risiko, aber Löhring liebte Risiken, und es blieb eine Hoffnung, auf die er jetzt alle Karten setzte.

Die Dame in dem kleinen Büro im Erdgeschoss erkannte den Kunden sofort. »Ach, Herr Kesch. Wie schön, dass Sie auch mal wieder zu uns hier unten kommen.«

Kellermann war in seinem Element, steckte die Daumen leger in die engen Hosentaschen und zwinkerte mit den Augen. »Liebes, schauen Sie doch mal, was ich momentan so flüssig habe. Man verliert ja leicht den Überblick, nicht wahr?«

Sie zwinkerte zurück. Gepflegte Finger flogen über die Tastatur, und es klackerte verheißungsvoll. Das Bildschirmbild wechselte, und sie lächelte. »Vierhunderteinundachtzig Euro momentan, Herr Kesch. Überziehungssumme auf Giro unverändert. Wie immer?«

Löhring fand, dass etwas Höhnisches in ihren Augen lag, als sie es sagte. Ein Grinsen machte sich wohlig warm breit in ihm, und sein Blick schweifte zu den Gobelins an der Wand.

Kellermann rang um Fassung und kam ins Rechnen.

Am Ende wurden ihm dreihundert Euro in kleinen Scheinen hingeblättert. Wie immer.

Löhring war bester Laune und lenkte die Limousine auf dem Standstreifen am Stau vorbei. Er versuchte, Kellermann ein bisschen aufzuheitern: »Kommen Sie, Kellermann, für 'ne Bratwurst reicht es doch! Wir haben ohnehin ganz andere Dimensionen vor Augen: Bionik, sage ich Ihnen, das hat was. Ist mir beim Zuhören noch mal so richtig bewusst geworden.«

»Hm.«

»Soll ich Ihnen mal was sagen?«

»Nein.«

»Manchmal hätte ich schon gern vor zweihundert Jahren gelebt. Ich denke, die Toleranz für Leute wie mich wäre da größer gewesen.«

»Frühkapitalismus, was?«

»Nein. Dampfmaschine. Ich glaube, ich hätte die Dampfmaschine erfunden. Wissen Sie, mir fehlt heutzutage das Haptische im Business, das Bleibende. Das Produkt, an dem mein Name haftet. Von mir. Für alle. Einfach so.«

Kellermann atmete schwer und starrte aus dem Seitenfenster. »Dann erfinden Sie doch einfach was, herrje.«

»Ja, durchaus. Fällt Ihnen was ein?«

Kellermann starrte immer noch in die Landschaft. »Alter Schwede, hat die diesen Giftzwerg doch glatt abgeknallt.«

»Das mit den Erfindungen ist ja heute so eine Sache. Es gibt ja schon fast alles.« Löhring blickte über die vor ihm fahrenden Autos hinweg. »Wissen Sie, ich bin manchmal durchaus beseelt, die Welt besser zu machen.«

Kellermann schwieg.

Löhring überlegte und sagte: »In meinem Job muss ich hundert Prozent Einsatz bringen. Es fehlt einfach an Zeit.«

Kellermann schien jetzt genug zu haben. Er schnallte sich ab und setzte sich auf dem Beifahrersitz in Löhrings Richtung. »Was haben Sie, Kesch und die Banker da mit dieser Gartencenter-Frau gemacht? Die muss ja die volle Wut im Bauch gehabt haben, total verzweifelt gewesen sein. Und jetzt fällt die glatt um, wenn man ihr etwas schwerer entgegenatmet.«

»Ja, Edgar, face it. Dein Werk. So bist du«, sagte Löhring.

»Nennen Sie mich nicht Edgar. Der bin ich nicht. So bin ich nicht.«

»Mensch, Kellermann, kommen Sie mal zu sich! Sie sind hier der Dreh- und Angelpunkt. Da müssen Sie sich schon etwas identifizieren, sonst wird das ungesund.«

»Fuck.«

Löhring konnte förmlich spüren, wie Kellermann seine Faust in Bereitschaft brachte, und er versuchte, ihr mit Worten zuvorzukommen: »Mensch, Kellermann, die Frau hat Kesch erschossen, so wie es aussieht! Die kann froh sein, wenn wir sie nicht in den Knast schicken, sondern nur ihr Geld nehmen!«

Kellermann schwieg und sagte nach einer Pause: »Ihr Mollow erinnert mich an Zonen-Klaus.«

»An wen?«

»Saß mit mir ein. Hat sich über Briefkontakt an Frauen rangemacht. Nach einem Monat hatte er die so weit, dass die ihm alles gegeben hätten, sogar ihr letztes Hemd. Unglaublich.«

Löhring wurde nun doch etwas unwohl. »Das hat die doch alles selbst verschuldet, die Dangast. Die Frau braucht Geld, verstehen Sie das denn nicht? Sie müssen das alles mal vor dem Hintergrund der privaten Lebensführung sehen. Punkt. Aus.«

»Wie meinen Sie das?«, fragte Kellermann.

»Es ist ja wohl völlig klar, dass die jährlich einen Millionenbetrag braucht, um ihre laufenden Kosten zu decken. Die ist komplett fremdfinanziert. Jaha, Kellermann, so böse sind wir auch wieder nicht!«

Kellermann ließ sich zurück in den Sitz fallen. »Das ist doch alles nicht normal!«

»Was ist schon normal! Im Geschäftsleben muss man eben manchmal Dinge tun, die nicht schön, aber notwendig sind. Wir müssen ja auch irgendwie rumkommen.«

Kellermann schnaubte. Er wäre an der Ampel sicher aus dem Auto gesprungen, wenn Löhring nicht bei Rot darübergefahren wäre. »Die hat doch gar nicht die Nerven dafür. Ich hab mir den

GVV-Vertrag zwischen ihr und Kesch mal genauer durchgesehen. Ich als Kesch kann über die Generalvollmacht sozusagen Rechtsgeschäfte mit mir selbst abschließen. Das ist doch verrückt!« Kellermann schlug sich immer wieder vor die Stirn, als würde das etwas ändern. »Und jetzt will sie verkaufen und soll stattdessen das Gegenteil tun, sich nämlich weiter finanzieren lassen. Käfer hin oder her. Irgendwie verstehe ich das alles nicht.«

»Müssen Sie auch nicht, Kellermann. Sie müssen nur wissen, dass der wahre Wert in den Schulden liegt. Wer die kontrolliert, kontrolliert alles!« Löhrings Zeigefinger tänzelte mittlerweile vor Kellermanns Nase. »Und noch was: Sie halten Ilse gegenüber die Klappe, dass wir den Täter nun kennen. Den Infovorsprung hat sie nun nicht mehr, aber wir sollten sie in dem Glauben lassen. Man kann nie wissen.«

Kellermann lockerte seine Krawatte und blickte ein letztes Mal zu Löhring herüber. »Warum werdet ihr netten Jungs, sobald ihr was zu sagen habt, eigentlich zu solchen Arschlöchern?«

DIE EVOLUTION DER BUCKELZIKADEN

Es waren keine zwei Wochen vergangen seit dem letzten, wohl alles entscheidenden Banktermin mit Etta von Dangast, und schon begannen sich die Dinge zu ändern, die sich schnell und mit großer Außenwirkung ändern ließen. Miranda stand mit Karin Schlick draußen, unweit des Haupteingangs. Sie starrten in die Luft und hielten die Hände über die blinzelnden Augen. »WINTER BERRY GROUP« lag bereits am Boden, und nun war der Hebekran im Einsatz. Das neue Schild blendete im grellen Tageslicht, sodass man die Schrift kaum erkennen konnte: Ein sperriges Wort eigentlich, das da am Gebäude hochgezogen wurde, und auf den ersten Blick schienen die Buchstaben auch gar nicht miteinander zu harmonieren. Hier schwinge Klarheit, Mut zur Nachhaltigkeit und verheißungsvolle Finanzkraft mit, hatte man ihnen gesagt. Aber jetzt, da die Finanzkraft so über dem Eingang hing, sah sie irgendwie pharmazeutisch aus, fand Miranda. »SKARABÄUS«. In kräftigen weißen Lettern, etwas erhaben auf goldenem Grund. Die Sicherung der Namensrechte hatte ein Vermögen gekostet.

Winter war ferngeblieben. Er hatte lediglich festgestellt, dass man mit »Skarabäus« jetzt sieben Buchstaben spare. Diese Umbenennung sei nichts weiter als ein Teilprojekt, und das S komme im Alphabet schließlich vor dem W, was im Hinblick auf etwaige Dax-Listen nicht unvorteilhaft sei. Dass sein eigener Name und mit ihm ein Stück Erdbeer-Tradition nun all dem zum Opfer fiel, war ihm keinen Gedanken wert. Es fiel nicht in die Kategorien, in denen er lebte und arbeitete.

»Wenn sich da oben auf die Buchstaben Tauben setzen und runterscheißen, mach ich das nicht weg.« Schlick hatte die Hände in die Hüften gestemmt und sah immer noch missmutig in die Höhe. »Ich bin froh, Frau Beck, dass Sie jetzt da sind.«

Miranda verstand nicht. »Warum?«

»Ich hasse lieber zu zweit.«

Miranda nickte und knetete ihre Finger, in die die Arthritis zurückgekehrt war. Schlick hatte sie zwischenzeitlich in ihre Pläne eingeweiht, wohl auch weil sie niemand anderen hatte, mit dem sie darüber sprechen konnte. Winter würde sein »Skarabäus-Projekt« über die Investorengemeinschaft mit Kesch und der Bank durchziehen, hatte Schlick vermutet, so wie man eine Operation am offenen Herzen durchführte: bis hin zum letzten Blutstropfen. Damit würde er die Dangast-Holding vielleicht erst einmal retten. Doch die Erdbeersparte und ihre Mitarbeiter drohten unter diesen Umständen endgültig zur überflüssigen Hülse zu werden und würden irgendwann mit Sicherheit abgestoßen werden. Da Schlick die Risiken besser einschätzen konnte als externe Investoren, plante sie ein Management-Buy-Out, sozusagen ein Sanierungs-MBO für die Erdbeeren, und wollte zu gegebener Zeit und nach Sicherstellung der Finanzierung mit ihrer eigenen kleinen Unternehmung online gehen: www.miezeschindler.de – mit dem kompletten Angebot der Befruchtungssorten, im Internet kombinier- und bestellbar.

Es klang plausibel und sympathisch, fand Miranda. Schließlich hatte Schlick Winters volles Vertrauen. Sie hatte zuletzt die gesamte Ergebnisverantwortung innegehabt, und sie verfügte über vertrauliche Informationen, von denen sie bisher nur einen Bruchteil preisgegeben hatte. Miranda indes war schon wieder da, wo sie gar nicht hingewollt hatte – abermals unfreiwillig eingeweiht, gefüttert mit Informationen, Szenarien, Mutmaßungen, Befürchtungen und Sorgen von Menschen, die sie kaum kannte. Und jetzt auch noch per Wagniskapital finanzierte Goldkäfer und Online-Befruchtung als MBO. Sie hätte ihr Wissen gern in einen Rucksack gepackt und am Bahnhof abgegeben.

Nach dem Termin am Haupteingang machte Miranda einen Abstecher ins Gewächshaus, denn dort vermutete sie Winter. Sie wollte ihn erleben in einer Situation, die ihm so gar nicht behagte, und als sie eine der gläsernen Haupttüren beiseiteschob, stand er auch schon da im arrangierten Regenwald, als sei er gerade über Costa Rica aus der Businessclass gefallen, und versuchte, in die Kameras des Fototeams zu blicken. Sein Gesicht für die Unternehmensbroschüre herzugeben musste ihn unendlich viel Überwindung kosten, und so guckte er jetzt auch. Es sah eher nach »Jurassic Park« aus als nach »Unternehmertum im Zeitalter der Globalisierung«, wie die Bildunterschrift lauten würde. Wie sollte man so etwas auch mit Blicken ausdrücken? Winter jedenfalls war kein Mann der Blicke und zuckte bei jedem Blitzlicht zusammen. Man würde die Zähne nachträglich hineinretuschieren und die Augen öffnen müssen.

Ilse Kesch saß bereits mit ihrem Siebzehn-Uhr-Cognac im Sessel, als Kellermann und Löhring von einem der Follow-up-Termine mit Mollow heimkamen, und Löhring entging es nicht, dass Ilse zuerst Kellermann entgegenschritt mit dem reinsten Kirchentagsbesucherinnenlächeln und ihm das Sakko abnahm. Edgar Kesch lag nun bereits seit vier Wochen im Garten, und mit der Zeit hatte sich ganz offenbar eine eigenartige Vertrautheit zwischen ihr und Kellermann entwickelt, die weit hinauszugehen schien über das vereinbarte Rollenspiel. Sicher, dachte Löhring, als er sich ungefragt aufs Sofa fallen ließ, Kellermann ähnelte Kesch schließlich bis aufs Schnurrbarthaar, und wenn sich Rolle und Persönlichkeit annäherten, dann konnte das dem Geschäft äußerst zuträglich sein. Aber gleich so? Oder war es nur ein Spiel? Er musterte die beiden, rückte dann ganz unmerklich auf dem Sofa etwas näher an Kellermann heran, guckte ihm ins Ohr, von dort aus ganz langsam am Profil entlang, lugte von oben ins offene Hemd, bis es haarig wurde auf der Brust, und sagte leise: »Edgar?«

Kellermann erschrak. Er hatte Löhring wohl nicht so nah

neben sich vermutet. »Scheiße, Löhring. Für Sie bin ich immer noch Kellermann. Was soll denn das? Kriegen Sie jetzt das Stockholm-Syndrom?«

High conflict potential. Es war einen letzten Versuch wert gewesen, dachte Löhring. Aber Kellermann schien definitiv Kellermann und Edgar unwiederbringlich unter der Erde zu sein. Löhring rückte etwas weg und sagte: »Ist schon gut. Ich meine ja nur, es ist doch schön, wenn zu Hause jemand ist, der auf einen wartet, was, Kellermann?«

Kellermann guckte. Auf ihn würde in letzter Konsequenz die ganze Justizvollzugsanstalt warten.

»Jürgen, möchtet ihr ein paar Cracker dazu?« Ilse Kesch hatte ihnen etwas eingegossen, setzte sich jetzt auf einen kleinen Hocker und schlug elegant die Beine übereinander, wobei der Rock auf dem niedrigen Sitzmöbel etwas nach oben rutschte. Schwarz stand ihr gut. Sie hatte so etwas Physisches, alles an ihr war irgendwie immer noch pralles Leben, fand Löhring. Wie bei Kellermann. Aber da war noch etwas, das ihm erst im Nachhinein richtig bewusst wurde, es klang wie ein Gongschlag in seinem Hirn: Jürgen. Sie hatte ihn tatsächlich Jürgen genannt.

Löhring hatte bis dato noch nicht einmal gewusst, wie Kellermann mit Vornamen hieß. Und sie sprach ihn jetzt aus. Einfach so. Ganz nebenbei und selbstverständlich. Und Kellermann ließ sie grinsend gewähren. Nein, das konnte nicht sein. Nicht Jürgen. Wenn sie wenigstens »Edgar« zu ihm gesagt hätte. Löhring war untröstlich und versuchte, dies so gut wie möglich zu überspielen, so als hätte er es gar nicht gehört. Man durfte diesen Dingen nicht allzu viel Raum gegen. Es war ja auch lächerlich. Und trotzdem. Jürgen. Mein Gott.

Er musterte Jürgen von der Seite, der seine Hände so selbstzufrieden vor dem Bauch zusammengeführt hatte, wie es nur Männer tun, die vorgeben, ein paar feste Gewissheiten im Leben gefunden zu haben. Der Mann verfügte durchaus über eine geschickte, typgerechte Körpersprache, alles passte. Vielleicht war er mehr als nur ein Erinnerer für Ilse Kesch. Solche verwegenen

Typen übten auf Frauen ihren ganz eigenen Reiz aus, man mochte gar nicht allzu lange darüber nachdenken. Die Geschmäcker waren schließlich verschieden. Er musste an Zonen-Klaus denken.

Um ein anderes und sowieso auch sehr viel substantielleres Thema zu finden, kam Löhring so beiläufig wie möglich auf Etta von Dangast zu sprechen. Die Zeit war reif. Er wusste, dass Ilse sie zumindest als Kundin ihres Mannes gut kannte – und seit kurzem offenbar sogar auf Video hatte, als Mörderin ihres Mannes. Ja, bemerkte Löhring, diese Etta von Dangast sei doch tatsächlich die Mehrheitseignerin der Holding, zu der auch dieses brandneue Käferprojekt gehöre. Ob Ilse das noch nicht in der Presse gelesen habe? Die Welt sei voller Überraschungen und vor allem doch sehr klein, nicht wahr?

Die erwartete Reaktion blieb nicht aus: Ilse Kesch stutze, wurde ernst und stellte ihr Glas so langsam und behutsam auf dem Glastisch ab, als befürchte sie, dieser könne unter der Last zusammenbrechen. »Von Dangast? Etta von Dangast? Eure Käferkiste gehört tatsächlich zur Dangast-Gartencenter-Holding? Ich dachte, Keith Winter …«

Löhring rollte die Augen. Dass Frauen aus bereits vorliegenden Fakten wieder Fragen machten, würde er nie verstehen.

Ilse Kesch wartete seine Antwort auch gar nicht ab: »Das ist der Gipfel der Erpressung. Ich glaube es nicht.« Sie stand auf und goss sich einen zweiten Cognac ein.

»Ilse, was ist daran Erpressung, bitte schön? Gerade du müsstest dich doch ein wenig mit den Fondskonstrukten und den GVV-Verträgen auskennen.«

»Ihr habt ja keine Ahnung«, bemerkte Ilse Kesch.

»Erpressung«, Löhring schüttelte den Kopf, »das habt ihr vorher doch auch nie so genannt.« Er genoss seine Überlegenheit und beobachtete Ilse dabei, wie sie ihr Glas hastig in einem Zug austrank. Dann lehnte er sich vor in Ilse Keschs Richtung, dachte an Langs Verkörperung der Worte und stierte ihr in die Augen: »Sie hat ihn umgebracht. Sie war es, oder?« Ilse schwieg, und Löhring fuhr fort: »Ilse, du musst dich davon lösen. Es belastet dich, das sehe ich doch.« Er blickte zu Kellermann. »Jürgen, sag du doch auch mal was.«

Jürgen schwieg, und Ilse Keschs Blick ging nach draußen in den Garten. Sie hatte einen kleinen Ölbaum in der Nähe der Grube gepflanzt, da, wo es nicht weiter auffiel. So viel Grabpflege mochte man ihr zugestehen, solange sie nicht auch noch eine Laterne aufstellte, dachte Löhring. Und auch er ließ seinen Blick schweifen wie ein Adler, lange bevor die Beute aus dem Loch kommt. »Ilse, sie hat doch bereits alles so gut wie gestanden, als wir sie mit Jürgen konfrontiert haben!«

Nun schien es Jürgen zu reichen. »Kellermann, für Sie immer noch Kellermann, verdammt noch mal!« Er biss in seinen Cracker und leckte sich die Finger.

Ilse reichte ihm eine Serviette.

»Ich für meinen Teil lasse die Vergangenheit hinter mir, beschäftige mich mit dem, was sein kann, und nicht mit dem, was war oder was ist. Ja, man ist am besten da, wo man noch gar nicht war, und ich will da sein, wo noch kein anderer vor mir war«, sagte Löhring. Kellermann tippte sich an die Stirn, doch Löhring ließ den Blick immer noch schweifen und fuhr fort: »Also, Ilse, lass das mit dem Management mal unsere Sache sein. Die Dangast kriegt ihr Fett schon ab.«

»Das meine ich nicht.« Ilse Kesch war die ganze Zeit über erstaunlich ruhig geblieben.

Löhrings Blick war ruckzuck wieder im Raum. »Was soll das heißen?«

»Ihr seid nicht die Einzigen. Ich bin auch dran an ihr.«

»Wie, jetzt?«

»Na, sie zahlt an mich.«

Löhring und Kellermann wechselten blitzschnelle Blicke. Jetzt hätte man sich wirklich duzen können, dachte Löhring. Denn er wusste, dass Kellermann in diesem Moment dasselbe dachte, und sie saßen sprachlos auf dem Sofa wie das »Tatort«-Ermittlerduo aus Köln.

Ilse Kesch hob die Arme und ließ sie kraftlos wieder in den

Schoß fallen. »Ja, herrje, sie hat ihn erschossen. Ich hab's auf dem Film, und das weiß sie auch. Ich habe ihr gesagt, dass ich zwei Millionen dafür will.« Sie zuckte mit den Schultern. »Ich wollte eben auf Nummer sicher gehen. So als Frau braucht man ein zusätzliches Standbein, wenn der Mann zu Tode kommt. Es war ja auch ein Kapitalverbrechen.«

Kellermann entfachte ganz langsam das Feuer an der Streichholzschachtel und zündete Ilse und sich selbst eine Zigarette an.

Zwei Wochen später ging SKARABÄUS online, und die Käfer wurden gephotoshopt. Sie verloren ein paar Härchen an den Beinen, wurden kompakter und knuddeliger gemacht, gecopied und gepasted, dreidimensionalisiert, und ihre Panzer erstrahlten in gleißendem Licht. Die virtuellen Pendants hatten auch ganz andere biologische Eigenschaften, schwirrten rasant in ungeahnte Höhen, statt auf dem Boden Mistkugeln vor sich herzuschubsen, eroberten die Netzwerke, wurden zum JPEG komprimiert, zum Pop-up und zum Bildschirmschoner, dass einem die Augen weh taten, wenn man zu lange hinguckte. Einige der echten Käfer mussten fortan in abgegrenzten Arealen als lebende Werbeträger fungieren, mussten kleine, an den Hinterbeinen befestigte Schildchen hinter sich herzerren, auf denen die Namen der Investoren standen. Eine Mikro-Webcam übertrug jede ihrer Bewegungen auf die neu lizenzierte »My Gold Bug«-App, mit der die Investoren Depotkonstruktionen simulieren konnten. Die armen Käfer indes wurden mit den Schildchen noch langsamer, als sie ohnehin schon waren, und kamen damit kaum noch auf die Mistkugeln, um sich zu orientieren.

Eine Werbeagentur wurde anschließend mit der Inszenierung des Logos beauftragt, und man empfahl einen Skarabäus als Graffiti-Schablonenmuster, um dem Ganzen einen jungen, innovativen und doch haptischen Touch zu geben. Als sie während des Pitches mit der Agentur den Kaffee servierte, erwähnte Miranda, dass es ein ovaler Kreis mit zwei Punkten darin doch auch tun würde, und lächelte. Ein Kollege aus dem neu ins Leben gerufenen Marken-PR-Bereich notierte dies und griff es wenig später auf. Man übernahm seinen Vorschlag sofort.

Und dann kam der Mann, der all diese jüngsten Maßnahmen offenbar zu verantworten hatte, den sie kurzerhand zum Aufsichtsratschef gemacht hatten und den Miranda schon vom Telefon kannte: Dr. Wilhelm Löhring. Er kam unauffällig durch die Tür, als Miranda noch damit beschäftigt war, die Schreibtischunterlage gerade zu rücken in dem Büro, das man flugs für ihn eingerichtet hatte. Die Holding sei ihm zu weit weg vom Geschäft, hatte er erklärt, und daher wolle er ein Büro bei SKARABÄUS haben.

»Sind Sie hier meine Sekretärin?« Jetzt kam er mit großen Schritten auf sie zu, und der Raum war plötzlich prall gefüllt mit ihm. Sie stand schon mit dem Rücken zur Wand. Er gab ihr die Hand, legte gleich die andere darauf und sah ihr in die Augen. Sein Blick machte dabei ständig zuckende Ausreißer, mal ein bisschen nach unten, dann wieder nach oben und dann an ihrer Taille abwärts. Sie kannte das.

Es hätte schlimmer kommen können, fand Löhring. Die ihm zugedachte Kraft war durchaus attraktiv. Aber auch nicht zu attraktiv. Eher adrett. Mainstream. Sie hatte diese perfekte Unauffälligkeit, diese Anpassungsfähigkeit von Frauen, die im Hintergrund eins werden konnten mit einem selbst, wie ein Putzerlippfischchen am Riffbarsch. Und dumm schien sie nicht zu sein, so vom Skill Set her, wenn Typen wie Winter sie eingestellt hatten. »Na, dann wollen wir mal. Also, ich …«

Sie unterbrach ihn, denn ja, sie sei hier die Assistentin, aber eben auch die von Herrn Winter. Zudem in Teilzeit. Das habe bisher hervorragend geklappt.

Er überhörte es: »Mit mir werden Sie etwas mehr zu tun haben, Frau Keck.«

Beck. Sie heiße Beck. Miranda Beck. Und noch einmal: Sie sei Assistentin in Teilzeit. Ach ja, und der Kaffeeautomat sei nur etwa drei Meter den Flur hinunter auf der linken Seite.

Zwei Fensterfronten. Kein schlechtes Büro, dachte Löhring. Er schritt die Glasscheiben ab. »Assistentin? Aber nur so eine, die tippt, oder?« Blick nach vorne raus zum Parkplatz. Er würde alle kommen sehen. »Und Miranda heißen Sie. Guter Name. Darf ich Sie so nennen?«

Miranda nickte schweigend. Das mit dem Vornamen kannte sie schon, viele Chefs hatten es so praktiziert, es gab der Arbeitsbeziehung einen fortschrittlichen Touch. »Beck« fanden die meisten etwas einsilbig und unbefriedigend, aber Miranda, Miranda war das phonetische Gegenprogramm.

Er wolle für mehr »unternehmerisches Flair on spot« sorgen, sagte er dann noch, während er sich daranmachte, den Bürosessel hochzupumpen. Change Management, weg vom ganzheitlichen Ansatz, wieder hin zum linearen Arbeiten, das sei sein Credo, fügte er mit rhythmischen Kopfbewegungen hinzu, während die Sitzfläche langsam Richtung Schreibtischkante wanderte. Seine Füße würden den Boden nicht berühren.

Miranda konnte es kaum mit ansehen. Langsam machte sich das alte Entsetzen breit in ihr, und kein Lächeln dieser Welt, keine noch so entschiedene Anpassungswilligkeit konnte sich dem entgegensetzen.

Herrje, welcher Zwerg hatte hier vorher gesessen? Und seine Sekretärin stand nur da und guckte so fürchterlich neutral und unentschlossen, dass er am liebsten laut in die Hände geklatscht hätte, auch auf die Gefahr hin, dass sie dann zerbröseln würde. Sie war flott, ohne Frage, aber fröhlich schien sie nicht zu sein, seine Putzerlippfischin. »Sie sind aber schon ein wenig schnell im Kopf, gell?«, fragte er.

Miranda erschrak. Sie hatte wohl etwas zu lange nachgedacht und darüber die noch freizuschaltenden Datenanschlüsse vergessen. Sie rannte hinaus und zog die Tür fest hinter sich zu. Am liebsten hätte sie den Schlüssel von außen im Schloss herumgedreht. Es schien sich alles zu wiederholen.

Löhring indes schob sich auf den Sessel. Es war etwas eng zwischen Oberschenkeln und Schreibtischkante, aber es ging, auch wenn er größere Tische gewöhnt war. Jetzt also klein, aber fein. Mittelstand, überschaubar, fokussiert, schnell, ohne geblähten Personalbauch. Und doch hätte er sich etwas mehr Verantwortung gewünscht, bemessen in Räumlichkeiten, Köpfen und Boni. Löhring löste jetzt den Hebel für die Rückenlehne, drückte sich weit zurück und arretierte. Andererseits war es bemerkenswert, dachte er, wie einen der Weg immer wieder auf die eigene Fährte zurückführte. Offenbar ließ sich selbst die eigene Entführung kapitalisieren – es sei denn, es handelte sich tatsächlich um ein gut getarntes Executive-Leadership-Programm, und die Leute würden sich bald die Silikonmasken vom Gesicht reißen. Das jedoch wurde, je mehr die Zeit voranschritt, immer unwahrscheinlicher.

Vorerst würde er genau so weitermachen. Er würde wieder etwas sichtbarer werden in der heimischen Szene. Die Bank war ganz heiß aufs Goldkäfer-Geschäft, und allein mit der Antrittsprämie für seinen Aufsichtsratsposten bei SKARABÄUS hätte er sich bei Kellermann freikaufen können. Aber auch Kellermann schien zwischenzeitlich in anderen finanziellen Dimensionen zu denken, denn er blieb im Spiel, und einen anderen Grund als das ganz große Geld schien es dafür nicht zu geben. Löhring griff zum Telefon, drückte auf »mb« und sagte: »Kaffee.«

Als Löhring eine Woche später zum Arbeitstermin in Keschs Villa erschien, saß Kellermann in einem üppig gepolsterten Outdoormöbel auf der Terrasse und las Todesanzeigen. Löhring blickte ihm über die Schulter: »Na, Kellermann, Marktrecherche, was?«

»Man kann nie wissen, was kommt.« Kellermann zündete sich eine Zigarette an. »Aber wenn die Zeit gekommen ist, ist die Zeit gekommen.«

Löhring zischte Kellermann ins Ohr: »Digitale Abstinenz ist zwar durchaus angesagt, Kellermann, aber deswegen müssen Sie nicht hier sitzen, Zeitungen fressen und über die Zeit sinnieren. So, mein Lieber, kommen Sie nie in die Community. Wir leben zwar gut, aber nicht langsam!«

Löhring war gereizt, hatte zudem schlecht geschlafen. Noch vor zwei Stunden war er wieder als hautfarbener Käfer aufgewacht, zappelnd und zuckend auf dem Rücken, wie immer mit gekrümmter Wirbelsäule und krauser Nase, um sich herum Bettdecke, die ihn wie eine feuchte, schwere Masse umgab. In solchen Momenten fiepte er mehr, als dass er atmete, durch Öffnungen am Hinterleib, durch die alle Käfer ihren Sauerstoff in den Körper pumpten. Er wäre beinahe auf allen vieren ins Badezimmer gekrabbelt. Glücklicherweise hatte seine Frau schon vor Jahren ihr eigenes Zimmer bezogen, und er wollte sich lieber nicht vorstellen, als was sie jeden Morgen aufwachte. Er gab Kellermann von hinten einen Buff an die Schulter. »Mensch, Kellermann, bleiben Sie aktiv in dieser Phase. Sie dürfen nicht immer flüchten vor den Dingen!«

»Ich *bin* auf der Flucht, wenn ich Sie daran erinnern darf.« Kellermann sagte es langsam und legte den Kopf schräg. »Auf den Flügeln der Zeit fliegt die Traurigkeit dahin.«

»Wie bitte?«

»Steht hier.« Kellermann klopfte auf die Zeitung. »Schön, nich?«

»Tun Sie das weg.«

Kellermann blickte zu Löhring auf. »Wieder schlecht geschlafen, was? Also, mich beruhigt das mit den Anzeigen. Habe ich früher oft gelesen wegen der Einbrüche.«

»Was kauen Sie da?«

Kellermann schien es nicht gehört zu haben und fuhr fort: »Wissen Sie, was ich oft denke? Die Leute, die hier in den Anzeigen stehen, die brauchen doch ihre Erinnerungen nicht mehr. Man müsste sie kaufen und implantieren können. Erinnerungsspende sozusagen. Das wäre ein echter Zukunftsmarkt für Leute, die bisher im Leben weniger Schwein gehabt haben.«

»Für meine Erinnerungen würde man noch Geld draufgelegt

bekommen«, sagte Löhring. Er dachte an seinen Käfertraum und strich über die Westerland. »Geht es Ihnen nicht gut, Kellermann? Sie sehen schlecht aus. Was kauen Sie da?«

»Johanniskrautkapseln.«

»Stress?«

»Ach, hören Sie auf.« Kellermann ließ die Todesanzeigen auf den Boden fallen. »Alle wollen plötzlich investieren. Das verdammte Handy hört gar nicht mehr auf zu piepen vor lauter Mails und Anrufen. Die überrennen mich wie beim Schlussverkauf, als wär ich ein Kaufhaus!«

»Genau das sind Sie, gewöhnen Sie sich lieber gleich daran. Und denken Sie immer an Ihren Anteil an der Kohle.« Löhring zog sich mühsam das zweite Outdoormöbel heran, auf dem für gewöhnlich Ilse Kesch saß. Es quietschte fürchterlich.

»Das Teil hat hinten Räder. Sie müssen es nur vorne anheben«, sagte Kellermann. Und dann brach es aus ihm heraus: »Diese verdammte Reiserei, sage ich Ihnen. Ich kann nicht mehr schlafen, und morgens sitze ich stundenlang auf fremden Pötten.«

»Das ist das Wurzelchakra, Kellermann. Seien Sie froh, dass Sie wenigstens in einer Zeitzone bleiben können.« Löhring suchte im Polster nach einer Position, aus der er in seine Hosentasche greifen konnte. »Wollen Sie ein paar Nüsse? Oder lieber was Chemisches?«

»Ich muss immer meine Fresse in die verdammten Kameras halten. Ich hasse diese Baustelleneinweihungen.«

Löhring musterte ihn: »Krafttraining vielleicht? Ich denke, Sie sind eher der Typ, der bei Stress aufschwemmt, was?«

Doch Kellermann schien es gar nicht gehört zu haben. »Dann das Risiko, dass das hier doch alles auffliegt. Und nehmen Sie nur mal die Staatsanwaltschaft. Untreue, Korruption, Steuerhinterziehung, sagen die. Ganz schön schweres Geschütz ist das. Ich habe als Kesch ja noch mehr Dreck am Stecken als vorher!«

»Mit steigendem Handlungsspielraum sinkt der Cortisolspiegel. Wird schon, Kellermann, wird schon. Sie müssen sich mehr dezentrieren.« Löhring kam sich schon dezentriert vor durch das pure Aussprechen. Verblüffend, fand er.

Doch Kellermann half es nicht. »Ich weiß schon gar nicht mehr, wer ich bin.«

Kellermanns Persönlichkeitsanteile schienen immer noch die Oberhand über Kesch zu behalten. Das ging zulasten der Identifikation und konnte verdammt gefährlich werden, sich zur reinsten Profilneurose auswachsen. Löhring versuchte es anders: »Kellermann ist für die Polizei immer noch unauffindbar, wie vom Erdboden verschluckt. Selbst für die sind Sie weg, stellen Sie sich das mal vor! Sie sind jetzt Kesch! Sie wird niemand festnehmen.«

»Fuck you. Da wär ich mir nicht so sicher.«

»Keine Geschichte ohne Gesicht, Kellermann. Sie haben eben Keschs Fresse. Menschen sind nicht auf Inhalte, sondern auf Leute fixiert. Was meinen Sie, warum man Winter noch nicht eingeliefert hat? Wenn der angestellt arbeiten würde, hätte der schon längst einen Schwerbehindertenausweis. Aber so kann er machen, was er will. Und warum? Weil er ›the face‹ hat.«

»Ich mag die alle nicht, diese Banker mit ihren Breitling-Uhren und Poloturnier-Hämatomen am Arsch. Und Winter ist auch nicht mein Fall. Der mobbt mich. Nimmt mich gar nicht wahr.«

Löhring winkte ab. »Winter ist der einsamste Mensch auf Erden, glauben Sie mir. Wenn der in sich geht, trifft er dort niemanden.«

»Blutet der eigentlich, wenn man den sticht?«

»Keine Ahnung.«

»Das macht mich alles aggressiv. Und ich habe so ein Engegefühl.«

»Aggressiv? Gut. Sehr gut, Kellermann.«

»Gar nicht gut. Alles, was ich gelernt habe, ist dahin.«

»Na, für den einen oder anderen Bruch wird's doch wohl noch reichen.«

Kellermann winkte ab. »Das meine ich nicht. Ich meine Stressprävention. Progressive Muskelentspannung. Meine Stabilisierungsgruppe im Knast würde mich fertigmachen, wenn die mich jetzt so sehen würden.«

Das war nun wirklich zum Brüllen, und Löhring begann lauthals zu lachen: »Kellermann, keine Stabilisierungsgruppe dieser Welt könnte Typen wie uns helfen! Wir sprechen hier von einer anderen Dimension. Da hilft Ihnen keiner!«

Kellermann verstand nicht und wandte sich wieder der Zeitung zu.

Löhring schlug sie ihm aus der Hand. »Zu wenig Stress ist die falsche Strategie, Kellermann. Sie müssen den Stress zu Ihrem besten Kumpel machen. Eustress nennt man das. Sie müssen sich ihm hingeben, mitfiebern, ihn ansonsten delegieren. Aber reden Sie um Gottes willen nicht drüber. Und irgendwann kriegen Sie es dann hin.«

»Was? Was kriege ich dann hin?«

»Na, die Entkoppelung von Erfolg und Anstrengung. Glauben Sie mir, da mussten wir alle durch. Es wird eben mit harten Bandagen gekämpft.« Löhring blickte auf Kellermanns behaarte Unterarme. »Da dürfen Sie nicht zimperlich sein, Kellermann. Go for it! Legen Sie sich eine App auf Ihr Smartphone: Börse, Xetra, Kcast Gold, Bloomberg oder wie die alle heißen. Dann kurzer Blick auf veröffentlichte Wirtschaftsdaten, Aktienindizes, Analystenberichte, Vergleichsrechner. Fünf Minuten. Fertig. Reicht völlig.«

Kellermann hob die Zeitung auf und las: »Einschlafen dürfen, wenn man müde ist, die Last fallen lassen, die man getragen hat, ist eine tröstliche, eine wunderbare Sache.«

Ilse Kesch war auf die Terrasse getreten, ohne dass die beiden es bemerkt hatten, und sagte, so etwas hätte sie für Edgar auch gern geschaltet.

Am nächsten Tag setzte Löhring den ersten Teil seines Plans um und ging bei der Dangast-Gartencenter-Gruppe in die bewusste Risikokommunikation. Er hatte zu diesem Zwecke einen kleinen, ausgewählten Kreis von Analysten und Pressevertretern einladen lassen und blickte jetzt über deren Köpfe hinweg aus dem Fenster in die Ferne, mit dem unheilvollen visionären Touch, den er bei Winter gesehen hatte. High risk eben.

Und dann begann er langsam und souverän: Der Dangast-Gruppe gehe es noch nicht wirklich gut. Das müsse er zunächst einmal feststellen. Er, Löhring, sehe sich mit völlig ungeordneten Finanzen konfrontiert, er müsse zudem mindestens einen Unternehmensteil auf den Prüfstein stellen und dem Rest einen harten Sanierungskurs verordnen, um das traditionsreiche Unternehmen vor Schlimmerem zu bewahren. High risk. High venture. Durch eine Restrukturierung auf der Kostenseite werde er jedoch versuchen, das Unternehmen fit zu machen. Er, Löhring, sehe sich dabei lediglich als service provider, als Geburtshelfer sozusagen. Ja, gut, vielleicht auch als treibende Kraft und innovativer Ideengeber. Als den Mann, der Dinge möglich machte, quasi Schöpfer und Retter zugleich. Mehr sei er aber nicht. Kurzum, man werde sehen, aber eines stehe fest: Dieser Weg werde kein einfacher sein. SKARABÄUS und die damit verbundenen Wertsteigerungen ließ er erst einmal außen vor.

Einige Tage später war das eingetroffen, was Löhring sich erhofft hatte: Der Unternehmenswert sank beträchtlich, und viele neue Anleger kauften zu. Auch Etta von Dangast nutzte die Gelegenheit und investierte erneut. Auf Pump. Es kostete sie mindestens zwei Gewächshäuser. Kesch und die Bank hatten ihr den Zukauf sozusagen »off the record« nahegelegt, mit Verweis auf »die Sache mit Herrn Kesch«. Unter dem Strich kam mehr Geld herein als vorher, und Löhrings sogenanntem »Sanierungskurs« stand nichts mehr im Wege.

Miranda hatte nun ein »Doppelsekretariat«. Für Winter und zugleich für Löhring zu arbeiten glich einem Hochseilakt zwischen zwei Gipfelketten. Es war fürchterlich. Und es tat ihr an jedem verdammten Fingergelenk weh, mitansehen zu müssen, wie Winter alles einfach geschehen ließ. Je lauter und bizarrer Löhring wurde, umso mehr schien Winter zu verschwinden –

er war und blieb ihr ein Rätsel. Selbst wenn es sich beim neuen AR-Chef um eine Art Löhring 007 auf wirtschaftswissenschaftlicher Forschungsmission handelte, so konnte diese Art von Forschung das Unternehmen doch teuer zu stehen kommen. Außerdem nagte Löhring an ihren Nerven. Das einzig Positive an ihm war, dass er jede Menge Arbeit machte und somit zumindest das Vakuum zwischen Eingangs- und Ausgangskörbchen füllte. Ein unheilvolles Gefühl blieb.

»Löhring ist neulich mit dem Jet über die Autobahn nach Wuppertal geflogen. Flugzeit: fünfzehn Minuten. Kosten: dreitausendachthundert Euro. Er sagt, es sei nicht effizient, über die Autobahn zu fahren und bei Stau fünf Stunden Fahrtzeit zu haben statt fünfzehn Minuten Flugzeit. Das sei eine bestimmte Form des Managements.« Miranda sagte es, als Winter in ihrem Büro am Fenster stand, um einen Zaunkönig zu beobachten, den man wohl von hier besser sah. Miranda hatte sich angewöhnt, mit Winter ausschließlich sachbezogen zu reden – ohne den Hauch einer Meinung oder gar Emotion. Er hätte Zwischentöne auch gar nicht wahrgenommen, und es wäre deswegen die reinste Zeitverschwendung gewesen, sich darin zu verlieren. Meistens funktionierte diese Faktenschilderung recht gut, und Winter reagierte nach einigen Minuten tatsächlich mit einem vollständigen Satz.

Er tänzelte wieder von einem Bein aufs andere, während er über sein Smartphone strich. Sie versuchte, sich ihm von hinten zu nähern, bis sie ihn riechen konnte. Solange er sich auf andere Dinge konzentrierte, würde er es vielleicht nicht merken.

»Die extrovertierten Helme der Buckelzikaden sind ein evolutionäres Meisterstück«, sagte Winter.

Er schien gedanklich in der Zoologie bleiben zu wollen. Miranda schwieg und wartete, dass er weitersprach. Manchmal kam dann ein Schwall von Sätzen aus ihm heraus, ein nicht enden wollender, ununterbrochener Wortstrom. Und dann, mit etwas Glück, kam ganz am Ende die Antwort.

»Man hat lange gedacht, dass die Buckel dieser Insekten extreme Ausformungen des Chitinpanzers seien. Aber jetzt hat man herausgefunden, dass sich in diesen unnützen Körperanhängseln offenbar ein Flügelpaar erhalten hat, wenn auch extrem umgestaltet. Das heißt, die Flügelbildung dieser Tiere wurde irgendwann im Laufe ihrer Evolution verhindert, aber der dafür vorgesehene Wachstumsprozess kaum beeinträchtigt. Nur wurden statt der Flügel jetzt extrem unterschiedliche Körperteile ausgebildet, bizarre Anhängsel zum Vortäuschen von Gefährlichkeit. Solange die Tiere daraus einen Überlebensvorteil ziehen, wird sich das nicht ändern.«

»Warum fliegt er über die Autobahn?« Miranda konnte nicht glauben, dass Winter ihre eingangs gestellte Frage nicht gehört hatte.

Winter drehte sich um und sah auf die Markerstifte auf ihrem Schreibtisch. »Er simuliert. Er fährt die Versuchsbedingungen hoch.«

»Welche genau?«

»Er entwickelt bizarre Eigenheiten, grenzt sich ab, sichert sich Überlebensvorteile, provoziert Chaos durch mehr Komplexität bei steigendem Handlungs- und Entscheidungstempo. Er testet die Frustrationstoleranz seines Umfelds.« Winter hatte sich wieder umgedreht und kratzte jetzt mit dem Fingernagel etwas Fliegendreck vom Fenster. »Das ist nur die Spitze des Eisbergs.«

»Wie meinen Sie das?«

»Sie wissen nicht, was der für Aufträge annimmt. Der hat eine Lizenz zum Managen. St. Ägidius war nur eine davon.«

»Und wenn Löhring wirklich krank war und doch echt ist?«, fragte Miranda.

»Davon bin ich nicht überzeugt. Ich glaube tatsächlich, dass sein Konflikt mit den gängigen Realitätsbegriffen nur vorgetäuscht ist und er sich deswegen so benimmt, wie er sich benimmt. Er macht das ja schon eine Weile und hat in der Familiengeschichte auch keinerlei Auffälligkeiten in Bezug auf Krankheitsstatus und Sozialverhalten.«

»Was heißt das jetzt für uns?«, fragte Miranda.

»Löhring wird bei all dem wohl kaum ehrenamtlich unterwegs sein. Ich nehme an, er verdient gar nicht mal schlecht, wird einen Anteil der durch ihn verbrannten Millionen behalten dürfen.«

»Was heißt das jetzt für uns?«, wiederholte Miranda.

»Vorerst nichts. Wir machen mit. Er wird den Käfern nichts anhaben können. Es geht um das System, um eine andere Dimension. Ich will das jetzt wissen.«

»Und wenn Sie sich täuschen?«

Winter drehte sich zu ihr um und blickte ihr das allererste Mal fast in die Augen. »Wenn Löhring das alles nicht spielt und es keinem höheren Zweck dient, wäre das eine Abwärtsspirale unvorstellbaren Ausmaßes im internationalen Management. Das kann nicht sein.«

Das Telefon ging. Es war eine Mitarbeiterin aus der Käferzucht. Winter solle sofort kommen. Zur selben Zeit kam die Wettervorhersage im Radio.

Winter war hin- und hergerissen. Es war Stress pur für ihn. Zwei Minuten später rannte er an ihr vorbei auf den Flur.

»Worum ging es bei dem Anruf?«, fragte Miranda zwischen Tür und Angel.

»Jetzt nicht.«

»Kann ich etwas ausrichten, wenn sich jemand meldet?«, rief Miranda hinter ihm her. Sie ging langsam wieder in ihr Büro. Die Gleichgültigkeit derer, die man bereit war zu mögen, war unerträglich, fand sie.

DAS MISTKUGELPROBLEM

Es vergingen keine drei Monate, bis einer der Gesellschafter der Sallewitz-Bank Löhrings Aufsichtsratsposten übernommen hatte und Löhring selbst als Vorstand zu SKARABÄUS gewechselt war – gegen Zusicherung einer stattlichen Provision selbstverständlich. Er war nun da, wo er von Anfang an hingewollt hatte: im Zentrum des Geschehens, sozusagen in der Goldgrube, mit einem autistischen Partner in der Geschäftsführung, der seine Tage lieber auf der Gummimatte unter irgendwelchen Pflanzenblättern als hinter dem Schreibtisch verbrachte.

Der Wechsel war einvernehmlich mit Etta von Dangast, die sich von Löhring neue Impulse erhoffte, und mit Winter erfolgt. Letzterer hatte Löhring lediglich gefragt, zu welcher Versuchsphase dieser Schritt denn nun gehöre. Löhring hatte geantwortet, er habe die Versuchsphase, falls es je eine gegeben habe, bereits weit hinter sich gelassen. Er sei eher der Mann für die großen Ausschläge, für die finalen Amplituden. Hier gehe es jetzt einzig und allein um das Vorantreiben von Ergebnissen. Aber nichts anderes sei es doch, was man in Versuchen mache, Ergebnisse voranzutreiben, hatte Winter geantwortet, und Löhring hatte ihm dann doch recht geben müssen.

Eine der ersten kleineren Maßnahmen im neuen Amt war der endgültige Abstoß der Erdbeersparte, die bis dato sowieso nie richtig aus den roten Zahlen herausgekommen war und wohl eher als Deckmantel für das Goldkäferprojekt gedient hatte. Karin Schlick mit ihrem Management-Buy-out-Modell kam Löhring da gerade recht. Schließlich konnte man ohne durchgreifende Maßnahmen keinen Patienten heilen. Da war nur etwas, über das Löhring stolperte, als er die vorbereiteten Papiere querlas: Es waren nicht die Finanzierungsschwierigkeiten, die die Käuferin zu haben schien, sondern vielmehr ihr Name – Karin Schlick kam ihm bekannt vor. Und als sie dann kurze Zeit danach zur Unterzeichnung der Übernahme- und Vertraulichkeitserklärung durch seine Tür kam, rief auch ihr Gesicht ein Déjà-vu-Moment in ihm hervor. Doch er konnte beim besten Willen nicht sagen, wo er sie schon einmal getroffen haben könnte. Er kam ja viel rum, und dieser Typ Frau war nicht gerade das, was sich einem nachhaltig beeindruckend in den Weg stellte.

Löhring begrüßte sie also und beugte sich zu ihr hinüber: »Frau Schlick, ich gratuliere Ihnen zu Ihrem MBO und wünsche Ihnen viel Glück. Das wird ja erst mal ein bisschen Gestrampel werden, oder?«

»Nun, wenn Sie meinen Finanzierungsplan meinen, so kann ich den leider nicht weiter nachbessern«, sagte sie. Es war diese knappe, sachliche Art, dieses Schnörkellose, fast schon Schnippische, das ihm seltsam vertraut vorkam. Löhrings Mund sprach weiter, während seine Augen ihre Augen, ihren Mund, ihre Gestik und jede ihrer Bewegungen erfassten. Und dann begann er sich dunkel zu erinnern, widerstrebend zuerst, als weigere sich etwas in ihm, eins und eins zusammenzuzählen. Doch, sie konnte es tatsächlich sein. Sicher, sie war etwas in die Jahre gekommen, wie es Frauen ihres Alters manchmal schubartig taten. Sie hatte ihre Haare abgeschnitten, war schmaler geworden.

»Was machen Sie mit der Erdbeerfotografie von Mapplethorpe unten in der Halle?«, wollte sie wissen.

Löhring war in Gedanken gewesen, erschrak fast und wunderte sich über diesen Themenwechsel, wo man doch eben erst bei den Eckpunkten des Deals angelangt war. »Nun, Frau Schlick, der Nachteil von virtuellen Unternehmen wie jenem, das Sie planen, ist wohl die Tatsache, dass Sie keine Wände zum Bilderaufhängen haben, gell?«

Sie lächelte, legte den Kopf etwas schräg, musterte ihn dabei, so wie er sie gemustert hatte, und sagte schließlich: »Nun, ich dachte nur, dass das in Zukunft vielleicht der richtige Platz für den Flechtkorb von Jeff Koons aus dem Besprechungszimmer wäre. ›The Basket‹ – den kennen Sie doch, nicht?«

In diesem Moment wusste Löhring es mit absoluter Sicherheit. Sie war es ohne Zweifel, stand vor ihm wie eine apokalyptische Reiterin aus seinem zweitschlimmsten Traum: diese Sekretärin aus St. Ägidius, die so bescheuert und gleichzeitig so abgebrüht gewesen war wie sie alle. Er hätte sich denken können, dass sie bei Winter geblieben war. Löhring hyperventilierte, versuchte jedoch, sich nichts anmerken zu lassen. Und dann auch noch dieser Korb. Wieso existierte der Korb noch, den er geflochten hatte?

»Sie bleiben, wo Sie sind. Ich bin sofort wieder da«, sagte Löhring und stürzte davon, raus, erst einmal nur raus, den Flur hinunter, um die Ecke, die Treppe hinauf. Er riss die Tür mit dem Schild »Konfi« auf und stand da, die Klinke noch in der Hand. Es war fast derselbe Raum wie damals. Und auf der Fensterbank stand sein Korb aus der Gestaltungstherapie, wie ein Kunstwerk unter Plexiglas. »The Basket«. Löhring atmete aus, hielt die Luft an und knallte die Tür wieder hinter sich zu – als würde der Wahnsinn noch infektiös im Raum wabern.

Dezentrieren, jetzt bloß dezentrieren, tief durchatmen. Mit Winter und den mit ihm verbundenen Erinnerungen an St. Ägidius war es kein Problem gewesen. Winter war krank, war ein ganz anderes Kaliber. Er war gegenwartsvernarrt und somit sehr volatil, hatte nur den Deal im Kopf, den momentanen Kick sozusagen. Diese Sekretärin jedoch war nachtragend wie so viele ihrer Art, würde wahrscheinlich nur mit der Schulter zucken, wenn Löhring sie für nicht zurechnungsfähig erklären ließ. Es würde auch in keiner Zeitung stehen, es würde ihr also einerlei sein. Sie hatte nichts zu verlieren. Nun gut, dachte Löhring, während er langsam die Treppe wieder hinunterstieg, dahinter steckte vermutlich ein erbärmlich kleiner Deal. Wie damals. Und dieses Mal würde er einfach mitspielen. Die Vergangenheit war Vergangenheit und eröffnete keinerlei Spielraum, in dieser Hinsicht hatte Winter mit seiner Haltung recht. Löhring machte einen Abstecher zum Herrenwaschraum und schlug sich eine Hand voll Wasser ins Gesicht.

»Wie viel wollen Sie?«, fragte er, als er das Büro wieder betrat, in dem Schlick noch immer auf ihn wartete.

»Wie meinen Sie das? Zusätzlich?« Sie schien verwirrt.

Es konnte doch nicht sein, dass sie ausgerechnet in dieser Situation nicht so schnell im Kopf war wie er selbst, obwohl sie doch offensichtlich die Zügel in der Hand hatte, dachte Löhring und brüllte ihr entgegen: »Mensch, Frau Schlick, ich weiß doch, was das hier soll! Wie viel Kohle wollen Sie, damit Sie die Klappe halten?«

Schlick reagierte gekränkt. »Ich bin nicht so wie Sie, Herr Dr. Löhring. Das Einzige, was uns eint, ist der Blick nach vorne. Wir sollten die Vergangenheit ruhen lassen. Ich möchte nur die Erdbeersparte, nicht mehr und nicht weniger.«

Mein Gott, dachte Löhring, wie naiv musste diese Frau sein, nicht deutlich mehr herausholen zu wollen aus dem Deal, den er ihr da gerade auf dem Silbertablett servierte. Er zuckte mit den Schultern: »Wie Sie wollen, Frau Schlick. Ich werde noch einen informellen, unverfänglichen kleinen Zusatz in die Vertraulichkeitserklärung einfügen lassen, und dann kriegen Sie Ihren Erdbeerladen fast geschenkt.«

Sie lächelte, nahm ihre Handtasche und gab ihm die Hand. Er solle bitte Keith Winter herzliche Grüße von ihr ausrichten. Sie denke noch oft an die gemeinsame Zeit, fügte sie immer noch lächelnd hinzu, bevor sie das Büro verließ.

Was blieb, war ihr Parfum. Zu helfen war ihnen wohl nicht, den Frauen, dachte Löhring, als er sich Richtung Sekretariat aufmachte. Er würde einiges am Verkaufspreis nachlassen müssen. Sanierungskosten eben. Fix it, sell it or close it. Zur Not ließen sich ein paar von den Gewächshäusern an einen der Sallewitz-Kesch-Immobilienfonds verkaufen und zurückmieten. Dann hätte Kellermann wenigstens etwas zu tun.

Mirandas Finger schmerzten, hatten weder Lust noch Kraft, sich auf der Tastatur zu spreizen für das Ü, das Z, für die Umschalttaste, das Fragezeichen rechts oben und das Dollarzeichen weiter links. Vor ihr auf dem Tisch lag bereits das Touristikkonzept für »Gold Bug Tours – Natur- und Erlebnisreisen zu den Goldkäfern Costa Ricas«. Löhring hatte inzwischen extern Anteile eines Reiseunternehmens übernommen, denn dieses Geschäftsmodell passe hervorragend zur Corporate Identity von SKARABÄUS, hatte er gesagt. Ja, von so etwas hätte sogar Thomas Cook geträumt, es lasse das Unternehmen »organisch wachsen«, und Urlaub müsse ja schließlich jeder machen. Costa Rica habe ganzjährig ein ausgewogenes Klima, den Pazifik, den Dschungel, zudem eine durchaus fortschrittliche Infrastruktur. Das schreie nach Investition.

Miranda wusste, dass Löhring das Geschäft in drei Kernbereiche aufgliedern wollte: Forschung und Entwicklung, Technik und Vertrieb sowie Touristik. Das war an sich noch kein Grund zur Sorge, aber es ging alles viel zu schnell. Während Richard Patthorn und seine Kollegen noch immer den allerletzten Geheimnissen der Chitinpanzer hinterherjagten und deren Lichtbrechungen ständig neu rekonstruierten, stand Löhring schon wieder im Scheinwerferlicht und gab das nächste Interview. Vielleicht meinte er es auch nur gut, dachte Miranda, vielleicht war er nur ein bisschen ungeduldig, sozusagen von einer Art kindlichem Idealismus beflügelt. Aber es war beschämend, wie leicht er es sich dabei machte.

»Und nun sanieren wir erst einmal weiter, was das Zeug hält, Miranda, was? Ich denke dabei parallel über eine Kapitalerhöhung nach. Verbinden Sie mich gleich mit Mollow.« Löhring hatte sich hinter ihren Schreibtisch gestellt, ließ den Blick, während er sprach, nonchalant über die sich darauf befindlichen Papiere schweifen und gab ihr einen freundschaftlichen Klaps auf die Schulter, sodass auf dem Bildschirm vor ihr plötzlich »Seeehhhrrr« stand.

Sie fuhr herum auf ihrem neuen Bürostuhl mit den fünf Rollen, dem roten Bezug und der verstellbaren Kopflehne. Mit neuen Stühlen für alle Mitarbeiter hatte Löhring eine positive Einstellung zum Wandel im Unternehmen verankern, ihn sozusagen für jeden »am eigenen Leibe« erfahrbar machen wollen. Er hatte es »intrinsisches Change Management« genannt. Nun saßen sie drauf. Miranda musste an Löhring 007 und seine Lizenz zum Managen denken, als sie sagte: »Ich verstehe das alles irgendwie nicht.«

Sie hatte wieder diesen Hauch von Verzweiflung in den Augen, fand Löhring, wie eine Verkäuferin, wenn kurz vor Feierabend noch Kunden kamen. Herrje, wie um Himmels willen holte man aus dieser Frau ein Fünkchen Unbekümmertheit heraus? Er winkte ab. »Müssen Sie auch nicht verstehen, Miranda, müssen Sie nicht. Zu komplex«, erwiderte er und fügte besänftigend hinzu: »Es muss schließlich ein paar Dinge geben, in denen wir uns unterscheiden, nicht wahr?«

»Was haben Sie vor?«

Sie fragte, sie fragte schon wieder, dachte Löhring. Er versuchte nun wirklich, sich in jede Frau einzufühlen, aber diese hier stellte immer nur Fragen grundsätzlicher Natur, provozierte Kommunikation, statt einfach zu machen. »Denken Sie nicht immer so viel mit, Miranda«, sagte er.

Doch sie gab keine Ruhe. »Ich meine ja nur. Wie soll das alles jetzt weitergehen? Und was sagt denn Herr Winter dazu?«

»Was haben Sie eigentlich für Hobbys, Miranda?«

»Hobbys?«

»Ja, herrje, Ihre Hobbys. Oder haben Sie keine?«

»Sie müssen mich nicht erst nach meinen Hobbys fragen, wenn Sie etwas von mir möchten.«

»Hobbys, verdammt!«

»Ich fotografiere gerne Wolken und Wellen.«

»Wie bitte?«

»Wolken und Wellen.«

»Nun, meinetwegen auch das. Dann machen Sie das, genau

das, nicht mehr und nicht weniger.« Löhring knallte die Tür hinter sich zu, als er den Raum verließ.

Miranda versuchte, sich auf ihre Arbeit zu konzentrieren und das Denken abzustellen, aber es ging nicht.

Es klingelte auf der anderen Leitung, und in diesem Moment war sie fast froh über die Ablenkung.

Frau Löhring war am Apparat. Sie klang aufgeregt, aber das musste nichts bedeuten: »Guten Tag, Frau Beck. Es ist etwas passiert.«

Miranda rollte die Augen. Überall auf der Welt passierte zu jeder Sekunde etwas. Man nannte es Leben. Sie riss sich zusammen und fragte: »Oh, tatsächlich? Was denn?«

»Mr Stringer ist gestohlen worden.«

»Ihr Hund? Sind Sie sicher? Vielleicht ist er einfach nur einer Katze oder einer Maus hinterhergejagt.«

»So etwas hat er nie gemacht. Il faut le dire.«

»Meinen Sie, man hat ihn entführt?«

»Nein, ich denke nicht.« Sie zögerte, als müsse sie überlegen. »Er war tot.«

Miranda blickte auf das Display. Es war tatsächlich Löhrings Privatnummer.

Frau Löhring fuhr indes fort: »Ich muss Ihnen das erklären. Ich war einkaufen mit ihm. Mr Stringer ist ja nicht mehr der Jüngste, wie Sie wissen. Und, nun ja, da ist er verschieden, ganz plötzlich. Ich habe es erst gemerkt, als die Leine so spannte.«

»Das tut mir leid, Frau Löhring. Je suis désolée. Das muss schrecklich für Sie gewesen sein.«

»Je peux vous dire.«

»Aber immerhin, dann ist er doch nicht gestohlen worden, sondern lediglich tot?«

»Oh, non. Beides.«

»Wie?«

»Es war direkt vorm Prada-Geschäft. Ich bin dann da rein, habe denen gesagt, dass mir mein Hund vorm Laden, wie sagt man, verreckt ist, und habe um eine große, stabile Tüte und etwas Papier zum Einschlagen gebeten. Ich musste ihn ja irgendwie zum Auto transportieren.«

»Oh, das war eine gute Idee. Und dann?« Miranda versuchte, teilnahmsvoll zu klingen.

»Nun, als ich mein Auto aufschließen wollte und für einen kurzen Moment die Prada-Tüte neben mir abstellte, kam jemand an mir vorbeigelaufen und hat sie sich gegriffen. Gestohlen, verstehen Sie? Un vrai malheur. Können Sie sich vielleicht erkundigen, ob jemand sie irgendwo gefunden hat?«

Es war nicht immer einfach, Projektarbeiten als solche zu erkennen und anzunehmen, dachte Miranda, als sie die Nummern der örtlichen Polizeidienststellen heraussuchte.

Der Bildschirmschoner bot kaum Zerstreuung: Ein riesiger Käfer kroch von links unten nach rechts oben, mit einem Schildchen am Beinchen: »Wer neue Wege gehen will, muss ohne Wegweiser auskommen.«

Das Telefon klingelte wieder. Dieses Mal war es Winter. Miranda solle sofort in die Forschung kommen. Da gehe etwas vor, das schriftlich festgehalten werden müsse. Er klang zwischen den Zeilen leicht beunruhigt, was Anlass zu der Vermutung gab, dass gerade die absolute Katastrophe passiert sein musste, die auch den verstocktesten Asperger-Patienten in Wallung zu bringen vermochte.

Miranda rief Mollow an, stellte ihn zu Löhring durch, aktivierte den Anrufbeantworter und machte sich auf den Weg, ohne noch einmal den Kopf durch Löhrings Tür zu stecken. Gold Bug Tours und Mr Stringer in der Tüte würden warten müssen.

Sie rannte über die Flure, vorbei an der neuen Skulptur mit den erstarrten, in Plexiglas konservierten Käfern im ersten Stock, vorbei an dem neuen Gemälde im Erdgeschoss, das ein »Brain Painter« mit Elektrodenhaube einzig mit der Kraft seiner Gedanken gemalt hatte, dann weiter über den Innenhof und schließlich hinein in den weit verzweigten Forschungstrakt. Schon von weitem sah sie einen Pulk Leute kopfschüttelnd und mit verschränkten Armen an der Stelle stehen, an der normalerweise der Dung für die Käfer aufbereitet wurde.

Ein hochgewachsener junger Mann mit schmutzigen Fingernägeln schien Rede und Antwort zu stehen: »Selbst unter dem Mikroskop sehen die Viecher alle gleich aus, aber wir nehmen an, dass es ein Caenorhabditis elegans ist. Unser Mist ist sein Nährboden. Er ernährt sich auch von größeren Stammesgenossen, höhlt sie sozusagen von innen aus, nachdem sie ihn verschluckt haben.«

»Der gemeine Fadenwurm?« Winter begann wieder von einem Bein auf das andere zu tänzeln.

»Ja, irgendwie ist er hier hereingekommen, und nun steckt er im Mist. Das war nur eine Frage der Zeit. Mit der Komplexität eines Systems wachsen eben auch dessen Fehlerquellen.«

»Es gibt einen Wurm, der unter dem Augenlid des Nilpferdes lebt und sich von dessen Tränen ernährt«, warf Winter in die Runde.

Manchmal war ihr Chef etwas peinlich, fand Miranda.

Man schwieg verständnisvoll, und Winter fuhr fort: »Wo stecken die Viecher denn genau?«

»Wir trampeln hier gerade auf Zigtausenden von ihnen herum.«

Miranda stand am Rande der Gruppe und zog die Zehen in ihren Sandalen hoch. Sie verstand kein Wort.

Richard Patthorn, der Panzerschichten-Ablösungsmann, raunte ihr zu: »Die Käfer haben den Wurm in der Mistkugel. Er sitzt in den Fraß- und in den Brutpillen, weicht den Panzer auf und vernichtet die Larven. Und ich allein brauche zwanzig von denen pro Tag für die Versuchsreihen.«

»Scheiße.« Miranda hielt sich die Hand vor den Mund, aber der Mann neben ihr meinte, das Wort sei der Situation wohl angemessen.

»Was machen wir nun? Elefantenkacke aus Ägypten importieren? Oder gleich mit Sack und Pack nach Costa Rica umziehen?«

Es hatte sich der reinste Galgenhumor breitgemacht, denn eines stand fest: Der Wurmbefall hatte den Großteil der Käferpopulation bereits dahingerafft, und die Erforschung der Chitinpanzerschichten und ihrer optischen Lichtberechung war längst nicht so weit fortgeschritten, als dass man großzügig über das Massensterben der Käfer hätte hinwegsehen können. Es würde die ohnehin schon kostspielige Forschung um Monate zurückwerfen. Und noch war die Investorengruppe nicht informiert.

Löhring, der noch nichts vom Wurm wusste, war mit Mollow über dessen Gestüt und die letzten Listenrennen für dreijährige Stuten ins Gespräch eingestiegen. Irgendwann, als er Mollow damit hinreichend »emotional abgeholt« hatte, schwenkte er auf das Thema Etta von Dangast um. Er wusste, dass dieses Telefonat eigentlich Keschs Job gewesen wäre, aber ab einer gewissen Komplexität der Sachlage musste er die Dinge höchstpersönlich in die Hand nehmen, insbesondere weil Mollow um die Identität des falschen Kesch wusste. Und nie und nimmer hätte er mit einem Knacki ohne jeglichen Pferdeverstand reden wollen. Immerhin ging es jetzt um nicht weniger als eine Kapitalerhöhung für SKARABÄUS, denn der Zukauf der Reisesparte war etwas teurer geworden als gedacht.

Löhring senkte die Stimme: »Mollow, nochmals, bei SKARABÄUS handelt es sich buchstäblich um eine Goldgrube, todsicher. Die Chancen übersteigen die Risiken bei weitem. Ihr könnt mit einer dauerhaft überdurchschnittlichen Performance rechnen, und wir könnten langfristig den Markt outperformen, wenn wir die nötigen Investitionen weiter getätigt und die Anlaufkosten im Griff haben. Ich bin mir nicht sicher, ob die Investorengemeinschaft da uneingeschränkt mitmacht, aber die von Dangast sollte jetzt nachlegen, bevor es zu teuer für sie wird. Ihr müsst der Etta jetzt helfen, den Schatz zu heben!«

Mollow schien gerade eine Zigarre zu rauchen und schnaubte in den Hörer: »Bist du dir sicher, Wilhelm, dass SKARABÄUS den Realitäts-Check besteht?«

Löhring verstand nicht. Seine Flimmerhärchen auf den Nasenschleimhäuten stellten ihren Dienst ein. Der Schleim kam. »Wie, jetzt?«, fragte er.

»Du glaubst doch nicht wirklich, dass eure Käferbude so schnell wuppt? Ist schon etwas abenteuerlich. Ihr seid doch noch nicht einmal due-diligence-fähig, und es kann Jahre dauern, bis wir damit ordentlich einsteigen können«, sagte Mollow.

Löhring gab sich einen Stoß ins rechte Loch. »Aber Friedrich, das verstehe ich jetzt nicht. Wofür habt ihr dann die GbRs für die Investitionen gegründet, wenn ihr gar nicht wirklich an das Geschäftsmodell glaubt?«

»Wir agieren schon lange nicht mehr intrinsisch, Wilhelm. Man kann auch Geschäfte machen, gerade weil man nicht daran glaubt.«

»Wie, jetzt?« Löhring kam sich schon vor wie Kellermann mit seiner Fragerei.

»Die Investoren, die wir für das SKARABÄUS-Modell vorgesehen haben, kaufen uns alles ab, nur um ihr Geld steueroptimiert anzulegen. Zur Not legen wir einen Fonds auf, der darauf wettet, dass SKARABÄUS es *nicht* schafft. Da sind wir flexibel.« Mollow tat wieder einen Zigarrenzug und stieß den Rauch hörbar zwischen den Zähnen aus. Seine Worte hingen schwer in der Luft. Es war schrecklich. »Nicht nur bei den Bankern, auch bei den Anlegern gibt es die Normalen und die Bekloppten, Wilhelm. Glücklicherweise haben wir in unserer Vermögenskategorie mehr Bekloppte unter den Kunden, die schon im Eingangsbereich ihres Hauses goldene Bodenfliesen haben. Come on, Wilhelm, da erzähle ich dir doch nichts Neues.«

»So habe ich das noch gar nicht gesehen.« Löhring überlegte fieberhaft. Es war wie ein Schlag ins Gesicht. Überzeugung aus Leidenschaft sah anders aus. »Nun, wo genau ist denn da jetzt mein Kontext …«

Mollow fuhr fort, ohne Löhring ausreden zu lassen: »Außerdem sind die Investitionen in den GbRs gedeckelt. Wir haben nicht die Mehrheit. Wilhelm, glaube mir, ich lass mich gern vom Gegenteil überzeugen, was SKARABÄUS anbelangt, aber das ist mir alles zu punktuell. Vorerst bleibe ich bei Plan A und arbeite sozusagen mit doppeltem Boden.«

Löhring wurde langsam klar, was Mollow meinte, aber er wollte es auch hören. »Und wie sieht Plan A bitte schön aus, Friedrich? Nur um das nochmals klarzustellen natürlich …«

»Na, so wie er immer ausgesehen hat. Das klassische Kreditgeschäft, so altmodisch es sein mag, ist immer noch unsere Haupteinnahmequelle. Und in speziellen Fällen müssen wir antizyklisch agieren.«

»Was heißt das?«

»Je mehr Schulden jemand bei uns hat, umso mehr Kredit muss er bekommen. Etta von Dangast, mein Lieber, hat alle ihre Schulden bei uns mit zugekauften Aktien an der Dangast-Gartencenter-Gruppe abgesichert. Die muss im Spiel bleiben. Wenn die Insolvenz anmelden muss, fliegt uns hier alles um die Ohren, dann verlieren wir zur Verfügung gestellte Gelder in dreistelliger Millionenhöhe und jede Chance auf Übernahme! Und Keschs Fonds mit den Dangast-Immobilien implodieren dann auch. Noch Fragen?«

Beck kam herein und guckte schon wieder so komisch. Irgendetwas schien dringlich zu sein, aber Löhring gestikulierte sie mit energischen Handbewegungen wieder hinaus. Er glaubte jetzt, seinen Kontext gefunden zu haben. »Euch ging es von Anfang an nicht um die Käfer, sondern vielmehr darum, den Dangast-Kurs hochzubringen zur Absicherung eurer Kredite und um irgendwann vielleicht sogar eure Kredite in Aktien zu tauschen und den ganzen Dangast-Laden mal zu übernehmen? So sieht es doch aus, oder? Und ich sozusagen als Herr der Käfer mittendrin!«

»Das hast du gesagt, Wilhelm.«

Löhring kam allmählich wieder ins Spiel. »Und noch dazu habt ihr die von Dangast jetzt so oder so in der Hand, sozusagen als Goody obendrauf!« Er sagte leise »Puff« ins Telefon. »Sie hat's knallen lassen, wie wir wissen. Mensch, Friedrich, warum erpresst ihr sie nicht gleich?«

Mollow wollte wohl nicht direkt darauf antworten und sagte

nur, das sei nicht der Stil des Hauses. Man arbeite da etwas verdeckter. Und Löhring solle doch mal zusehen, dass er endlich seine Rhinitis in den Griff bekomme. Er pfeife ja aus dem letzten Loch. Dann legte er auf.

Fünf Minuten später hatte Miranda Löhring vom Wurm im Mist berichtet, und er hatte sein Smartphone nach ihr geworfen. Sie war belastbar, wie Überbringer schlechter Nachrichten es sein müssen, und flink, hatte sich rechtzeitig gebückt, war geschickt seitlich ausgewichen und entkommen, pfeilschnell wie ein Fischchen. Sie war keine Frau der großen Welle.

Löhring dagegen war außer sich. Sollte er sich jetzt auch noch um die Käferkacke kümmern? Sicher, er hatte Verantwortung für das Unternehmen, für die Leute. Aber die Mitarbeiter hatten verdammt noch mal auch ein bisschen Verantwortung ihm gegenüber, wenn er ihnen schon gewisse Dinge überließ. Mit dem Delegieren hatte er bis zu diesem Zeitpunkt nie Probleme gehabt, sofern es sich um punktuelle Details wie Käferaufzucht und Brutpflege handelte. Und nun das.

Konnte man Würmer nicht kommen sehen? Kannten die kein Risk Management? Löhring ließ alle Termine canceln und fuhr zunächst zu Kellermann, mehr aus Intuition, aus einem Gefühl heraus. Er musste jetzt irgendwohin, ins Warme kommen, einen Cognac trinken.

Als er vor Keschs Villa vorfuhr, hatte er sich tatsächlich bereits ein wenig dezentriert. Er würgte den Motor ab, knallte die Lederhandschuhe vor die Windschutzscheibe und hechtete aus dem Wagen. Doch er kam nicht weit, blieb wie angewurzelt vor dem Haus stehen.

Das durfte nicht wahr sein, war vielleicht eine Halluzination aufgrund der jüngsten Ereignisse. Doch die Halluzination hatte eine Kühlerhaube, die man anfassen konnte: Vor der Tür stand Kellermanns alter Käfer aus dem Hühnerstall – liebevoll hergerichtet, so gut wie neu, mit goldfarbener Speziallackierung und goldfarbenen Felgen. Als Cabrio. Freestyle. Mit neuen, abgesteppten Ledersitzen. Die Entführung kam Löhring sofort wieder in den Sinn: der Geruch nach feuchten Polstern im Wageninnern, die langsame Fahrt, die bedrängende Nähe zu Kellermann – und vor allem die Waffe. Da half selbst der Goldglanz nichts. Fassungslos stand Löhring vor dem Gefährt. Kellermann hatte wohl erkannt, dass sich auch ohne Bargeld so einiges in Auftrag geben ließ. Aber wie konnte der Knacki nur ein solches Risiko eingehen?

Löhring klingelte Sturm an der Haustür. Doch es meldete sich niemand, auch nicht beim dritten Klingeln. Das war ungewöhnlich, denn Kellermann hielt sich äußerst selten außerhalb des Hauses auf. Er sei es schließlich gewohnt, eingebuchtet und überwacht zu sein, hatte er gesagt.

Löhring ging um das Haus herum zur Terrassentür, dieses Mal mit einer unheilvollen Vorahnung.

Er fand Kellermann bewusstlos an der Ordnerwand.

Das Überlastungssyndrom

Nirgendwo Blut. Offenbar keine Schusswunde. Das war ja schon mal was, dachte Löhring, als er Jürgen wenig später mit den flachen Handflächen Ohrfeigen gab, um ihn ins Leben zurückzubefördern. Er musste aufpassen, durfte nicht zu fest zuzuschlagen und bekniete seinen Partner, jetzt nicht schlappzumachen, nicht bei der derzeitigen Unternehmenslage. Er solle sich entweder endlich zusammenreißen oder mit diesem verdammten Spiel aufhören.

Jürgen schwieg.

Löhring legte instinktiv beide Hände da hin, wo er Kellermanns Herz vermutete, und begann rhythmisch zu pumpen, wie man es in diesen Arztserien immer sah. Emergency Löhring. So viel konnte man wohl nicht falsch machen dadurch, jeder Schauspieler konnte das. Löhring pumpte, spürte nach einiger Zeit etwas Hartes, Schweres auf Jürgens Herz. Er tastete die Brust ab, schlug das Sakko zur Seite, entfernte den Revolver aus der Innentasche und pumpte weiter. Es fühlte sich ziemlich operativ an. Er pumpte, bis die Fingerknöchel weiß wurden, pumpte erst schnell, dann etwas langsamer, zählte jeweils bis drei, mit Pausen, ohne Pausen. Die Haare fielen ihm ins Gesicht. Und ja, er fand schließlich seinen Rhythmus, der hoffentlich auch Jürgens Rhythmus war.

»Um Gottes willen, Jürgen!« Ilse Kesch kam ins Zimmer gestürzt und kniete sich neben Löhring hin, drängte ihn beiseite. Sie war hysterisch, und das war das Letzte, was man als Ersthelfer gebrauchen konnte. Er ging wieder mit den Armen dazwischen, arbeitete sich am bewusstlosen Jürgen nach oben und klatschte weiter in dessen Gesicht.

»Wilhelm, lass das doch!« Sie schubste ihn weg. »Wann kommt der Krankenwagen?«

Während er Kellermanns Füße auf einen Ordnerstapel legte, sagte Löhring: »Vielleicht hat er nur kurz das Bewusstsein verloren. Kleine Umnachtung, kommt schon mal vor. Wir wollen es nicht übertreiben.« Zugegeben, er war emotional schon ein wenig involviert, aber es kam auch auf die situativ richtige Führung an.

»Willst du mir sagen, du hast niemanden angerufen, lässt ihn hier einfach so liegen?«

»Eine Ad-hoc-Entscheidung. Kann Stress sein. Kreislauf wahrscheinlich. Kenne ich. So etwas kriegen wir alle mal, ohne dass wir gleich zum Arzt rennen.«

»Was?« Ilse blickte Löhring entsetzt in die Augen.

»Ilse, denk doch mal nach. Hast du eine Ahnung, was wir riskieren, wenn er ins nächstgelegene Krankenhaus kommt? Kennst du seine Blutgruppe? Edgar hatte doch einen Herzschrittmacher. Was werden die denken, wenn die ihn jetzt nicht mehr finden?«

Ilse Kesch sprang auf, rannte zum Telefon und wählte die 112. »Edgar hat sich ausschließlich *hinter* der Grenze behandeln lassen. Du weißt ja selbst, wie schnell man hierzulande gebrandmarkt wird, da vergisst man nach der OP schon mal eine Klemme im Patienten.«

Als der Notruf durchgegeben war, richtete sich Löhring auf und ging langsam durch den Raum. »Das wusste ich nicht.«

»Ach, und was du nicht weißt, kann auch nicht stattgefunden haben, oder was? Und jetzt verlass bitte mein Haus.« Sie kniete sich wieder neben Jürgen und strich ihm über die Wange.

Löhring warf noch einen letzten Blick auf den Bewusstlosen, ging ohne ein Wort und zog die Haustür hinter sich zu. Als er die Auffahrt hinunterfuhr, sah er durch die Bäume bereits das Blaulicht des Krankenwagens auf der Hauptstraße. Er setzte die

Sonnenbrille auf, gab Gas, verließ das Grundstück und fuhr in die entgegengesetzte Richtung davon.

»Unternehmertum in schwierigen globalen Zeiten« – das stand als Bemerkung auf den Rechnungen. Es waren zwei Wochen vergangen seit der Entdeckung des Fadenwurms und Keschs plötzlichem Ausfall. Und jetzt war es bereits 17.12 Uhr. Miranda starrte auf den Briefkopf, dann auf das Adressfeld, schließlich auf die Zahlenkolonne unter dem Summenstrich unten rechts und wieder zurück. Sie versuchte die Kosten nachzuvollziehen: Beratung, Skript, Soundtrack, Produktionskosten – alles für eine von Löhring initiierte Filmproduktion. Es gelang ihr nicht. Dies sei ein »Geschenk für einen guten alten Freund und Förderer« gewesen, hatte Löhring gesagt, sie müsse das alles gar nicht so genau wissen. Ja, dachte Miranda, wahrscheinlich hatte sie nicht die blasseste Ahnung. Aber allein buchungstechnisch blieb die Frage: Was um Himmels willen hatte das mit SKARABÄUS zu tun?

Zwei der Rechnungen waren an Löhrings Privatadresse gegangen und hatten sich offenbar klammheimlich auf einen Luftzug gesetzt, waren eigenmächtig durchs offene Fenster in ihr Büro geflogen, um endlich eine Kostenstelle zu finden. Es wäre nicht das erste Mal, dass sich Rechnungen selbständig machten, um sich anschließend fast schon exhibitionistisch auf Mirandas Schreibtisch zu räkeln: Guck nicht so genau hin. Nimm mich. Bezahl mich. Dann bist du mich los.

»Herr Dr. Löhring, wie stelle ich denn jetzt den Zusammenhang mit SKARABÄUS her?« Sie sah Löhring in die Augen, als sie ihn fragte, und er begann mit diesem kaninchenhaften Nasenrückenzucken, dass seine Brille wackelte.

»Netzwerk-Aufwand, Miranda. Man muss die Leute bei Laune halten.«

»Aber die Buchhaltung ...«

»Ach, was. Sie müssen das in einem völlig anderen Kontext sehen, mehr auf die Meta-Ebene gehen. Dieser Aufwand ist lächerlich im Vergleich zu dem Cashflow, den wir langfristig dafür erwarten.«

»Aber müsste das nicht eher Ihre Investmentfirma in London tragen? Die steht hier unten als Kontakt.«

»Das ist falsch.«

»Warum?«

Löhring hob die Hände. »Wenn Sie das nicht verstehen, dann schreiben Sie doch einfach eine Notiz: ›Wie telefonisch besprochen, wird der Betrag Invest Busters London weiterbelastet, sodass er hier zur Verrechnung kommt.‹ Oder so. Das ist doch alles unwesentlich.«

Sie verstand immer noch nicht. »Dann kann ich mir ja gleich eine korrigierte Rechnung schicken lassen und direkt vom Londoner Konto abbuchen.«

Herrje, dachte Löhring, jetzt guckt sie wieder so vorwurfsvoll. Wie konnte man dermaßen unflexibel und kleinkariert sein? »Frau Beck. Eine Notiz schreiben und eine Buchung vornehmen sind zwei unterschiedliche Dinge. Tun Sie einfach genau das, was ich Ihnen gesagt habe.«

»Das geht doch nicht! Das merken die doch.«

Löhring versuchte ruhig zu bleiben. Schließlich war Beck diejenige, die die Rechnungen an die Buchhaltung weiterleitete. »Zu viel denken kann auch schaden. Machen andere auch nicht. Sie haben eine Wissens- und Kontrollillusion.« Löhring legte seine Hand väterlich auf ihre Kopfstütze. »Ich sage Ihnen jetzt mal was, Miranda. Im Management entstehen achtzig Prozent aller Innovationen durch ungeplante Aktionen. Und dies ist eben eine davon. Sie müssen nur mit offenen Augen durch die Welt gehen!«

»Aber das tue ich doch gerade.«

Er schlug auf die Kopfstütze. »Sie gucken aber in die falsche Richtung, herrje.«

»Bei welcher Eskalationsstufe sind Sie gerade?« Winter stand in der Tür zum Büro.

Löhring fuhr zu ihm herum: »Wie meinen Sie das, Winter?«

»Ich nehme an, Sie waren es, der den Wurm ausgesetzt hat, um die Versuchsbedingungen zu verschärfen. Wer hat Sie beauftragt?« Winter blieb im Türrahmen stehen, den Blick auf Löhrings Schuhspitzen geheftet.

Löhring seinerseits verstand nicht recht. Er war es leid, dass Winter immer Fragen stellte, die kein normaler Mensch beantworten konnte, statt selbst die Ärmel hochzukrempeln. »Guter Witz, Winter. Sie wollen hier doch nur meine Problemlösungskompetenz testen! Dabei steht Ihnen das gar nicht zu, Sie haben sich doch bisher immer schön rausgehalten aus dem Management, wenn ich das mal so sagen darf. Wer zieht denn hier gerade den Karren und sorgt für die Kohle?«

Genau in diesem Moment schlich jemand an Winter vorbei in den Raum. Löhring hörte schlagartig auf zu reden. Es mochte das erste Mal sein, dass Etta von Dangast, die Grande Dame, unangemeldet in die Tiefen ihres Unternehmens vordrang. Miranda hatte sie noch nie zuvor leibhaftig gesehen. Sie kannte lediglich die Papier-Etta mit ihrem Gesamtvermögen und ihrer privaten Infrastruktur bis hin zum Allergikerkopfkissen in sechzig mal achtzig. Es war erstaunlich, die Frau hatte genau die Stimme und die langsame Sprechweise, die Miranda beim Tippen im Kopf gehabt hatte.

»Ach. Schön, dass ich Sie gerade zusammen hier antreffe.« Sie näherte sich langsam, pirschte sich an wie eine Touristin, die sich auf Safari wilden Tieren nähert.

Miranda betrachtete sie aus den Augenwinkeln. Sie hatte sich die Hauptaktionärin sehr viel präsenter vorgestellt. Die Frau, die jetzt so nett und unauffällig mit leicht hängenden, schmalen Schultern vor ihr stand, wirkte zart und anfällig und war von einer Schwermut begleitet, dass man am liebsten die Fenster aufgerissen hätte. Wie konnte eine solche Frau ein Unternehmen wie die Dangast-Gartencenter-Gruppe leiten? Sie war ein seltsames Exemplar Mensch und befand sich insofern zumindest in guter Gesellschaft.

»Die von der Bank sagen, dass sie mir alles finanzieren, wenn ich weiter Aktien zukaufe. Dabei kann ich doch längst schon nicht mehr die Zinsen bezahlen.«

Etta von Dangast schien keine Frau des Smalltalks zu sein. Sie war aber auch nicht der Typ, der grundsätzlich gleich zur Sache kam, straightforward sozusagen. Nein, es klang eher wie ein Schrei nach Hilfe. Ihre Seele schien zu brennen, und es musste raus.

»Ich soll jetzt Überweisungen an eine ASG-Invest unterschreiben, sagt die Bank. Kann ich das denn machen? Was machen die Käfer?« Sie blickte fragend in die Runde und schien sogar Miranda mit einzubeziehen.

Löhring fand als Erster wieder Worte: »Frau von Dangast, guten Tag! Nun setzen Sie sich doch erst einmal. Was halten Sie von unseren neuen Bürostühlen? Haben Sie auch schon einen?«

Winter rollte die Augen, wandte sich ab und stellte das Radio an. Es war 17.59 Uhr.

»Die sagen, dass ich nur meinen Namen unter das Papier für die ASG-Invest setzen soll, dass ich noch gar nichts direkt zahlen muss. Die wollen bürgen. Und später, wenn die Käfer Gold abwerfen, wollen sie die Gewinne nach Maßgabe der verbürgten Kreditanteile verteilen. Ich soll dreißig Prozent bekommen. Ist das okay? Das ist aber nicht viel, oder? Warum machen die das? Warum mache ich das überhaupt?« Sie stand immer noch.

Löhring schien das alles auch nicht wirklich zu durchdringen. Er nahm sie zur Seite und schlug vor, dass er jetzt erst einmal seinen Freund Mollow von der Bank anrufe und das querchecke.

»Ich will aber nichts mehr über diesen Kesch laufen lassen. Ich will den nicht. Der sagt, dass er dieses Mal mich erschießt, wenn ich mich von allem trenne.«

Etta von Dangast wurde zusehends blasser, und Miranda drückte ihr ein Glas Wasser in die Hand.

»Und die Käfer, was machen denn nun die Käfer?«, fragte Dangast.

Miranda blickte von Löhring zu Winter und wieder zurück und sagte: »Herr Winter, Sie müssen jetzt zum Termin!«

»Ha, ab in die Gestaltungstherapie, was, Winter?« Löhring versuchte, heiter zu klingen.

Winter verließ den Raum, blickte sich noch einmal um und sagte zu Löhrings Schuhspitzen: »Sie simulieren doch nur! Jeder Satz, den Sie von sich geben, ist doch Teil der Therapie!«

Etta von Dangast guckte.

Kellermann war letztendlich weich gefallen. Im Krankenhaus saß er schon wieder aufrecht in den Kissen, als Löhring in das Zimmer der Privatstation gestürzt kam und sich vor lauter Schwung im Bademantel verfing, der hinter der Tür hing. Im Frottee konnte er noch Edgars Aftershave riechen, und es schien fast, als würde der Tote lebendiger, je kranker Kellermann wurde. Mit einem Herzinfarkt war nicht zu spaßen, aber man musste die Dinge jetzt nicht auch noch dramatisieren, fand Löhring. Sie hatten auf der Vorstandsetage alle schon mal zuckend unter den Schreibtischen gelegen.

Was das Präsent für den Krankenbesuch anbelangte, so hatte sich Löhring für einen steuerlich absetzbaren Basketball entschieden und ihn über sein Sekretariat besorgen lassen. Darauf war ein Gesicht gemalt, unter dem »Wilson« stand.

»Na, alter Haudegen, die Luft ist Ihnen wohl ein bisschen zu dünn geworden, was? Ich dachte, etwas Balltraining könnte gut fürs Herz sein.« Löhring spielte dem verdutzten Kellermann den Ball zu. »Er heißt Wilson. Der kann Ihnen etwas Gesellschaft leisten. Sie kriegen ja wenig Besuch hier auf Station, oder? Wer soll da schon kommen?«

Kellermann war verkabelt, konnte so schnell die Arme nicht unter der Bettdecke hervorholen und bekam den Ball ins Gesicht.

»Oh, Entschuldigung.« Löhring nahm sich einen Stuhl und schleifte ihn quietschend an die Bettkante. »Behandelt man Sie auch gut hier? Und was machen die Blutwerte so? Testosteron okay?«

Kellermann guckte.

»Na, es geht doch langsam wieder los, Kollege!« Löhring schlug mit der flachen Hand auf die Bettdecke.

»Nennen Sie mich nicht Kollege.«

Kellermann fasste sich an den Kopf und war seltsam wortkarg, wie beim allerersten Zusammentreffen damals in der Zelle. Löhring setzte sich auf die Bettkante, neigte sich über Kellermanns Gesicht und versuchte, eine gewisse Besorgnis in den Blick zu legen. »Kellermann, was ist denn los mit Ihnen? Wir brauchen Sie! Unsere Investoren wollen Rendite sehen. Ich würde vorschlagen, Sie erhöhen mal wieder die Mieten der Fonds-Immobilien.«

»Auch die von der SKARABÄUS-Immobilie?« Kellermann versuchte, an das Wasserglas auf dem Beistelltisch zu kommen.

»Warum nicht?«, fragte Löhring.

»Na, da sind Sie als Vorstandschef doch sozusagen selbst Mieter. Sie sind ja lustig.«

Löhring überhörte es. Er war schon beim nächsten Gedanken. »Kellermann, mal was anderes: Ich kann Ihnen sagen, Ihre Immobilienfonds sind auf dem besten Wege, sich global zu entwickeln. Wir wollen mit der Forschung nach Costa Rica gehen und dort eine Reihe neuer Gebäude finanzieren, Immobilienmasse schaffen. Da können Sie sich fondsmäßig austoben, wenn Sie hier wieder herauskommen!«

»Warum Costa Rica?« Kellermann bekam einen Hustenanfall. »Ist das wieder so eine fixe Idee von Ihnen?«

»Herrje, warum, warum! Eine Krise, so wie Sie sie gerade zu haben scheinen, kann jeder haben. Was unsereinem aber zu schaffen macht, ist der Alltag. Da brauchen wir handfeste Lösungsansätze!« Löhring reichte Kellermann das Wasser. »Sie müssen trinken. Ganz viel trinken.« Er leerte das Glas in den Patienten hinein. »Tja, Kellermann, wenn wir das nicht machen mit Costa Rica, gucken wir in die Röhre. So wie es aussieht, sind die Käfer von einem Parasiten befallen, den wir so schnell nicht wieder loswerden. Und die Dangast wird momentan von der

Bank nach allen Regeln der Kunst gemolken, solange sie noch Anteile und Grundbesitz hat. Die gehen mit der langsam in die letzte Phase. Na ja, wir stecken ja mittlerweile alle mit drin …«

Kellermann unterbrach ihn abrupt. »Ich steige aus, Löhring.«

Stille. Löhring füllte das Wasserglas erneut, dass es spritzte, und trank es selbst in einem Zug aus.

Die Hitze blieb, und Kellermann fuhr fort: »Ihre Welt ist nicht meine Welt. Ilse und ich sind übereingekommen, dass ich mich stelle. Mit etwas Glück und den richtigen Anwälten sitze ich nur zwei oder drei Jahre, mildernde Umstände sozusagen.«

Es dauerte eine Weile, bis Löhring begriff und wieder sprechen konnte. »Also, Kellermann, ganz langsam, eines nach dem anderen. Ilse und Sie? Und wieso denn mildernde Umstände?«

»Na, Sie haben mich doch gezwungen, den Kesch zu geben! Ich seh ja schon aus wie mein eigenes Klischee! Das grenzt an Körperverletzung!«

»Sie sehen nicht so aus wie Ihr Klischee, Kellermann. Sie *sind* Ihr Klischee. Das ist der Preis, aber das ist doch längst kein Tatbestand. Ich bitte Sie«, sagte Löhring.

Kellermann schüttelte heftig den Kopf, wälzte ihn von einer Seite des Kopfkissens auf die andere. »Oh, nein. Das ist Verletzung meines Persönlichkeitsrechts! Ich wollte nie so sein.«

»Ha, dass ich nicht lache! Sie haben mich doch entführt, schon vergessen? Ich sage nur: Waffengewalt! Und kommen Sie mir nicht mit Persönlichkeitsrecht. Ich habe Sie doch erst von der Person zur Persönlichkeit gemacht! So sieht das aus!«

»Bullshit. Sie haben mich zum Totengräber gemacht, Mann.« Kellermann zog scheppernd die Schublade des Beistelltischchens auf, nahm den Siegelring heraus, den Löhring von Keschs kaltem Finger gezogen hatte, und warf ihn Löhring zu. »Ich will meine Persönlichkeit zurück. Ich will wieder Kellermann sein. Ich hatte nie die Absicht, ein anderer zu werden. Ich will mein altes Leben zurück.«

Löhring überkam wieder dieses Fiepen. Er bekam schlecht Luft, der ganze Rücken versteifte sich, und das jetzt, am helllichten Tage. »Sie können Ihr altes Leben nicht einfach so zurückbekommen, Kellermann. Und Sie hatten die Wahl. Ich hatte die nie! Ich komme aus einem Unternehmerhaushalt, da ist nix mit ein- und aussteigen. Ich hab's auch nicht immer leicht gehabt, das können Sie mir glauben.«

Kellermann ließ sich wieder in die Kissen fallen. »Jau, jetzt kommt diese Story wieder. Wer eine glückliche Kindheit hatte, aus dem wird nix bei euch, oder?«

Löhring kniff die Augen zusammen: »Ihnen ist immer noch nicht ganz wohl, Kellermann. Das sehe ich doch. Sie gucken so. Soll ich die Schwester rufen?«

»Ich bin vielleicht ein Mistkerl, aber nicht so ein Fünf-Sterne-Mistkerl wie Sie.«

»Danke, Kellermann. Ich nehme das jetzt mal als Kompliment.«

»Ich werde mit Ilse zusammenziehen, wenn ich entlassen werde. Noch habe ich die Chance, nicht alles zu vergeigen.«

Löhring staunte über so viel Naivität. »Nicht alles vergeigen? Mensch, Sie verbauen sich im Knast Ihre Zukunft doch wieder neu! Als ob ausgerechnet eine wie Ilse Kesch auf einen wie Sie warten würde!«

»Sie müssen nicht immer von sich selbst auf andere schließen, Löhring. Sie liebt mich.«

Löhring guckte. Da war es, dieses Wort. Es kam in der Rangfolge der schwer auszusprechenden Wörter noch vor »danke« und wurde nur von ganz wenigen beherrscht, passte deswegen überhaupt nicht zu einem wie Kellermann, fand er. Aber vielleicht war es auch nur ein Zeichen, ein Codewort sozusagen, das allein für Löhrings Ohren bestimmt war. Das konnte jetzt der entscheidende Moment sein, auf den dieser schlitzäugige Hi Lang es angelegt hatte. Das Wort jedenfalls schien dazu zu passen.

Also rief Löhring es lauthals aus, auf dass die Welt es hörte: »Liebe! Ha! Edgar, altes Haus! Nun hast du dich endlich zu erkennen gegeben. Von den Toten auferstanden, was? Ich wusste es doch gleich! Wo habt ihr Kellermann gelassen, und wen haben wir da im Garten verbuddelt? Sag's endlich!« Löhring lachte auf und gab dem Mann im Bett einen freundschaftlichen Klaps auf den Oberarm.

Doch dieser blieb unbeeindruckt: »Mein Name ist Kellermann. Und ich liebe Ilse Kesch. Ob Ihnen das jetzt gefällt oder nicht.«

Löhring war emotional schlagartig wieder auf der Rückbank des JVA-Transporters. Der Schwung war dahin. Und es klang fast atemlos, als er sagte: »Liebe – huch, die gleich. Woran machen Sie die denn fest, bitte schön? Ilse erpresst Sie doch genauso, wie sie die Dangast erpresst!« Löhring wusste, dass er sich jetzt hysterisch anhörte, die Worte pochten ihm gegen die Schläfen.

Kellermann schüttelte wieder den Kopf: »Sie müssen wohl der einsamste Typ auf Erden sein, wenn Sie mich das fragen. Jeder braucht doch jemanden. Aber Sie haben ja nur Ihr ›Netzwerk‹.«

»Ich *habe* kein Netzwerk. Ich *bin* das Netzwerk.«

»Sie ruft doch kein Schwein an, Löhring! Von wegen digitale Abstinenz. Bullshit.«

»Erzählen Sie mir nichts von Einsamkeit. Die muss man aushalten können bei uns.« Löhring setzte sich Kellermanns Wasserflasche an den Mund.

Kellermanns Blick ging von Löhring weg zur weißen Wand, und seine Stimme wurde leiser: »Wo waren wir stehen geblieben? Ja, die Liebe. Nun, sie sagt meinen Namen irgendwie anders, sie knüllt Zeitungspapier in meine nassen Schuhe, wenn es regnet.«

Löhring setzte die Flasche ab und lachte laut auf. »Toll, Kellermann. Ganz toll.«

»Sie schält mir abends zwei Mandarinen und schiebt sie mir in den Mund, wenn wir vorm Fernseher hocken. Was soll ich sagen? Sie nimmt mich, wie ich bin, obwohl sie alles über mich weiß. Sie macht ihr Ding, ich mach meins. Und wenn wir zusammen irgendwo hinfahren mit dem Käfer und es besonders schön ist, dann heben wir die Tankquittungen auf, schreiben was drauf, so als Erinnerung. Und dann …«

»Schon gut. Schon gut. Muss ich ja nicht verstehen.« Löhring war zum Fenster gegangen und blickte auf den Parkplatz, als würde er das erste Mal einen Parkplatz sehen.

»Schön, dass Sie uns besuchen! Ich weiß momentan überhaupt nicht, was ich glauben soll und was nicht.« Miranda saß mit Karin Schlick auf der kleinen Sofagarnitur in Löhrings Büro. Er war zu der Klinik gefahren, in der Kesch lag, und danach kam er wahrscheinlich gar nicht mehr ins Büro. Zudem stand noch in derselben Woche ein Flug nach New York an, wo sich Löhring, wie er es ausgedrückt hatte, »face to face« mit Investmentpartnern für den zentralamerikanischen Raum beraten wollte. Er schien es ernst zu meinen mit Costa Rica Gold Bug Tours, der neuen Reisesparte. Und er würde First Class fliegen. Wenigstens ohne Übernachtung vor Ort. Mit seinem Meilenkonto konnte man zwischenzeitlich ganze Schulklassen gratis ins amerikanische Disneyland schicken oder mit Prämien-Elektrogrills ausrüsten.

Karin Schlick hatte offenbar einen vielversprechenden kleinen Unternehmensstart mit www.miezeschindler.de hingelegt und wollte nun wissen, wie es Winter und seinen Skarabäen gehe.

Miranda zuckte mit den Schultern, winkte ab und begann dann vom Fadenwurm zu berichten. »Aber das ist ja noch nicht alles«, schloss sie. »Winter glaubt, Löhring habe eine Lizenz zum Managen, sei in Wahrheit ein Forscher, der testen wolle, wie weit man gehen kann im Management. Er könne den Fadenwurm selbst ausgesetzt haben. Können Sie sich das vorstellen?«

Schlick schüttelte den Kopf: »Nein, glauben Sie mir, wenn das stimmen würde, hätten wir auf den Chefetagen lauter habilitierte Sozialpsychologen mit Forschungslizenz sitzen. Nein, ich fürchte, deren weiße Kittel sind hinten zu knöpfen und nicht vorne.«

»Wir haben nicht einmal mehr Rücklagen für die Forschung am Wurm.« Miranda hob eine der vielen kleinen Papierkügelchen vom Boden auf, die Löhring in letzter Zeit produzierte und durch den Raum schoss. Es musste die Anspannung sein. Sie schnipste die Kugel in den Papierkorb und sagte: »Das glaubt einem doch niemand.«

Löhring stand immer noch in Kellermanns Krankenzimmer am Fenster, nahm zwei Pillen und schluckte. »Aber wenn Sie jetzt aussteigen, Kellermann, ist meine Reputation dahin! Wie soll das alles Ihrer Meinung nach weitergehen?«

»Wieso?«, fragte Kellermann. »Ihr Entführer stellt sich und entgeht nicht seiner Strafe. Sie hingegen nehmen sich einen Ihrer diversen Anwälte für das Desaster, das Sie da innerhalb der Dangast-Holding angerichtet haben. Ist zwar schlimm genug, aber schließlich haben Sie ja niemanden abgeknallt, oder?«

Das war nicht blöd. Löhring wurde hellhörig. »Und wie vertuschen wir die Entsorgung der Leiche?«

»Welche Leiche denn? Edgar lebt!« Kellermann blickte ihm in die Augen und zwinkerte. »Schwer von Begriff, was? Haben Sie es immer noch nicht gerafft?«

Löhring stutzte, dann warf er sich auf Kellermann und nahm ihn in die Arme. »Also doch ein Spiel! Edgar, altes Haus!« Eine Welle der Erleichterung breitete sich ganz langsam in ihm aus.

»Fassen Sie mich nicht an, Sie Schwuchtel!« Kellermann versuchte, sich aus der Umarmung zu befreien. »Verdammt, Löhring. Kesch liegt eineinhalb Meter tief im Garten und dürfte mittlerweile vorwiegend Kompost sein!«

»Nennen Sie mich nicht Schwuchtel.« Löhring stand konsterniert an der Bettkante.

Kellermann rollte nur die Augen und fuhr fort: »Was die Polizei und die Öffentlichkeit angeht, so wird Kesch sehr wohl noch leben. Er wird nur eines Tages Knall auf Fall von der Bildfläche verschwunden sein – wie verschollen, einfach so, von einem Tag auf den nächsten. Ist doch gar nicht unüblich in Ihrem Business, oder? Und Anlass gäbe es.«

»Wie, jetzt?« Löhring verstand rein gar nichts mehr.

»Na, man könnte doch sagen, Kesch sei wandern in Bhutan oder fahre Alaskas Seen im Kanu ab. Was Männer in seinem Alter eben so tun, wenn's brenzlig wird.« Kellermann schlug mit der flachen Hand auf die Bettdecke und grinste. »Niemand wird je erfahren, dass Sie sich höchstpersönlich die Finger schmutzig gemacht haben beim Graben, Löhring. Ilse wird die Knochen im Garten umbetten und die Villa verkaufen. Und ich werde wieder hinter Schloss und Riegel sein. Win-win nennt man das bei Ihnen, oder?«

»Und die Fonds?« Löhring blieb skeptisch. Es konnte nicht sein, dass Kellermann neuerdings so ausgebufft war. Irgendeinen Haken musste die Sache doch haben.

»Ich bin bewaffnet, Löhring«, sagte Kellermann.

Was sollte das nun wieder? Löhring schlug die Bettdecke zurück. »Stimmt doch gar nicht. Und wie gut, dass wir Ihnen wenigstens noch einen ordentlichen Schlafanzug gekauft haben.«

»Ich bin bewaffnet mit gesundem Menschenverstand«, sagte Kellermann. »Hören Sie zu. Die Fonds werden abgewickelt. Für Ilse und mich wird es reichen, wenn man das Geld, das sie von der Dangast erpresst hat, dazurechnet.« Kellermann machte eine kleine Pause, bevor er verdächtig langsam weitersprach: »Und vielleicht taucht Kesch ja in zwei oder drei Jahren aus dem Nichts wieder auf, wenn Gras über die Sache gewachsen ist? Wer weiß?«

»Das ist nicht Ihr Ernst, Kellermann!« Löhring hämmerte mit der flachen Hand gegen die Fensterscheibe. »Aber SKARABÄUS! Was ist mit SKARABÄUS? Wir haben immer noch Aussicht auf Gold, Kellermann! Sie lassen die Firma und die Bank jetzt ins offene Messer laufen!«

»Das haben Sie alle schon vorher besorgt, Löhring.«

Kellermanns Stimme wurde immer leiser, fand Löhring, so als sei er schon weit weg. Er verstand ihn kaum noch, und Löhring hörte sich nur erwidern: »Für die technischen Details war ich nicht zuständig. Ich habe mir nichts zuschulden kommen lassen.«

In einer Zimmerecke lag immer noch Wilson, mit dem Gesicht nach oben. Löhring ging hin, hob ihn langsam auf und legte ihn neben Kellermann aufs Kopfkissen, bevor er die Tür ohne ein weiteres Wort hinter sich zuknallte, dass der Bademantel zu Boden ging.

Überall Ärzte, Gesprächsräume mit kleinen weißen Schildchen an den Türen, hallende Stimmen, Medikamentengeruch, Teeküchen mit hässlichen Warmhaltekannen und angeschlagenen Besuchervasen – ungute Erinnerungen kamen in Löhring auf. Er floh durch die Gänge, warf sich gegen jede Glastür auf seinem Weg, aus Furcht, eine von ihnen würde sich nicht mehr von innen öffnen lassen. Niemand hielt ihn auf, stellte sich ihm in den Weg oder legte den Arm um seine Schulter und sagte: »Wird schon wieder, Wilhelm.« Keine Seele weit und breit. Eines war klar: Mit der Klinik würde er auch Kellermann verlassen, wahrscheinlich würde man sich erst vor Gericht wiedersehen, wenn überhaupt. Es war nicht leicht. Er knetete den Ring in seiner Sakkotasche, den Kellermann ihm gerade vor die Füße geworfen hatte.

Löhring rannte weiter über die Flure, seine Gedanken schwirrten im Kopf, und es war schier unmöglich, zu entscheiden, was oberste Priorität hatte nach der neuen Lage der Dinge. Es konnte doch nicht sein, dass der ganze Schlamassel jetzt an ihm hängen blieb, nur weil er nicht umgekippt war, nur weil er der Einzige gewesen war, der aktiv geworden war, der mit strategischem Weitblick mutige Entscheidungen gefällt hatte.

Löhring stieß die letzte Glastür so heftig auf, dass sich die Klinke in den Putz bohrte. Er war außer sich. Irgendetwas tief drin in ihm drohte schreiend ins Freie zu stürzen, wie entfesselt. Er versuchte, dagegen anzudenken: Die Fehler, die gemacht worden waren, lagen im Rahmen unternehmerischer Entscheidungen, die gefällt wurden, als noch Gelder vorhanden waren. Und noch war es nicht zu spät. So schnell jagte man ihn nicht vom Hof. Man unterschätzte ihn. Sein ganzes Leben hatte man ihn unterschätzt.

Draußen angekommen, hatte er sich wieder ein wenig stabilisiert. Doch dann war ihm, als fliege ein Handy an ihm vorbei, und er blickte nach oben. Über ihm ging ein Fenster zu. Er suchte im Gebüsch, fast panisch, kam sich dann aber doch ein bisschen komisch vor und ging.

Schlussverkauf

»Was werden Sie jetzt tun?« Winter hatte die bemerkenswerte Gabe, unangemeldet aufzutauchen, sich an fremde Fenster in fremden Büros zu stellen und dann mit Fragen zu kommen, die man nicht einfach mit Ja oder Nein beantworten konnte. Andererseits mochte man mittlerweile verstehen, was ihm gerade durch den Kopf ging: Wie brachte man mit Wurm im Mist und totem Kapital einen Unternehmenskurs nach oben? Die Kreditlinien waren in vollem Fluss, die Kapitalerhöhung so gut wie durch und das Budget schon wieder ausgeschöpft, kaum dass es angepasst worden war. Es ließ sich nichts mehr stoppen.

Sie standen in Mirandas Büro – da, wo sich immer alle trafen. Hier surrte der Kaffeeautomat, hier gab es Gummibärchen, klingelnde Telefone, Leben eben und mit Glück ein offenes Ohr und ein warmes Feuer im Ofen. Winter hielt sich nur hier auf, weil Miranda vor dem Fenster eine unauffällige Vogelfutterstelle eingerichtet hatte, mit der sie eher den scheuen Winter als die blöden Vögel anlocken wollte.

Sie betrachtete Winter von hinten und begann wieder, ihre Finger zu massieren. Ihr Daumensattelgelenk schmerzte mittlerweile bei jedem Anschlag. Löhring hatte ihr gesagt, dass Keith Richards schließlich auch noch spiele mit hochgradiger Arthritis in den Fingergelenken, und was sei schon eine PC-Tastatur gegen die Saiten einer Gitarre? Sie könne immerhin sitzen beim Tippen. Aber er, Löhring, müsse ständig über die Bühne laufen wie ein Berserker und in die Saiten hauen, er könne gar nicht anders. Wie Keith Richards eben. Die Schmerzen blieben.

»Ich schlage vor, auf Kreditbasis günstige Grundstücke in Costa Rica zu kaufen und dort weiterzuforschen, sozusagen in direkter Kooperation mit unserer Touristiksparte und vor allem fernab des westeuropäischen Fadenwurms.« Löhring blickte in die kleine Runde, als habe er gerade die Magna Carta verkündet. Er hatte noch Zweifel gehabt, aber bereits beim Aussprechen der Worte formten sich diese zur Gewissheit. Er fuhr fort: »Wir sagen, dass unsere heimischen Kapazitäten nicht mehr ausreichen und wir hier vor Ort auch zu sehr dem öffentlichen Interesse ausgesetzt sind.«

Winter zog seine Schuhe aus, stellte sich auf einen Stuhl und sagte: »Auf dem Schrank oben liegt überall Staub.« Noch von oben fügte er hinzu: »Ihre Auftraggeber arbeiten global, haben überall ihre Versuchsleiter und Analysten, nicht wahr?«

Nun ja, antwortete Löhring, das könne man so sagen. Mit nur mittelmäßigen Vorstellungen und zaghaften Versuchen auf dem heimischen Markt könne man nichts reißen. Die Märkte würden schließlich nicht schlafen, seien irgendwo auf der Welt immer aktiv. Und überhaupt müsse man sich jetzt erst einmal vor Ort nach Costa Rica begeben und das alles anschauen. Er erkläre sich bereit dazu. Wie denn die Hauptstadt heiße? Und wo man denn die Käfer zuletzt dort gesehen habe? Aus Zeitersparnisgründen müsse man wohl direkt fliegen. Ohne Umsteigen.

»Private Jet? Wieder mit der Revenge Air? Das kostet doch ein Vermögen!« Miranda hatte ihre Sprache wiedergefunden.

»Können Sie nicht ein bisschen Schreibkram machen oder so was?«, fragte Löhring in die Richtung, aus der Mirandas Stimme gekommen war.

»Nein.«

»In labore virtus, Miranda.«

»Was?«

»Na, in der Arbeit liegt die Tugend! Haben Sie denn schon einen Schokoladenfabrikanten ausfindig gemacht?«

»Wie, jetzt?«

»Für Ostern natürlich! Schoko-Skarabäen in Silber- und

Goldpapier, mit diesen kleinen schwarzen Pappbeinchen drunter und Firmenaufdruck darauf. Wir müssen da schon etwas antizyklisch denken, Miranda.«

»Hören Sie, ich glaube nicht, dass ich Weihnachten packe.«

»Also, ich habe jetzt keinen ultimativen Need, Kosten zu sparen. Sie verstehen nicht: Wir haben eine Burning Platform im Unternehmen! Es steckt der Wurm drin! Und Sie sprechen über ein Flugticket!«, sagte Löhring.

Nein, Miranda würde ihn nie verstehen können. Wer könne sich überhaupt anmaßen, einen Menschen zu verstehen, dachte sie, als sie die private Fluggesellschaft wegen des Jets anrief. Löhring würde trotzdem in New York und in Mexiko auftanken müssen.

Löhring hatte noch wegen einer ganz anderen Sache kein gutes Gefühl. Irgendetwas stimmte nicht mit der Strategie der Bank. Wer oder was steckte hinter der ASG Invest, von der Etta von Dangast gesprochen hatte? Wieso jetzt auch noch verbürgte Kredite? Man konnte fast annehmen, Mollow würde seine Hidden Agenda jetzt durchziehen wollen. Ja, Löhring war mittlerweile fest davon überzeugt, dass sich die Bank über den illustren SKARABÄUS-Investorenclub und die überhöhten Kredite an Etta von Dangast nicht nur die eigenen Gelder, sondern vor allem beherrschenden Einfluss sichern wollte, um sich langfristig einhundert Prozent der Anteile an Dangast zu verschaffen – nebst Immobilien, nebst allen stillen Reserven! Und dann – und das war das Perfide an dem ganzen Plan – würden Mollow und seine Kumpane den Schatz der Goldkäfer selbst heben wollen, um damit den absoluten Mega-Deal zu machen! Ja, Mollows Skepsis, was SKARABÄUS anging, war wahrscheinlich nur vorgetäuscht. Aber nun, mit dem Wurm drin, sah die Sache anders aus. Kurzum: Er, Löhring, Big L, Herr der Käfer und nun auch der Würmer, würde der Bank einen ordentlichen Strich durch die Rechnung machen.

Noch am selben Tage rief er Mollow an, um ihm vom Mistkugelproblem sowie den nun zu ergreifenden Maßnahmen vor Ort in Costa Rica zu berichten. Die Sache mit Kellermanns Ausstieg verschwieg er ihm vorsichtshalber.

Mollow war nicht gerade amused über die Neuigkeiten: »Tja, tut mir leid für euch, Wilhelm. Da werden wir bei Etta von Dangast wohl doch etwas mehr auf die Tube drücken müssen.«

Jetzt bloß nichts Falsches sagen, dachte Löhring, und er sagte es: »Was ist die ASG Invest, Friedrich?«

Mollow schien nicht erstaunt zu sein über die Frage. »Die ASG? Steht für Anonyme Spezialgesellschaft. Fragt aber kein Mensch nach. Wird auch nicht ausgeschrieben.«

»Wer steckt dahinter?«, wollte Löhring wissen.

»Na, wer schon? Wir selbst natürlich! Früher gehörte Edgar auch dazu. Glaubst du denn, wir können Kredite in dieser Größenordnung noch direkt über die Bank laufen lassen? Das würde die Bankenaufsicht doch nie mitmachen. Nein, mein Lieber, wir bürgen persönlich über unsere eigene Strohmannfirma.«

»Wie funktioniert das genau?«, fragte Löhring.

»Wir kaufen für Etta von Dangast praktisch treuhänderisch noch mehr Anteile an der Dangast-Gruppe. Statt ihr also Kredit zu zahlen, stocken wir direkt für sie auf. Das Einzige, was wir dazu brauchen, ist ihr Name. Sie ist die Hülle. Die Kohle kommt von der Bank und die Bürgschaft von uns privat. Das wird alles unter dem Mantel der ASG Invest abgewickelt. Et voilà.«

Löhrings Finger in der Hosentasche formten ein Kügelchen aus einem Fetzen Papiertaschentuch, als er nachhakte: »Wie, jetzt? Ihr gebt euch sozusagen selbst Kredit, an euren Gesellschaftern und der Bafin vorbei?«

Mollow stöhnte: »Die Bafin? Würdest du dich mit einem Jahresgehalt von vierzigtausend Euro in einen Vorgang wie den unseren hineinknien? Glaub mir, die machen pünktlich Feierabend.«

»Hm. Und die anderen Bankgesellschafter? Eure Risk Manager?«

»Einige hängen selbst mit drin.«

»Und der Aufsichtsrat?«

»Hält sich öfter auf seinem Ponyhof als in der Bank auf. Er hat uns und Kesch schon immer vertraut. Es bleibt ja alles in der Familie.« Mollow schien bei all dem sehr relaxed zu sein.

Löhring pfiff durch die Zähne und überlegte. Der Plan war tatsächlich genial: Offiziell musste man die Kredite an Dangast gar nicht fällig stellen, weil offiziell gar keine Gelder mehr flossen. Und gleichzeitig sicherte sich die Sallewitz-Clique durch die verdeckten Zahlungen die Mehrheit der Unternehmensanteile und umging damit kapitalmarktrechtliche Übernahmevorschriften. Es war ein Coup wie damals in St. Ägidius.

Mollow schien dann doch etwas nachdenklich zu werden. »Wenn ihr jetzt allerdings bei euch den Wurm habt und du den Laden noch weiter heruntersanierst, als du es eh schon getan hast, wird die Bafin bei uns vielleicht doch genauer hingucken. Dann haben wir allerdings ein Problem«, sagte er etwas gequält.

»Ja, unter diesen Umständen wird die ganze Sache wohl noch ziemlich heiß werden«, bemerkte Löhring. »Aber diese Betriebstemperatur ist mir gerade recht. Ich bin da wie meine Käfer. Die laufen auf heißem Boden auch schneller. Du musst nur die Richtung vorgeben.«

»Das heißt?«, fragte Mollow.

»Friedrich, das muss ich dir doch nicht erklären. Sag mir einfach, was im worst case für mich herausspringt. Ich kann ja so einiges. Und ich weiß ja auch so einiges.

Mollow musste nicht lange überlegen. »Nun, da gibt es die unterschiedlichsten Szenarien, sozusagen von der veritablen Unternehmensbeteiligung bis hin zur finalen Abfindung. Vielleicht noch ein kleiner Beratervertrag on top. Wir werden sehen, Wilhelm.«

Man beendete das Telefonat in vorgetäuschter bester Laune. Ja, das alles hatte sich schon viel besser angehört, fand Löhring, und er gelangte zu dem Entschluss, das Spiel erst einmal weiter mitzuspielen, um zu gegebener Zeit, je nach Unternehmenslage, auf eines der Mollow'schen Angebote zurückzukommen. Abfindung war dabei natürlich die allerletzte Möglichkeit, wenn alle Stricke rissen. Doch über die Jahre hatte er sich durchaus an das Wort gewöhnt und ihm seine Reize abgewinnen können. Man musste es nur ein wenig an sich heranlassen. Sicher, es klang nicht besonders spannend und hatte einen beinahe naiven Touch: Abfindung. Als müsse man sich mit etwas abfinden. Schließlich hatte er sich ja nun nicht gerade aufgedrängt für diese Position. Sein Lebenstraum sah sowieso anders aus. Aber unterm Strich betrachtet war es durchaus lohnend, auch dieses Wort wohlwollend in Betracht zu ziehen. Löhring öffnete das Fenster. Draußen regnete es sanft und warm auf den Asphalt.

Um bei SKARABÄUS die Leute bei Laune zu halten, erklärte sich Löhring in den nächsten Tagen aus freien Stücken bereit, von nun an und angesichts des gemeinen Fadenwurms auf dreißig Prozent seiner monatlichen Bezüge zu verzichten. Das könne man ruhig so veröffentlichen. Für die gesamte Abteilung »Forschung und Entwicklung« kündigte er prophylaktisch eine Malaria-Schutzimpfung für Costa Rica an, damit die Stimmung nicht kippte. Über die weiteren Maßnahmen, die er zu ergreifen gedachte, ließ Löhring die Mitarbeiter vorsichtshalber im Ungewissen und schickte den momentan abkömmlichen Teil von ihnen vorerst in den Urlaub. Das gab ihm Zeit zum Nachdenken. Dennoch würde man um eine Verschlankung der Teams und gewisse Lohneinbußen über kurz oder lang nicht herumkommen. Aber Winter hielt es ja sowieso nicht so gut mit allzu vielen Leuten um sich herum aus.

Trotz alledem hielt es Löhring für angebracht, sich auch einmal selbst in den Gewächshäusern und Forschungslaboren blicken zu lassen. Man hatte sich der Verantwortung zu stellen, auch an der Basis, denn natürlich musste den Mitarbeitern bewusst geworden sein, in welche Schieflage SKARABÄUS und nun auch bald die ganze Dangast-Gruppe geraten waren. Das Leben, das sich vorwiegend um die krabbelnden Panzertierchen gedreht hatte, stand still. Sicher, dachte Löhring, Menschen, die ihr ganzes zeitliches und finanzielles Commitment in das Studium von Mistkäferpanzern legten, hatten wohl ein gewisses Phlegma – und unternehmenstechnisch wahrscheinlich so wenig Durchblick wie ein Kläranlagenrevisionstaucher. Wie konnte man auch so genau wissen, was »Venture Capital« war, »Due Dilligance« oder eine »Exit-Strategie«, wenn man eigentlich damit beschäftigt war, dem Licht Mischung und Brechung seiner Spektralfarben abzutrotzen? Es half alles nichts, Löhring musste sich letzte Gewissheit verschaffen und einen ultimativen Versuch starten. Er stülpte sich seine schwarzen Wellington-Gummistiefel über, ließ seine Anzughosenbeine wieder über die Stiefel fallen, um nichts zu zerknittern, und marschierte Richtung Forschung.

Ein etwas schlaksiger, junger blonder Mann war gerade dabei, technische Gerätschaften zu verpacken.

»Guten Tag! Ich dachte, ich mache mich hier mal nützlich und trete sozusagen eigenfüßig ein paar Würmer tot bei Ihnen, was!« Löhring kam sich ein bisschen so vor wie der Exkanzler bei der Oderflut und blickte um sich. »Haben denn noch ein paar von den Käfern überlebt?«

Kaum, berichtete der Mann, der sich als Richard Patthorn vorstellte. Das Projekt stehe kurz vor dem Aus, das stimme doch, oder?

»Scheitern ist keine für mich relevante Dimension, guter Mann.« Löhring nahm einen Käfer, der auf einem der gläsernen Untersuchungstische lag, zwischen die Finger. Er zerbröselte wie altes Pergament. »Kann man die Panzer denn nicht noch irgendwie weiterverwenden? Irgendetwas mit Recycling oder so?« fragte Löhring.

Nein, das sei wohl eher eine Entscheidung der oberen Etagen, gab Patthorn zu bedenken.

Der spielt den Ball doch glatt zurück, dachte Löhring und fragte weiter: »Gibt es bei den Käfern denn gar keine Selbstheilungskräfte, sozusagen eine Art Anpassung an den Wurm?«

Der Mann schüttelte den Kopf. Nein, das möge bei Menschen funktionieren, aber nicht bei diesem Organismus, und wenn, dann würde das Jahre dauern. Er musterte Löhrings Stiefel unter dem Anzug und wollte wissen, wann denn die Jungs mit der ernsten Miene und den schwarzen Koffern auftauchen würden.

»Na, nun mal langsam, guter Mann«, sagte Löhring. »Noch haben wir keine Insolvenz angemeldet. Mit mir gibt's so etwas nicht. Ich lasse nichts unversucht. Schließlich hat man ja eine gewisse Verantwortung all den Mitarbeitern gegenüber.«

Patthorn blickte sich um. Mitarbeiter? Welche Mitarbeiter er denn da genau meine?

Löhring aktivierte die Weckruf-App auf seinem Smartphone. Es klingelte, und er entschuldigte sich.

Zwei Wochen später schlossen Löhring und der Aufsichtsrat der Dangast-Holding vorsorglich eine notariell wasserdichte »Zukunftsvereinbarung«, in der per se und pro forma Löhrings Abfindungssumme festgehalten wurde, sozusagen für den schlimmsten und unwahrscheinlichsten Fall der Fälle. Löhring versicherte, man müsse sich nicht sorgen. Noch seien die Goldkäfer nicht ausgestorben, der Durchbruch von Goldbug Capital Partners als Fonds-Modell auf dem Kapitalmarkt und die Übernahme der Mehrheitsanteile an SKARABÄUS seien lediglich eine Frage des Wann und des Wie. Alle Flüsse mündeten schließlich irgendwann ins Meer. Bis dahin würde er für sich und für alle noch das Maximum herausholen. Man hatte sich schweigend angeschaut, es hatte keiner Worte mehr bedurft.

Löhrings Reise nach New York blieb nicht ohne Folgen, kaum dass er zwei Tage wieder im Lande war – und zwar in Form einer Rechnung, die ihm seine Sekretärin zwischen zwei Fingern präsentierte und hastig vor ihn auf den Tisch fallen ließ, als befürchte sie, sich daran mit irgendwelchen Viren zu infizieren.

»Costa Rica Academic Consulting.« Sie sprach es aus wie einen Fluch. »Herr Dr. Löhring, wo soll ich denn um Himmels willen diese Summe hinbuchen lassen? Wie wollen Sie das den Investoren und Frau von Dangast verkaufen?«

»Nun heulen Sie sich mal nicht die Wimpern ab, Miranda. Das sind nichts anderes als Sondereinflüsse. Wir müssen zu diesem Zeitpunkt noch alles versuchen. Die Zeit arbeitet *gegen* uns, wenn Sie das noch nicht verstanden haben!« Löhring nahm ein Papiertaschentuch, riss ein Zipfelchen ab und formte ein Kügelchen. »Wussten Sie, dass es in Costa Rica überhaupt nur drei Hochschulen gibt? Für das ganze Land!« Er breitete die Arme aus und ließ das Kügelchen fallen. »Ich plane eine Beschlussvorlage für die Goldbug Private Business School.«

»Warum?«

»Sehen Sie, wir müssen uns mit den Behörden gut stellen, uns zudem die wirtschaftliche Elite von morgen sichern, und zwar vor Ort!«

»In Costa Rica?«

»Ja, von dort kommen doch die Käfer! Dort zu forschen, völlig fadenwurmfrei, ist auch billiger als hier bei uns! Schwellenländer, sage ich nur.«

»Ja, aber wie soll das denn gehen? Dafür wurden doch gar keine Rückstellungen gebildet?«

Jetzt ging das schon wieder los, dachte Löhring. Er kniete sich auf den Boden und rollte das Kügelchen Richtung Papierkorb. »Ihre Fragerei kostet Zeit, Miranda. Zeit und Geld. Haben Sie eigentlich eine Ahnung, wie teuer ich bin, in dieser Minute, in der wir gerade reden?«

Miranda guckte.

»Ab einer gewissen Turbulenz im Unternehmen müssen ein paar Lösungsansätze eben wieder nach unten delegiert werden, weil man da näher dran ist an den Turbulenzen. Hochschulgründung zum Beispiel. Ist doch ein schönes Projekt für Sie. Sie wollten doch immer Projektarbeit?«, fragte Löhring aufmunternd.

Miranda verlor jegliche Körperspannung und schlich in ihr Büro zurück. In solchen Momenten hätte sie gern eines dieser nostalgischen Schilder vor die Tür gehängt, wie es Ladenbesitzer in Paris oder London taten, die ihr Leben mit Büchern, Antiquitäten oder Stoffbahnen zubrachten: »Bin vorübergehend abwesend.«

Sie konnte sich auf rein gar nichts mehr konzentrieren, rang nach Luft. Tausende von Käfern lagen mit verdorbenen Mägen flügellahm auf dem Mist, Etta von Dangast wusste mehr schlecht als recht Bescheid, und Löhring flog zum Business Lunch nach Costa Rica. Er hatte ihr oft genug gesagt, sie müsse innerlich flexibler werden, sich sozusagen geistig weiten, um sich auf ihn einzustellen. Sie hatte es getan, sich geweitet, und genau hier lag jetzt das Problem: Löhrings Horizont weitete sich nicht. Er verengte sich, je mehr er davon im Flieger vor der Nase hatte.

Miranda schüttete den Locher gedankenverloren über dem Papierkorb aus, und es rieselte bunt und staubig aus ihm heraus. Er hatte in den vergangenen Monaten für Tausende von Löchern links außen an all den Rechnungen und Spesenbelegen gesorgt. »Ich habe das Gefühl, dass uns hier schon gar nichts mehr gehört«, sagte sie laut zu sich selbst.

»Haben Sie was gesagt, Miranda?« Löhring musste es durch den Türspalt mitbekommen haben.

Nein, sie habe gar nichts gesagt, versicherte Miranda, schob den Plastikboden wieder unter den Locher und holte aus. Sie zielte langsam, ganz langsam, auf den Neo Rauch. Das Bild hieß »Gold«. Auf ihm war eine Frau vor dem Schaufenster eines Juweliers in die Hocke gegangen und zerrte von unten ihren Mann am Ärmel. Miranda mochte Kunst, durchaus, doch Löhrings Kunstsinn war degeneriert zum Ausdruck von Potenz. Er ließ gern echte Kunst im Sekretariat aufhängen. Es hatte für ihn eine verschwenderisch souveräne Note – und, so hatte er gesagt, an diesem Ort würde wohl niemand Originale vermuten.

Das Telefon klingelte. Es war wie ein Rettungsanker, und Mirandas Hand setzte den Locher wieder auf den Tisch und nahm den Hörer ab. Neo Rauchs Retter war Graf Mollow von der Sallewitz-Bank. Doch er fasste sich kurz. Sie solle Löhring etwas auf einen Zettel schreiben. Die Zeit reiche nicht für lange Gespräche, und er sei gerade nicht allein. Er sprach seltsam gepresst und sehr leise, fand Miranda, doch sie notierte ohne Rückfragen: »Bafin deckt ASG auf. Müssen jetzt pfänden, um das Minimum zu retten. Bringen Sie das EvD bei. Mollow.«

Löhring nahm die Nachricht gefasst und fast schon mit einem Anflug von Schadenfreude auf. Für ihn hieß es nun, Plan A wie Abfindung durchzuziehen. Man musste sich geänderten Umgebungsbedingungen blitzschnell anpassen, wie ein Käfer auf dem Blatt, wenn sich Fressfeinde näherten. Wahrscheinlich hatte man bei Sallewitz bereits die Bankenaufsicht im Hause, und es war durchaus anzunehmen, dass sich die Partner vor lauter Begeisterung noch mehr mit den Krediten engagiert hatten, als Mollow sowieso schon angedeutet hatte.

Seine Sekretärin hatte wieder einmal ein einziges Fragezeichen in den Augen gehabt. Sie war nun eingeweiht, hielt noch die Nachricht in den Händen, aber es fehlten ihr ein paar Erklärungen dazu. Und die lieferte Löhring ihr: Eigentlich sei es eine Schande, dass man der Bank nun ein Zuviel an Engagement vorwerfe. Banker, die ihren Kunden sozusagen bis hin zum letzten Kopfkissen zur Seite standen, Kredite auf Teufel komm raus gaben und auch noch privat dafür bürgten, die wünsche man sich doch schließlich. Was sonst war schließlich »Wagniskapital«? Wie sonst hätte man Etta von Dangast helfen können? Dies, genau dies sei doch Human Capital Management in Reinstform! Doch die Bankenaufsicht habe es anders gesehen und gebe sich kleinkariert: Kredite an Untergesellschaften, die persönlich haftenden Gesellschaftern selbst gehörten, seien Organkredite, die vom Aufsichtsrat der Bank hätten genehmigt werden müssen. Es werde eine Prüfung geben, und, so hatte Löhring angemerkt, der einzige Weg, noch Schlimmeres zu verhindern, sei nun die Absicherung der Kredite durch die Großinvestorin persönlich – dieses Mal direkt per Grundbesitz und ohne Bürgschaft. Seine Sekretärin guckte ein wenig zerknirscht, fand Löhring, als er fertig war.

Noch am selben Tag hatte Mollow wohl in ziemlicher Hektik bei Etta von Dangast angerufen und sie zu einem Treffen am Flughafen beordert. Kesch, ihr Vermögensverwalter, werde von Herrn Dr. Löhring vertreten, hatte er ihr gesagt. Dieser fliege direkt im Anschluss nach Costa Rica. Eile sei geboten. Man habe eine kleine Privatmaschine auf dem Rollfeld für sie bereitstellen lassen. Das sichere eine diskrete Umgebung und betone sozusagen die Transitnatur des gemeinsamen Projekts.

Etta von Dangast kam pünktlich und trug eine schlichte beigefarbene Handtasche über einem schlichten beigefarbenen Mantel vor sich her. Sie hatte gelitten in letzter Zeit, dachte Löhring, als er auf die kleinen, senkrechten Falten über ihrem Mund blickte. Doch eigentlich war sie auch vorher schon der Typ Frau gewesen, von der man annahm, dass sie vier Liter Wasser am Tag trank und Trockenfrüchte aß – die klassische Spaßbremse also, ob mit oder ohne Grundbesitz.

»Was ist so dringend, Herr Dr. Löhring?«, fragte sie.

Löhring bot ihr einen Platz in der kleinen Besprechungsecke des Jets an und setzte sich ihr gegenüber ins dunkelblaue Leder. »Nun, Frau von Dangast, die Bank sieht sich leider gezwungen, Ihnen vorzuschlagen, Ihren Anlagehorizont ein wenig zu erweitern.«

»Wo ist Kesch? Warum lebt der überhaupt noch?« Etta von Dangast schien thematisch anders fokussiert zu sein und blickte sich im Flieger um.

»Herr Kesch ist fischen.«

»Wie?«

»In Alaska. Wildlachs.« Löhring fand, dass man das jetzt mal so sagen konnte.

»Wo ist Graf Mollow? Sie haben keinerlei Vollmacht, mir diese Vorschläge zu machen«, sagte sie.

Sie war jetzt genau da, wo Löhring sie haben wollte. Dass sie Kesch erschossen hatte, war der reinste Sonderbonus. Und den würde er jetzt offen ausspielen.

»Wie hat Kesch den Schuss überlebt?« Etta von Dangast ging tatsächlich weiter in die Offensive und stierte Löhring verächtlich in die Augen. »Sie stecken doch mit drin! Ihnen kann man doch auch nicht trauen! Ich weiß schon gar nicht mehr, wem ich glauben soll.« Die ersten Tränen kamen.

Löhring beugte sich langsam zu ihr vor. Sie würde seinen letzten Whiskey riechen können. »Edgar Kesch, meine Liebe, hat's gut überlebt. Sie haben ihn doch gesehen! Durchschuss. Durchs limbische System. Aber die Großhirnrinde, die ist intakt geblieben!« Er schob die Dokumente der Bank zu ihr hinüber. »Wenn Sie jetzt nicht unterschreiben und die Bank Ihre Gartencenter- und Privatimmobilien nicht verpfänden kann, was ja ohnehin schon längst fällig gewesen wäre, sitzen Sie in der Falle, meine Liebe. Es geht um die Absicherung Ihrer Engagements, Ihrer Kredite – und das Ende der Erpressungszahlungen an Ilse Kesch, wenn Sie mich verstehen.« Löhring ließ sich zurück ins Leder fallen. »Wir haben immer noch den Film. Sie müssen das jetzt mal unter Kosten-Risiko-Relationen sehen.«

Das war zu viel des Guten. Etta von Dangast schien für einen Moment ihren Mordversuch und das damit verbundene Erpressungspotential zu vergessen, donnerte ihre Handtasche auf das Jet-Tischchen und schnellte in die Höhe. »Erzählen Sie mir nichts von Risiko-Relationen! Ich bin in einem Luftschutzbunker zur Welt gekommen und in einer Zweizimmerwohnung aufgewachsen. Ich wollte all das Geld nicht und auch nicht die Verantwortung. Es hat mich überschwemmt und überfordert. Immer schon.«

Löhring versuchte, seinen Arm auf ihre Schulter zu legen, doch sie war circa zwanzig Zentimeter größer als er.

Sie wollte sich auch gar nicht beruhigen lassen. »Und dann auch noch eine Mutter mit dem Großen Bundesverdienstkreuz. Mit Stern und Schulterband. Haben Sie eine Vorstellung, was das heißt? Wie sich das anfühlt?« Sie stürzte davon auf die Bordtoilette.

Zwei Minuten später stand sie mit erneuertem Make-up wieder vor ihm, als sei nichts gewesen. Wie schnell manche Frauen die Fassung verlieren und wiederfinden konnten, war bemerkenswert, fand Löhring. Aber sie hätte das Heulen auch gleich lassen können.

»Ich habe Kesch doch gar nicht umgebracht. Er hat es doch überlebt!« Etta von Dangast schien sich während der Make-up-Erneuerung ihre nächsten Schachzüge überlegt zu haben.

»Sie haben ihn abgeknallt. Eiskalt abgeknallt«, entgegnete Löhring.

»Es war Notwehr.«

»Notwehr? Wie interpretieren Sie Not? Er mag vielleicht ein Schlitzohr sein. Aber er kann keiner Fliege etwas zuleide tun. Er lebt seine dunklen Seiten, nun, wie soll ich sagen, rein finanziell aus.«

»Er hat mich ruiniert!«

»Sie leben doch noch! Sie sind auch nicht in den Knast gewandert. Also beschweren Sie sich nicht.« Löhring fächerte die Dokumente vor ihr auf. »Wenn der Bauer nachts die Hühnerstalltür auflässt und ein Fuchs die Hühner reißt, kann man ja auch nicht behaupten, dass das die Schuld des Fuchses ist.«

Etta von Dangast starrte ihn an.

»Und nun Ihre Unterschriften bitte«, flüsterte Löhring und klopfte aufs Papier. »Sie müssen ja nicht gleich ausziehen aus Ihren Häusern. Und wir werden Stillschweigen über den Rest bewahren. In Ihrer Lage kann es nicht besser für Sie laufen.«

Die Dokumente bezogen sich tatsächlich auf den bereits unterschriebenen GVV-Vertrag mit Kesch und die laufenden Kredite bei der Bank. Sie konnte es nicht leugnen und nahm den Stift zur Hand. Es würde nicht mehr als eine weitere Unterschrift sein unter all jenen, die sie schon geleistet hatte.

Zwei Monate später nahmen Mollow und die anderen in den Kredit verwickelten Partner der Bank einen längeren Urlaub. Die Strohmannfirma und alle überzogenen Kredite waren endgültig aufgeflogen. Der Vorwurf lautete auf schwere Untreue durch pflichtwidrige Schädigung des Vermögens der Bank. Die Staatsanwaltschaft würde tief graben müssen, hieß es hinter vorgehaltener Hand, und nach eigenem Bekunden war man sich ganz und gar nicht sicher, wie viele Leichen man noch im Keller finden würde.

Löhring rief sofort bei Mollow an. Er musste den Banker jetzt erst einmal emotional abholen, fand er, und er fühlte sich selbst auch besser dabei. »Herrje, Mollow, Krise, was?«

»Ich kann dir sagen. Tja, Finanzkrise. Wir sind die Ersten, die das mit dieser brutalen Unmittelbarkeit zu spüren bekommen.«

Löhring war sofort im Film. »Die Möglichkeit des Scheiterns läuft in komplexen Systemen immer mit, wenn es dich beruhigt. Kein Modell ist vollkommen.«

»Da will man mal Geld in den Kreislauf geben, und dann ist das auch wieder verkehrt. Es traut sich ja keiner an die technische Umsetzung heran außer uns. Und jetzt haben wir hier jemanden von der Bafin, der lieber in Akten wühlt, statt Märkte zu kreieren und Risiken zu diversifizieren. Ist doch bei dir nicht anders, oder?«

Löhring hatte eigentlich nicht vorgehabt, über sich zu sprechen, aber nun blieb ihm nichts anderes übrig. »Du meinst den Insolvenzverwalter? Tja, Erbsenzähler. Der hat sich meine Rufschädigung auf die Fahne geschrieben.«

»Du wolltest doch nach Costa Rica outsourcen?«

»Noch nicht sofort. Wir simulieren da noch auf ein paar data sheets die Kostenrelationen für das CR-Projekt.«

»Corporate responsibility? Jetzt noch?«

»Nein. Costa Rica.«

»Natürlich. Viel Glück damit. Wie geht es deiner Frau? Geht die mit?«

Mollows Frage kam überraschend, und Löhring reagierte entsprechend: »Welcher Frau?«

»Na, der mit dem Ring, den auch du trägst!«

»Ach so, meine Frau. Sag das doch gleich. Nun ja. Muss ja. Und deine?«

»Die sagt, ich soll abspringen.«

Löhring verstand nicht. »Wie? Wovon denn abspringen um Gottes willen? Brücke? Klippe? Selbstmord?«

»Keine Ahnung.«

»Versteh einer die Frauen.«

»Manchmal wären mir Männer lieber.«

»Wir beanspruchen nicht für uns, alles richtig zu machen.«

»Sicher, wir sind auch nicht viel schlauer als die anderen.«

»Nein. Aber mit mir hätte es keine Insolvenz gegeben.« Löhring zögerte. »Wurdest du mal gecoacht?«

»Ja. Auftrittskompetenz. Stilberatung. Keine Karos und so.«

»Ja, so was. Und was machst du jetzt?«

Mollow kam noch nicht einmal ins Grübeln. »Generationenwechsel. Gehe ja schon auf die sechzig zu. Diese zyklischen Schwankungen sind nichts mehr für mich. Ich bin mehr ein Antizyklist, wie du weißt. Und zweihundert Jahre Bankgeschäft reichen. Dann gucken wir mal.«

»Keine Sorge, Mollow. Wir sind für die Stabilität des Systems verantwortlich. Ein Medikament, das wirkt, nimmt man ja auch nicht gleich vom Markt, nur weil es etwas stärkere Nebenwirkungen hat.«

»Guter Punkt, Löhring. Lass uns in Kontakt bleiben.« Mollow sagte es in einem Tonfall, der das Gegenteil vermuten ließ.

Und das gab Löhring den Mut für seinen letzten Satz: »Wir sehen uns ja sowieso noch. Habe mir überlegt, meine Konten gänzlich nach Asien zu verlegen. Da wird jetzt noch ein Sümmchen dazukommen mit der Abfindung, denke ich. Vielleicht investiere ich lieber in Medien. Ist doch okay für euch, oder?« Mollow atmete wieder schwerer, und Löhring redete weiter, bevor es zu spät sein würde: »Nur, dass du es weißt, Kumpel, ich stehe bei all dem immer gern beratend zur Seite, wem auch immer.«

Mollow legte auf, ohne noch ein Wort zu sagen. Vielleicht war die Telefonanlage auch bereits abgestellt worden.

Die Dangast-Gartencenter-Gruppe samt SKARABÄUS wurde von einem Finanzinvestor übernommen, meistbietend, wie man ein Gemälde versteigert. Er war schlecht rasiert und hatte am Ende nur eine silbrig glänzende Münze mit Goldrand dafür bezahlt. Lediglich der Markenname SKARABÄUS hatte etwas mehr Geld eingebracht. Alles in allem war die Silbermünze ein perfider Abschluss, fand Miranda. Immerhin konnten die mitverkauften Forschungsergebnisse Millionen wert sein, wenn es irgendwann einmal gelang, die Struktur der Chitinpanzer industriell nachzubilden.

Winter dagegen fiel es nicht schwer, sich von seiner Idee zu verabschieden. Insolvenzen seien eine durchaus nonsinguläre Erscheinung, und ein Fisch habe ein Erinnerungsvermögen von nur drei Sekunden, sagte er. Winter lebte im Hier und Jetzt, kannte weder Wehmut noch Vorfreude, und das war fast schon wieder bewundernswert, dachte Miranda.

Er zog sich nur ein paar Tage zurück und vertraute Miranda schließlich an, er wolle nun Löhrings Versuchsreihe fortsetzen und sich als Vorstandsvorsitzender des Instituts empfehlen, das die Graf-von-Sallewitz-Bank übernehmen würde. Man suche da langfristig jemanden, als Ersatz für zwei Leute an der Spitze, und dies könne kein Zufall sein – ja, hier handele es sich um eine Versuchsreihe ganz anderer Größenordnung, sehr viel komplexer, also reizvoller, zudem noch in seinem alten Fachgebiet. Die Auftraggeber hätten sich ihm immer noch nicht zu erkennen gegeben, aber das gehöre wohl zu deren Strategie.

Löhring ließ den Costa-Rica-Flug nach Hongkong umbuchen. Und er habe noch eine Bitte, sagte er zu Miranda. Edgar Kesch habe bei einer der letzten Unterredungen seinen Ring im Büro vergessen. Ob Miranda diesen nicht noch schnell zu Kesch bringen könne. Er, Löhring, müsse packen. Und mit diesen Worten drückte er ihr einen schweren Siegelring in die Hand und fügte hinzu, dafür habe sie jetzt den Rest des Tages frei und müsse morgen auch nicht mehr wiederkommen. Er werde sie vermissen und wünsche ihr viel Glück auf ihrem weiteren beruflichen und privaten Lebensweg. Sie solle auf einen Kaffee vorbeischauen, wenn sie das nächste Mal in Hongkong sei.

Keschs Anwesen war tatsächlich nicht allzu weit entfernt, und das Tor vor dem Grundstück öffnete sich wie von Geisterhand, nachdem Miranda sich durch die Sprechanlage vorgestellt und in die Kamera geblickt hatte.

Das Haus glich einer Festung. Vor der Tür stand ein Wagen mit Sicherheitspersonal, und ein Mann kam ihr mit ausgestreckter, abwehrender Handfläche entgegen. Sie solle den Wagen hier abstellen und die letzten Meter zu Fuß gehen. Er nahm ihre Papiere an sich, und Miranda ging zügig Richtung Haustür. Sie wollte den Ring so schnell wie möglich loswerden.

Fünf Minuten später standen Herr und Frau Kesch fassungslos vor Mirandas ausgestreckter flacher Handfläche, auf der der Siegelring lag.

Dies sei nicht sein Siegelring, sagte Kesch und hielt ihr sein eigenes Exemplar am Finger vor die Augen. Was sie denn nun genau wolle? Er verstehe das alles nicht.

Miranda versuchte zu erklären, holte etwas aus, bedauerte, dass das Käferprojekt der Dangast-Gartencenter-Gruppe gescheitert sei und das Unternehmen nun endgültig vor der Insolvenz stehe. Die Sache mit dem Ring sei das Letzte, was sie für Löhring tun wolle.

Frau Kesch hatte die ganze Zeit über schweigend zugehört und schüttelte nun langsam den Kopf. Nein, sagte sie, an den Käfern habe es nicht gelegen. So richtig habe sie die Geschichte mit SKARABÄUS nie verstanden. Keinen Fonds dieser Welt hätte man damit auflegen können. Hier habe es sich wohl eher um eine Art Gestaltungstherapie für Keith Winter gehandelt. Man verwalte ja nach wie vor das Vermögen von Winter und von Löhring, sozusagen vormundschaftlich seit deren Behandlung in St. Ägidius. Aber gelegentliche Krankheitsschübe, gewisse Fehlinterpretationen des normalen Lebens eben, seien wohl bei beiden immer noch vorhanden. Der Schizophrene besitze häufig eine argumentativ nicht angreifbare Überzeugung, in Geschehnisse verwickelt zu sein, die für andere nicht nachvollziehbar seien.

Miranda musste sich setzen und bat um ein Glas Wasser.

Es sei ihr gleich so komisch vorgekommen, fuhr Ilse Kesch dann fort, dass Löhring ihren Mann in letzter Zeit immer mit »Kellermann« angeredet und etwas von einer Entführung fantasiert habe. Sie wisse lediglich mit Sicherheit, dass Löhring zuletzt eine Coaching-Maßnahme begonnen, dann aber abgebrochen habe. Da habe Edgar gedacht, dass ein Aufsichtsratsmandat für die Dangast-Gartencenter-Gruppe doch genau das Richtige für ihn sei, damit er wieder auf andere Gedanken komme, ein sozial integriertes Leben führen könne. Er habe ihn daraufhin auch gleich ins Spiel gebracht. Fachlich sei Löhring ja immer noch gut. Umso bedauernswerter sei es, dass man das Unternehmen dennoch nicht habe retten können.

Edgar Kesch nickte, legte seine Hand auf das Knie seiner Partnerin und sagte: Ja, das sei alles sehr traurig, ganz abgesehen von der Pacht, die Löhring ihm für die Jacht in Südfrankfreich immer noch schulde. Da werde man noch einmal die Anwälte bemühen müssen, wenn es Löhring etwas besser gehe.

Sie lag auf dem Rücken im Gras und blickte in den Himmel, genauer gesagt: in die Wolken. Eine grenzenlose Sicht und das demokratischste Naturschauspiel, das man sich vorstellen konnte, fand Miranda. Es war für jedermann überall und immer zu haben, man musste nur ab und zu den Kopf in den Nacken legen. Sie formte mit ihren Fingern ein Fernglas vor den Augen und betrachtete ein imposantes Exemplar einer Cumulus mediocris – einer Kumuluswolke, die sich so hoch wie breit über ihr aufbauschte. Man mochte kaum glauben, dass ein solches Ungetüm nur aus Wasser bestand. Aber was mochte man schon glauben? Zehn Milliarden Tröpfchen pro Kubikmeter, die das Licht in alle Richtungen streuten und der Wolke ihr milchiges Aussehen gaben, waren nicht so leicht überprüfbar. Man konnte alles glauben, und man konnte nichts von alledem glauben. Bei guter Thermik würde die Wolke zehn Minuten lang ihre Größe behalten, sie war wankelmütig und flüchtig, verdankte ihr Aussehen nur den Aufwinden, die von einer Quelle am Boden gespeist wurden.

Miranda verschränkte ihre Handflächen hinter dem Kopf und blickte etwas tiefer, dorthin, wo man am Horizont die Bankentürme der Innenstadt sehen konnte. Sie musste an Winter denken. Er würde bei Tiefdruck von seinem neuen Schreibtisch aus über die Wolken gucken können. Einer der Türme hatte vierzig Stockwerke. Auf dieser Höhe wäre es unmöglich, vor dem Fenster eine Vogelfutterstelle einzurichten, dachte Miranda. Es klang dennoch verlockend.

Sie blinzelte in die Sonne. Sie liebte Wolken, war einmal um die halbe Welt geflogen, nur um die lang gezogene Röhrenform der Stratokumuluswolke zu sehen: die Morning Glory, die sich in den Frühlingsmonaten in Nordwest-Australien bildete. Es gab Leute, die sie mit einem profanen Kondensstreifen verwechselten – genau wie der, der gerade direkt über ihr hinwegzog.

»Please switch off all electronic devices.« Löhring machte es sich bequem im Flieger nach Hongkong und fand erst jetzt Zeit zu telefonieren.

»Würden Sie bitte Ihr Gerät ausschalten und die Rückenlehne senkrecht stellen?« Die Stewardess war aufgetaucht wie eine Politesse an der Parkuhr und legte den Kopf schräg.

Was bildete die sich ein, dachte Löhring, die gute Frau flog ständig über den Wolken, über alle Grenzen hinweg, und schien dennoch keinen blassen Schimmer zu haben von den inneren Horizonten ihrer Passagiere.

Es würde eine letzte Reminiszenz an Kellermann sein, dachte Löhring, als er aufblickte, ihr entgegenlächelte und sagte: »Fuck you.«

Am anderen Ende der Leitung meldete man sich: »Lang. Personal Executive Coaching. Guten Tag.«

Löhring fuchtelte die Stewardess aus dem Licht weg. »Ja. Löhring hier. Hören Se mal, das mit dem Dezentrieren, das hat nicht ganz geklappt.«

INHALT